Ulrike Karner

Regenbogenlicht

Ulrike Karner

Regenbogenlicht

Roman

Ulrike **HELMER** Verlag

Bibliografische Information der Deutschen Bibliothek

Die Deutsche Bibliothek verzeichnet diese Publikation in der Deutschen Nationalbibliografie; detaillierte bibliografische Daten sind im Internet über http://dnb.ddb.de abrufbar.

Gedruckt auf säurefreiem, alterbeständigem Werkdruckpapier.

ISBN 978-3-89741-329-0

Covergestaltung: Atelier KatarinaS / NL
unter Verwendung des Fotos »abstract«
© dzain / fotolia

Ulrike Helmer Verlag
Neugartenstraße 36c, D-65843 Sulzbach/Taunus
E-Mail: info@ulrike-helmer-verlag.de

www.ulrike-helmer-verlag.de

Für meine großartige Frau,
die mich in Geschichten abtauchen lässt …

Danke auch an Gülay für die Übersetzung ins Türkische
sowie an Tini für die ungebrochene Begeisterung.

»Leben allein genügt nicht, sagte der Schmetterling,
Sonnenschein, Freiheit und eine kleine Blume
muss man auch haben.« *Hans Christian Andersen*

Prolog

Große Kinderaugen starren begehrlich auf den prallen Sack in ihrer Hand, der mit bunten Zuckerstangen bedruckt ist. Ob darin tatsächlich solche Köstlichkeiten zu finden sind? Vorsichtig nähert sich der kleine Junge, deutet dann aber auf die Spendenbüchse in der anderen Hand, die sie regelmäßig zum Klimpern bringt. »Will haben!« Erwartungsvoll strahlt er sie an, wobei er kleine Beißerchen entblößt, die zu eng gewachsen sind. Freundlich tätschelt sie den Wuschelkopf und hält ihm eine Schokoglocke hin, die von feinstem Goldpapier umhüllt ist. Doch die edle Gabe wird mit kindlichem Eigensinn gestraft. Auf den Zehenspitzen streckt er sich nach oben und versucht lieber, das lustig klingende Ding zu ergattern. »Will haaaben!« Das zweite Mal wird die Forderung in einem deutlich ungeduldigeren Tonfall vorgebracht. Hinter ihnen öffnet sich die automatische Tür und trägt die Melodie eines alten Weihnachtsschlagers nach draußen. Ein Hauch Wärme streicht über ihre erfrorene Nase.

»Kevin, da bist du ja! Wir haben schon überall nach dir gesucht!« Hinter einem voll bepackten Einkaufswagen kommt ein Mann zum Vorschein, der sich eilig die Wollmütze in die Stirn zieht. »Wiill haaaben!« Erbittert über das Unverständnis der Erwachsenen, beginnt Kevin ohrenbetäubend zu brüllen. Erneut hält sie ihm die Schokoglocke vor die Nase, die er störrisch mit der Hand beiseite schlägt. Am liebsten würde sie ihm für die Frechheit an den Ohren ziehen, die wie Henkel vom Kopf abstehen. Stattdessen versucht sie ihn mit einem roten Schokostiefel als Draufgabe zu bestechen.

»Kevin, schau, was du von dem netten Weihnachtsmann kriegst.« Der Vater geht neben ihm in die Hocke und nimmt an seiner Stelle die Geschenke in Empfang. Er packt die Glocke aus und lässt sich einen Teil davon genießerisch auf der Zunge zergehen. »Schokolade, mhm, guuut.« Den Rest stopft er in den Kindermund, der vom Brüllen noch offen steht. Endlich ist der kleine Quälgeist ruhiggestellt.

»Kevin hat doch Naschverbot bekommen!« Die kreischende Frauenstimme verrät unverkennbar die Verwandtschaft mit dem Jungen. »Warum hältst du dich nicht an die Regeln? Immer bist du der gute Vater und ich die böse Mutter.« Erzürnt packt sie den Kleinen am Arm und schleift ihn zum Parkplatz.

Ja, verschwindet endlich, denkt sie, sonst reißen meine Nerven und ich knalle euch alle ab. Heulend fährt eine Windböe unter den Glasvorbau, treibt ihr dicke Schneeflocken ins Gesicht. Sie hält sich die weißgelockte Perücke fest, die etwas zu weit ist, und stapft zur Tür, die sich einladend öffnet. Weihnachtsgerüche locken ins Warme, wo auf unzähligen Ständern Waren feilgeboten werden. Das monotone Piepen der Kassen dringt in ihren Kopf und verursacht Schmerzen. Wo bleibt er denn? Ein Blick auf das Handy zeigt eine Wartezeit von weiteren acht Minuten an. Wenn er bis dahin nicht aufgetaucht ist, wird es echt brenzlig.

»Für wen sammeln Sie die Spenden?«

Erschrocken fährt sie herum. Das Herz schlägt einen Trommelwirbel, Schweißperlen haften an der kalten Stirn. »Kinder, krank, in Albanien«, antwortet sie Kevins Vater. Ob er ihr den ausländischen Dialekt abnimmt? Ein überladener Einkaufswagen streift schmerzhaft ihre Hüfte. Schnell springt sie beiseite, bevor sie von der Oma dahinter endgültig erledigt wird.

»Ein weiblicher Weihnachtsmann!« Ein breites Grinsen teilt die Narbe an seiner Wange in zwei Hälften. »Die Emanzipation macht echt vor gar nichts mehr halt.« Kopfschüttelnd lässt er zwei Münzen in die Spendenbüchse fallen.

Schwindel erfasst sie, als sie sich zur Tür dreht. Noch immer kein Zeichen von ihm!

»Entschuldigung, ist da etwas Süßes in dem Sack?« Erwartungsvoll wird sie von einer Zehnjährigen mit langen Zöpfen gemustert, die unter einer Mütze hervorlugen.

Gütig nickend, wie sie es in amerikanischen Familienfilmen gesehen hat, überreicht sie ihr einen Schokoengel. Nur noch fünf Minuten!

»Danke.« Das Mädchen legt den Kopf schief und starrt sie weiter an. Was will sie denn noch? »Ich hab zwei kleine Brüder, die sich auch über Schoko vom Weihnachtsmann freuen.« Aufgeweckt, die Kleine! Das aufgesetzte Lächeln schmerzt auf dem Gesicht, als sie aus dem Bauch des Sacks eine goldene Orgel und einen Stern befördert. »Du bist lieb!« Das strahlende Kindergesicht belohnt sie für die gute Tat. Sie bemerkt, wie die Hände vor Angst zittern, während sie ihr nachwinkt. Abermals wird sie von Schwindel erfasst, der sie beinahe straucheln lässt. Unter der dicken, roten Jacke wird es mit einem Mal so heiß, dass sie meint, jeden Moment ersticken zu müssen.

»Alles in Ordnung mit Ihnen?« Eine feste Hand packt sie am Arm und zieht sie in die klirrende Kälte zurück. »Wollen Sie sich hinsetzen?« Eindringlich wird sie von besorgten Augen gemustert.

»Alles okay«, quetscht sie mühsam hervor. Sie muss sich unbedingt zusammenreißen! Es hängen zu viele Menschen mit drinnen, als dass sie alles wegen ihrer Scheißangst vermasseln könnte. Nur noch zwei Minuten! Wenn er nicht bald herausstürzt, muss sie alleine flüchten. So ist es jedenfalls im Plan vorgesehen. Wieder pirscht sie sich an den Ausgang heran, überfliegt die Gesichter an der Kassa, kann ihn jedoch nirgendwo entdecken.

»Verzeihung!« Eine junge Frau winkt sie beiseite, damit sie mit dem Einkaufswagen an ihr vorbei kommt.

Was soll sie nur tun? Hineingehen und nachsehen? Keinesfalls kann sie ihn alleine hängen lassen, wie ein Tier in der Falle. »Haut ab!« Zwei Kinder, die sie dreist am Jackenärmel zupfen, stören. Mit einer drohenden Armbewegung raubt sie ihnen den Glauben an den gütigen Weihnachtsmann. Die Ziffern am Handy springen um, geben das Startsignal für die Flucht. Oder geht die Uhr vor, obwohl sie mit seiner verglichen wurde?

Plötzlich dringt das Geheul von Polizeisirenen an ihre Ohren. Im ersten Moment glaubt sie, sterben zu müssen. Das Herz setzt für einige Schläge aus, die Angst lähmt jeden Muskel. Dann beginnt sie zu laufen, Menschen mit vollen Tüten abzudrängen. Die Lautstärke der Sirenen nimmt im Sekundentakt zu, nähert sich mit Lichtgeschwindigkeit. Wir sind verloren!, denkt sie. Wie im Notfallplan vorgesehen, drückt sie sich in den dunklen Seiteneingang des Nachbarhauses, wo die Mülltonnen stehen. Dahinter verborgen schickt sie ihm mit zitternden Fingern eine SMS. Ob ihm die Flucht noch rechtzeitig gelungen ist? Tränen sammeln sich in den Augenwinkeln, fließen über die Wangen, wo sie vom schlechten Bartimitat verschluckt werden. Mit dem Ärmel fährt sie sich über die rinnende Nase. Alles ihre Schuld! Ein blechernes Geräusch versetzt sie in Alarmbereitschaft. Wurde sie entdeckt? Das forsche Stapfen von groben Schuhen lässt auf die Polizei schließen, die in der näheren Umgebung womöglich schon eine Fahndung eingeleitet hat. Verdammt, es ist zu spät, um sich in einer Mülltonne zu verstecken! Sie unterdrückt einen langen Schluchzer und macht sich an der Hauswand so klein wie möglich. Wenn kein Wunder passiert, wird sie in den nächsten Sekunden auffliegen!

1. Kapitel

Wie vom Blitz getroffen, schreckt Ebru hoch. Sie hasst nichts mehr, als von einem Paar fremder Augen geweckt zu werden, das sie unverwandt anstarrt. Das heiter gemurmelte »Morgen« trägt eine Ladung bestialischen Mundgeruchs an ihre Nase, das freundliche Lächeln dreht ihr bereits in der ersten Minute des neuen Tages den Magen um. Mit einem Seufzen lässt sie sich ins Polster zurückfallen, wofür sie ihr Kopf sofort mit einem schmerzhaften Brummen straft. Sie hätte gestern wenigstens nach der fünften Tequila-Runde auf die Notbremse treten sollen. Unauffällig zieht sie ihren Fuß unter dem Bein der Unbekannten hervor, indem sie gähnt und sich ausgiebig streckt. Sie riskiert einen zweiten Blick in die grauen Augen, die sie in völlige Verwirrung stürzen. Waren sie nicht zu dritt in die Wohnung getorkelt? Da ist doch noch die Hübsche mit den süßen Grübchen an Bord gewesen, die gestern ihren Geburtstag feierte. Ein schneller Rundblick identifiziert jedoch keine Spuren einer weiteren, menschlichen Existenz im Raum.

»Hast du einen schlimmen Kater?«, fragt die Bettbesetzerin besorgt und streicht ihr eine Locke hinter das Ohr.

Ebru zuckt unter der breiten Hand zusammen. Kleine Erinnerungsblasen steigen nach und nach in ihr Bewusstsein auf und überziehen das Gesicht mit heißer Röte. Saugende Lippen an Brustwarzen, nasse Schenkel, Küsse auf Haut, schwere Brüste, Zungenkreisen, intime Gerüche, zarte Mädchenbrüste, viele Finger auf ihr, um sie herum und in ihr drin. Ebru setzt sich abrupt hoch, um dem Datenzufluss Einhalt zu gebieten. Andere saufen so lange, bis sie doppelt sehen, sie dagegen hat doppelt gespürt. Besorgt massiert sie sich die schmerzenden Schläfen und nimmt sich streng vor, in nächster Zeit mehr Abstand vom Alkohol zu halten. Wenn sie in diesen Dimensionen weitersäuft, droht ihr am Ende noch die Zwangseinweisung in die Klapse.

»Ich bestehe darauf, dass du dein Versprechen einlöst.« Die Fremde liegt mit aufgestützten Unterarmen auf dem Bauch und blickt sie erwartungsvoll an.

Ebru schluckt schwer. Warum kann sie in besoffenem Zustand nicht ihr loses Großmaul halten? Keine Ahnung, wie viele Orgasmen sie ihr gestern versprochen hat. Keine Macht der Welt könnte sie jetzt dazu bringen, diese fremde Haut zu berühren. »Weißt du, mein Kopf tut höllisch weh. Außerdem habe ich meiner Mitbewohnerin versprochen, mit ihr einkaufen zu gehen«, krächzt sie. Der Hals fühlt sich trockener als die Wüste an.

»Am Sonntag?«

Erwischt! »Können wir das vielleicht auf ein anderes Mal ...«, stottert Ebru hilflos.

»Das doch nicht«, kichert die Fremde und rollt sich aus dem Bett. »Du hast versprochen, für mich den besten türkischen Kaffee in Wien zu kochen.«

Ebru kann sich die Erleichterung trotz gutem Willen nicht aus dem Gesicht wischen. Das Schlimmste ist verhindert! Der Gutschein für den Kaffee ist zwar mit den ersten Sonnenstrahlen abgelaufen, aber um die Fremde aus dem Bett zu bekommen, ist ihr fast jedes Mittel recht. Obwohl sie eigentlich recht ansehnlich ist, stellt Ebru fest, während sie beobachtet, wie die andere ihre Klamotten zusammensucht und sich in aller Ruhe vor ihr ankleidet. Große Brüste und die übliche Anzahl an Fingern. Zum Glück sind ihre Wahnvorstellungen also verschwunden! Rasch schlüpft Ebru in ein knielanges T-Shirt und versichert der Frau, sie könne sich Zeit lassen, bevor sie in die Küche wankt.

»Na, wie war die Jagd?« Sebastian kann sich ein süffisantes Grinsen nicht verkneifen. Unverschämt gut gelaunt sitzt er neben Lena am Küchentisch, der sich unter einer erlesenen Auswahl an Speisen biegt. »Hast du die schärfste Frau ins Bett kriegen können?«

»Woher wisst ihr's?« Ertappt sinkt Ebru am Plastiksessel nieder. Sie schenkt sich ein Glas Wasser ein und trinkt es in einem Zug leer.

»Ein fremdes Paar Schuhe und verdammt lautes Gestöhne am frühen Morgen«, informiert sie Lena brüsk. »Kaffee?«

»Ja, bitte.« Ebru versteckt ihr Gesicht hinter den langen Locken. »Hab ich euch geweckt?«

»Davon kannst du ausgehen. Wir dachten schon, ihr übt für einen Porno.« Lena stellt den Kaffeebecher mit einem Rums vor Ebrus Nase ab. In Wellen schwappt die dunkle Flüssigkeit über und läuft in kleinen Rinnsalen auf die Resopalplatte.

»Tut mir wirklich leid«, beteuert Ebru verschämt. Sie lässt ihren Kopf auf den Tisch sinken. Die kühle Glätte an der Stirn strömt beruhigend in ihre Nervenbahnen. Allerdings meldet ihre Nase, dass irgendwo Schwein drin ist. Pfui!

»Wenn du nicht bald aufhörst, so wahllos herumzubumsen, fange ich auch an, mir Sorgen um dich zu machen«, sagt Lena und macht ein strenges Gesicht.

»Ich experimentiere doch bloß ein bisschen herum.« Schon Anna und Katrin, Lenas Mütter und ihre Pflegeeltern, haben in einem langen, unerfreulichen Gespräch ihrer Besorgnis hinreichend Ausdruck verliehen. Ob hinter dem angeblich fast schon obsessiven Erfahrung-Sammeln vielleicht noch etwas anderes stehe? Selbstwertsteigerung, Bindungsängste, vielleicht sogar Selbstverachtung? In übertriebener Fürsorglichkeit interpretierten die beiden viel zuviel in die simple Tatsache hinein, dass Ebru ihre neue Freiheit einfach nur in vollen Zügen auskosten möchte. Wie ein junges Pferd, das nur im Stall gehalten wurde und eines schönen Tages auf die Koppel entkommen konnte.

»Du weißt hoffentlich, was gut für dich ist«, gibt Lena

klein bei und drückt ihr im Vorübergehen einen Kuss auf den Scheitel.

»Mmmh, das sieht köstlich aus«, meldet sich die Fremde im Hintergrund. Ungezwungen tänzelt sie in die Küche und setzt sich an den Tisch.

»Bediene dich«, fordert sie Ebru seufzend auf und verzieht sich schleunigst ins Bad, um der Verlegenheit zu entgehen, sie Lena und Sebastian vorstellen zu müssen. Namen konnte sie sich noch nie sonderlich gut merken. Erst nach einer kühlen Dusche, unter der sie mit den Resten des zerlaufenen Make-ups auch die Spuren der Erinnerung abspült und sich von dem absonderlichen Geschmack im Mund befreit, fühlt sie sich imstande, der Fremden in der Küche noch einmal gegenüberzutreten.

»Lecker«, kommentiert diese gerade den letzten Streifen vom gebratenen Speck, bevor sie ihn zusammen mit einer Gabel voll Eierspeise in den Mund stopft.

»Annndy studiert was Technisches«, informiert Sebastian, wobei er den Namen der Fremden besonders lang dehnt. Der kleine Angeber ist sich nicht zu schade, mit seinem Wissensvorsprung zu prahlen. »Sie hat sicher ein paar gute Tipps, was du am Anfang des Studiums alles beachten solltest.«

»Ein anderes Mal«, erwidert Ebru kühl und lehnt sich an den vibrierenden Kühlschrank.

»Na gut, dann mach ich mich besser auf die Socken.« Nach einem letzten, hastigen Schluck Filterkaffee folgt ihr Andy zur Eingangstür. »Es war echt geil mit dir«, sagt sie leise und schlüpft in ihre Schnürstiefel. Begehrliche Blicke betasten Ebrus T-Shirt, das durch die langen nassen Haarlocken feucht geworden ist. »Übrigens soll ich dir liebe Grüße von Marisa ausrichten.«

Verdammt! Wer ist das schon wieder?, fragt sich Ebru im Stillen.

»Du weißt schon, sie musste früh gehen, weil sie heute zum Geburtstagsbrunch mit ihren Eltern verabredet ist«, klärt Andy sie auf.

»*Allah'a şükür!*«, kommt es Ebru erleichtert über die Lippen. Dann waren die kleinen Brüste doch keine Einbildung!

»Ruf mich an.« Andy drückt ihr ein abgelaufenes Kinoticket in die Hand, über das quer Zahlen vermerkt sind. »Nicht nur für Sex.«

»Mal sehen«, murmelt Ebru und versucht, ihrem eindringlichen Blick auszuweichen. Was erwartet das fremde Wesen? Einen ernsthaften Beziehungsversuch nach einem Dreier?

»Ich werde an dich denken.« Andy drückt ihr einen schnellen Kuss auf die Lippen und geht, ohne sich umzudrehen.

Erlöst verriegelt Ebru hinter ihr beide Türschlösser. Mit dem Handrücken wischt sie sich das eklige Schweinefett vom Mund.

»Alles okay?«, fragt Lena vorsichtig.

»Sicher.« Ebru nötigt sich ein Lächeln ab.

»Gut, dann kannst du gleich helfen, meinen Kleiderschrank aufzubauen. Sebastian hat keine Zeit dafür. Er trifft sich mit Freunden.«

Das ist wieder typisch für ihn, denkt Ebru, behält ihre Meinung jedoch lieber für sich. Zum Zeichen des Einverständnisses nimmt sie Lena den hochgehaltenen Schraubenschlüssel aus der Hand. Sie versucht die einfach gezeichnete Anleitung zu verstehen, flucht, fügt zusammen, hämmert und schraubt. Doch erst am Abend verfliegt der unangenehme Druck in der Brust mit den ersten Schwalben nach Süden.

Aufbruchstimmung zieht durch die Abflughalle, erfasst und durchdringt jeden Körper, äußert sich in hastigen Bewegungen, verwirrtem Stirnrunzeln, hysterischem Geplärre und ersten Cocktails an der überteuerten Bar. Menschenströme wogen um Lena herum, tragen fremd klingende Wortfetzen an ihre Ohren. Auf der großen Anzeigetafel rutscht die Ankündigung des Flugs nach Abu Dhabi um zwei Plätze nach oben. Lena fühlt einen dicken Kloß im Hals. Sie hatte sich den Abschied von ihren Müttern nicht so tragisch vorgestellt. Schnell blinzelt sie die Nässe aus den Augenwinkeln weg.

»Ich werde euch unglaublich vermissen!« Katrin kann ein Schluchzen nicht mehr unterdrücken, als sie Lena und Ebru noch einmal in die Arme schließt und nie mehr loslassen möchte. Wie kam sie nur auf den schrägen Gedanken, ihre Sinnkrise in der Zurückgezogenheit eines indischen Ashrams zu lösen?

»Wir skypen miteinander«, tröstet sich Anna und küsst die Wangen ihrer Tochter blank. Lena fühlt sich wie von ihrer Katze Siri geputzt, hält das Gesicht jedoch still.

»Und meldet euch bei Christian, wenn ihr Probleme habt!« Katrin streicht Ebrus Kragen glatt und drückt ihr einen Kuss auf die Stirn.

»Der ist doch nur mit seinem neuen Lover beschäftigt.« Lena zieht ein verdrossenes Gesicht. Auf der Hochzeitsreise lernten ihr Vater und Clemens einen jungen Deutschen mit brasilianischen Wurzeln kennen, der zwischen ihnen im Bett schlafen durfte. Während die Episode für Clemens in Wien vorbei war, konnte ihr Vater das Feuer, das Felipe entzündet hatte, nicht mehr löschen. Nach drei Monaten war Clemens erbarmungslos gegen das jüngere Modell ausgetauscht, das in Lenas Augen nur aus Haaren und Knochen besteht. Wie kann ihr Vater nur eine langjährige Beziehung für ein bisschen Spaß in den Sand setzen? Es ist nur peinlich, wenn ein Fünfzigjähriger verzweifelt versucht, einem Jungen zu imponieren, der gleich alt ist wie die eigene Tochter. Neuerdings lässt er sich Botox in die faltige Stirn spritzen und fährt in Lederkluft Motorrad. Seine verliebten Hundeblicke verursachen ihr Übelkeit, weshalb sie derzeit besser Abstand hält. Der kleine Halbbrasilianer hat eine jämmerliche Figur aus ihm gemacht, die sie nicht akzeptieren möchte.

»Wir müssen uns beeilen.« Anna greift nach dem großen Rucksack, den sie aus ihren Backpacker-Tagen retten konnte.

»Nein, Anna! Ich komme nicht mit!« Unvermittelt wird sie von Katrin durch eine japanische Reisegruppe hindurch aus der Hörweite ihrer Töchter gezogen. »Die beiden sind zu jung, um für sechs Monate alleine zu bleiben.«

»Aber Katrin! Das haben wir schon unzählige Male besprochen.« Mit einem gewagten Sprung weicht Anna einem Anzugträger aus, der gestresst Richtung Passkontrolle hastet. »Sie haben Christian und gute Freundinnen, die für sie da sind. Außerdem sind wir nicht aus der Welt. Wahrscheinlich werden wir öfter mit ihnen sprechen, als wenn wir in Wien wären.«

Mit einem Nicken stimmt Anna zu, verharrt jedoch starr auf den Schuhsohlen. »Vielleicht ist die Sache mit der Selbstverwirklichung ja nur eine faule Ausrede, weil ich nicht zugeben möchte, dass ich dir nicht vertraue. Indien ist deine erste große Fotoreise, nach Schweden. Womöglich habe ich nur Angst, dass du mich wieder betrügst.«

»Quatsch!« Zärtlich nimmt Anna ihr verzagtes Gesicht in beide Hände. »Du begleitest mich, weil du etwas Neues brauchst und weil du mich liebst. Aus keinem anderen Grund.« Zur Unterstreichung ihrer Worte gibt sie Katrin einen langen Kuss, der deren Vorfreude auf Indien sprunghaft erhöht. »Außerdem wäre ich aus Delhi nach spätestens drei Wochen nach Hause gekommen.«

»Bist du dir sicher?«

»So sicher, wie ich dich liebe.« Anna nimmt Katrins Hand, legt sie an ihre Wange und küsst den letzten Zweifel weg.

SMS von Katrin an Lena

Haben das Flugzeug noch gekriegt und sind gerade in Abu Dhabi zwischengelandet. Melde mich aus Delhi wieder!

»Oh, nein«, stöhnt Lena, »wenn das so weitergeht, verliere ich mein Handy bei nächster Gelegenheit.«

»Ich finde die beiden süß«, kichert Ebru. Sie würde sich ein ähnliches Engagement von ihren leiblichen Eltern wünschen. Doch für die ist sie seit der Flucht vor ihrer Zwangsheirat mit einem türkischen Großcousin gestorben. Die strikte Weigerung, sich durch Verehelichung von der Schande rein zu waschen, haben sie ihr nie verziehen. Welch schlimme Sünde, sich in ein Mädchen zu verlieben!

Mit einem ausgelassenen Lachen sperrt Lena die Wohnungstür auf und zieht Sebastian hinter sich in den kühlen Vorraum. Er riecht nach dem Wasser der Alten Donau, nach Sonnenmilch und dem Holz des Stegs. Zart malt sie mit dem Finger die Konturen seiner Lippen nach, bevor sie ihn küsst.

»Lena«, durchbricht Ebru die Trägheit des schwülen Sommerabends. »Tut mir leid, ich wusste nicht …« Rasch bremst sie sich, als sie die beiden ineinander verschlungen überrascht.

Lena wirbelt zu ihr herum. »Kommst du zum Konzert mit?« Die Augen glitzern voller Vorfreude im orangefarbenen Licht der letzten Sonnenstrahlen.

»Geht leider nicht«, druckst Ebru herum, »die Fischstückchen vom Mittagessen schwimmen wieder hoch.« Gequält verzieht sie das Gesicht und presst die Hand auf den Magen.

»Soll ich dir einen Käsepappeltee kochen?«

»Nein, danke, ich will heute nur mehr ins Bett. Viel Spaß beim Konzert!« Abrupt macht sie kehrt und flüchtet in ihr Zimmer zurück.

»Was ist los?«, fragt Sebastian, als ihr Lena lange Sekunden nachstarrt.

»Keine Ahnung. Aber irgendetwas stimmt mit ihr nicht.« Ein kleines Detail im Gesamtbild ist verändert worden und hat Lenas Misstrauen erregt, obgleich sie es nicht konkret benennen kann. Noch nicht.

»Komm mit unter die Dusche.« Mit einem vielversprechenden Grinsen bringt Sebastian sie auf andere Gedanken. Seine Hand zieht sie ins Badezimmer, liebkost die samtige Haut unter ihrem T-Shirt, die von der Sonne noch warm ist.

»Schon überredet.« Lena schmiegt sich dicht an ihn, während ihre Hand seinen Bauchnabel umkreist und dann zielsicher den schmalen behaarten Streifen weiter nach unten gleitet.

»Lena?« Sebastian kann sich nicht erklären, warum sie plötzlich inne hält. Mit leeren Augen blickt seine Freundin ihn an, als ob sie in Gedanken weit weg wäre. »Hallo! Erde an Lena, hier spielt sich das Leben ab.« Leidenschaftlich küsst er ihre leblosen Lippen, die ihm wenige Augenblicke zuvor noch das Paradies versprochen haben.

»Jetzt weiß ich, was nicht stimmt!« Lena lässt von ihm ab und schlägt sich mit der flachen Hand auf die Stirn. »Ebru hat gerade ein Kopftuch getragen!« Es war zwar locker im Nacken zusammengebunden, als wäre es ein modisches Accessoire, bedeckte aber jede einzelne Haarsträhne.

»Wenn sie sich damit besser fühlt.« Achselzuckend lässt er das Thema fallen und versucht ihre Begierde neu zu entfachen, indem er zart an ihrem Ohrläppchen knabbert.

»Ich versteh es bloß nicht«, murmelt Lena. »Warum macht sie das? Noch dazu bei dieser Affenhitze?« Mit einem Mal fährt ihr eine Vorahnung durch den Kopf. Einzig vor ihrer Familie würde Ebru noch den Schein der guten, muslimischen Tochter wahren. Oder der braven Schwester.

Das wäre davon abhängig, wer zu Besuch gekommen ist.

»Du kannst mich doch nicht einfach stehen lassen!« Im letzten Bewusstseinswinkel hört sie Sebastian empört aufjaulen, während sie durch den Flur zu Ebrus Zimmer stürmt. Die Leichtigkeit ist einem schweren Kloß gewichen, der sich im Körper zusammenballt. Ungeduldig trommelt sie an die verschlossene Zimmertür. »Mach bitte auf!«

»Soll ich dir mein blaues Top borgen?« Ebrus kräftige Stimme durchschneidet mühelos die drei Zentimeter dicke Holzspanplatte.

»Ich scheiß auf dein blaues Top!«, brüllt Lena. Sie hat keine Lust, mit billigen Ablenkungsmanövern hingehalten zu werden. »Öffne sofort die Tür oder ich schlage sie ein!« Bei jedem Fausthieb schwingt das Holz nach, bis die Tür schließlich einen Spalt breit geöffnet wird.

Entrüstet steckt Ebru den Kopf aus dem Zimmer. »Bist du wahnsinnig geworden?«

»Er ist da drin, oder?« Sie braucht die Bestätigung nicht einmal in den Augen der Freundin zu lesen, sie weiß es einfach.

Mit einem tiefen Seufzen stößt Ebru die Tür bis zum Anschlag auf. Tariks vertraute Gestalt zeichnet sich in der einbrechenden Dunkelheit deutlich ab. Betäubt lehnt Lena am Türrahmen und schlingt die Arme fest um den Körper. Noch immer sieht er verdammt gut aus, wenn er sich verlegen durchs Haar fährt, wie gerade eben.

»Nächsten Sommer werde ich dich besuchen kommen und vielleicht hast du mich dann noch nicht vergessen …« Die Worte aus seiner letzten E-Mail werden wieder lebendig. »Vielleicht können wir sogar noch einmal von vorne beginnen.«

Was für eine unerträgliche Verhöhnung! Den ganzen Herbst lang wünschte sie sich nichts sehnsüchtiger, als dass er sein Versprechen wahr machen würde. Sie hatte auf ihn gewartet, sich mit Mails und langen Telefonaten getröstet, in denen er seine Liebe schwor. Im November wurden die Anrufe jedoch seltener, die Antworten einsilbig, das Lachen verstummte. Doch noch immer weigerte sie sich hartnäckig, das Offensichtliche einzugestehen. Wie lächerlich sie sich gemacht hatte!

»Du wagst es, hier aufzukreuzen?«, fragt sie mit dünner Stimme.

»Soll ich gehen?« Unsicher blickt Tarik zu seiner Schwester hoch. Er ist nicht gekommen, um noch mehr Ärger zu machen.

»Gehen?«, wiederholt Lena verständnislos. Glaubt er allen Ernstes, er könnte sich so einfach aus der Affäre ziehen? Wie mit der kitschigen Karte, die sie zu Weihnachten im Briefkasten fand? »Warte nicht auf mich, ich bin verloren«, war mit wackeligen Buchstaben darauf gekritzelt. Seine Unterschrift war kaum zu entziffern, als wäre er selbst dafür zu feige gewesen.

»Alles in Ordnung?« Sebastian drängt in die aufgestaute Hitze und legt einen Arm beschützend um Lenas Taille. Verwirrt folgt er ihren Blicken, die einen jungen Typen am Fenster fixieren. »Wer ist das?«

»Mein großer Bruder«, flüstert Ebru. Hautnah hat sie die Auswirkungen der Trennung miterlebt: Lenas kochende Wut, die meist in Heulkrämpfen endete, die viel zu lange Trauer, und am Schluss die Veränderung. Auf eine irrationale Weise hat sie sich dabei stets für sein mieses Verhalten verantwortlich gefühlt, nur weil sie fünfzig Prozent ihrer Gene mit Tarik teilt.

»Tut mir leid, du hättest ihn nicht sehen sollen.«

»Wieso denn? Er schuldet mir ohnehin noch ein paar Antworten.« Mit schweren Schritten geht Lena auf ihn zu.

»Hallo«, Tarik räuspert sich hörbar. »Gut siehst du aus!«

Ein Kurzschluss lässt in Lenas Kopf alle Sicherungen durchbrennen. In Zeitlupe sieht sie ihre offene Handfläche mit voller Wucht in sein Gesicht knallen, und zwar genau so, wie sie im Selbstverteidigungskurs gelernt hat, dass es am meisten weh tut. Schwer atmend spürt sie ein starkes Pochen in der rechten Hand. Mit Genugtuung registriert sie, wie Tarik seine Wange reibt und den anderen Arm abwehrend vor sich hält. »Bist du komplett gestört oder was?«, schreit sie ihn an und schubst ihn an den Schultern rücksichtslos nach hinten. »Kommst mit einem blöden Macho-Spruch an, nach all dem …« Lena holt tief Luft. Als sie wieder ausatmet, geht mit einem Seufzen auch die meiste

Wut verloren. »Was denkst du dir eigentlich? Denkst du überhaupt manchmal nach?« Die letzte Frage bleibt verzweiflungsvoll in der Luft hängen.

»Hat er dir etwas getan?« Sebastian taucht an ihrer Seite auf und funkelt Tarik drohend an.

»Lass gut sein. Das muss ich alleine klären.« Besänftigend legt ihm Lena die Hand auf die Schulter. Doch Sebastian rückt keinen Millimeter von ihr ab. Mit grimmigem Blick versucht er den Ballast aus ihrer Vergangenheit einzuschätzen.

»Mach dir keine Sorgen! Mir passiert schon nichts.« Großspurig betont Lena das *mir* dabei besonders stark. Gesund und munter, wie Tarik vor ihr steht, kann sie für sein Wohl keine Garantie mehr übernehmen. Wären ihre Rachegedanken Wirklichkeit geworden, hätte er sowieso ein Dutzend Giftpfeile im Herzen, einen Knoten in der Zunge und keine Geschlechtsteile mehr.

»Bist du sicher?« Sebastian fixiert den Unbekannten, der ihn um heißen Sex betrogen hat. Schon allein dafür würde er ihm am liebsten selbst noch eine verpassen.

»Komm schon!« Ebru schubst ihn nach draußen. »Es ist wichtig, dass sie diese alte Geschichte endlich abschließt.«

»Ich warte auf dich.« Sebastians Blick signalisiert Lena, nur einen Mucks machen zu müssen, damit er sich den Typen zur Brust nimmt. Widerwillig überschreitet er die Schwelle, bevor Ebru die Tür hinter ihnen beiden ins Schloss krachen lässt.

Das letzte Tageslicht weicht der schwülen Nacht. Dumpfe Wortfetzen, durchbrochen von spitzen Lachern, dringen vom Straßencafé gegenüber zu ihnen herauf. Kein Windhauch spielt mit den leichten Vorhängen an Ebrus Fenster. Lena wischt sich mit dem Handrücken über die feuchte Stirn.

»Ich hoffe, dass ich dir geben kann, was du offenbar brauchst«, tönt es aus dem Halbdunkel. Tarik bewegt den Kopf vorsichtig von rechts nach links und wieder zurück, um die Auswirkungen des Schlages zu prüfen.

»Als ob dir das schon jemals wichtig gewesen wäre.« Lenas Worte triefen vor Hohn. »Komm näher, ich will dein Gesicht sehen!«

Tatsächlich erhebt sich Tarik aus dem Sessel, allerdings nur, um den Lichtschalter neben der Tür zu betätigen.

Beißende Helligkeit fährt Lena in die Augen, lässt sie angestrengt blinzeln. Als die Welt allmählich an Schärfe gewinnt, hockt Tarik bereits wieder auf dem Sessel im Eck. Über ihm prangt das Poster mit den vier nackten Frauen in obszönen Körperstellungen, worüber Ebru in fetten Lettern »I love porno« gepinselt hat. Das passt ja haarscharf, denkt Lena, zwei Geschwister, ein Bild. Zum Zeichen des Friedens nähert sie sich mit erhobenen Handflächen und nimmt sein Gesicht in Augenschein. »Der kleine Abdruck ist doch nicht schlimm.« Zu Weihnachten wurde sie von ihm viel härter getroffen.

»Das habe ich sicher verdient.« Kurz streift Tarik über ihren Arm. Die Berührung ist von solcher Zartheit, dass Lena zuerst gar nicht sicher ist, ob sie nicht nur von einer leichten Brise herrührt; doch der Vorhang bleibt unbewegt in der Schwüle. »Geht es dir gut?«, fragt er.

»Ja, sehr gut, sogar hervorragend.« Lena fragt sich, wo ihre Wut geblieben ist. Nichts lohnt sich mehr, ihm ins Gesicht zu pfeffern. Sie möchte nur noch verstehen. »Du bist mir eine Menge Antworten schuldig.«

»Das habe ich mittlerweile verstanden.« Unruhig rutscht Tarik auf der äußeren Sesselkante herum.

»Was ist zu Weihnachten passiert?« Lena nimmt auf dem Stuhl ihm gegenüber Platz.

»Nichts.« Tarik versteckt sich hinter einer undurchdringlichen Miene.

»Das glaube ich dir nicht.« Lena stupst ihn am Bein. »Sag schon!«

Tarik stößt ein lautes Seufzen aus. »Ich arbeite seit Weihnachten im Holzsägewerk, wie mein Vater.« Er wischt sich mit dem Saum seines Shirts das schweißnasse Gesicht trocken. »Ich bin nur für ein oder zwei Tage gekommen, um Ebru wiederzusehen.«

Vor Erstaunen bleibt Lena der Mund offen. »Und warum hast du die Schule geschmissen?«

»Wir haben das Geld gebraucht.« Mit wir meint er seine Familie, die Eltern und den kleinen Bruder Deniz, der die erste Klasse Volksschule gerade so mit Ach und Krach geschafft hat. »Da war ein Job so gut wie der andere.«

»Warum hast du dir dann nicht in Wien eine Arbeit gesucht?« In meiner Nähe, fügt sie in Gedanken hinzu.

»Glaubst du, ich bin stolz darauf, als hirnloser Befehlsempfänger zu arbeiten?« Tarik springt hoch, nimmt einen Stein aus Ebrus Sammlung und schiebt ihn von einer Hand in die andere.

»Du hast aus Stolz mit mir Schluss gemacht?«, fragt Lena mit großen Augen. Nicht einmal in den entlegensten Phantasien wäre ihr diese absurde Erklärung eingefallen.

»Ich dachte, dass es so am besten ist. Hier wäre ich doch nur ein frustrierter Hilfsarbeiter gewesen, der dir wie ein Klotz am Bein hängt.« Der selbstlose Heldenmut, den er damals bei seinem Beschluss empfunden hatte, ist plötzlich wie weggeblasen. Im Moment fühlt es sich nur mehr idiotisch an, die eigene Zukunft zum Wohl der Familie im Sägewerk zu zerfräsen.

»Warum hast du mich nicht vor die Wahl gestellt?« Weil er sie nicht gefragt hat, fühlt sie sich nachträglich zum kleinen Kind degradiert, über dessen Kopf hinweg Entscheidungen getroffen werden.

»Weil es gar keine Wahl gegeben hat.« Seine Hand schließt sich voller Kraft um den Stein, als ob er ihn zerquetschen wollte.

Protestierend schüttelt Lena den Kopf. Es gibt immer unendlich viele Möglichkeiten, sich zu entscheiden. »Es wäre mir egal gewesen, ob du ein Hilfsarbeiter oder ein Manager bist.«

»Das glaube ich nicht.« Tarik stellt sich ans Fenster, da er einen Augenblick lang meint, in dem stickigen Raum keine Luft mehr zu bekommen. »Schon bald hättest du gemerkt, dass ich nicht zu deinen Freunden passe. Schau dir doch mal den Schnösel an, mit dem du jetzt zusammen bist. Der ist das glatte Gegenteil von mir.«

»Hast du vielleicht ein Problem damit?« Lena blitzt ihn mit herausfordernden Augen an, die besagen: Noch ein falsches Wort und du bist tot.

Tarik atmet tief durch und zählt still bis zehn. »Du scheinst mit ihm glücklich zu sein, und das alleine zählt.«

Als ob ihm etwas an ihr liegen würde! »Du siehst aber gar nicht glücklich aus«, stellt sie bei näherer Betrachtung fest. Verwundert bemerkt sie, dass ihr diese Tatsache keinerlei Befriedigung verschafft.

»Ich komme schon zurecht.« Mit leeren Augen betrachtet er den Stein in seiner Hand. Es wirkt auf Lena, als ob Tarik gar nicht richtig anwesend wäre. Nach stillen Minuten erkennt sie die Einsamkeit, die ihn von ihr und dem Rest der Welt trennt. Ohne nachzudenken, macht sie einen Schritt auf ihn zu und legt die Arme um ihn. Ihr Gesicht fühlt sich in seiner Halsbeuge überraschend vertraut an. Der Rhythmus ihres Herzens passt sich sofort dem seinen an. Körper scheinen langsamer zu vergessen als Köpfe, bemerkt sie.

»Ich will dein Mitleid nicht«, flüstert Tarik in ihr Ohr, drückt sie aber fest an sich.

»Wenn du so weitermachst, brichst du mir alle Knochen.« Als er nicht nachlässt, befreit sie sich aus seinen Armen. Warum hat sie sich überhaupt dazu hinreißen lassen?

»Freunde?« Tarik streckt ihr die Hand entgegen.

Lena knabbert an ihrer Unterlippe, während sie darüber nachgrübelt. »Besser nicht. Ich muss jetzt nach Sebastian sehen.« Als sie schon beinahe im Flur verschwunden ist, hält sie noch einmal kurz inne. »Und die Sache mit der Ohrfeige …«

»Ja?«

»… tut mir überhaupt nicht leid.« Sie grinst ihm frech ins Gesicht.

»Hätte ich auch nicht erwartet.« Er schickt ihr ein schwaches Lächeln zurück, bis sie weg ist und ihm die hochgezogenen Mundwinkel erstarren, als wäre er im Kühlhaus tiefgefroren worden. Er macht das Licht aus, lässt sich auf Ebrus Bett fallen und rollt sich so klein wie möglich zusammen. Seine Zähne graben sich tief in das Fleisch seines Unterarms, hinterlassen ovale Abdrücke auf seiner Haut, lautlose Schreie.

Ebru an hilfe@kummerkasten.at

hallo psychotante,

bitte antworten sie mir nicht! bestimmt sind sie in ihrem beruf ganz großartig, aber ich suche nur nach einer möglichkeit, um in meinem kopf ordnung zu schaffen. da hängt momentan viel mist im getriebe und ich sollte endlich mal aufräumen, an einigen stellen vielleicht sogar mit scheuermilch drüberputzen. natürlich könnte ich auch alles auf papier festhalten oder auf datensticks speichern, allerdings hat mich die vergangenheit schmerzhaft gelehrt, besser keine spuren zu hinterlassen.

so jage ich ein mail durchs netz, lösche es im postausgang und schon ist es, als hätte es diese gedanken nie gegeben.

gestern nachmittag hat mich Tarik aus heiterem himmel angerufen und verkündet, er stehe direkt vor unserem haus. ob er nach oben kommen dürfe? zum glück war Lena gerade mit Sebastian unterwegs, weshalb ich ihn unbemerkt in die wohnung mogeln konnte. nach einer langen umarmung wussten wir nicht, was wir miteinander reden sollten. in nur einem jahr sind wir zu fremden geworden. unsere telefonate sind von mal zu mal kürzer und belangloser gewesen. ich dachte, er möchte mir nichts mehr von zu hause erzählen, um mich nicht zu belasten. dennoch hat mich sein häufiges schweigen insgeheim gekränkt, weil ich es als mangelndes interesse auffasste. im gegenzug habe ich mich auch immer mehr verschlossen, bis wir beide sprachlos wurden.

traurig darüber, sind wir nebeneinander auf dem bett gesessen. die sonne hat uns gebraten wie würstchen am grill. ich habe uns zwei flaschen cola geholt, die wir, zwischen unsere beine geklemmt, als abkühlung benutzt haben. die minuten sind träge wie schweißperlen über mein gesicht geronnen. schließlich bat ich ihn von unserer familie zu erzählen, aber er antwortete nur knapp, es sei alles in ordnung. warum bist du dann hier, habe ich ihn gefragt. er wolle sich persönlich überzeugen, dass es mir gut gehe, erwiderte er. mehr konnte ich nicht aus ihm herausbringen. er fühlte sich neben mir erschreckend leer an, als hätte er seine gesamte lebenskraft verbraucht und bestünde nur mehr aus hülle.

doch dann ist Lena mit Sebastian früher als erwartet nach hause gekommen und hat das schweigen gebrochen. wie ein hurrikan ist sie über Tarik hinweggefegt, hat ihm sein mieses verhalten vorgeworfen, ihren schmerz spüren lassen. ich dachte, das hält er nicht aus, daran wird er zerbrechen.

als es vorbei war, fand ich ihn im dunkeln auf meinem bett liegen. sein körper zuckte, als würde er im innern gegen sich selbst kämpfen. ich legte mich zu ihm und hielt ihn fest, damit er sich nicht selbst verletzt. obwohl es nach wenigen minuten vorbei war, jagte er mir eine verdammt große angst ein. eng aneinander gedrängt, sind wir eingeschlafen und haben diesen furchtbaren tag hinter uns gelassen.

früh am morgen sind wir heute am donauufer entlangspaziert, gegen die strömung. das gras roch noch feucht vom regen. der asphaltierte weg dampfte unter den heißen morgenstrahlen bereits wie eine garküche. auf einem kleinen steg zogen wir uns die schuhe aus und ließen die füße ins wasser baumeln. für einen moment verwandelten wir uns wieder in kinder und spritzen uns mit dem kühlen nass an.

als Tarik mir eine händeladung wasser über den kopf schüttete, habe ich ihn mit einem festen kick in die donau befördert. unnötig zu erwähnen, dass ich kurze zeit später ebenfalls ein erfrischendes bad nahm.

als wir uns schließlich zum trocknen in die sonne legten, begann Tarik von unserem schlimmen kleinen bruder zu erzählen, von *anne*, die das haus kaum mehr verlässt und von *baba*, der mit niemandem mehr redet.[1] nur über sich selbst sprach er kein wort. wir machten es uns in einem leisen kaffeehaus am ufer gemütlich und tranken schwarzen tee. es war wieder ein bisschen wie früher. am abend wollte er mit dem zug nach rosenbach zurückkehren. wehmut erfasste mich, da ich meinen bruder, den ich gerade erst wieder kennengelernt hatte, schon verlieren sollte. doch es kam alles ganz anders …

in der dämmerung brach Tarik zum westbahnhof auf, aber die nacht schwemmte ihn vor meine tür zurück. er könne noch nicht wieder fahren, sagte er. ob er noch für einen tag bleiben dürfe? in seinen augen konnte ich plötzlich ein schwaches glühen sehen, das ich von früher so gut kannte. in diesem augenblick hätte ich ihm seinen wunsch um nichts in der welt abschlagen können.

jetzt bleibt mir nur noch die schwierige aufgabe, es Lena möglichst schonend beizubringen. ob sie heute nacht bei Sebastian schläft? Es ist furchtbar von mir, dass ich ihr Tarik auf dem sofa im wohnzimmer zumute. doch habe ich eine andere wahl? ohne sein glühen ist mein bruder verloren.

---

[1] *Anne* heißt auf Türkisch Mutter, *Baba* bedeutet Vater.

2. Kapitel

»Magst du schwarzen Tee?« Tarik deutet auf die volle Kanne am Küchentisch.

Lena reibt sich die verschlafenen Augen munter. »Unfassbar, dass ich dich gestern ein zweites Mal bei uns übernachten lassen habe!« Sie schüttelt über ihren Großmut den Kopf. Warum fällt sie immer wieder auf Ebrus Bettelei herein? Den Ausschlag gab jedoch Tariks Angebot, im Gegenzug für das kostenlose Quartier die Wände von Bad und WC zu streichen. In wenigen Wochen steht bereits die Aufnahmeprüfung an der Uni bevor und die Wohnung gleicht noch immer einer Notunterkunft. Halb ausgepackte Kartons, defekte Steckdosen, nackte Glühlampen und schmutzige Wände ersticken jedes Gefühl von Heimeligkeit. Mit Tariks Hilfe geht die Renovierung wenigstens schneller voran, sollte er den gnädigen Willen verspüren, sein Versprechen einzuhalten.

»Frisches Brot?« Freundlicherweise hält er ihr den Korb hin, in dem duftende Scheiben zum Verzehr bereit liegen.

Lena gibt ein widerwilliges Schnauben von sich. Allein seine Anwesenheit reicht aus, um ihr den sonnigen Morgen total zu vermiesen. »Ich weiß genau, was du vor hast«, kommentiert sie sein Bemühen. »Du willst dich bei mir einschmeicheln, damit ich dir verzeihe und du dich dann besser fühlst.« Mit anklagender Miene setzt sie sich hin und streicht sich eine zerzauste Haarsträhne aus dem Gesicht. Der Humus-Aufstrich, den er ihr jetzt reicht, wurde von ihm mit frischer Petersilie, Tomaten und schwarzen Oliven garniert und schmeckt auf dem türkischen Fladenbrot einfach zu köstlich. »Verfalle nicht dem Irrtum, dass ich mich mit so einfachen Mitteln manipulieren lasse.« Genießerisch leckt sie sich den Finger sauber, bevor sie zum nächsten Stück Brot greift.

»Freut mich, dass es dir schmeckt.« Beiläufig schiebt er einen kleinen Teller mit frisch geschnittenen Gurken in ihre Griffnähe.

»Pure Höflichkeit«, gibt Lena schnippisch zurück. Als er ihr eine weitere Tasse Tee einschenkt, fühlt sie sich zum ersten Mal am heutigen Tag in Betrieb. Sie betrachtet die Schwielen an Tariks Händen, die von der Arbeit im Holzsägewerk kräftiger wirken als früher und graue Schatten tragen. Dreck hat sich in die feinen Hautrillen gefressen, der sich mit keiner Seife der Welt schnell entfernen lässt.

»Du bist dunkler geworden.«

»Ich arbeite auch die meiste Zeit im Freien«, ruft er ihr unnötig ins Gedächtnis.

»Das ist es nicht. Es liegt nicht an der Sonnenbräune.« Lena hat Mühe, ihren vagen Eindruck in Worte zu fassen. »Es kommt mehr von innen. Sogar deine Augenfarbe ist anders geworden.«

Tarik verschluckt sich am Schwarztee. Schnell hält er sich die Hand vor den Mund, um die Flüssigkeit nicht auf den Tisch zu husten. »Du warst schon immer eine gute Beobachterin«, bemerkt er schließlich heiser.

»Warum bist du dunkler geworden?« Interessiert beobachtet sie sein Gesicht, das reglos wie eine Maske wirkt.

Gedankenverloren schiebt Tarik seine Tasse zwischen den Händen hin und her. »Weil ich mich von der hellen Seite immer mehr entferne.«

Ein Schauer läuft langsam über Lenas Beine nach unten. Auf einmal bemerkt sie, wie ihre nackten Füße auf den kühlen Bodenfliesen frieren. Abwechselnd wärmt sie die kalten Fußsohlen an den Innenseiten ihrer Schenkel.

»Du bist dagegen klarer geworden.« Tarik schenkt ihr ein schiefes Lächeln.

»Oder einfach nur stärker.« Lena schiebt sich das letzte Stück Brot in den Mund. »Wann bist du hier endlich weg? Es ist unangenehm, wenn ich das Wohnzimmer nicht mehr benutzen kann, weil du dich darin eingenistet hast.«

»Keine Sorge, heute Abend bist du mich los.« Scharf schiebt er den Stuhl nach hinten, nimmt sein dreckiges Geschirr vom Tisch und trägt es zur Spüle. »Ich verspreche, dass ich dich dann nie wieder mit meiner Existenz belästigen werde.« Mit dem Rücken zu Lena, beginnt er seinen Teller mit Hilfe eines Schwamms und Spülmittel zu säubern.

»Super, deine Anwesenheit in meiner Wohnung kotzt mich nämlich an.« Lena kann sich unmöglich gegen das Gift wehren, das ihr schlagartig in der Kehle hochschießt und wahllos zubeißt. »Du hast dich mir gegenüber wie der größte Arsch verhalten.« Mit geballten Fäusten springt sie auf. »Am liebsten würde ich dir dafür das Herz mit einem Buttermesser herausschneiden!«

Der Wasserstrahl, der noch gerade eben ins Spülbecken planschte, versiegt abrupt. Die jähe Stille versetzt Lenas Nervenenden in eine unangenehme Spannung. Sie hält den Atem an, als sich Tariks gebeugter Rücken Wirbel für Wirbel aufrichtet. Mit einem Satz dreht er sich zu ihr um, ein scharfes Fleischmesser schwingt in seiner Hand. »Na los! Mach es!« Einladend hält er ihr das Messer entgegen, sogar mit dem Griff voran, damit sie besser zupacken kann.

Der entschlossene Ausdruck auf seinem fahlen Gesicht lässt Lena erstarren. Er scheint es tatsächlich darauf anzulegen, von ihr niedergemetzelt zu werden. Oder blufft er nur, weil er denkt, sie könnte keiner Fliege etwas zuleide tun? Da kennt er sie wahrlich schlecht! Langsam nimmt sie ihm das Messer aus der Hand und lässt es vor seiner Brust auf und ab tanzen.

»Damit du besser zielen kannst.« Er kommt ihr noch ein Stück entgegen, indem er kurzerhand sein T-Shirt auszieht.

So kann Lena seine lebenserhaltenden Organe besser anvisieren, wird durch seine Nacktheit aber auch abgelenkt.

»Mach schon!« Er zuckt nicht zurück, als die Messerspitze zwei leichte Kratzer in Form eines L in der Haut über seinem Herzen hinterlässt. »Mach es richtig oder verzeihe mir!«

Verzeihen? Missmutig gibt sie ein Fauchen von sich.

»Nicht meinetwegen, sondern deinetwegen, damit du mich endgültig vergessen kannst.«

Lena liest in seinen Augen eine Wärme, die sie nicht versteht. Plötzlich kann sie die Lächerlichkeit der Situation nicht mehr ertragen und schleudert das Messer zornig in die Ecke. Sie sieht der Tatsache ins Auge, für das Abschlachten von Menschen einfach nicht geschaffen zu sein, nicht einmal dann, wenn sie es vielleicht verdient hätten. »Du hast noch einmal Glück gehabt. Wegen dir wandere ich sicher nicht ins Gefängnis.« Möglichst würdevoll stolziert sie aus der Küche. Das in ihr zurückgebliebene Gift richtet sich mit einem Mal gegen sie selbst und verseucht jede Körperzelle. Sie fühlt sich zum Kotzen elend. Ein weiteres Mal hat sie gegen ihn verloren.

Der dröhnende Bass hallt dumpf in Ebrus Magen, als sie die schwach beleuchtete Kellertreppe nach unten schreitet. Glasscherben und eine durchsichtige Flüssigkeit, die klebrig über die Stufen rinnt, erhöhen ihre Vorfreude. Das Fest scheint bereits in vollem Gange zu sein.

»Bist du sicher, dass meine Lippen nicht zu rot sind?«, fragt Dunja über die rechte Schulter.

»Kein bisschen.« Ebru weicht einem glimmenden Kippenstummel aus. Heute Abend ist es an der Zeit, von den häuslichen Problemen etwas Abstand zu gewinnen. Lena verursacht schlimme Kopfschmerzen, wie sie einen Eklat nach dem nächsten provoziert und Tarik dabei auf grausame Weise fertigmacht. Die Trennung scheint sie nicht einmal im Ansatz aufgearbeitet zu haben.

»Ich schau in dem Kleid wie eine verdammte Prinzessin aus«, jammert Dunja. Mit krauser Stirn hält sie Ebru zurück und deutet auf den schwarzen Stoff, der die Rundungen ihres Körpers betont.

»Du bist eben eine Prinzessin.« Ebru kann sich ein Grinsen nicht mehr verkneifen. »Sogar eine wunderschöne«, versichert sie schnell, als Dunja einen Schmollmund zieht. Vor jeder Party bringt sie das launische Wesen um mindestens drei Komplimente. Doch heute hat Ebru keine Lust auf das vertraute Ritual und schubst die Freundin in den bunt glitzernden Raum. In Wellen strömt ihr Hitze entgegen. Die vielen aufgeregten Frauen, die miteinander tanzen, flirten, trinken oder sich nur sehnsüchtig taxieren, sie alle zusammen erzeugen eine besondere Hitze, die jeden Ankömmling sofort umschließt. Mit sanftem Druck bahnt sich Ebru einen Weg durch das brodelnde Gewühl, während Dunja dicht in ihrem Windschatten folgt.

»Hi!« Aus der Menge greift eine Hand nach ihr. Andy schiebt sich strahlend in ihr Gesichtsfeld und hindert sie am Weiterkommen. »Ich muss mit dir reden.«

»Jetzt gleich?« Im Augenblick könnte sich Ebru tausend Dinge vorstellen, die sie lieber machen würde.

»Es ist wichtig.« Andy rührt sich nicht vom Fleck.

Am entschlossenen Ausdruck erkennt Ebru, dass sie erst Chancen auf einen unbeschwerten Partyabend haben wird, wenn sie sich ihrer letzten Liebhaberin stellt. Die Überschaubarkeit der Lesbenszene würde ihr ohnehin kein dauerhaftes Entrinnen ermöglichen. Außerdem sind postkoitale Angelegenheiten besser diskret in einer dunklen Ecke zu klären als zu fortgeschrittener Stunde mitten auf der Tanzfläche, wo das aufdringliche Lallen und Zetern kaum mehr zu enträtseln ist. Seufzend bittet sie Dunja, an der Bar ein Bier für sie zu holen, und begleitet Andy ergeben zu einer Couch am Rande des Aufruhrs.

»Hast du manchmal an mich gedacht?«

Von einer düsteren Vorahnung befallen, rückt Ebru ein

Stück von ihr ab. »Nicht so, wie du es vielleicht gerne hättest.« Sie verschränkt die Arme vor der Brust und wünscht sich sehnlich einen Tequila-Shot herbei.

»Ich habe ständig an dich denken müssen.« Ein überdrehtes Lachen dringt aus Andys Kehle. »Marisa ist verrückt vor Eifersucht.«

Ebru meint, sie durch das dumpfe Hallen des Basses nicht richtig verstanden zu haben. Sie beugt sich näher zu Andy, damit ihr verwirrtes »Wieso?« richtig ankommt.

»Wir sind doch schon seit neun Monaten zusammen.«

»Was? Ihr seid ein Paar?«, schreit Ebru entsetzt auf. War diese nicht unwesentliche Tatsache im Rausch unbemerkt an ihr vorübergezogen? Oder wurde sie von den beiden absichtlich getäuscht? Ärger gleitet wie eine Schlange an ihren Magenwänden nach oben und hinterlässt ein ätzendes Gefühl in der Speiseröhre. Resolut stemmt sie ihre Hände in die Hüften. »Es war ganz nett, einmal eure Abwechslung im Bett gewesen zu sein, aber mit dem Rest will ich nichts zu tun haben«, brüllt sie gegen das laute Hämmern der Musik an. Dem Flehen in Andys Augen, ihrer Bitte, die Sachlage besser erklären zu dürfen, begegnet sie mit stoischem Gleichmut und haut schnell durch die Menge ab. »Nie mehr zwei Frauen auf einmal«, schwört sie sich laut, »eine ist schon kompliziert genug.«

Auf dem Weg zur Bar teilt sie Begrüßungsküsse auf hingehaltene Wangen aus und nimmt im Augenwinkel ein hübsches Gesicht wahr, das sie sich später genauer ansehen möchte. Die DJane spielt ein Lied von Gossip an und flippt nach den ersten Takten völlig aus. Äußerlich der Leadsängerin durchaus ähnlich, springt sie im Takt der Musik mit und bringt dabei das Podium beinahe zum Einbrechen. Die Kippe in ihrem Mundwinkel sprüht Funken. Viele Arme fliegen neben Ebru johlend in die Höhe und drängen zur Tanzfläche. Nach Kräften sträubt sie sich gegen den Sog, als im bunten Scheinwerferlicht für wenige Sekunden ein blonder Kopf an der Bar aufblitzt. Mona, durchzuckt es sie, das

Erkennen fährt durch ihren Körper, das Herz schreckt hoch und rast davon. Ebru schließt die Augen und wartet, bis der orangefarbene Sternenhagel hinter den Lidern im Dunkeln versinkt. Nicht schon wieder, denkt sie und atmet tief aus. In letzter Zeit häufen sich in auffälliger Weise die Situationen, in denen sie sich einbildet, Mona zu erkennen – ihr Lachen im Supermarkt, die vertraute Gestalt am nächtlichen Heimweg oder ihr Rucksack in der verstopften U-Bahn, der nach einem kurzen Aufflackern im Nichts verschwand. Kurzerhand lieferte sie sich mit dem wiedererkannt geglaubten Ding eine wilde Verfolgungsjagd durch die unterirdischen Labyrinthgänge, bis sie mit aufgescheuchtem Atem und verschwitzter Haut in einer Sackgasse zu stehen kam. Als ob nur Mona einen schwarzen Lederrucksack besitzen würde!

Das ätzende Gefühl von Bitterkeit war nur schwer zu ertragen. Und nun versucht die Täuschung sie ein weiteres Mal aufs Glatteis zu führen. Nur zum Beweis, dass sie darauf nicht mehr hereinfällt, riskiert Ebru einen weiteren Blick zur Bar. Das abgewandte Gesicht gibt keinen zusätzlichen Hinweis, aber der schmale, gerade Rücken würde zu Mona passen. Wie in Trance bewegt sie sich auf das blonde Wesen zu, das Dunja ein Weinglas reicht. Da kann sie einen Blick ins Gesicht erhaschen. Ihr Herz setzt für einen Schlag aus. Sie hat sich nicht getäuscht, nicht dieses Mal! Es ist Mona, die Dunja anlächelt, ihre typisch fahrige Bewegung, als sie ihr zuprostet. Ohne Rücksicht kämpft sich Ebru mit Hilfe ihrer Ellbogen auf kürzestem Weg zu den beiden durch. Den wütenden Protestschrei einer Frau, die sie beiseite drängt, lässt sie ungerührt abprallen. Als sie endlich bei Mona angelangt ist, dreht sich ihr vor Aufregung der Magen um. Ob sie wenigstens noch ein kleines Lächeln für sie übrig hat?

»Hey, da bist du!«

Dunjas Worte gleiten ungehört an Ebru ab. Wie hypnotisiert starrt sie in Monas Augen, die sich vor Überraschung weiten.

»Ebru, das ist Mona. Wir trinken gerade auf …«

Dunjas Geplapper zieht in weiten Kreisen ungebeten um sie herum. Im Sekundentakt wechseln auf Monas Gesicht die Emotionen, bevor es sich verschließt. »Hallo«, haucht Ebru in ihr Ohr und umarmt sie überschwänglich; doch Mona bleibt in ihren Armen steif wie eine Holzpuppe.

»Au!« Dunja ist ihr wuchtig auf die Zehen getreten und katapultiert sie damit augenblicklich aus Monas Bann. Widerwillig lässt Ebru für die Freundin ein wenig Platz.

»Anscheinend kennt ihr euch bereits.« Dunja hat einen ungewöhnlich bissigen Tonfall angeschlagen.

»Das war in einer anderen Zeit.« Ungerührt trinkt Mona das Weinglas in einem Zug leer.

»Wie geht es dir?«, fragt Ebru. Im Inneren zerrt die Freude, sie nach diesen langen Monaten wiederzusehen, unbändig an ihr.

»Gut«, erwidert Mona knapp.

»Du bist wunderschön.« Ist ihr dieser Satz tatsächlich gerade über die Lippen geschlüpft? Ihr Verstand scheint unter Schock zu stehen und solche unpassenden Bemerkungen nicht rechtzeitig filtern zu können.

Als Antwort zieht Mona nur skeptisch eine Augenbraue hoch.

»Ich möchte, dass du mit mir jetzt kurz nach draußen gehst«, dringt Dunjas Stimme warnend zu ihr durch. Mit einem Augenzwinkern vertröstet sie Mona auf später und schleppt Ebru schnurstracks zum Ausgang.

»Was ist mit dir los?«, keift Dunja, nachdem sie den stark bevölkerten Eingang hinter sich gelassen haben. An der nächsten Straßenecke kramt sie in ihrer Tasche nach Kippen und zündet sich eine an. »Warum hältst du dich nicht raus, wenn ich gerade auf Fang bin?«

Dichte Wolken hängen am Himmel und ballen sich zu einem schweren Gewitter zusammen. Windböen spielen mit einer verlorenen Plastiktüte, blähen sie auf und lassen sie über die Straße tanzen. Von der Ferne weht ein Donnergrollen leise zu ihnen herüber.

»Verstehst du nicht? Mona ist *Mona*!« Ungeduldig wartet Ebru auf ein Zeichen der Erleuchtung.

Doch Dunja stößt nur mit verständnislosem Blick Nikotinringe in die Luft.

»Meine erste große Liebe!«, hilft ihr Ebru auf die Sprünge. Hat sie nie richtig zugehört?

»Ach, *die* Mona!« Dunja klopft sich mit der flachen Hand gegen die Stirn. »Zwischen euch läuft aber seit Monaten nichts mehr, oder?«

Unwillig nickt Ebru. Feiner Nieselregen setzt ein und benetzt ihr Gesicht mit Frische.

»Jetzt kann ich dich verstehen. Mona ist echt heiß.«

Dunjas Anerkennung zollendes Grinsen fühlt sich mies an. »Ich möchte, dass du die Finger von ihr lässt!« Die unausgesprochene Warnung schlägt zwischen ihnen ein wie ein eben niederfahrender Blitz.

»Wieso?«, fragt Dunja gepresst und drückt die Kippe mit dem schmalen Absatz aus. »Es wäre nicht das erste Mal, dass ich eine ins Bett schleppe, die du vorher hattest oder umgekehrt.«

»Bei ihr ist es anders.« Ebru kann keine logische Begründung für ihre Forderung abgeben. »Tu es einfach … für mich.«

»Ich werd's versuchen.« Genervt verdreht Dunja die Augäpfel nach oben.

»Versuchen ist zu wenig. Du musst es mir versprechen!« Ebru wird von dem Verlangen, Mona wieder für sich zu gewinnen, wie von einem Lkw überrollt.

»Na gut, dann verspreche ich es eben.« Versöhnlich lehnt Dunja den Kopf gegen ihre Schulter. »Aber du solltest die Vergangenheit hinter dir lassen und in die Zukunft sehen.«

Als ob das bei ihrer Geschichte so einfach wäre!

Abermals ins Gewühl abgetaucht, begibt sich Ebru fieberhaft auf die Suche nach Mona. An der Bar ist ihr blonder Schopf nirgendwo zu entdecken, dafür stöbert sie Ebru am Rand der Tanzfläche auf. Wiederum ist sie nicht allein.

Frieda, ein allzu bekanntes Gesicht, umgarnt Mona mit gierigen Blicken und halb offenem Mund. Kurzerhand drängt Ebru den Störenfried mit den Ellbogen ab.

»Darf ich dich auf einen Drink einladen?« Sie schenkt Mona ein breites Lächeln, das betörend wirken soll.

»Du störst!« Mona führt ihr eine frisch angebrochene Flasche vor Augen. Unverfroren prostet sie damit Frieda zu.

Doch Ebru kommt es nicht in den Sinn, vorschnell aufzugeben. Sie packt Mona an der Hand und zieht sie mit einem Ruck näher zu sich heran. »Was willst du denn von der?«, brüllt sie ohrenbetäubend laut, um die Musik zu übertönen.

»Rate mal!«

»Glaub mir, das zahlt sich nicht aus. Sie ist furchtbar fad im Bett. Ich bin fast eingeschlafen, bevor es überhaupt zu Ende war«, rutscht es Ebru heraus. Verdammt! Musste sie sich gerade jetzt als Szeneschlampe outen?

Mona betrachtet sie lange mit versteinerter Miene. In ihrem T-Shirt und den weiten Jeans fühlt sich Ebru mit einem Mal schrecklich unattraktiv. Der Nieselregen hat ihr Haar bestimmt in dichte Stoppellocken verwandelt, die ihr wirr vom Kopf abstehen. Im Vergleich zu Frieda, die perfekt gestylt mit tiefem Ausschnitt neben ihr in Wartestellung lauert, schneidet sie eindeutig schlechter ab.

»Ich gehe das Risiko mit ihr ein.« Mona deutet mit dem Kopf auf Frieda.

»Mit mir hättest du aber mehr Spaß.« Ebru hat keine Ahnung, was sie antreibt, die Grenzen von Stolz und Selbstachtung derart gewissenlos hinter sich zu lassen. Monas unerwartetes Erscheinen muss ihren Verstand gewaltig durcheinandergerüttelt haben.

»Dich hatte ich aber schon«, schießt Mona sie kalt ab. »Würdest du jetzt bitte verschwinden?«

Wortlos dreht sich Ebru um, gedemütigt bis auf die Knochen, unglücklich bis in die letzte Körperzelle. Überraschend trifft sie ein harter Stoß an der Schulter und lässt sie kurz taumeln. Zuerst glaubt sie an ein Missgeschick, da einige betrunkene Frauen auf der Tanzfläche sich nicht mehr völlig unter Kontrolle haben, schließt diese Theorie jedoch aus, als sie Marisas böser Blick trifft.

»Halt dich gefälligst von meiner Freundin fern«, lallt diese und versetzt ihr einen weiteren Schubs. Drei Freundinnen formieren sich hinter ihr zu einer loyalen Wand und unterstützen sie mit lauten Zurufen.

Ebru ächzt innerlich unter dem Schulterschmerz. »Ich will nichts von deiner Freundin. Das habe ich mit ihr schon längst geklärt.« Vorsorglich hebt sie die Hände zur Verteidigung vor die Brust. Noch einen Stoß lässt sie sich von dieser Wahnsinnigen sicher nicht gefallen, dafür hat sie heute schon zu viel einstecken müssen.

»Bist du bescheuert?«, faucht Mona hinter ihr. »Willst du dich mit dieser angesoffenen Hyäne und ihren Freundinnen prügeln?«

»Ich mach dich fertig, du Miststück!«, schimpft Marisa und torkelt bedrohlich näher.

»Hast du einen besseren Vorschlag?« Das Abgelenktsein durch Mona beschert Ebru einen heftigen Schlag ans Brustbein, der sie nach Luft schnappen lässt. Für den hohen Alkoholgehalt im Blut trifft Marisa erstaunlich zielsicher.

»Komm, wir hauen ab!« Unvermittelt kickt Mona der Betrunkenen in die Kniekehle, worauf ihr die Beine wegbrechen. Die hilfreich ausgestreckten Arme der Umstehenden kommen zu spät, Marisa schlägt der Länge nach hin. »Worauf wartest du noch?«, brüllt Mona. Ein Blick in die wütend funkelnden Augen der Gefallenen treibt Ebru zur Flucht an. Schnellstens folgt sie Mona durch das Gewühl, weicht tanzenden Frauen aus, die drohenden Fäuste und empörten Aufschreie von Marisas Freundinnen im Rücken.

Keuchend klettert Ebru an dem schmiedeeisernen Zaun hoch, überwindet die scharfen Pfeilspitzen und lässt sich auf der gegenüberliegenden Seite hinabfallen. Sekunden später landet Mona neben ihr im nassen Gras. Der schwache Neumond verhüllt den Einbruch in die versperrte Parkanlage. Zarte Wolken ziehen als Nachhut des Gewitters über den dunklen Himmel. Ebrus Schuhsohlen knirschen am Kiesweg, als sie mit Mona an dichtem Gebüsch entlang in die Mitte des Parks vordringt. Aufgescheuchte Vögel drehen lautstark zeternd ein paar Runden über dem Grünflecken, der inmitten der Stadt dem Grau trotzt.

»Hast du wieder einen Platz für dich gefunden?« Schon in Rosenbach hatte Ebru sich ein abgelegenes Stück Natur erobert, wo sie sich ungestört zurückziehen konnte. Damals war die Lichtung auch ihr Liebesnest geworden, wo ihnen nicht die Gefahr drohte, von der Familie entdeckt zu werden.

Ein schwaches Lächeln erhellt Ebrus Gesicht. »Du kennst mich noch immer gut.« Am Spielplatz setzt sie sich auf die Schaukel und stößt sich von der Erde ab. »Danke für deine Hilfe vorhin.«

Mona lässt sich in das schwingende Netz nebenan sinken. »Was willst du eigentlich von mir?« Sie verschränkt die Arme im Nacken und betrachtet den Nachthimmel, der ihr noch viel zu hell erscheint.

Ratlos zuckt Ebru mit den Schultern und treibt die Schaukel höher in die Lüfte. Diese Frage hat sie sich schon selbst gestellt, aber keine zufriedenstellende Antwort gefunden.

»Du hast dir bestimmt etwas dabei gedacht, wie du dich heute so unauffällig an mich geheftet hast.« Mona zieht die Wollweste über der Brust zusammen. Der Westwind hat die Stadt empfindlich abkühlen lassen. »Aber du hast dir doch wohl nicht in den Kopf gesetzt, dass wir wieder ein Paar werden könnten?«

Abrupt stoppt Ebru auf dem Kies. »Natürlich nicht, ich

wollte mich einfach mit dir unterhalten. Das ist ganz normal, wenn man sich so lange nicht gesehen hat.«

Zweifelnd bläst Mona Luft aus. »Auch wenn viele Lesben mit der Ex befreundet bleiben, kann ich mir das bei uns beiden nicht vorstellen.«

Daran hat Ebru schwer zu schlucken. Aber konnte sie nach dem Verrat an ihr etwas anderes erwarten? »Tut mir leid«, murmelt sie. »Du weißt, dass ich damals nicht anders konnte, als dich zu verlassen, oder? Ich war wie tot und konnte nichts mehr empfinden, für niemanden.«

»Das hast du mir auch deutlich zu verstehen gegeben.« Mona stößt sich am Eisengestänge ab und lässt sich mit geschlossenen Augen im Netz schaukeln. Das zarte Mondlicht verleiht ihr den Anschein von Unschuld.

Ebru hätte große Lust, sich neben sie zu legen, ihren Atem auf der Haut zu spüren. Das Risiko erneuter Ablehnung erscheint ihr allerdings viel zu hoch. »Manchmal glaube ich, überhaupt nie mehr für jemanden so viel empfinden zu können wie für dich.«

»Das kann ich mir nicht vorstellen.« Monas Lachen überschüttet sie mit Spott, der zäh an ihr haften bleibt. »Irgendwann kommt eine, die dein Leben völlig auf den Kopf stellen wird.«

»So eine wie du?« Ebru hält den Atem an, während sie auf eine Antwort hofft, die nicht tief ins Fleisch schneidet.

»Nein, ich meine eine, die du wirklich liebst.«

Da ist er, der Dolchstoß, der mehr schmerzt, als sie befürchtet hatte. »Ich habe dich aber wirklich geliebt!« Aus einem Meter Höhe springt Ebru von der Schaukel. Mit beiden Händen bringt sie das schwingende Netz zum Stillstand. »Warum glaubst du mir nicht?«

»Du hast sicher viel für mich empfunden, das streite ich gar nicht ab.« Mona begegnet ihrem funkelnden Blick mit Gelassenheit. »Aber ob das Liebe war, wage ich zu bezweifeln.«

Ebru fühlt, wie der Dolch im Magen noch einmal ordentlich herumgedreht wird. »Und was soll es sonst gewesen sein?«

»Keine Ahnung. Ist auch egal, das mit uns ist schon eine ganze Weile vorbei.« Mit einem Winken bedeutet Mona ihr, sich vom Netz zu entfernen, damit sie absteigen kann.

»Willst du schon gehen?« Ebru macht Platz, obwohl sie ihr eigentlich sagen möchte, dass sie bleiben soll.

»Es wird kalt.« Zum Abschied klopft ihr Mona steif auf die Schulter. »Ich bin schon längst über die Sache mit dir hinweg. Wir sind beide frei.« Pfeifend schleicht sie zum Ausstieg am Zaun zurück, als ob sie sich gerade zu einem fröhlichen Kaffeeplausch getroffen hätten.

»Warte!« Wie der Wind saust Ebru hinter ihr her. »Hast du denn kein einziges Mail von mir gelesen?« Als im Frühjahr die ersten Blätter auf den Bäumen zu knospen begannen, war sie aus ihrer inneren Erstarrung erwacht. Zu spät. Mona schien wie vom Erdboden verschluckt. Die alte Handynummer führte ins Nichts und die zahlreichen Mails blieben unbeantwortet.

»Ich habe alle ungelesen gelöscht.«

»Darin stand, wie …«

»Stopp!« Für einen kurzen Moment presst ihr Mona die Hand auf den Mund. »Ich will es wirklich nicht wissen.«

»Okay.« Der letzte Dolchstoß trifft schließlich ihr Herz. Schnell wendet sie sich ab, damit der feuchte Glanz in ihren Augen unbemerkt bleibt. Wenn sie ihr nur erklären dürfte, was damals in ihr vorging! Doch was möchte sie damit bezwecken? Würde Mona sie dann wieder anlächeln? Oder eine gute Freundin werden? Mit ihr noch einmal tanzen?

»Pass auf dich auf!«, hört sie ihre erste Liebe sagen.

Als Ebru die Fassung wiedergewonnen hat und aufblickt, ist Monas Gestalt in der Ferne nur mehr zu erahnen.

Mail an biesty@sunshine.at

Esther,

wie lange bleibst du noch in Spanien verschollen? Ich brauche dich! Biogemüse kannst du auch in Wien anbauen. Meinetwegen können wir auch jeden Abend Tapas essen und uns mit Sangria volllaufen lassen, bis uns kotzübel wird. ;-)

Tarik zieht mir den Boden unter den Füßen weg und du bist nicht hier, um mir hoch zu helfen. Wo steckst du nur? Melde dich bei mir, sobald du diese Zeilen liest!

mit Liebe, Lena

3. Kapitel

Schlapp wie eine zerkochte Nudel hängt Tarik auf dem Sofa. Seine Füße sind in einen Eimer mit kaltem Wasser getaucht, während der leere Blick über die frisch gestrichene Wand gleitet. Der intensive Geruch nach Farbe macht die sommerliche Hitze beinahe unerträglich. Eine lästige Fliege schafft es, einzig seine Hand zum Wedeln zu bewegen, indem sie sich ihm frech auf den Oberschenkel setzt.

Lena beobachtet sein Profil, das sich scharf im Sonnenlicht abzeichnet. Seit sieben Tagen läuft jeden Abend dasselbe Spiel ab. Tarik macht ihr das Angebot, etwas anzustreichen, aufzubauen oder zu reparieren, wenn er eine weitere Nacht in der Wohnung schlafen darf. Insgeheim gesteht sich Lena ein, dass sie ohne ihn am Ende ihrer Kräfte angelangt wären. Anfangs versetzte die niedrige Miete Ebru und sie in Euphorie, getragen von einem weit überschätzten Vertrauen in ihre handwerklichen Fähigkeiten, die heruntergekommenen Räume selbst renovieren zu können. Niemals hätte sie mit solch einem hohen Arbeitsaufwand gerechnet, der sie eines Nachmittags, an dem sie stundenlang alte Tapeten von den Wänden kratzte, vor Verzweiflung zum Heulen brachte. Das Zimmer sah nach ihrem harten Einsatz schlimmer aus als zuvor, richtig abgefuckt; als klares Zeichen ihrer Arbeit blieben nur hartnäckige Dreckränder unter den Fingernägeln. Am absoluten Tiefpunkt, wo sie sich beinahe schon mit einem Leben in der Improvisation abgefunden hatte, schaffte es Tarik in den letzten Tagen, in den meisten Räumen Ordnung herzustellen. Lena fühlt leise Dankbarkeit in sich aufkeimen, die sie jedoch auf der Stelle verdrängt. Gereizt stellt sie fest, in die Falle geraten zu sein. Sie war dumm genug, sich mit kleinen Häppchen ködern zu lassen, und registrierte dabei nicht, wie sich Tarik Schritt für Schritt in ihr Leben eingeschlichen hat. Sie hätte ihn schon längst aus der Wohnung werfen sollen! Ungeduldig zählt sie in Gedanken, wie viele Tage er für die restliche Sanierung noch benötigen könnte, und kommt ungefähr auf drei. Zu lange, entscheidet sie.

»Wann fährst du heute nach Hause?«, fragt sie schärfer als beabsichtigt.

»Am Abend, wenn diese wahnsinnige Hitze nachgelassen hat.« Seine Stimme transportiert eine Trägheit, die bleiern auf Lena überschwappt.

»Wo ist denn Ebru?«

Mit ungeahnter Schnelligkeit schlägt Tarik die lästige Fliege tot und lässt sie in den Wassereimer fallen. »Trifft sich mit einer Freundin.«

Auch das noch! Nun können sie zu zweit in der Langeweile des Tages vergammeln. Oder sollte sie sich an seinem letzten Tag erbarmen und etwas mit ihm unternehmen? Damit könnte wenigstens der Tag verkürzt werden. »Hast du wenigstens auch ein paar Wiener Sehenswürdigkeiten besichtigt?« Sie bindet sich mit einem Gummiband das Haar nach oben, damit der Nacken Abkühlung erhält, sollte eine Brise durch das Zimmer fahren.

»Die Alte Donau, drei Cafés, Geschäfte in der Gegend, eure Wohnung«, zählt Tarik an den Fingern auf. »Das macht aber nichts. Die Hauptsache ist, dass ich ein paar Tage mit Ebru verbringen kann.«

»Das geht nicht.« Mit gespielter Strenge bedeutet ihm Lena, sich vom Sofa zu hieven. »Es ist die heilige Pflicht jedes Besuchers, wenigstens den Stephansdom zu besichtigen.«

Skepsis spiegelt sich in Tariks Augen wider, die sie ihm nicht verübeln kann. »Du brauchst dich echt nicht um mich zu kümmern«, versucht er ihr zu entkommen. In den letzten

Tagen hatte sie ihm bei guter Gelegenheit das Leben zur Hölle gemacht.

»Komm schon, ich werde ganz friedlich sein.« Lena setzt ihr unschuldiges Gesicht auf, das ansonsten ihren Müttern vorbehalten bleibt. »Außerdem bin ich schon oft mit der goldenen Nadel für die beste Wiener Fremdenführerin ausgezeichnet worden.«

»Das musst du erst beweisen.« Die faustdicke Lüge bringt ihn zum Lachen.

»Spätestens am Abend habe ich dich in Wien verliebt gemacht.« Lena hat an der neuen Rolle bereits Gefallen gefunden.

»Daran zweifle ich keine Sekunde.« Tarik hebt die Füße aus dem Wasser und trocknet sie mit einem Handtuch ab. Was soll schon großartig passieren?

Ebru entdeckt Dunja an einem Tisch im Innenhof des Cafés. Genüsslich lässt sie die nackten Beine in der gnadenlosen Nachmittagssonne braten. Am liebsten würde Ebru ihre lange Leinenhose nach oben krempeln, um den schwachen Windhauch auf den Unterschenkeln zu spüren, doch einige Relikte ihrer konservativen Erziehung wird sie wohl nie gänzlich ablegen können. Rasch flüchtet sie über die vor Hitze flimmernden Bodenplatten und drückt der Freundin zur Begrüßung einen schnellen Kuss auf den Mund. Ermattet lässt sie sich ihr gegenüber nieder, geschützt von den mächtigen Ästen des Kastanienbaums, die einen weiten Schatten auf sie werfen. Die leeren Tische rundherum, auf denen farbenprächtige Dahlien in Einmachgläsern dahinsiechen, wirken beinahe verwahrlost. Wer, außer Dunja, würde auch an der Idee Gefallen finden, bei 34 Grad freiwillig im Gastgarten zu sitzen, umschlossen von Hauswänden? Nicht einmal die Vögel im Kastanienbaum schaffen es mehr, einen Pieps von sich zu geben.

»Stell dir vor, wer hier zu kellnern begonnen hat«, flüstert Dunja. Die Aufregung in der heiseren Stimme kündigt einen scharfen Neuerwerb an, vielleicht sogar ein unbekanntes Gesicht. Bevor sie jedoch mit der Nachricht herausplatzen kann, ist der leichte Tritt von Sandalen zu hören. Neugierig blickt Ebru hoch und glaubt zu halluzinieren, als sie Mona erkennt, die auf einem Tablett eine Flasche Eistee balanciert. Um die Hüften hat sie eine lange Schürze mit dem Logo des *Café Frauenzimmer* gebunden.

»Hallo, ich wusste gar nicht …« Röte überzieht Ebrus Gesicht, als sie das peinliche Gestammel abbricht. Mona ist wie ein Steinchen im Getriebe, das sie auf der Stelle lahm legt und ihre ansonsten coole Fassade zum Wanken bringt. In ihrer Gegenwart scheint sie einfach nicht normal funktionieren zu können.

»Hi.« Kurz nickt ihr Mona zu und schenkt Dunja Eistee ein. Dann blickt sie Ebru so lange an, bis diese verlegen den Kopf senkt und die verwelkten Blätter am Tisch einzusammeln beginnt.

»Mona hat nicht ewig Zeit.« Unter dem Tisch klatscht ihr Dunja den Fuß gegen die Wade. »Was möchtest du trinken?«

Vor Scham würde Ebru am liebsten im Boden versinken. Mona hat nur auf die Bestellung gewartet! »Chai-Tee. Mit Honig«, stottert sie und kann sich die Kanten und Ecken in ihrer Stimme nicht erklären.

»Bist du noch immer in sie verknallt?«, fragt Dunja, als sie wieder ungestört sprechen können.

»Natürlich nicht«, entgegnet sie hastig.

»Bist du sicher?« Dunja beugt sich forschend nahe zu ihr. In den Sonnengläsern der Freundin spiegelt sich ihr eigenes Gesicht wieder, verzerrt zu einer Fratze. Ebru fühlt sich bedrängt, als würde sie in einem Verhör durchleuchtet werden. »Ich war einfach nur überrascht.« Noch vor wenigen Minuten hätte sie die Mitteilung, Mona würde in einem Lesbencafé kellnern, als absurd abgetan. Immerhin verfügen ihre Eltern über genügend Geld, um ihr ein eigenes Restaurant zu kaufen. Was macht sie bloß hier?

»Ich habe dir die Telefonnummer besorgen können.«

»Was?« Ebru schreckt aus den Gedanken hoch.

Dunja wedelt mit den Händen vor ihrem Gesicht herum. »Es geht um Marisa, die übrigens noch immer total sauer auf dich ist.« Sie schiebt ihr ein Streichholzheft über den Tisch, worauf Zahlen notiert sind. »An deiner Stelle würde ich ihr eine Zeit lang aus dem Weg gehen.«

»Warum sollte ich in den nächsten Wochen auf alle Szene-Partys verzichten, nur weil sie ihre Freundin nicht im Griff hat?« Da gefällt Ebru die Idee besser, sie anzurufen und das Missverständnis ein für allemal aus der Welt zu schaffen.

»Wie du meinst.« Dunja nimmt die Sonnenbrille ab und zeigt ein besorgtes Gesicht. »Sag nachher aber nicht, ich hätte dich nicht gewarnt.«

Erneut kündigt sich Mona durch gleichmäßige Schritte im Kies an. Augenblicklich erstarren Ebrus Muskeln. »Danke«, würgt sie hervor, als das Gewünschte vor ihr abgestellt wird. Verkrampft simuliert sie ein Lächeln, damit Mona nicht merkt, wie unangenehm es für sie ist, von ihr bedient zu werden.

»Gerne.« Ein breites Grinsen huscht über Monas Gesicht, das Ebru zu der Überlegung führt, ob sie sich womöglich gerade ein wenig über sie lustig macht. Überhastet nippt sie an der Teetasse und verbrüht sich prompt die Zunge. Um sich keine Blöße zu geben, unterdrückt sie einen Schmerzensschrei und zieht zur Kühlung Atem durch die gerollte Zungenspitze.

»Gehen wir heute auf das Fest am Badesee?« Dunjas Frage kommt ungewöhnlich laut, als ob Mona, die am Nebentisch neue Gäste bedient, sie hören sollte.

Ebru schüttelt den Kopf. »Ich teste mit Lena eine neue Bar am Gürtel. Hast du Lust mitzukommen?«

Nach einem letzten tiefen Zug drückt Dunja die Kippe im

Aschenbecher aus. »Nein, danke, ich schleppe in den frühen Morgenstunden lieber eine Frau ab.« Elegant schält sie sich aus dem Stuhl und verschwindet am Klo, um ihr Make-up nachzubessern, das durch die Schwitzkur erheblich gelitten hat.

Ebru schließt die Augen und lässt sich von der leichten Brise kühlen, die ihr sanft um die Wangen streicht. Ob es Tarik heute Abend schaffen wird, Wien zu verlassen? Irgendein Umstand hält ihn von Rosenbach fern und sie hofft inständig, dass dieser Umstand nicht Lena heißt. Noch mehr Komplikationen verträgt ihr Leben im Moment wirklich nicht.

»Braucht ihr noch was?«

Monas Stimme lässt Ebru wie eine Kanone hochschießen. Wie konnte sie sich dieses Mal unbemerkt anschleichen? »Nein, ich möchte zahlen.«

»Für euch beide zusammen?«

Ebru nickt und kramt in ihrem Rucksack umständlich nach der Geldbörse.

»Macht sechs Euro achtzig.«

Befangen reicht sie ihr einen Zehn-Euro-Schein und achtet dabei sorgsam darauf, Monas Finger nicht zu berühren. Nachdem sie sich ihr bei der letzten Begegnung erfolglos an den Hals geworfen hat, bleibt ihr heute nicht die Verlegenheit erspart, sie bezahlen zu müssen …

»Hier.« Mona hält einige Münzen in der offenen Hand.

»Ist schon okay«, murmelt Ebru. Sie schickt ein Stoßgebet zu Allah, damit er die fürchterliche Situation schleunigst beendet.

»Sind drei Euro zwanzig nicht ein bisschen viel Trinkgeld?« Mona stellt die leere Tasse auf das Tablett, wofür sie sich reichlich Zeit lässt.

»Ist in Wien so üblich.« Unruhig schiebt Ebru den Daumen in den Mund und beginnt am Nagel herumzuknabbern, eine schlechte Angewohnheit aus Kindertagen.

»Gibt es einen Grund, warum du mich nicht ansiehst?«

Mona verlagert das Gewicht auf ein Bein und stützt das Tablett auf der Hüfte ab.

»Nein. Wieso?« Als Beweis schaut Ebru für einen Moment von der Plastikoberfläche des Tisches auf, nur um gleich wieder den schmutzigen Grauton zu mustern. Sie möchte es ihnen beiden doch bloß leichter machen.

»Na, dann«, hört sie Mona sagen. Hat es etwa eingeschnappt geklungen?

Als Ebru sich sicher ist, allein zu sein, hat sie den Daumennagel bereits um einige Millimeter gekürzt. Aufs Neue wird sie nun wohl in der Drogerie den bitteren Lack zum Überstreichen kaufen müssen, wo sie schon dachte, wenigstens diese Sucht hinter sich gelassen zu haben.

Durch das Teleobjektiv der Kamera beobachtet Lena, wie der kleine Königspinguin tollpatschig an Land watschelt. Das Jungtier trägt ein braunes Flauschkleid, das ihn von den erwachsenen Pinguinen deutlich unterscheidet. Selbstvergessen hält sie seinen Abendspaziergang über Felsen auf Fotos fest, spielt mit der Belichtungszeit, zwei Farbfiltern und anders gekrümmten Linsen.

»Der Kleine ist dein Liebling«, stellt Tarik fest, als sie kurz innehält, um das Programm zu wechseln.

»Stimmt.« Der Anflug eines schlechten Gewissens befällt Lena, da sie seine Anwesenheit in den letzten Minuten völlig ausgeblendet hat. »Bin gleich fertig.«

»Mach dir keinen Stress. Ich finde ihn total cool.« Er geht in die Knie und schaut den schönen Tieren durch das gläsern eingefasste Wasserbecken beim Tauchen zu.

Lena lugt hinter der Kamera hervor. »Er ist ein Regenbogenkind, wie ich.«

»Wie meinst du das?« Tarik schlendert mit ihr zur schattigen Bank neben dem Affenhaus und schaut zu, wie sie die Fotoausrüstung in der Tasche verstaut.

»Es ist so«, beginnt sie, »vor drei Jahren haben sich die beiden Pinguindamen Amelie und Rosa unsterblich ineinander verliebt. Sie watschelten kaum einen Schritt allein, putzten sich gegenseitig und legten oft ihre Schnäbel aneinander. Natürlich haben sie sich in der Nacht zusammengekuschelt, wie es eben zwei tun, die sich wirklich lieben.« Mit einem kurzen Seitenblick überprüft sie, ob Tarik an dem Wahrheitsgehalt ihrer Geschichte zweifelt. Als sie in seinem Gesicht uneingeschränktes Interesse liest, fährt sie beruhigt fort: »Doch letztes Jahr wünschte sich Rosa Nachwuchs und ließ sich von Enrico, dem stattlichsten Pinguin in der Kolonie, schwängern. Als sie das Ei schließlich gelegt hatte, ging er seiner Vaterpflicht nach und begann mit Rosa den Nachwuchs abwechselnd zu bebrüten, wie das Pinguine so tun. Doch Amelie konnte es nicht ertragen und hatte wilde Kämpfe mit Enrico, um das Ei selbst warm halten zu können.«

Tarik liest ein grünes Blatt auf und dreht es gedankenverloren in der Hand. »Kann ich gut verstehen. Nur Feiglinge geben die große Liebe kampflos auf.«

»Ich dachte, dir würde eher Enrico leid tun«, staunt Lena. Als sie Sebastian die Dreiecksgeschichte erzählt hatte, fing sie sich einen verzichtbaren Vortrag über evolutionär festgelegtes Vaterverhalten ein, dem sich Amelie bedingungslos unterzuordnen hätte. Es sei gegen die Natur, dem Vater seine natürlichen Rechte streitig zu machen. Damit gefährde sie das Überleben einer ganzen Rasse, steigerte er sich zu Lenas Bestürzung in seine Ansicht hinein. Selbst ihre Beteuerung, sie bedauere Enricos Lage ebenso sehr wie die der beiden Pinguinmütter, zeigte keinerlei besänftigende Wirkung. Am Ende war der ganze Nachmittag versaut, und Sebastian zog bald schmollend ab. Erst nach einiger Zeit begriff Lena, was hinter seinem Ausbruch gesteckt hatte. Ihm bereitete der Gedanke Unbehagen, ob nicht auch die menschliche Welt gänzlich auf Väter verzichten könnte und sie, von ihrer Funktion als Samenspender einmal abgesehen, also völlig nutzlos wären. Eine vollkommen absurde Idee!

»Findest du nicht, Amelie sollte Enrico Platz machen?«

»Wieso sollte sie das tun?« Verständnislos schüttelt Tarik den Kopf. »Das kann niemand von ihr verlangen.«

An seinen ineinander verknoteten Fingern erkennt Lena verwundert, wie sehr ihn die Beziehungskrise der beiden Pinguindamen bewegt. »Keine Sorge«, lacht sie. »Wenn der kleine Carlos erwachsen ist, zieht es Enrico wieder zu den anderen Weibchen hin. Dann hat Amelie ihre Rosa wieder ganz für sich allein. Pinguine sind nämlich sehr monogame Tiere.« Sie holt eine Flasche Mineralwasser hervor, nimmt einen gierigen Schluck und reicht sie an Tarik weiter, der dankend ablehnt.

»Monogamie ist einfach, wenn man mit der großen Liebe zusammen ist«, bemerkt er nach einer Weile düster.

Muss er ihr derart unverfroren unter die Nase reiben, dass sie nicht in diese Kategorie gefallen ist, sondern für ihn nur ein kurzes Zwischenspiel war, ohne große Bedeutung, ohne tiefe Spuren zu hinterlassen? »Für dich wird Monogamie sowieso immer ein Fremdwort bleiben«, schnauzt sie ihn an. »Mit wie vielen warst du im Bett, seit du mit mir Schluss gemacht hast?«

Verdattert von dem raschen Stimmungsumschwung, verschränkt er die Arme vor der Brust. »Mit keiner.«

Nicht einmal diese Genugtuung lässt er ihr. »Und während wir noch zusammen waren?«

»Ich war dir nie untreu«, versichert ihr Tarik, ohne mit der Wimper zu zucken.

Lena fällt es schwer, seiner Behauptung Glauben zu schenken. »Du bist momentan also mit keiner zusammen?« Aus blitzenden Augen versucht sie ihn wie mit Röntgenstrahlen zu durchleuchten.

Zerknirscht beißt sich Tarik auf die Lippen. »Doch«, murmelt er.

Wütend trampelt ihm Lena mit voller Wucht auf die Zehen. »Hab ich's doch gewusst!«, schreit sie auf. »Warum willst du dich besser darstellen, als du bist? Kannst du nicht einfach zugeben, dass du nur ein hormongesteuerter Idiot bist?« Die pikierten Blicke der vor dem Affenhaus umherstehenden Eltern, die sie warnen, vor ihren Kindern keine schmutzigen Wörter zu gebrauchen, perlen an ihr ab wie Regenwasser.

»Lena, sei leiser!« Tarik greift nach ihrer Schulter, lässt seine Hand jedoch auf halbem Weg sinken. An ihrem verschlossenen Gesicht erkennt er, dass jedes Wort vergebens wäre.

»Wieso? Die ganze Welt soll wissen, was für ein elender Lügner du bist!« Außer sich springt Lena auf und wirft sich die Fototasche über die Schulter, wobei sie Tarik am Hinterkopf trifft.

»Hey! Pass gefälligst auf!«, fährt er sie an und geht, ohne zu wissen wohin, einfach weg von ihr.

»Das ist wieder typisch«, schimpft Lena hinter ihm her. »Wenn es kompliziert wird, haust du einfach ab. Dabei findest du ohne mich nicht einmal zur Wohnung zurück.« Vor Zorn spürt sie ihre Halsschlagader heftig trommeln.

Mit einem herablassenden Lächeln dreht sich Tarik um. »Natürlich finde ich zurück! Glaubst du, ich bin das erste Mal in Wien?« Im nächsten Moment ist er bereits im Strom der Tiergartenbesucher verschwunden.

Ebru an po.mona@lichtnest.at

hallo Mona,

auch wenn diese adresse gar nicht mehr existiert, möchte ich dir schreiben.

die welt hat sich verändert, seit ich dich wiedergesehen habe. sie fühlt sich intensiver an, in jeder dimension, wie auf der hochschaubahn im prater. es ist, als würde ich neben dir lebendig werden – nicht wie früher, sondern neu. das verwirrt mich, macht schlaflos und schürt sehnsüchte.

zuerst dachte ich, die schuldgefühle treiben mich in die irre. dich glücklich zu wissen war mein höchstes ziel, nachdem ich dich verlassen hatte. sogar meinen körper habe ich dir angeboten, um dich zu trösten, um abbitte zu leisten! ich hätte alles menschenmögliche getan, damit du mir vergibst. doch du hattest mir schon längst verziehen, großzügig, wie du liebst. umsonst die langen nächte, die starke verbindung in gedanken, die bitteren bilder der vergangenheit, die ich ständig revue passieren ließ. mein herz hat erleichtert aufgeatmet.

du kannst dir meine überraschung vorstellen, als ich keine freiheit verspürte, sondern mich noch immer an dich gefesselt fand, in meinen gedanken, in wahren gefühlsexplosionen.

unberührt begegnest du mir, als wäre ich für dich alltag, ein flüchtiger eindruck am wegesrand. und ich will mehr für dich sein, auch wenn ich es vor dunja geleugnet habe!

aber kann ich mit gewissheit unterscheiden, ob mich echte gefühle antreiben oder nur das trugbild unserer glücklichen tage, die ich wieder heraufbeschwören möchte?

bitte, lass es mich herausfinden!

Ebru

<fotox> esther, wo warst du?

<biesty7> in einer spanischen kommune, in der nähe von St. José.

<fotox> also auf einem großen anwesen, wo du nur gefeiert hast … ;-)

<biesty7> stimmt! :-)) am tag habe ich aber auch gemüse geerntet, wenn mich das kopfweh nicht umgebracht hat.

<fotox> sag nicht, dass du dich wieder verliebt hast!

<biesty7> ein bisschen …

<fotox> :-O du darfst echt nicht alleine gelassen werden. wie heißt er?

<biesty7> ist noch nicht entschieden! hier sind einige ganz gut im bett.

<fotox> ok, ich frag besser nicht weiter. *ggg* wann kommst du zurück?

<biesty7> spätestens zu studienbeginn im oktober. was ist mit tarik und dir?

<fotox> obwohl ich mich wirklich zusammennehme, bringt er mich ständig zum ausrasten. warum schafft er das? :-((

<biesty7> du hängst noch immer an ihm fest, leider.

<fotox> gar nicht wahr!

<biesty7> doch! du hast die trennung von ihm noch nicht richtig verarbeitet.

<fotox> das verstehe ich nicht! ich bin mit sebastian total glücklich. tarik sollte mir eigentlich völlig egal sein.

<biesty7> das eine hat mit dem anderen nichts zu tun. tarik hat dich einfach unglaublich verletzt. das braucht zeit, um zu verheilen.

<fotox> es hört sich bestimmt bescheuert an, aber er macht, dass ich mich in seiner nähe gedemütigt fühle. damit komme ich überhaupt nicht klar und sage dann dinge, auf die ich hinterher nicht gerade stolz bin.

<biesty7> wirf ihn endlich raus, egal, was ebru dazu sagt!

<fotox> mach ich heute bestimmt.

<biesty7> sicher?

<fotox> ja … manchmal wünschte ich mir, die dinge leichter zu nehmen, so wie du.

<biesty7> blödsinn! meine leichtigkeit wäre für dich oberflächlich. wir sind komplett verschieden.

<fotox> verschieden, aber für immer befreundet …

<biesty7> du sagst es. :o))

<fotox> gn8

<biesty7> pass auf dich auf! :-x

Am späten Abend beruhigt sich Lena in Sebastians Armen, die sie sanft wiegen, während sie eng umschlungen mitten im Zimmer stehen. Seine Küsse bestätigen ihr, geliebt zu werden, konkurrenzlos, für die ganze Nacht und darüber hinaus.

»Die Schublade klemmt übrigens immer noch«, lenkt sie ab, als seine Hand unter ihr T-Shirt wandert. Die Lust auf Sex ist ihr gründlich vergangen, seit Tarik plötzlich auf der Bildfläche erschienen ist. Als würde er ständig ein Störsignal senden, das sie daran hindert, entspannt loszulassen. Selbst wenn er in der Wohnung physisch nicht anwesend ist, flattert ihr Magen unruhig, was ihren Ärger auf ihn bloß noch verstärkt.

»Na gut«, stöhnt Sebastian und lässt sie zögernd los. Immerhin hat er Lena versprochen, sich um das vertrackte Ding zu kümmern, das sie vor zwei Wochen miteinander aufgebaut haben. Aus einem unerfindlichen Grund lässt sich die unterste Lade nur halb schließen und steckt dann fest. Nach einer gründlichen Begutachtung, in der er die Lade mit mehr oder weniger Kraft in den Korpus zu drücken versucht, fällt er ein vernichtendes Urteil: »Das ist typisch Ikea. Billig, aber der totale Pfusch!« Frustriert kickt er gegen die Lade, wobei er sich den großen Zeh prellt. »Das Holz ist falsch zugeschnitten.« Er beißt die Zähne zusammen, um den Schmerz vor Lena nicht zu zeigen.

»Das glaub ich nicht.« Mit einem fetten Grinsen lehnt Tarik an Lenas halb offener Zimmertür. »Was ist denn das Problem?«

»Müsstest du nicht schon längst auf dem Weg zum Bahnhof sein?«, fragt Lena spitz.

Unbeeindruckt betritt er ihren Privatbereich und besitzt auch noch die Frechheit, ihre hübsche Kommode anzutatschen.

»Du kannst es gerne versuchen.« Bereitwillig macht ihm Sebastian Platz. »Ich bin sicher, dass du auch nicht mehr Erfolg hast als ich.« Die leuchtende Herausforderung in seinen Augen ist nicht zu übersehen.

»Da wäre ich mir an deiner Stelle nicht allzu sicher.« Ohne zu zögern nimmt Tarik die Herausforderung an.

»Dein Problem ist, dass du an maßloser Selbstüberschätzung leidest.« Sebastian plustert sich neben ihm zu voller Größe auf.

Lena spürt, wie der Testosteronspiegel im Zimmer sprunghaft in die Höhe schießt. Aus Sicherheitsgründen hält sie lieber den Mund und zieht sich einige Schritte aus der Gefahrenzone zurück. Dieses Männlichkeitszeugs können die beiden schön unter sich ausmachen.

»Vielleicht hast du einfach nur zwei linke Hände«, schlägt Tarik zurück und kniet sich vor das sperrige Möbelstück. Unter Sebastians spöttischen Blicken zieht er die Lade heraus, nimmt Augenmaß, schiebt sie halb hinein und rüttelt abschließend leicht daran.

»Kein Glück gehabt, was?« Sebastian kann seine Schadenfreude nur schwer verbergen, als Tarik das Zimmer verlässt. Stürmisch nimmt er Lena in die Arme und küsst sie atemlos.

»Schau dir einmal die Wasserwaage an!« Tarik ist schon zurück und positioniert das Messgerät direkt neben der Kommode am Boden.

Lässig hockt sich Sebastian davor und betrachtet die kleine Luftblase, die sich an den Rand der Flüssigkeit verzogen hat. »Der Boden ist schief«, stellt er fest. »Na und? Das ist bei hundert Jahre alten Häusern nicht anders zu erwarten.«

»Dass du es immer noch nicht schnallst!« Tarik lacht sich über seine Schwerfälligkeit krumm. »Wenn die unterste Schublade direkt am Boden fährt, der aber schief ist, kann sie niemals passen.« Mit einem Hochgefühl sieht er Sebastian kleiner werden und verfolgt, wie dessen Gesichtszüge nach unten gleiten. »Ich werde die Lade für dich abschleifen, damit es dann endlich funktioniert«, setzt er noch eines drauf.

Da baut sich Lena vor ihm auf und das selbstgefällige

Grinsen bleibt ihm im Hals stecken. Die Kälte, die von ihr ausgeht, lässt ihn stärker frieren als ein unfreiwilliges Wasserbad beim Schlauchsurfen im Herbst.

»Du solltest besser deinen Mund halten!«, faucht sie ihn an. »Wo du bei wirklich wichtigen Dingen ein kompletter Idiot bist!«

»Jetzt krieg dich wieder ein, Lena«, fährt Ebru dazwischen, die von dem lautstarken Gefecht angezogen wurde. »Mein Bruder war dir gegenüber immer fair. Natürlich war es traurig, dass er nicht mehr mit dir zusammen sein wollte, aber er hat dir nie etwas vorgemacht.«

»Ist schon gut.« Tarik nimmt Ebrus Arm, schiebt sie zur Tür hinaus und zieht sie hinter sich ins Schloss. »Nein, ist es nicht!«, hört Lena sie aufgebracht protestieren. »Nur weil ich sie wie meine Schwester liebe, darf sie dich nicht zerfleischen!« Seine Antwort dringt nur mehr als unverständliches Echo zu ihr ins Zimmer.

Benommenheit nimmt Lena die klare Sicht und lässt sie straucheln. Sie lässt sich in voller Länge auf die Matratze zurückfallen und zieht das weiße Leintuch bis übers Gesicht.

Wortlos lässt Sebastian sie allein.

4. Kapitel

Früh am Morgen herrscht noch friedliche Stille. In der Küche schaufelt Ebru eine große Portion Dosenfutter in den Fressnapf zu ihren Füßen, um die Hungerlaute der kleinen Stubentigerin im Keim zu ersticken. Nur nicht Lena und Tarik aufwecken und ein weiteres Drama riskieren! Gierig schlingt Siri die feine Fischkomposition hinunter, ihr Kopf steckt wie festgeklemmt im Napf, damit ihr kein imaginärer Rivale die Beute streitig machen kann. Abwesend kocht Ebru Tee und deckt mit mechanischen Bewegungen für das Frühstück auf. Die Uhr über der Tür gibt im Sekundentakt ein leises Ticken von sich. Ob Dunja schon zu Bett gegangen ist? Ebru beschließt, einen Versuch zu wagen. Sollte sie bereits schlafen, landet sie ohnehin auf der Sprachbox. Nach dem vierten Tuten meldet sich jedoch eine müde Stimme.

»Ebru? Was gibt's?« Ein langes Gähnen kriecht durch die Leitung.

»Alles okay.« Ebru wickelt sich eine Haarlocke um den Finger. »Wie war denn das Fest am See?«

»Super! Die hatten eine heiße Braut engagiert, die mit Feuerbällen jonglieren konnte. Und lauter scharfe Mädels im Bikini … Du hast echt was verpasst!«

Dunjas überschäumende Begeisterung entlockt Ebru ein Grinsen. »Liegst du gerade in deinem eigenen Bett?«

»Seit zwei Minuten. Du hast mich gerade vorm Einpennen erwischt. Wie war die Hetero-Bar?«

»Haben wir abgesagt, nachdem sich Tarik und Lena im Streit fast zerstückelt haben.« Ein tiefer Seufzer dringt aus ihrer Brust. »Lange halte ich die beiden nicht mehr aus.«

»Wann zischt dein Bruder endlich ab?«

»Keine Ahnung.« Ebru lässt einen Atemzug stumm verstreichen. Das Ticken der Uhr dringt mit einem Mal unangenehm laut an ihre Ohren, als würde es sich um eine Bombe mit Zeitzünder handeln. »War Mona auch am Fest?«

»Ja, ich habe kurz mit ihr gesprochen. Sie ist aber nicht lange geblieben, weil sie heute für die Frühschicht eingeteilt ist.«

»Hat sie was mit einer anderen angefangen?« Aufgeregt hält Ebru den Atem an.

»Verdammt! Du bist noch immer scharf auf sie.«

»Sieht ganz so aus.« Im Inneren sperrt sich etwas, Dunja mehr anzuvertrauen.

»Im Gegensatz zu Eintopf schmecken aufgewärmte Beziehungen bei jedem Versuch schlechter. Warum willst du dir das antun?«

Warum kann Dunja nicht ein bisschen mehr Verständnis aufbringen? »Ich kann nicht anders.«

»Ist Mona überhaupt an dir interessiert?«

»Das muss ich wohl erst noch herausfinden.« So viel mangelnde Sensibilität trifft Ebru unvorbereitet. Sind das die Worte einer guten Freundin?

»Ich sollte mir jetzt ein wenig Schlaf gönnen. Können wir später telefonieren?«

»Klar, bis dann.«

Mit einem Satz springt Siri auf Ebrus Schoß und fordert schnurrend Streicheleinheiten, doch Ebru ist dafür jetzt nicht in Stimmung. Dunjas Worte haben sie in Unruhe versetzt, ihr das Gefühl vermittelt, sofort etwas tun zu müssen. In dieser Sekunde könnte sich Mona in eine andere verlieben und ihre eigenen Chancen damit zunichte machen, so klein sie auch sein mögen. Wann öffnet das *Frauenzimmer* am Sonntag? Frühstück ab neun? Hektisch nimmt Ebru einen letzten Schluck Schwarztee und schiebt die dösende Katze vom Schoß. Der Wettlauf hat schon begonnen.

»*Bugün mutlaka geri dönerim!* Ich komme heute bestimmt zurück!« Tariks erregte Stimme dringt bis zur Wohnungstür, als Lena aufsperrt. Keuchend streift sie die Sportschuhe von den Füßen und wischt sich über das verschwitzte Gesicht. Sie hat sich auf der Laufstrecke völlig verausgabt, um nicht ihrem ersten Impuls des jungen Tages nachzugeben, Tarik aus seinen süßen Träumen zu reißen und hochkant vor die Tür zu setzen. Doch der Schlaf verlieh ihm ein so versöhnliches Gesicht, dass es sie nach draußen in den trüben Morgen trieb. Ohne dem wilden Tanz der Äste oder den rauen Wellen des Wassers ein Staunen zu schenken, setzte sie im gleichmäßigen Takt Fuß vor Fuß. Auch als ihre Lungenflügel ächzten und sie nach Atem rang, drosselte sie ihr hohes Tempo nicht. Erst als der körperliche Schmerz den in ihr drinnen überstieg, kehrte sie um. Gestern noch hatte Ebru geschworen, Tarik heute persönlich zum Bahnhof zu eskortieren und in den Zug zu setzen. Wenn auch dieses Versprechen wieder platzt wie alle Schwüre der letzten Tage, dann wird sie kurzfristig zu Sebastian ziehen. Die beiden lassen ihr einfach keine andere Wahl.

Nach ein paar eiligen Dehnungsübungen steigt Lena ermattet unter die Dusche. Der warme Wasserstrahl entspannt wohlig ihre überstrapazierten Muskeln und verjagt die aufdringlichen Gedanken, die sie wie ein Schwarm wilder Hornissen umkreisen. Zurück im eigenen Zimmer, durchsucht Lena die neue Kommode nach frischer Unterwäsche und schlüpft schließlich in ein allerletztes peinliches Teil, auf das Reihen ineinander verschlungener Rosen gestickt sind und das eher dem Geschmack ihrer Großmutter entsprechen würde. Doch kurz vor dem Waschtag ist kein Zeitpunkt für Eitelkeit. Nachdem sie sich noch ein T-Shirt übergestreift hat, sticht ihr plötzlich die Symmetrie der Kommode ins Auge. Die letzte Schublade schließt mit den anderen perfekt ab. Das kann nur Tarik gewesen sein, der sich während ihrer Abwesenheit an ihrem Eigentum zu schaffen gemacht hat! Um den Verdacht zu erhärten, zieht Lena die Lade vorsichtig heraus. Problemlos gleitet das strittige Ding wieder zurück. Nicht zu fassen! Lena kann sich nicht erinnern, Tarik um Hilfe gebeten zu haben! Wer hat ihm erlaubt, ihr Zimmer zu betreten? Doch schon im nächsten Moment stimmt sie seine Geste nach dem gestrigen Eklat versöhnlich. Vielleicht ist es an der Zeit, sein Friedensangebot endlich anzunehmen. Im Wohnzimmer findet sie ihn noch immer in ein Gespräch verwickelt. Obwohl er versucht, leise in das Handy zu sprechen, ist seine Aufregung deutlich hörbar.

»*Yapamam!*« Verzweifelt rauft sich Tarik das Haar. »Ich kann das nicht!«

»So würde ich ihn gerne fotografieren«, schießt es Lena durch den Kopf. Kaum gedacht, ärgert sie sich über die eigene Wankelmütigkeit. Als sie vorgestern die Fotos vom Schönbrunner Tiergarten am PC sichtete, fiel ihr Tariks Gesicht auf viel zu vielen Bildern auf. Fassungslos zählte sie jedes Motiv der Fotostrecke ab und fand ihn öfter festgehalten als den kleinen Pinguin Carlos. Von Anfang an hatte er sich als idealer Begleiter für den Ausflug entpuppt. Er spürte, dass sie beim Fotografieren nicht sprechen wollte, und drängte sie nie, schneller zu machen. In Sebastians Anwesenheit hat sie das Fotografieren dagegen schon längst aufgegeben, weil er nach einer Wartezeit von fünf Minuten bereits schlimmer raunzt als ein hungriges Kleinkind. Tarik bemüht sich wirklich, gesteht sich Lena ein. Aber das ändert nichts.

»*Şimdi kapatmam gerekiyor!*« Seine Stimme senkt sich zu einem Flüstern, als ob sie sein Gespräch belauschen könnte. Mit den Händen bedeutet er ihr zu warten.

»*Akşam görüşürüz. Hoşçakal, baba!* Tschüs, bis heute Abend!« Er legt auf und pfeffert das Handy nachlässig auf das zusammengeräumte Sofa. Nach einem tiefen Seufzen setzt er ein freundliches Gesicht für sie auf.

»Du hast meine Schublade repariert.« Lena vergräbt die Hände in der Hosentasche.

»Ich hoffe, das war okay. Wenn du …«

»Hör auf, so nett zu sein!«, unterbricht sie ihn brüsk. »Es hilft dir nichts, weil ich dich nun einmal richtig hasse für das, was du getan hast!«

Wie ein scharf geschliffenes Messer fahren ihm Lenas Worte ins Fleisch. Sie benötigt dafür gar keine reale Klinge. »Tut mir leid«, murmelt er.

»Verstehst du nicht?! Ich will dich nicht mögen und ich will dir auch noch nicht verzeihen!« Lena hat Probleme, das Zittern in ihrer Stimme unter Kontrolle zu bringen.

»Dann tu es nicht«, erwidert er sanft. »Du hast jedes Recht dazu.« Tarik flüstert, als könnte sie bei jedem Ton zerspringen. Noch nie hat er sie zerbrechlicher gesehen.

»Und nerv' mich nicht mit all den kleinen Nettigkeiten«, ordnet sie eher kläglich an, während ihr Zeigefinger drohend auf ihn gerichtet ist.

»Ich werde mich bemühen.« Im Moment würde er ihr alles versprechen, nur damit sie sich besser fühlt.

»Dann fang damit an, indem du mich nicht mehr so komisch anschaust!« Lena staunt selbst darüber, wie bösartig sie sein kann. Warum macht er es ihr so leicht, ein Ekel zu sein? Ihre Augen sprühen Funken, als sie gefährlich nahe kommt. »Welches kranke Psycho-Spiel ziehst du da eigentlich mit mir ab?«

Da schiebt sich plötzlich eine schwarze Wand vor Tariks inneres Auge. Die Wut in ihm steigt, als habe jemand sie mit einem schweren Hammer hochgetrieben. Schlag den Tarik! Wer schlägt den Tarik? Lena schlägt den Tarik! Tariks Vater schlägt den Tarik! Das elende Telefonat mit seinem tyrannischen *Baba* und Lenas unablässige Provokationen sind einfach zuviel für ihn. Mit einem Mal brennen Tarik alle Sicherungen durch. »Ich liebe dich einfach! Hast du schon einmal daran gedacht?«, schreit er sie unbeherrscht an.

Lena fühlt sich verhöhnt, als hätte er ihr ins Gesicht gespuckt. »Du lügst! Du liebst mich überhaupt nicht!«

»Ist mir doch egal, ob du mir glaubst!« Er öffnet das Fenster, vor dem Wassertropfen in Schnüren aus grauen

Wolken fallen. Als er seine Hand nach draußen streckt, ist sie im Nu patschnass. Angenehme Kühle rinnt seinen Arm entlang.

»Du hast ja nicht die geringste Ahnung, was Liebe überhaupt bedeutet.« Gereizt tigert Lena im Wohnzimmer auf und ab, wobei sie den Spielball der Katze vor sich her kickt.

Tarik wischt seine regennasse Hand an den Hosenbeinen trocken. »Für mich bedeutet Liebe, wie schön es ist, mit dir zusammen zu sein oder auch nur an dich zu denken.«

»Ich glaub dir kein Wort!« Wuchtig knallt sie den Ball gegen die Wand. »Würdest du mich wirklich lieben, wärst du nicht so distanziert zu mir. Früher hast du die Finger nicht von mir lassen können.« Versucht er sie für blöd zu verkaufen?

»Das hat nichts damit zu tun, was ich für dich fühle.« Er wagt es kaum zu atmen, während sie wütend Kreise um ihn zieht.

»Du zuckst zusammen, wenn ich dich anfasse. Denkst du, das ist normal, wenn man jemanden liebt?« Im Tiergarten war er zu Stein erstarrt, als sie seine Schulter kurz berührte, um ihn auf das süße Elefantenbaby aufmerksam zu machen.

Mit schnellen Schritten kommt Tarik näher. Er beugt seinen Kopf zu ihrem hinab, bis nur noch ein Blatt Papier zwischen sie passen würde. Zart streicht sein Atem über ihre Wangen, als ob er sie tatsächlich berühren würde. »Du bist die schönste Frau, die ich kenne«, haucht er. »Indem ich dich nicht anfasse, zeige ich dir meine Liebe. Ich respektiere dich und deine Beziehung.«

Lena kann sich nur schwer auf seine Worte konzentrieren, weil sie von seiner Nähe gefangen genommen wird. Sie kann der Versuchung nicht widerstehen und neigt den Kopf einen Millimeter zur Seite, bis sie ihn tatsächlich fühlen kann. Ihre Knie geben leicht nach, weshalb sie vorsichtshalber die Arme um seine Hüften legt. »Was wäre, wenn ich dich jetzt küssen würde?«

»Das geht nicht!« Tariks Kopf schnellt in die Höhe. »Ich darf das nicht tun!« Er strauchelt nach hinten, wobei er fast über die eigenen Füße fällt.

Lenas Gesichtszüge entgleisen zu einer Fratze. »Am liebsten würde ich dich für deine Lügen umbringen!« Sie lässt einen ohrenbetäubenden Schrei los, der die Passanten auf der Straße erschreckt die Köpfe heben lässt. »Ich berühre dich nicht, weil ich dich respektiere«, äfft sie ihn nach. »Das ist doch nur eine faule Ausrede! In Wahrheit bist du zu feig, um mir zu sagen, dass du nur an deine neue Freundin denkst.« Sie stützt sich am Fensterbrett ab und hält das Gesicht in den strömenden Regen. Mit zusammengebissenen Zähnen drängt sie die Tränen zurück.

Behutsam streicht Tarik über ihren bebenden Rücken. »Komm rein, du verkühlst dich noch.«

»Lass mich!« Lena wischt sich das Gesicht trocken und steckt die nassen Haarsträhnen hinter das Ohr. »Wenn du mich wirklich lieben würdest, dann würdest du mich küssen!«

Zur Sicherheit schließt Tarik das Fenster, bevor er schwer aufs Sofa sinkt. »Ich bin … verlobt.« Er lässt den Kopf in die Hände fallen. »Ich habe vor Allah einen Eid abgelegt, diese Frau zu ehren und ihr treu zu sein.«

Ein spöttisches Lachen kommt über Lenas Lippen, das sie für die eigene Dummheit straft. »Wie heißt sie?«

Energisch schüttelt Tarik den Kopf. »Das möchte ich nicht sagen.« Durch ihren Namen würde sie real werden und sich zwischen Lena und ihn drängen, wo ohnehin nur mehr wenige Stunden gemeinsam bleiben.

»Ich will es wissen! Sag mir sofort, wie sie heißt!« Mit glühenden Augen baut sich Lena vor ihm auf, um ihn einzuschüchtern. So gut es vor einem Menschen möglich ist, der um einen halben Kopf höher in den Himmel ragt.

Seufzend gibt sich Tarik geschlagen. »Aysegül.«

»Ich wusste es«, triumphiert Lena. »Natürlich heiratest du eine Türkin, die selbstverständlich noch Jungfrau ist und der nichts mehr Freude bereitet, als dir unzählige Kinder zu gebären.« Der Spott in ihrer Stimme ist bissiger als ein hungriger Hai, der Blut wittert. Tarik schweigt betreten und scheint seine Zunge verschluckt zu haben. Doch sein schuldbewusster Blick, der dem ihren tunlichst ausweicht, ist Bestätigung genug.

»Was sagt deine Zukünftige dazu, dass du eine andere liebst?« Entschlossen zieht Lena ihr T-Shirt über den Kopf und lässt es zu Boden fallen. »Oder liebst du uns Frauen alle gleich?«

»Hör bitte auf damit.« Zwanghaft versucht Tarik, Lena nicht anzusehen, wie sie im BH vor ihm auf und ab stolziert, doch er kann seine Blicke nicht von ihr abwenden.

»Und wie kannst du deine Liebe für mich vor Allah verantworten?«, höhnt sie weiter. Noch niemandem ist es in ihrem bisherigen Leben gelungen, sie mehr zu verletzen.

Tarik hätte gute Lust, auf der Stelle einen Sandsack zu prügeln, bis seine Fingerknöchel blau und geschwollen sind. Stattdessen bohrt er die Daumennägel tief ins Nagelbett seiner Mittelfinger. »Solange ich meiner Verlobten treu bin, wird Allah nicht gegen meine Gefühle für dich sein«, presst er hervor.

»Du Heuchler! Soll ich dir was sagen?« Hemmungslos öffnete sie die Häkchen des BHs und streift ihn mit lasziven Bewegungen ab. »Ich scheiß auf Allah!« Mit nackten Brüsten drängt sie sich an Tarik, sperrt ihn mit den Armen ein. Als er sie mit großen Augen anstarrt wie ein Tier in der Falle, zieht sie ihn am Kinn näher. Ihre lockenden Lippen auf seinem Mund legen unterdrücktes Verlangen frei. Tariks Kopf schaltet sich mit einem Klack aus. Er gibt sich ihren gierigen Küssen hin, erschauert unter ihren saugenden Bissen, die ihn am Hals noch längere Zeit als Mahnmal begleiten werden. Aufgewühlt umfasst er ihre Brüste, die sie ihm mit einem kehligen Laut entgegenstreckt. Als sich seine Finger jedoch unter den Gummibund ihrer Hose schieben, hält sie ihn zurück. Rigoros drängt ihn Lena nach hinten und knöpft seine Jeans auf. Seine Erektion bereitet ihr eine Genugtuung, die vollkommen in ihrer Hand liegt. Schnell holt sie ein Kondom aus der Schublade an ihrem Schreibtisch und stülpt es ihm über. Dann entledigt sich Lena ihres Rosendessous, das unbeachtet auf dem Boden landet, und schwingt ein Bein über seine Mitte. In Tariks Augen kann sie die pulsierende Erregung lesen, als sie auf ihm zu reiten beginnt. Mit jedem Stöhnen begeht er Verrat an seinem Glauben, und als er schnell kommt, ist der Betrug an seiner Verlobten nicht mehr wieder gutzumachen. Keuchend zieht er Lena an seine Brust und bedeckt ihr Gesicht mit lauter Küssen. Seine Hand wandert sanft über ihren Rücken nach unten und kippt die Hüfte zur Seite, damit er zwischen ihren Beinen Platz findet.

»Nein«, protestiert Lena und springt auf.

»Aber du bist noch gar nicht …«, wendet Tarik ein. Verwirrt beobachtet er, wie sie sich hastig die Klamotten anzieht.

»Ich bin völlig befriedigt.« Die Eiseskälte, mit der sie ihn abserviert, macht Lena sogar selbst ein bisschen Angst. Warum hat sie nicht schon eher bemerkt, dass sie von Rache zerfressen wurde?

Außer Atem erreicht Ebru fünf Minuten vor neun das *Frauenzimmer* in der Lange Gasse. Verloren warten die gedeckten Tische auf die ersten Gäste, während der üppige Geruch von frisch gebratenen Eiern und ekelhaftem Speck in Schwaden aus der Küche zieht. Ebru folgt dem Klappern von Geschirr zu der langen Theke, wo üblicherweise das Frühstücksbüfett aufgebaut ist. Fasziniert sieht sie Mona Tassen verschiedener Größe übereinander stapeln, ohne eine einzige zu zerbrechen. Es war ihr schon immer rätselhaft, wie sich diese schlanken Hände derart ungelenk bewegen und dabei so geschickt sein können.

»Ebru!«, keucht Mona, als sie sich umdreht, um Teller aus dem Schrank zu holen. »Du hast mich erschreckt!« Sie legt die Hand auf ihr jagendes Herz.

»Tut mir leid.« Um nichts in der Welt würde Ebru zugeben, wie sehr sie es genossen hat, sie unbemerkt beobachten zu können. »Hast du einen Moment Zeit für mich?«

Seufzend fährt sich Mona durchs blonde Haar. Sie trägt es nun raspelkurz, wodurch ihre hohen Wangenknochen bestens zur Geltung kommen. »Drei Minuten«, entscheidet sie schließlich, »dann kommen sicher schon die ersten Gäste.« Nachdem sie ihrer Kollegin Bescheid gegeben hat, lotst sie Ebru durch die Küche in ein kleines Lager, wo sie sich auf ein Bierfass hockt. »Was ist los?«

Mit einem Flattern im Magen setzt sich Ebru auf den Öltank gegenüber. In der Enge des vollgestopften Raumes erregt es bestimmt keinen Verdacht, wenn ihr Knie scheinbar zufällig Monas Oberschenkel berührt. Die Tomatendosen und Reinigungsmittel, die ihr im Rücken drücken, nimmt sie gar nicht richtig wahr. »Bist du ... noch frei?«, fragt sie zögernd.

Mona kaut auf der Lippe herum, ein deutliches Zeichen von Unsicherheit. »Du meinst, ob ich in Dunja verliebt bin?«

Egal, wie herum Ebru die beiden Namen ordnet, es bleibt für sie gleich abwegig. Mona und Dunja macht zusammen doch gar keinen Sinn!

»Du weißt es gar nicht«, schließt Mona aus ihrem verstörten Gesicht. »Scheiße! Ich dachte, Dunja hätte es dir schon erzählt.«

In Ebrus Ohren setzt ein grelles Rauschen ein, das mit jeder Sekunde anschwillt. Ihr Brustkorb hebt und senkt sich schwer, wie unter Atemnot. Die Knie zittern, sie presst sie mit ihren Händen fest zusammen, damit sie nicht hart an Monas schlagen. »Ihr habt was miteinander? Hinter meinem Rücken?«, bringt sie mit dünner Stimme hervor.

»So hättest du es jedenfalls nicht erfahren sollen.« Monas Hand gleitet sacht auf ihre schweißnassen Finger. »Soll ich dir ein Glas Wasser bringen?«

Fluchtartig springt Ebru hoch, wobei sie sich den Kopf mit voller Wucht an einer Holzkiste stößt, die einige Zentimeter über ihr aus dem Regal ragt. Die scharfe Kante schrammt ihr hart über die Kopfhaut. Ein wilder Schmerz peitscht durch Ebrus Schädel, hämmert auf sie ein.

»Halt den Kopf still.« Ungeduldig schiebt Mona ihre Arme beiseite, die sie schützend über die Wunde gelegt hat. »Ich kann sonst gar nicht sehen, ob du dir etwas Schlimmes getan hast.«

Hilflos lässt Ebru die Untersuchung über sich ergehen. Sie presst die Lippen aufeinander, damit Mona das Schluchzen nicht hört, während ihr hinter dem langen Haar versteckt Tränen über das Gesicht kullern.

»Du blutest nicht«, prüfend schiebt Mona Haarbüschel von einer Seite auf die andere, »aber eine riesige Beule wird das mit Sicherheit. Soll ich dir ein Tuch mit Eiswürfeln holen?«

Stumm lässt Ebru den Kopf sinken. Hinter den geschlossenen Lidern explodieren gelbe Punkte in einem stechenden Rhythmus.

Sanft streicht ihr Mona die widerspenstigen Locken aus dem Gesicht. »Du weinst ja«, bemerkt sie. »So schlimm?«

Ebru versteckt das Gesicht an ihrer Schulter. Mona legt einen Arm um sie, während heftige Schluchzer Ebrus Körper erschüttern.

Ein dumpfes Pochen lässt die Tür erzittern. »Mona, komm endlich raus! Ich schaff's nicht mehr alleine.«

»Bin gleich bei dir, Sylvia!«

Schwerfällig löst sich Ebru und hält sich selbst fest. »Geh schon!« Ihre Glieder fühlen sich so abgekämpft an, als wäre sie soeben einen Marathon gelaufen.

»Kommst du alleine klar?« Mona spürt den feuchten Fleck auf der Haut, den Ebrus Tränen hinterlassen haben.

Was für eine Frage! Wie soll sie mit dem Wissen weiterleben, dass eine Freundin, der sie ihr volles Vertrauen geschenkt hat, heimlich mit ihrer ersten Liebe vögelt? Geräuschvoll zieht sie die Nase hoch. »Seid ihr jetzt offiziell zusammen?« Ihre Augen bitten Mona, die Wahrheit zu sagen.

»Nein. Ich habe im Moment genug um die Ohren. Da kann ich Beziehungsstress überhaupt nicht brauchen.« Rasch drückt sie Ebru einen Kuss auf die klebrige Wange. »Wie ich gehört habe, geht es dir da nicht anders.«

War das gerade ein verstecktes Angebot? In Monas Augen kann sie keines lesen, und auch der Mund öffnet sich zu keinem breiten Lächeln. Bestimmt verführt die Hoffnung sie dazu, voreilige Schlüsse zu ziehen. In Wirklichkeit besitzt Mona nur genügend Anstand, um sie nicht heulend allein zu lassen. Mit Sicherheit bereut sie es schon, sich auf das Gespräch mit ihr eingelassen zu haben.

»Ich muss jetzt gehen«, Mona erhebt sich. »Bleib, solange du noch brauchst.« Vorsichtig steigt sie über Ebrus Beine, bevor sie im Café verschwindet.

Am späten Nachmittag schultert Tarik seine Tasche mit den wenigen Kleidungsstücken. Er hatte nicht vor, so lange zu bleiben. Ein letztes Mal versichert er sich, dass die Lampe in der Küche, die wegen eines Wackelkontaktes ihre Launen hatte, noch funktioniert. Nun, wo die wichtigsten Baustellen in der Wohnung behoben sind, kann er Ebru und Lena guten Gewissens den Rest überlassen. Zum Abschied streicht Siri um seine Beine und verlangt maunzend nach Aufmerksamkeit.

Eigentlich stand der Mittagszug auf seinem Plan, aber er hatte nicht gehen wollen, ohne sich von Ebru zu verabschieden. Doch sie blieb den halben Tag verschollen und tauchte schließlich völlig verstört auf. Obwohl sie kein Wort verlor, spürte er ihr gebrochenes Herz. Hilflos ließ er sie an seiner Schulter weinen, bis Lena ihn schließlich ablöste. Als Ebru erschöpft in einen leichten Schlaf dämmerte, gab er ihr einen dicken Kuss auf die Stirn.

Die Straßenbahn, die ihn zum Westbahnhof bringen sollte, rattert unter dem Fenster vorbei. Ein allerletztes Mal krault er Siri am Hinterteil, das sie ihm auffordernd entgegenstreckt. Durchdringend hört er die Zimmertür seiner Schwester quietschen. Mist! Er hat das blöde Ding doch erst vor einer Woche geölt.

»Ich brauche jetzt dringend Vanilleeis«, flüstert Lena, als ob Ebru sie bis in die Küche hören könnte. Im Vorübergehen tätschelt sie über Siris Kopf, bevor sie den Kühlschrank öffnet. »Du auch?«

Tarik holt das Handy aus der Hosentasche und wirft einen Blick darauf. »Klar.« Er hat noch eine knappe halbe Stunde Zeit.

Mit einem wohligen Seufzen steht Lena vor der offenen Kühlschranktür. Bei der heutigen Hitze würde sie sich am liebsten ganz in das Gefrierfach legen. Während sie die Packung herausnimmt, aufreißt und das Eis in zwei Becher schaufelt, weiß Tarik nicht, was er mit seinen Händen anfangen soll. Vor Ebru haben Lena und er tadellos funktioniert, als ob heute Morgen nichts zwischen ihnen vorgefallen wäre. Doch nun steigen verbotene Bilder wieder in sein Bewusstsein hoch und verursachen Schweißperlen auf seiner Stirn.

»Möchtest du Schokosauce darüber haben?« Lena schleckt sich über den Finger, mit dem sie bereits eine Kostprobe genascht hat.

»Nur ein bisschen.« Monoton zieht Tarik den Daumen an der Tischkante entlang, bis sich Lena mit zwei überladenen Eisbechern zu ihm an den Tisch setzt. Ein voller Löffel steckt bereits in ihrem Mund. Schweigend fallen die beiden über die kalte Köstlichkeit her. »Ich wollte dir noch sagen, dass es mir leid tut«, bringt Lena am Ende kleinlaut heraus.

»Was meinst du damit?« Angespannt beobachtet Tarik, wie sie die letzten Reste vom Porzellan kratzt.

»Du weißt schon …« Lena spielt mit dem Löffel, den sie am Becherrand aufschlägt, die ersten Takte von »Alle meine Entchen«.

»Dass wir miteinander geschlafen haben?«, fragt er nach.

Nickend legt sie den Löffel beiseite. »Es war nicht fair, dich so weit zu bringen, wo du doch verlobt bist.«

»Glaub mir, ich hätte mich wehren können, wenn ich es wirklich gewollt hätte.« Tarik kommt um die Tischecke herum und zieht sie zu sich hoch. »Hast du nun deine Rache gehabt? Bist du jetzt damit fertig?«

Lena erschrickt über die Strenge seiner Worte. »Ich denke schon«, murmelt sie.

»Super!« Tarik nimmt sie in die Arme und lässt die Hand über ihre Hüften gleiten. »Dann können wir es dieses Mal richtig miteinander tun.« Mit Küssen versucht er sie von seiner Liebe zu überzeugen. Erst als er sicher ist, dass Lena ihn um seiner selbst begehrt, fallen die ersten Kleidungsstücke zu Boden.

Der letzte Zug fährt auch in dieser Nacht ohne ihn ab.

Ebru an hilfe@kummerkasten.at

hallo psychotante,

das zweite mal ist anders. es tut nicht mehr so weh. ich bin taub geworden. außen prallt alles an mir ab, in mir drinnen tröpfelt jede empfindung langsam durch einen filter, der meiner enttäuschung die schärfe nimmt. ich fühle mich alt, uralt, als hätte ich das alles schon hundertmal erlebt. schnell hat sich mein rücken an den neuen packen gewöhnt, der ihn nur ein wenig runder macht.

augenscheinlich musste ich noch einmal lernen, dass vertrauen ein kostbares gut ist. manche menschen trampeln gewissenlos darauf herum wie eine herde wilder elefanten. Dunja hat nicht einmal im ansatz verstanden, was sie getan hat. nachdem ich von Mona die wahrheit erfahren hatte, bin ich zu ihr gerast und habe sie zur rede gestellt. sie hat nicht einmal versucht, ihren verrat abzustreiten, im gegenteil! unerschütterlich wie buddha thronte sie mit untergeschlagenen beinen vor mir und rauchte eine kippe nach der anderen. zwischen den einzelnen lungenzügen quasselte sie davon, wie faszinierend sie Mona vom ersten augenblick an fand, wie sie in ihren augen nach wenigen minuten untergegangen sei. als ob mich das interessieren würde! obwohl diese angebliche freundin mir versprochen hatte, sich von ihr fern zu halten, bettelte sie Mona schon am nächsten tag um ein date an. ohne gnade hat mich Dunja wissen lassen, dass sie nach ein paar drinks in der mondbar sofort miteinander im bett gelandet sind. seit dieser nacht, die sie allen ernstes als magisch bezeichnet, sind sie ihrer meinung nach ein paar.

an dem nachmittag im gastgarten haben sie sich hinter meinem rücken sicher schief gelacht, weil ich einfältige kuh nichts davon mitbekommen habe! ich könnte Dunja für ihre skrupellosigkeit umbringen!!! sie hat rivalinnen aus uns gemacht und wollte es mir sogar verschweigen. vor sich selbst rechtfertigt sie die scheiß-aktion, indem sie sich einredet, ihre tiefen gefühle hätten mehr gewicht als meine »altertümlichen besitzansprüche«. außerdem hätte ich ihr immer wieder bestätigt, dass ich an Mona nicht interessiert sei.

wie einfach sie es sich macht! sie hat sich eine erklärung zurechtgezimmert, die ihr nachts nicht den schlaf raubt. natürlich hatte sie angeblich vor, mir bald reinen wein einzuschenken, sobald es ganz fix zwischen Mona und ihr geworden wäre. ob sie diesen blödsinn selber glaubt? kann sie in den spiegel sehen, nachdem sie ihr versprechen, die finger von meiner Mona zu lassen, gebrochen hat? ob sie irgendwann verstehen wird, dass verschweigen ebenso verletzt wie lügen und verrat an unserer freundschaft bedeutet? aber wie wichtig kann ich ihr schon sein, wenn sie mich anstandslos gegen ein kurzweiliges abenteuer eintauscht? in der regel überleben ihre beziehungen den verflixten siebenten Monat nicht. wie oft haben wir darüber gelacht?

ich fühle mich im stich gelassen. Dunja driftet weit weg und zieht Mona mit sich. ob sie sich wahrhaftig schon für meine neue rivalin entschieden hat? egal, Mona ist keinen deut besser! konnte sie keine andere nehmen? musste es ausgerechnet Dunja sein? manchmal frage ich mich, ob sie mir damit nur eins auswischen wollte, aber es stimmt nicht. Mona ist schon längst über mich hinweg. warum fällt mir das umgekehrt so schwer?

Lena kommt zur Online-Verabredung mit Anna gerade rechtzeitig.

<an-na> hallo lena-schatz!

<fotox> hi! ist mami in der nähe?

<an-na> ja, allerdings befindet sie sich gerade in einer meditation. soll ich sie holen?

<fotox> auf keinen fall! ich möchte dir was erzählen, und katrin würde sich darüber nur aufregen.

<an-na> das hört sich nicht gut an …

<fotox> hältst du mich für verrückt, weil ich wieder etwas mit tarik angefangen habe?

<an-na> tarik, dem du monatelang nachgeweint hast, weil er sich feige verdrückt hat?

<fotox> ja, genau der …

<an-na> gib mir ein paar sekunden, um die nachricht zu verdauen …

<fotox> anfangs habe ich ihn richtig gehasst, aber dann hat er sich total um mich bemüht.

<an-na> und jetzt bist du dabei, dich wieder in ihn zu verlieben.

<fotox> woher weißt du das?

<an-na> ach lena, du hast damals jeden zweiten satz mit seinem namen begonnen. er war deine erste, große liebe. die vergisst man nicht so leicht.

<fotox> ich lass ihn dieses mal aber nicht mehr so weit an mich heran. für ihn ist es ohnehin nur ein nettes zwischenspiel, bevor er zu seiner verlobten zurückkehrt.

<an-na> schatz! warum machst du dich unglücklich?

<fotox> ich weiß auch nicht, was mit mir los ist ... wie kann ich ihn gleichzeitig hassen und lieben? das ist doch das gegenteil voneinander!

<an-na> das gegenteil von liebe ist angst. hass ist nur auf den kopf gestellte liebe.

<fotox> also liebe ich ihn eigentlich?

<an-na> auf eine verletzte weise schon. erst wenn du ihm verzeihen kannst, verschwindet der hass und dann wirst du erkennen, ob liebe übrig bleibt oder einfach nichts mehr.

<fotox> ich habe angst ...

<an-na> ... und ich um dich. versprich mir, gut auf dich aufzupassen!

<fotox> mach ich! bitte erzähl katrin auf keinen fall davon, sonst sitzt sie im nächsten flieger nach wien.

<an-na> darauf kannst du dich verlassen. ;-) ist wenigstens bei ebru alles in ordnung?

<fotox> frag besser nicht!

<an-na> ok, ihr werdet es bestimmt alleine schaffen. katrin und ich sind aber immer für euch da, wenn ihr uns braucht!

<fotox> ich weiß. ihr fehlt mir ...

<an-na> du uns auch! spätestens zu weihnachten müsst ihr uns besuchen kommen.

<fotox> schon überredet! :-)) ich halte euch auf dem laufenden.

<an-na> ich schicke dir eine dicke umarmung

Psychotante an ebru18@sunshine.at

Liebe Ebru,

nach langem Abwägen habe ich mich entschlossen, dir zu antworten. Die vielen Fragezeichen in deinen Mails weisen darauf hin, dass du nach Antworten suchst. Vielleicht kann ich dir dabei helfen?

Du scheinst gerade in einer sehr schwierigen Situation zu stecken, wo du dich nicht alleine fühlen solltest. Ich bin für dich da, wenn du es möchtest.

Liebe Grüße,
deine Psychotante

Ebru an hilfe@kummerkasten.at

schön, dass sie meinen wunsch nicht berücksichtigt haben und mir einfach mailen! war ihnen langweilig? oder ist nur der helferkomplex mit ihnen durchgegangen?

jetzt bleibt mir nichts anderes übrig, als mit ihnen schluss zu machen. als ob ich im moment nicht genügend enttäuschungen erleben würde! vielen dank! :-((

auf nie-mehr-wieder-lesen!

5. Kapitel

Im vollgestopften *Frauenzimmer* ergattert Lena den letzten Hocker an der Bar, der ihr eine gute Übersicht auf das aufgeheiterte Treiben bietet. Die Hitze sammelt sich an diesem Samstagabend im Lokal und macht die Luft zum Schneiden dick. Lena schreit der hübschen Kellnerin ihre Bestellung ins Ohr und blickt sich suchend um. Die schummrige Beleuchtung macht es schwer, auch die dunkleren Ecken zu erfassen. Frauen schieben sich lachend an ihr vorbei, bedenken sie mit neugierigen Blicken und aufforderndem Augenzwinkern. Eine kleine Braunhaarige mit einer süßen Zahnlücke tanzt betrunken eine Frau nach der anderen an. Als die Reihe an Lena ist, lehnt sie dankend ab und wünscht ihr viel Glück. Sie ist nicht hierher gekommen, um sich zu amüsieren. An einem der hinteren Tische entdeckt sie Dunja im Kreise einiger Freundinnen, wie sie zusammen eine Flasche Wodka vernichten. Doch keine Spur von Ebru.

»Lena!« Monas Arme umschließen sie und drücken sie erfreut an die Brust. »Schön, dich zu sehen.«

»Ist Ebru hier?«

Nachdenklich runzelt Mona die Stirn. »Ich habe sie bisher nicht gesehen.«

Enttäuscht nimmt Lena einen Schluck Bier und rollt sich die kühle Flasche über die Stirn.

»Was ist los?« Mit einer Handbewegung vertröstet Mona eine Gästin, die zahlen möchte, auf später.

»Die Sache mit Dunja und dir hat sie ziemlich mitgenommen.« Anklagend bohrt ihr Lena den Zeigefinger in die Schulter. »Was habt ihr euch nur dabei gedacht?«

Mona hält sich das Serviertablett wie ein Schild vor den Bauch. »Ich wollte mich ehrlich nicht zwischen die beiden drängen.«

Prüfend betrachtet Lena ihr Gesicht, auf dem sie einen Funken Bedauern zu erkennen glaubt. »Jedenfalls verschwindet sie seither jeden Abend und kommt erst gegen Mitternacht zurück. Tarik und ich machen uns große Sorgen um sie. Wir haben keine Ahnung, wo sie die ganze Zeit steckt.« Obwohl sie sich große Mühe geben, vor ihr nicht allzu offensichtlich herumzuturteln, macht sich Lena Vorwürfe, dass sie Ebru damit aus der Wohnung vertreiben.

»Tarik?« Monas Augenbrauen schießen überrascht in die Höhe. »Sag nicht, dass ihr wieder zusammen seid!«

»Das ist mehr so eine temporäre Sache.« Lena setzt die Flasche an und trinkt das restliche Bier in besonders langsamen Schlucken aus.

Hektisch flattert Monas Blick zwischen den Tischen herum, für die sie eingeteilt wurde. »Ich muss los«, stößt sie hervor. Das Süßkartoffel-Curry für Tisch drei wartet in der Küche bestimmt schon auf den Abtransport. »Ich versuche, das wieder gerade zu biegen. Vielleicht schaffe ich es sogar heute nach meiner Schicht.« Hastig verabschiedet sie sich mit einem Küsschen auf die Wange und ist Sekunden später in der Menge untergegangen.

Ob Mona eine Idee hat, wo Ebru sein könnte? Als Lena bezahlt hat und sich zum Gehen wendet, steht unerwartet Dunja vor ihr. »Wie geht es Ebru?«, fragt sie ohne Umschweife. Dramatisch geweitete Augen und eine Hand auf der Herzgegend untermalen deren Besorgnis, doch Lena nimmt sie ihr trotzdem nicht ab. Dunja ist nicht einmal eine halbwegs passable Schauspielerin. Eigentlich müsste talentfreie Zone auf ihre Stirn tätowiert sein.

»Mona und ich ... liieben uns«, lallt sie. Mit einer Hand stützt sie sich an der Theke ab, um nicht das Gleichgewicht zu verlieren. »Wir wollten Ebru wiirklich nicht ...«

Lena schaltet auf Durchzug, hört nur noch auf die Musik

und drängt sich grob an ihr vorbei. Ohne diese Sicherheitsmaßnahmen hätte sie dieser Kuh wahrscheinlich das nächstgelegene Bier über den Kopf geschüttet, damit sie endlich das Gehirn einschaltet, sollte überhaupt eines vorhanden sein.

Der Vollmond trotzt dem mächtigen Dunkel der Nacht. Mona fühlt sich wie im Scheinwerferlicht, als sie über den hohen Zaun klettert und auf der anderen Seite quer über den Kiesweg zur ersten Baumgruppe läuft. Hoffentlich spürt sie nicht zufällig einen Spanner mit dem Fernglas auf, der in den benachbarten Fenstern nach nackten Frauen Ausschau hält! Ungern möchte sie von der Polizei wegen Eindringens in eine öffentliche Anlage festgenommen werden. Zweige knacken verdächtig, während sie im Schatten einer Buschreihe zum Spielplatz schleicht. Amseln schrecken vor ihren Füßen hoch und erheben sich schnarrend in den Himmel.

Mona öffnet das Kindergatter und sucht auf den Schaukeln nach Ebru. Doch sie ist nicht da. Auf dem Klettergerüst hat Mona zwar eine gute Aussicht, aber die dunklen Schatten der Bäume halten Ebru womöglich unsichtbar. Ob sie nach ihr rufen sollte? Besser nicht. Vielleicht streunt Ebru auch in anderen Parks herum oder hängt einfach mit Freunden im Café ab. Unzufrieden schlägt Mona eine andere Richtung ein, die sie auf unbekanntes Gebiet führt. Sanftes Plätschern lockt sie durch ein dunkles Geäst. Unversehens tut sich hinter einem großen Ahornbaum eine Szene auf, die ihr den Atem raubt. In der Mitte einer kiesgestreuten Rundung steht eindeutig Ebru über einen schmiedeeisernen Springbrunnen gebeugt. Ihr Haar wird von einem Tuch locker im Nacken zusammengehalten. In ihrem hochkonzentrierten Gesicht fängt sich das Mondlicht und färbt es silbern. Selbstvergessen zieht sie ein kleines Stöckchen durch das Wasserbecken. Mona meint, eine parallele Welt zu betreten. »Ebru. Was machst du da?«, fragt sie besorgt.

Ebru hat ihre Anwesenheit offenbar bereits wahrgenommen. »Ich schreibe Wörter ins Wasser.« Ihre Hand legt an Tempo zu und schlägt Wellen. »Moment! Gleich habe ich den Satz fertig.«

Das surreale Bild erinnert Mona an die Nacht, in der sie sich das Leben nehmen wollte. Mit bedächtigen Schritten kommt sie näher, um Ebru nicht in die Flucht zu schlagen. »Liest du mir etwas vor?«

Heftig schüttelt Ebru den Kopf. »Diese Wörter gehören nur mir.« Stöhnend richtet sie sich auf und reibt sich über das schmerzende Rückgrat. »Glaubst du, dass Wasser ein Gedächtnis hat?«

Mona setzt sich auf die kühle Einfassung des Brunnens, während sie darüber nachdenkt. »Möglich.« Behutsam nimmt sie Ebru das Stöckchen aus der Hand. »Aber unsere Gedanken kann es sich bestimmt nicht merken.« Ungelenk zieht sie Linien durch das Wasser und endet mit einem Punkt. »Was habe ich denn geschrieben?«

»Es tut dir leid, dass du ohne Einladung hier aufkreuzt.«

Ihr verärgertes Gesicht löst in Mona watteweiche Erleichterung aus. Ebru ist wieder in der wirklichen Welt angekommen, die sie mit ihr teilen kann. »Falsch! Ich habe geschrieben, dass ich dich nicht verletzen wollte.«

Ebru steckt die klammen Hände unter das T-Shirt und wärmt sie am Bauch auf. »Was willst du von mir hören? Dass ich euch beiden alles Gute für die Zukunft wünsche?«

Mit Gleichmut lässt Mona die ätzenden Worte an sich abgleiten. »Ebru, wir sind seit über einem Jahr getrennt. Ich brauche mich vor dir nicht zu rechtfertigen, mit wem ich ins Bett gehe.«

Empört stampft Ebru auf dem Kies auf. »Von mir aus kannst du dich durch hundert Betten schlafen. Aber musst du unbedingt Sex mit einer meiner besten Freundinnen haben?«

»Ich hatte es nicht darauf angelegt! Da kannst du dich schön bei Dunja bedanken!« Rasch bremst sich Mona, als sie bemerkt, wie Ebru vor ihren Augen zusammenfällt. »Ich wollte damit nur sagen, dass es eine Sache zwischen euch beiden ist.«

»Vielleicht hast du recht.« Mit dem Stöckchen malt sie ein geschwungenes M in den Kies.

»Wofür steht das?«, fragt Mona, obwohl sie sicher ist, den Anfangsbuchstaben ihres Namens zu erkennen. Solange sich Ebru kein M in die Haut ritzt, hat sie aber kein Problem damit.

»Ich weiß es noch nicht.« Sie nimmt Mona an der Hand und führt sie um das Zeichen herum. »Schau, es könnte auch ein E für Ebru sein oder ein W für warum.« Ihren ganzen Mut zusammen nehmend, streicht sie mit dem Daumen über Monas Finger. »Warum weist du mich ab?«

»Weil ich bereits jemanden für Sex habe.« Ruckartig entzieht ihr Mona die Hand, auf der ein verräterisches Kribbeln zu spüren ist. »Damit bin ich vorerst gut versorgt.«

Die erneute Abweisung schlägt über Ebru zusammen und lässt sie bloß und nackt dastehen. Beschämt setzt sie sich auf die Holzbank und zieht die Knie an die Brust.

»Was soll ich verdammt noch mal mit dir machen?«, stöhnt Mona auf.

Mich lieben, denkt Ebru. »Warum willst du dich auf keine Beziehung mehr einlassen?«

»Es ist eben jetzt so.« Mona stößt sich vom Brunnen ab und hockt sich am anderen Ende der Parkbank nieder. Störrisch schenkt sie ihr nicht einen Blick, sondern schaufelt mit den Zehen Kiesberge auf.

»Bin ich daran schuld?« Zwei Mal hat Ebru aus heiterem Himmel mit ihr Schluss gemacht. Ob sie damit einen nicht wieder gutzumachenden Schaden verursacht hat?

Mit einem spitzen Lachen heißt Mona sie eine Närrin. »Nein, da kannst du ganz beruhigt sein. Es hat nichts mit dir zu tun.« Das Rauschen von Autos dringt in die Stille, die sich endlos lange zwischen ihnen ausdehnt. Ein kleiner Spatz setzt sich auf den Brunnenrand und schöpft mit dem Schnabel Wasser. »Ich habe genug damit zu tun, mein eigenes Leben auf die Reihe zu bringen«, fährt Mona schließlich fort. »Da sich mein Vater weigert, eine lesbische Tochter zu finanzieren, muss ich mir mein Studium selbst verdienen. Da ist eine Beziehung das Letzte, was ich gebrauchen kann.«

Mona strahlt einsame Kälte aus, die Ebru nur allzu gut von sich selbst kennt. Sie rutscht näher an sie heran und legt einen Arm um ihre Schulter. »Ich weiß, wie es ist, die Familie zu verlieren«, murmelt sie. Schnell drängt sie die Bilder aus der eigenen Vergangenheit weg, da sie Mona nichts nutzen würden. Stattdessen lehnt sie sich schweigend an sie. Worte sind für einen solchen Verlust viel zu klein.

»Du bist mir zu nah«, schnaubt Mona an ihrer Halsbeuge. »Ich will dich nicht riechen.« Fahrig wendet sie sich ab und schlägt ein Bein über das andere.

»Was ist so schlimm daran, wie ich rieche?« Früher hat sie doch auch nichts gestört.

Unerwartet berührt Mona ihre Wange, reibt mehr darüber, als sie zu streicheln. »Wenn ich dich rieche, möchte ich dich küssen und dann kann ich für gar nichts mehr garantieren.« Ihre Stimme senkt sich zu einem Flüstern ab.

Ebrus Herz beginnt unter ihrer Hand zu flattern, die mit jedem Strich sanfter wird. »Seit ich dich wiedergesehen habe, wünsche ich mir nichts sehnlicher, als dich zu berühren«, haucht sie. Dreist schnappt sie nach Monas Finger und umfasst ihn mit den Zähnen. Langsam gleitet ihre Zunge über die Kuppe und hält sie saugend fest.

»Tu das nicht.« Entgegen ihrer Anweisung macht Mona jedoch keinerlei Anstalten, sie aufzuhalten.

»Du kannst es ohnehin nicht verhindern.« Ebrus Hände gleiten unter ihrem Hemd an den Hüften hoch, holpern leicht über die Knochen am Brustkorb und verweilen bei ihrem Busen, der ohne BH auskommt. Nach wenigen Berührungen werden Monas Brustwarzen hart und machen Ebru eine drängende Lust, sie in den Mund zu nehmen.

»Stopp!« Schwer atmend nimmt Mona ihre Hände gefangen.

»Wenn du es heute nicht zulässt, passiert es eben an einem anderen Tag.« Mit heftigen Drehbewegungen versucht Ebru sich zu befreien.

Doch Mona hält sie wie mit Handschellen gefangen. »Nur ohne Verpflichtungen!«

Im ersten Moment sperrt sich in Ebru etwas gegen diese Forderung. Doch dann beginnt erneut das heiße Ziehen zwischen ihren Beinen und macht sie nachgiebig.

»Das wird auf keinen Fall eine Beziehung zwischen uns!«, versichert Mona beharrlich.

Ebru beugt sich nach vorn, um die Härte aus ihren Worten zu küssen. Zufrieden nimmt sie zur Kenntnis, wie sich Monas Lippen bereitwillig öffnen und im Spiel ihrer Zungen Feuer fangen. Aufgewühlt nimmt Ebru sie an der Hand und zieht sie auf die Wiese nieder. Kurzerhand streift sie ihr die Hose mitsamt dem Slip nach unten. Es bleibt keine Zeit für Umwege. Sie schiebt ihre Beine auseinander und küsst die Innenseite ihrer Schenkel, die vor Erregung zittern. Hemmungslos beginnt sie Mona zu lecken, die unter ihrer Zunge heftig stöhnt und damit auch Ebrus Lust auf die Spitze treibt. Als sie mit einem Aufschrei kommt, ist Ebru triefend nass zwischen den Beinen. Sie spürt ihr Herz kräftig pochen, das Blut aufgebracht durch ihre Adern peitschen. Monas Finger treiben sie zu einem schnellen Höhepunkt, der jeden inneren Muskel heftig durchzuckt.

Erst nach einer Weile nimmt die Welt wieder Konturen an. Allmählich beruhigt sich auch Ebrus Atem an Monas Seite. Obwohl sie nah aneinander liegen und die Körperwärme der anderen fühlen können, berühren sie sich nicht.

»Ich habe das vorhin ernst gemeint.« Mona starrt in den trüben Himmel, der von den Lichtern der Stadt erhellt wird. Nur wenige Sterne besitzen genug Leuchtkraft, um ganz nach unten zu dringen.

»Hab schon verstanden.« Ein Zweig drückt hart unter Ebrus Rücken. Sie rollt sich auf die Seite und lässt den Kopf auf Monas Schulter sinken. »Aber es war verdammt guter

Sex.« Ihr Körper befindet sich völlig im Gleichgewicht, das strahlende Lächeln lässt sich nicht aus ihrem Gesicht fortwischen. Warum ist das bisher keiner anderen gelungen?

»Stimmt, das sollten wir irgendwann wiederholen.« Wohlig seufzend zieht Mona sie enger an sich und lässt den Arm auf ihrer Hüfte liegen.

»Wann denn?« Beiläufig schnipst Ebru eine Ameise ins Gras, die ihr über den Hals krabbelte.

Unruhig wälzt Mona ihre Beine im Gras. »Verdammt, das juckt!« Mit einem Ruck zieht sie die Hose über und setzt sich auf. »Ich will dich wiedersehen. Aber meine Freiheit gebe ich auf keinen Fall auf!«

»Schon klar. Du willst weiterhin mit Dunja Sex haben.« Ebru dreht sich auf den Bauch und zieht sich Grashalme aus den Locken. »Oder mit anderen.«

Das Bedürfnis, sie zu küssen, zärtlich über ihre Rundungen zu streicheln, von Neuem den begehrten Körper zu fühlen, überall, nur viel ausführlicher als zuvor, wird in ihr übermächtig. Mit äußerster Willensanstrengung kann Mona die Hände bei sich behalten. Nur keine falschen Erwartungen wecken! »Wenn du von mir eine Entscheidung verlangst, bin ich weg, Ebru«, versichert sie.

»Mach ich nicht.« Lautlos schmiegt sich Ebru an ihre Schulter und saugt den vertrauten Geruch in sich auf, bis ihre Lungen randvoll sind mit Monas Duft. Wenn sie etwas in ihrem jungen Leben gelernt hat, dann ist es, im Jetzt zu leben.

»Ich ruf dich an.« Mit diesen Worten steht Mona fluchtartig auf und zieht sich das Hemd über die Hüften.

Super! Keine Verbindlichkeiten und dazu wird sie noch aufs Wartegleis abgeschoben. Geht es überhaupt noch schlimmer?

»Am Freitag findet im *Aphrodite* ein Frauenfest statt. Vielleicht ist es besser, wenn du nicht hingehst.«

Mit Fragezeichen in den Augen starrt Ebru sie an.

»Ich werde mit Dunja dort sein«, erklärt Mona.

Ein Riss fährt durch Ebrus Körper, lässt sie aufspringen und hastig die Hose zuknöpfen. »Lass mich bitte alleine!« Monas Armen, die sie suchen, weicht sie geschickt aus. »Ich habe gesagt, du sollst mich in Ruhe lassen!«, schreit sie. Schützend schlägt sie die Hände vors Gesicht und wehrt jede Berührung ab, bis Mona tatsächlich verschwunden ist.

Als sie sich über das Wasserbecken beugt und das Stöckchen eintaucht, kriecht die Taubheit in ihre Knochen zurück.

Am nächsten Morgen trifft auf Ebrus Handy eine SMS von Mona ein:

Möchtest du mich überhaupt noch wiedersehen?

Wann?

Morgen, um 10 uhr, bei mir zum frühstück?

Ich bringe frisches gebäck mit.

Die Sonne verabschiedet sich in leuchtendem Orange und lässt die Stadt vor Anbruch der Dunkelheit ein letztes Mal im warmen Licht erglühen. An der Spitze des Wilhelminenbergs sieht alles leichter aus, als wäre das ganze Elend im Grau der Stadt hängengeblieben. Übrig bleibt nur Wehmut, die Lena das Atmen schwerer macht. An Tarik gelehnt, sieht sie sich an den Farben satt, riecht bereits den nahenden Herbst. Sie nimmt sich vor, diesen schönen Moment mit ihm niemals zu vergessen.

»Bist du traurig?« Er scheint ihre Stimmung zu spüren und zieht sie enger an sich.

Lena schließt die Augen, damit sie nur mehr fühlt. »Wie lange kannst du noch bleiben?«

Ahnungslos zuckt Tarik mit den Schultern. »Ich weiß nicht. Ein oder zwei Tage, schätze ich.«

Immer dieselbe Antwort, die sie nicht zufriedenstellt. Das Bangen, er könnte am Abend seine Tasche packen und für immer verschwinden, wechselt sich am Morgen mit der Euphorie ab, noch einen weiteren Tag mit ihm verbringen zu können. Das Leben gleicht immer mehr einer Achterbahn. Obwohl ihr vom vielen Auf und Ab bereits schlecht ist, wünscht sie sich, die Fahrt möge niemals enden. »Und wann wirst du heiraten?«, fragt sie.

»In drei Monaten, knapp nach Weihnachten.« Tarik rauft sich das Haar. »Wenn ich es überhaupt durchziehe.«

Lenas Kopf schnellt hoch. »Überlegst du, die ganze Sache abzublasen?« Für mich?, die Frage bleibt stumm zwischen ihnen hängen.

»Leider ist es nicht so einfach.« Ein tiefes Seufzen dringt aus seiner Brust. »Bei uns bedeutet eine Verlobung, fast verheiratet zu sein.«

»Es wäre aber möglich?« Lena versucht, der Hoffnung, die sich warm in ihr ausbreitet, nicht vorzeitig Raum zu geben.

Während Schäfchenwolken über den Himmel ziehen, ringt Tarik um die richtigen Worte. »Ja«, bringt er schließlich heraus, »aber ich weiß nicht, ob ich es schaffen kann.«

»Hört sich nicht an, als ob dir viel an einer Entlobung liegt«, murrt Lena. Verstimmt befreit sie sich aus seinem Arm und legt ihren Kopf auf die Knie. Um sie herum sitzen lauter verliebte Pärchen im Gras, die zusammen den herrlichen Sonnenuntergang bestaunen. Das Gefühl, nicht zu ihnen zu gehören, verursacht einen leisen Schmerz in der Brust.

»Das kannst du nicht verstehen«, brummt Tarik.

Stimmt! Um mit ihm zusammen zu sein, hat sie ihren Verstand schon längst ausschalten müssen. Wer kann verstehen, dass er eine Frau heiratet, obwohl er eine andere mehr liebt? Dass ihre Liebe scheitert, weil sie im falschen Land geboren wurde? Dass seine Eltern sie nie akzeptieren werden, weil sie von zwei Frauen großgezogen wurde?

Sanft landet seine Hand in der ihren und verknotet sich mit ihren Fingern. »Nicht traurig sein.«

»Du liebst mich gar nicht richtig!« Warum die Tatsachen nicht beim Namen nennen? Jemand, der liebt, kämpft, egal, wie viel es kostet.

»Quatsch! Ich liebe dich über alles.« Zärtlich drückt ihr Tarik einen Kuss auf die Nasenspitze.

Doch so einfach lässt sich Lena nicht überzeugen. Sie spürt, wie er etwas vor ihr verheimlicht, obwohl sie vereinbart haben, in der kurzen Zeit offen miteinander zu sein. Warum kann er sich von seiner Verlobten so schwer trennen? Unvermittelt wird sie von einer Erkenntnis getroffen, die alle Puzzlestücke richtig zusammensetzt. »Wenn zwei Verlobte so gut wie verheiratet sind, dürfen sie dann auch Sex miteinander haben?«

»Eigentlich nicht, aber viele tun es trotzdem.« Beschwichtigend streicht er über ihren Rücken. »Ich hatte mit meiner Verlobten keinen Sex, falls du darauf hinaus willst.«

»Warum fühlst du dich dann so stark an sie gebunden?« Immerhin hat er sie nicht entjungfert, weshalb sie problemlos einen anderen heiraten könnte.

»Weil es bei uns eben so ist«, antwortet er lapidar.

Lena fällt es zunehmend schwerer, diese blöde Ausrede gelten zu lassen. Nur weil sie liebt, muss sie sich nicht für dumm verkaufen lassen. Verärgert wischt sie sich Grashalme von der Hose und schlendert zur besten Aussichtsstelle. Groß und lebhaft breitet sich Wien zu ihren Füßen aus. Am Horizont ist der Sonnenball zur Gänze verschwunden und überlässt den Raum der Dunkelheit. In der Ferne kann sie gerade noch das Riesenrad ausmachen, bevor die Häuser zu dunklen Flecken verschwimmen.

»Außerdem bist du auch nicht frei.« Unbemerkt ist ihr Tarik gefolgt. »Oder hast du mit Sebastian Schluss gemacht?«

»Was denkst du?« Eigentlich müsste er sie gut genug kennen, um sich diese blöde Frage zu sparen.

»Du hast ihn wegen mir verlassen?« Ungläubigkeit steht ihm ins Gesicht geschrieben.

Damit ermordet er das letzte Stück von Lenas gütigem Nachsehen. »Das muss jetzt ganz neu für dich sein, Tarik, aber Lügen sind mir verhasst. Und ich glaube auch nicht, dass Sebastian mich gerne mit dir geteilt hätte.« Von ihrer gereizten Stimme gestört, verzieht sich ein knutschendes Pärchen unter die große Weide, wo sie wieder in ihre rosarote Welt eintauchen.

»Ich möchte nur nicht, dass du etwas für mich aufgibst«, gibt Tarik schwach von sich.

»Warum nicht?« Die Zeit mit ihm hat Lena klar vor Augen geführt, wie oberflächlich die Verbindung zu Sebastian war. Nicht alle Beziehungen sind für die Ewigkeit geschaffen.

»Ich kann dir keine Zukunft versprechen.« Die eigenen Worte saugen jedes Leben aus Tarik, verhärten sein Gesicht zu einer Maske.

Der Sommer verliert jetzt in der Nacht seine Kraft und lässt Lena frieren. »Wahrscheinlich ist es besser, wenn du bald nach Rosenbach zurück fährst.«

»Du hast recht.« Tariks Hände umklammern das Geländer krampfhaft, bis seine Knöchel weiß durchscheinen. »Am besten noch heute Abend.«

SMS von Ebru an Mona

Du gehst mir nicht mehr aus dem kopf. Wann sehen wir uns wieder? :-))

Lange Stunden später erhält Ebru eine Antwort:

In den nächsten tagen ist viel los. Melde mich bei dir!

»Du gehst doch nicht wirklich, oder?« Die gepackte Reisetasche lacht Lena hämisch vom Sofa entgegen.

Tarik steht am Fenster und starrt auf die belebte Straße, ohne sie richtig wahrzunehmen. »Es wäre das Beste. Ich mache dich nur unglücklich.«

Von hinten tritt Lena an ihn heran und schlingt die Arme um seine Mitte. »Das kannst du ohnehin nicht mehr ändern. Aber wenn du noch ein paar Tage bleibst, bin ich ein bisschen länger glücklich.« Zärtlich beißt sie in seinen Nacken.

»Ich muss aber nach Hause fahren.« Die Küchenuhr mahnt ihn, sich zu beeilen, wenn er den letzten Zug erwischen möchte.

»Heute musst du unbedingt noch bei mir bleiben!« Mit aller Kraft hält sie ihn fest, damit er nicht entkommen kann.

»Wieso heute?«, fragt er mit einem Lächeln.

»Weil heute Nacht der Westwind dreht und alle Dinge verändert. Morgen wird es in Wien Blumen regnen und die Hunde werden für wenige Minuten mit uns sprechen können. Das möchtest du sicher nicht verpassen.«

Genau dafür liebt er sie. Für all die Geschichten und Pläne, die sie sich jeden Abend ausdenkt, um ihn am Gehen zu hindern. Liebevoll legt er ihre Hand an seine Wange und küsst jeden einzelnen Finger. »Spätestens am Sonntag muss ich aber weg, sonst wird mir gekündigt.«

Nur mehr zwei Tage und zwei Nächte. Kräftig hört Lena sein Herz durch den Brustkorb pochen. Noch ist er hier bei ihr, lebendig und schön. Da wird sie von einem inneren Beben erschüttert und beginnt laut zu schluchzen. Schon jetzt spürt sie, wie weh es tun wird, ihn zu vermissen.

Unzufrieden begutachtet Ebru ihr fahles Gesicht im Spiegel. Sie sieht einfach schrecklich aus! Dunkle Augenringe, spröde Lippen und hängende Mundwinkel verleihen ihr das Aussehen einer nervenschwachen Dreißigjährigen auf Valium. Mit Entsetzen stöbert sie das erste weiße Haar am Ansatz auf, den Beweis, wie sie in den letzten Wochen mit Lichtgeschwindigkeit gealtert ist. Seufzend legt sie die Pinzette weg und schlurft ins Wohnzimmer, wo Lena am Sofa ein Klatschmagazin durchblättert und nebenbei ein Glas Joghurt leert.

»Kannst du mir die Haare kurz schneiden?« Die langen Zotteln reichen bereits bis zum Hintern und bereiten Ebru beim Kämmen nur mehr Ärger.

»Wie kurz?« Vor Aufregung verschluckt sich Lena beinahe. Bisher wurde sie mit der Friseurschere und dem Farbpinsel stets auf Abstand gehalten.

»Keine Ahnung. Mach mich einfach schöner.« Resigniert zuckt Ebru mit den Schultern.

Lenas Finger beginnen erwartungsvoll zu kribbeln. »Dann muss ich dir aber auch Strähnchen färben«, versucht sie das volle Programm herauszuschlagen. Ihre Augen leuchten auf, als sie sich der ungeahnten Möglichkeiten bewusst wird, die vor ihr liegen könnten. Letztes Jahr hat sie einen Kurs für angehende Stylisten besucht, wodurch ihre haarigen Experimente den nötigen Feinschliff erhielten.

»Aber nur weiße.«

»Einverstanden«, jauchzt Lena auf und klatscht begeistert in die Hände. Das Magazin landet achtlos am Boden, als sie die Freundin in die Küche bugsiert und auf einen Stuhl setzt. In Windeseile hängt ein Plastikmantel um Ebrus Hals, bevor sie es sich womöglich noch anders überlegen kann. Einen Augenblick später ist ein Fotoapparat auf sie gerichtet. »Zum Vergleich«, grinst Lena und drückt ab. Sie holt ihren Vorrat an Haarfärbemitteln hervor und breitet ihn einladend vor ihr aus. »Weiß ist allerdings ein sehr harter Kontrast zu deinen schwarzen Haaren.« Mit dem Finger deutet sie auf einen warmen Rotton. »Was hältst du davon?«

»Ich will unbedingt weiße Strähnchen.« Wer weiß besser, wie alt sie in Wahrheit ist, irgendwelche Kalender oder ihr inneres Gefühl? »Das Leben ist eben nicht immer nur Wein und Watte.«

Der spitze Unterton lässt Lena aufhorchen. »Wie war es eigentlich bei Mona?«, fragt sie beiläufig und rührt die Farbe an.

»Schön.« Ebrus Lippen bilden einen schmalen Strich. »Das ist ja das Problem. Ich fühle mich bei ihr großartig, aber für sie ist es nur Sex.«

»Das kann sich noch ändern.« Lena bürstet ihr Haar frei von Filzen und teilt es in der Mitte ab.

»Ich rechne besser nicht damit.« Rigoros versucht Ebru, jede aufkeimende Hoffnung niederzukämpfen und der Realität ins Auge zu blicken. Zu oft hat sie schon an sich selbst erlebt, wie Beziehungsunfähigkeit andere Frauen in Scharen anlockt. Sie hoffen diejenige zu sein, die alles verändert, die Licht ins Dunkel bringt und Leben rettet. Alles romantischer Blödsinn! Natürlich ist es desillusionierend, nicht die Macht zu besitzen, mit Liebe die Wunden der anderen heilen zu können. Doch anstatt diesen Umstand zu akzeptieren, laufen die selbst ernannten Retterinnen unaufhörlich gegen die Wand und ziehen sich am Ende enttäuscht zurück, um ihre Wunden zu lecken. Selber schuld, wenn sie in eine Sexgeschichte mehr hineindichten, als überhaupt möglich ist! Natürlich wird sich Mona in ruhigeren Zeiten wieder für eine Beziehung öffnen, aber es wäre anmaßend anzunehmen, dass ausgerechnet sie, Ebru, dieses Wunder bewirken könnte. Besonders ihr wird sie nicht mehr vertrauen, der Frau, die Mona immerhin schon zwei Mal das Herz gebrochen hat. Daher kann sie nur dankbar auflesen, was vom Tisch für sie abfällt, und gehen, wenn es zu schmerzhaft wird.

»Warum bekommt Mona von den Eltern kein Geld zum Studieren?« Flink fädelt Lena kleine Strähnchen aus dem Deckhaar und pinselt diese mit Farbe ein.

»Sie wollte sich nicht mehr von dem komischen Therapeuten beschwatzen lassen. Sie ist ja nicht krank, aber ihr

Vater war anscheinend anderer Ansicht.« Die Verachtung schleicht sich auffällig in Ebrus Worte. »Er hat ihr ein Ultimatum gestellt. Solange sie sich nicht von einem Profi helfen lässt, dreht er ihr den Geldhahn zu. Kannst du dir diese Gemeinheit vorstellen?«

»Idiot! Ich verstehe nicht, warum sich manche Eltern mit ihren homosexuellen Kindern so schwer tun.« Verärgert stößt sie den Pinsel in die Farbschale, wodurch ein schönes Spritzmuster auf der Plastikunterlage entsteht. Aus ihr ist doch auch etwas geworden, obwohl sie von zwei Frauen empfangen und großgezogen wurde! Warum geht so etwas in manche Köpfe nicht hinein?

»Die Mutter hält zwar zu ihr, kann sich gegen den Vater aber überhaupt nicht durchsetzen.« Aufgebracht dreht sich Ebru um, wobei sie mit dem Auge haarscharf am Farbpinsel vorbeischrammt. »Dabei will Mona einfach nur mit Frauen zusammen sein!«

Lena rückt die wild gestikulierende Freundin am Stuhl gerade, damit sie Farbe auf das letzte Strähnchen auftragen kann. »Ich verstehe, warum du in sie verschossen bist. Sie ist wirklich eine tolle Frau.«

»Stimmt«, seufzt Ebru. »Leider haben das schon mehrere erkannt.« Voller Selbstmitleid lässt sie den Kopf in die Handteller fallen. Das Summen ihres Handys in der Hosentasche reißt sie jedoch augenblicklich aus ihrem Elend. Rasch zieht sie es heraus, es könnte schließlich ein SMS von Mona sein.

»Was ist los?« Lena kann sich Ebrus versteinerten Ausdruck nicht erklären.

»Lies selbst!«

Warum zerstörst du mein glück? Hasst du mich so sehr? Dunja

»Sie hat ihr von uns erzählt!« Jubelnd fällt Ebru der Freundin um den Hals. Es tut gut, sich auf Monas Geradlinigkeit verlassen zu können. Außerdem ist sie damit auf ein und dieselbe Stufe mit Dunja gestellt. Ein deutlicher Hinweis, dass Mona auch in ihrer Konkurrentin nur ein Sexabenteuer sieht. Aber was bedeutet das schon? Doch nur, wie wenig sie beide ihr bedeuten.

Andererseits ist damit die derzeit größte Gefahr etwas entschärft worden. Unter der Dusche lässt sich ein zufriedenes Grinsen nicht aus Ebrus Gesicht waschen, während die Farbe an ihrem Körper herabströmt. Zurück in der Küche, wird sie mit einem vollen Rotweinglas empfangen.

»Das Leben ist heute zwar nicht Watte, aber wenigstens Wein«, erklärt Lena feierlich und nimmt selbst einen tiefen Schluck. Zufrieden mit dem Ergebnis ihrer Färberei, nimmt sie die Schere in die Hand und beginnt in Etappen Ebrus Locken auf Höhe der Schulterblätter abzuschneiden.

»Am liebsten würde ich heute auf das Fest im *Aphrodite* gehen.« Unvermittelt spürt Ebru, wie sehr ihr Mona fehlt, von der sie seit drei Tagen nichts mehr gehört hat. »Wir leben in einem freien Land! Ich lasse mir nichts verbieten.«

»Finde ich auch! Du brauchst dich nicht an die Regeln von anderen zu halten.« Lautstark prostet ihr Lena zu. Sie ist heilfroh, nur mehr wenige lange Locken zum Schneiden übrig zu haben, wo der Wein sie mit jedem Schluck sorgloser macht und die Hand-Auge-Koordination offensichtlich an Präzision einbüßt.

Abermals zeigt das summende Handy eine eingetroffene SMS an.

Ich will, dass du uns in ruhe lässt! D.

»Das Miststück kann nicht aufhören, mich zu provozieren«, schimpft Ebru. Sie hält Lena das leere Weinglas zum Nachschenken hin. »Meinst du, ich soll ihr zurückschreiben?« Ohne eine Antwort abzuwarten, tippen ihre Finger bereits emsig auf den Tasten.

Mona kann selbst entscheiden, mit wem sie sex haben will.

Während Lena den Fön anwirft, kleben ihre Augen am Display wie Karamell an den Zähnen. Die erwartete Antwort trifft keine Minute später ein.

Sex hatten wir gerade :-)) und sie sieht total glücklich aus. D.

Einen Moment lang glaubt Ebru, kotzen zu müssen. Ein bitteres Gefühl windet sich langsam den Hals hinauf. Mit einem Schluck Rotwein lässt es sich allerdings wieder hinunterspülen. Es macht der Gewissheit Platz, Dunja immerhin in die Ecke gedrängt zu haben.

»Die hat total Angst vor dir«, bestätigt Lena ihren Verdacht. Kurzerhand nimmt sie der Freundin das Handy ab und lässt es in der eigenen Hosentasche verschwinden. »Besser, du konzentrierst dich jetzt auf Mona.« Ansonsten bewerfen sich die beiden weiter mit Mist, bis eine am Ende heulend zusammenbricht.

»Auch, wenn es nur um Sex geht, ich will sie nicht teilen«, bricht es aus Ebru heraus. »Kannst du mich verstehen?« Ihre Wangen sind vom Wein leicht gerötet.

»Geh auf dieses verdammte Fest und schnapp sie dir!«, feuert Lena sie an. Beschwingt erheben sie die Gläser auf Ebrus Vorhaben. Dann schnippelt Lena hier und da noch ein paar Millimeter von den Locken weg, bis sie mit dem Endergebnis völlig zufrieden ist. Mit einer großen Geste überreicht sie ihr den Spiegel und hält erwartungsvoll den Atem an.

»Ich sehe voll cool aus«, staunt Ebru. Ihr Kopf fühlt sich um einige Kilogramm leichter an. Die weißen Strähnen kontrastieren ihre dunklen Augen perfekt und machen sie lebendiger. »Begleitest du mich zum Fest?«

Lena schenkt den letzten Rest Rotwein in ihre Gläser ein.

Eigentlich hatte sie sich auf den vorletzten Abend mit Tarik gefreut, der noch unterwegs ist, um einen Freund zu besuchen. Ein Blick in Ebrus bettelnde Augen genügt jedoch, um ihre Pläne zu durchkreuzen und neu zu skizzieren. »Okay«, willigt sie seufzend ein.

»Kann ich mitkommen?« Hinter ihnen steht Tarik im Türrahmen und versucht anhand der leeren Rotweinflasche und anderer Indizien die Lage zu peilen.

»Nur für Frauen«, winkt Lena ab.

»Wenn du dir die Beine rasierst und ein hübsches Kleid anziehst, schmuggeln wir dich rein«, kichert Ebru. »Mein Top mit den goldenen Glitterpailletten würde dir bestimmt gut stehen.« Vor Monaten hat sie das schreckliche Teil für eine Bad-Taste-Party in einem Second-Hand-Laden erstanden.

»Vielleicht entscheide ich mich dann sogar für eine Frau«, grinst Lena und begrüßt ihn mit einem langen Kuss.

»Ich schaue doch lieber das Fußballspiel im Fernsehen an«, murrt Tarik. Zum Abschied nimmt er Lena in die Arme und bietet sich selbstlos als Bettgefährte an, sollte sich auf der Party keine bessere Möglichkeit ergeben.

Mit lautem Gelächter stolpern die beiden Frauen in die junge Nacht.

Hinter einer dorischen Säule hat Ebru die Bar gut im Visier. Nach einem ersten Rundgang hat sie Mona und Dunja am Tresen entdeckt, wie sie vor vollen Gläsern hocken. Die beiden scheinen sich ja glänzend zu amüsieren, wie sie miteinander lachen und sich ständig berühren! Ebrus Magen verhärtet sich, als ob sie einen Klumpen Silikon verschluckt hätte. Ist Mona etwa gerade dabei, sich in Dunja zu verlieben? Das darf nicht geschehen! Kopflos bahnt sie sich durch tanzende Frauen den Weg zur Bar.

Dunja bemerkt sie als erste und signalisiert ihr mit bösen

Blicken, sich keinen Schritt weiter zu nähern. Doch Ebru geht mit einem diabolischen Lächeln über die Warnung hinweg. Ab jetzt herrscht Krieg! Provokant streicht sie über Monas Rücken, bevor sie ihr einen Kuss auf den Mund haucht. »Hi! Ich hatte Sehnsucht nach dir.«

»Ebru!« Monas Augen weiten sich vor Entsetzen, als ob sie die Inkarnation einer Teufelin vor sich hätte.

»Du hast gesagt, dass sie heute nicht da sein wird!« Dunja zieht einen Schmollmund und legt die Hand besitzergreifend auf Monas Oberschenkel.

»Möchtest du mit mir tanzen?« Einladend streckt ihr Ebru beide Arme entgegen.

»Mach es mir nicht so schwer.« Monas Augen flehen sie an, zu gehen und die schwierige Situation zu beenden.

Doch Ebru denkt nicht daran, es ihr auch nur einen Hauch leichter zu machen. Stoisch ignoriert sie den dumpfen Schmerz in der Seite, der von Dunjas Versuchen herrührt, sie mit kleinen Stößen wegzudrängen. »Tanz mit mir!«

Vier Hände bedrängen sie, die sich anfühlen wie zehn. Mona meint, jeden Moment laut aufschreien zu müssen. »Du siehst doch, dass ich nicht allein hier bin!« Nach außen hin gelingt es ihr, die coole Fassade aufrechtzuerhalten.

Strahlend schenkt ihr Ebru ein Lächeln, das sie verführen soll. »Macht nichts. Die Frage ist eher, mit wem du nach Hause gehen willst.«

»Ich lasse mich von dir zu keiner Entscheidung drängen. Das habe ich dir schon im Park gesagt.« Mona trinkt ihren Whiskey leer und deutet der Kellnerin, ihr einen neuen zu bringen.

Wütend zieht Dunja ihren Rock lang und wirft die Handtasche über die Schulter. »Ich geh jetzt nach oben, eine rauchen«, informiert sie Mona. »Wenn ich zurück bin, möchte ich, dass du die Sache hier geklärt hast.« Hocherhobenen Hauptes zieht sie ab, nachdem sie Ebru mit der Tasche noch einmal richtig fest angerempelt hat.

»Bist du nun zufrieden?« Monas Augen blitzen im dämmrigen Licht gefährlich auf.

Sogar sehr zufrieden, aber diese Tatsache verschweigt Ebru lieber. »Du kannst uns heute Nacht nicht beide haben.« Sie haucht Mona einen vielversprechenden Kuss auf die Wange. »Ich will, dass du mich wählst.«

»Ja, du willst!«, faucht Mona. »Schon mal überlegt, ob ich vielleicht was anderes möchte?«

Die verschränkten Arme und der verkniffene Mund zeigen Ebru an, dass sie verloren hat. Ein Regelverstoß wird in Monas Welt schwerer geahndet, als sie vermutet hätte. Verzweifelt beschließt sie, alles auf eine Karte zu setzen. »Dann bleibt mir nichts anderes übrig, als mir für heute eine andere zu suchen.«

Lange schaut ihr Mona in die Augen, als ob sie darin nach etwas suchen würde. Doch dann verschließt sich ihr Gesicht. Ebru bleibt draußen. »Das steht dir frei. Wir sind uns zu nichts verpflichtet.«

Wie konnte sie nur so dumm sein? Leichtsinnig hat sie alle Chancen vergeben. »Tut mir leid, ich muss mich erst an deine Regeln gewöhnen«, murmelt Ebru. Nur mit äußerster Anstrengung gelingt es ihr, das Gesicht zu wahren, bevor sie sich von der Menge davontragen lässt. Auf der Tanzfläche wirft sie sich in Lenas Arme und macht damit die Hoffnungen einer kleinen Rothaarigen zunichte, die bereits eine halbe Stunde lang um sie gekreist ist. »Sie ist total in Dunja verschossen!«, schluchzt sie. »Was soll ich nur tun?«

»Nichts«, erwidert Lena und streichelt über ihren Kopf. Gefühle werden nun einmal geschenkt. »Lass uns nach Hause gehen.«

Heulend gibt Ebru sich geschlagen und lässt sich von Lena aus dem Club lotsen. Was hat sie sich nur dabei gedacht? Sie hat sich genau wie eine von den Frauen verhalten, die sie nach einem One-Night-Stand selbst abblitzen lässt, weil sie einfach nur nerven.

In der Nacht wälzt sich Ebru unruhig von einer Bettseite auf die andere. Die Nachbarn über ihnen feiern schon wieder eine fette Party und scheuen sich nicht, den Lautstärkenregler bis zum Ansatz aufzudrehen. Selbst wenn sie sich das Kissen fest auf das Gesicht drückt, ist der monotone Bass nicht auszuhalten. Dazu leuchtet die Straßenlaterne wie ein Scheinwerfer beim Fenster herein. Zur Abdunkelung wird sie wohl einen provisorischen Vorhang nähen müssen. Da könnten ihre vielen Kopftücher wenigstens noch einmal sinnvoll eingesetzt werden. Resigniert strampelt sie das Leintuch von den Beinen und versucht auf dem Weg zur Küche die verfänglichen Geräusche aus Lenas Zimmer zu überhören. Als sie heißes Wasser in die Tasse mit dem Beutel Früchtetee gießt, klopft es an der Tür. Ob sich jemand im Stockwerk geirrt hat?

»Kann ich hereinkommen?«

Zu ihrer Verwunderung steht Mona im Stiegenhaus.

Ebru öffnet die Tür sperrangelweit, worauf Mona in Begleitung einer Whiskeyfahne in die Wohnung poltert. Offensichtlich hat sie dem Alkohol weiterhin zugesprochen. Ihr Shirt ist zerknittert, als hätte sie es gerade aus der Waschmaschine gezogen. Die Schuhbänder am rechten Fuß streifen lose am Boden.

»Bist du allein?« Monas Blick gleitet suchend in Richtung der erleuchteten Küche.

»Was willst du?« Kühl verschränkt Ebru die Arme vor der Brust.

»Dich.« Ohne Vorwarnung drängt Mona sie an die Wand. »Sag nichts«, bittet sie, als Ebru den Mund öffnet, um etwas zu entgegnen. Gierig verschließt sie deren Lippen mit den eigenen, erobert fieberhaft den ersehnten Körper.

Ebru gerät in Aufruhr, wehrt sich aber mit einem Mal, als ein allzu bekannter Geruch um ihre Nase weht. »Kommst du gerade von ihr?« Sie hätte Dunjas Parfüm unter hunderten wieder erkannt.

»Tut mir leid.« Betreten lässt Mona los und schlägt die Hände vor die Stirn.

»Wie kannst du nur so ein Miststück sein?« Haltlos gleitet Ebru an der Wand ab und sinkt zu Boden.

»Ich habe aber nicht mit ihr geschlafen.« Mona kauert sich neben sie hin. »Bitte, glaub mir!« Als Ebru nicht reagiert, legt sie die Hände auf ihre kalten Füße. »Ich konnte es einfach nicht. Weil ich ständig an dich denken musste.«

Noch immer rührt sich Ebru nicht, sondern verharrt regungslos mit dem Kopf zwischen den Knien. Die Hände hat sie schützend um die Beine gelegt.

»Glaubst du, für mich ist das einfach?« Sanft streicht Mona ihr über die neuen schwarz-weißen Locken. »Ich hätte wissen müssen, dass es nicht funktioniert. Verzeih mir!«

Unter ihren Händen beginnt Ebrus Körper unkontrolliert zu zittern.

»Komm, du bist komplett ausgekühlt.« Mona hätte mit Widerstand gerechnet, als sie Ebru hochzieht und ins Bad bringt. Doch sie lässt sich das Schlaf-Shirt folgsam über den Kopf streifen. Als das Wasser wohlig warm aus dem Duschkopf strömt, nimmt Mona sie an der Hand und schiebt sie darunter. Doch das Zittern findet kein Ende. Wie ein verlorenes Kind steht Ebru in der Ecke und lässt sich apathisch berieseln. Schnell entschlossen, entledigt sich Mona ihrer Kleidungsstücke und kommt hinterher. »Ich habe das nicht gewollt.« Sie schließt Ebru in die Arme, bis die Zuckungen weniger werden und schließlich abklingen. »Wieder warm?« Zärtlich streicht sie ihr eine Strähne aus den Augen.

Ebru nickt und legt den Kopf auf ihre Schulter. Das warme Wasser prasselt angenehm über ihren Rücken, schwemmt die Kälte zwischen ihnen weg. Wenn es doch nur für immer so sein könnte.

»Darf ich heute Nacht bei dir bleiben?«, fragt Mona, während sie Kreise auf ihrer Haut zieht, die Runde um Runde fordernder werden.

»Vielleicht.« Ebru lässt Duschgel in ihre Hand laufen und seift sie gründlich ein, wobei sie einigen Stellen besondere

Aufmerksamkeit schenkt. »Zunge raus«, fordert sie am Ende, als sich Mona erhitzt an den glitschigen Fliesen abstützt.

Eine blasse Ahnung des Vorhabens streift sie. »Das meinst du nicht ernst!«

»Oh, doch!« Ungeduldig beginnt Ebru mit dem Fuß zu wippen.

Widerwillig fügt sich Mona und schiebt ihre Zungenspitze ein kleines bisschen nach draußen.

»Weiter raus!«

Ebrus unnachgiebige Haltung zwingt Mona zur Kapitulation. Angewidert verzieht sie das Gesicht, als zwei Seifenfinger jeden Fleck ihrer ausgestreckten Zunge gründlich reinigen. Mit einem Ekelgefühl im Hals lässt sie die Prozedur über sich ergehen, bis Ebru endlich Gnade zeigt und die Qual beendet. »Du Biest«, stöhnt Mona auf. Sie verschluckt sich und schmeckt Seife, die ihr langsam bis in den Magen rinnt. Mit Handladungen frischen Wassers spült sie sich den Mund, spuckt und spuckt die widerliche Lauge aus.

»Jetzt bist du sauber genug«, beurteilt Ebru hörbar zufrieden, während Mona keuchend nach Luft ringt.

»Genug wofür?«

»Für mein Bett.« Am Ende dieser Nacht werden alle Spuren von Dunja fürs Erste beseitigt sein.

Mona liebt mich, obwohl sie es scheinbar selbst noch nicht weiß. Ich habe den Hunger in ihren Augen gelesen, bevor sie mich packte und beinahe verschlang. Sie hungerte nach mir, meinem Körper, der Vertrautheit zwischen uns. Es tat beinahe weh, zu spüren, wie sehr ich sie vermisst hatte. Verschwitzt, auf meinem Bettlaken, sind wir zu Hause angekommen. Wie konnte ich bloß glauben, ohne sie sein zu können? Ich bin die größte Idiotin auf dieser Erde! Warum habe ich auf uns nicht besser Acht gegeben?

Mittags wollte sie sich unbemerkt aus meinem Zimmer stehlen. Sie dachte, ich würde noch schlafen. Ertappt speiste sie mich mit faulen Ausreden ab. Angeblich hatte sie einer Freundin versprochen, beim Umzug zu helfen. Ich fragte sie, ob Freundin der neue Deckname für Dunja sei, was sie verblüfft verneinte. Nein hat sie trotzdem auch zu meinem Angebot gesagt, vorher wenigstens noch einen guten türkischen Kaffee mit mir zu trinken. Sie hielt mich fortwährend eine Armlänge auf Abstand. Auch meine jämmerlichen Berührungsversuche blockte sie auf der Stelle ab. Es fiel nicht ein liebes Wort über die gestrige Nacht, dem sie mit einem Kopfnicken Geltung verschafft hätte.

Warum, habe ich sie gefragt, warum ist heute alles anders? Natürlich musste der Whiskey als Ausrede herhalten, wodurch sie sich das Etikett »unzurechnungsfähig« erschwindeln wollte. Fast tat sie mir leid, wie sie verzweifelt versuchte, sich aus der Situation herauszuwinden. Ich spürte den inneren Druck, der sie von mir wegtrieb und der schließlich auf mich übersprang. Panik kroch in mir hoch. Ihre Arme umklammernd, verlangte ich zu wissen, ob sie mich wiedersehen möchte, ob ich nun die Einzige für sie sei. Doch sie machte sich nur los und flüchtete Hals über Kopf. Vor mir. Zu einer Freundin. Die vielleicht Dunja ist.

Mona liebt mich. Sie hat bemerkt, dass ich sie durchschaut habe. Der Whiskey hat ihr geholfen, sich zu verraten. Wenn ich nur wüsste, ob sie es noch einmal mit mir wagt oder ob sie mich fallen lassen wird! Ich weiß, sie liebt mich. Also versuche ich mich in Geduld zu üben, die trüben Gedanken in Schmetterlinge zu verwandeln und fortfliegen zu lassen. Was macht es schon, wenn sie mit Dunja fickt? Ich bin in ihrem Kopf und werde ab heute immer dabei sein. Wann wird sie endlich verstehen, dass wir zusammen gehören? Wir sind Heimat füreinander.

Sorgfältig faltet Ebru aus dem dicht beschriebenen Papier ein kleines Schiff. Am Ende des Stegs setzt sie es aufs Wasser und wünscht ihm eine gute Reise. Ein kurzes Wegstück beobachtet sie, wie es auf den Wellen schaukelt, sich schnell mit Wasser vollsaugt und schließlich kentert. Als sie die Überreste aus der Alten Donau fischt und im nächstgelegenen Mistkübel entsorgt, sind die Buchstaben schon völlig verlaufen.

<papa1> lena?
<papa1> komm schon, melde dich!
<papa1> muss ich betteln?
<papa1> bitte, hab nachsehen mit deinem vater ... ;-)
<papa1> es tut mir leid, sollte ich dich enttäuscht haben.
<papa1> du fehlst mir schrecklich!
<papa1> was kann ich tun, damit du wieder mit mir sprichst?
<fotox> musst du so auf die tränendrüse drücken? das ist wirklich letztklassig! :o((
<papa1> was habe ich denn schlimmes verbrochen?
<fotox> das weißt du ganz genau!
<papa1> nur, weil ich neuerdings mit felipe zusammen bin?
<fotox> in zukunft kann ich dir meine eigenen freunde nicht mehr vorstellen, da du anscheinend immer jüngeres fleisch bevorzugst! :-/
<papa1> sei nicht untergriffig, Lena!
<fotox> was? er ist gerade 2 jahre älter als ich!
<papa1> und wenn er mich glücklich macht?
<fotox> du machst einen clown aus dir! bei unserem nächsten treffen wirst du ein haarimplantat tragen und seinen namen am arsch tätowiert haben :-p
<papa1> woher weißt du davon?
<fotox> :-@ das ist nicht dein ernst! was hast du machen lassen? die haare oder das tattoo?

<papa1> die haare natürlich!!!
<fotox> du bist echt nicht mehr zu retten! solltest du für deine tochter kein gutes vorbild sein?
<papa1> ich bemühe mich, das weißt du, aber ich lasse mir nicht vorschreiben, mit wem ich zusammen bin.
<fotox> du raffst es einfach nicht!!
<papa1> dann klär mich auf!
<fotox> es ist, als ob du mit mir schlafen würdest. durch zufall stehst du auf männer, aber sonst könnte ich es auch sein. das nennt man inzest!
<fotox> was ist? sprachlos?
<papa1> ich wäre nie auf diesen gedanken gekommen …
<fotox> warum wilderst du nicht in deiner eigenen generation? außerdem hatte ich clemens wirklich gerne. das ist, als würdest du einen diamanten gegen ein billigimitat eintauschen, weil dir gerade mehr nach rosa ist.
<papa1> lass mich erst über alles nachdenken. ich melde mich in ein paar tagen wieder.
<fotox> mal sehen …
<papa1> das ganze ändert nichts an meiner liebe zu dir.
<fotox> lass uns das sentimentale gewäsch überspringen. CU

Eine Sekunde später ist <fotox> bereits offline.

6. Kapitel

»Jetzt sei kein Frosch!« Lena wedelt Tarik ungeduldig in die für ihn vorgesehene Position. Stocksteif bleibt er hinter Mona stehen, die sich im String-Tanga am Tisch räkelt. Als ob das noch nicht schlimm genug wäre, ist Ebru lasziv über sie gebeugt und streichelt auf Lenas Anweisung hin ihre Brustwarzen steif. Wenigstens ist seine Schwester notdürftig mit hautfarbener Unterwäsche bekleidet, sonst wäre er schon längst abgehauen.

»Es schaut blöd aus, wenn du so die Augen zusammenkneifst«, grinst Lena.

Das hat er gar nicht bemerkt! Tarik würde sich nicht als prüde bezeichnen, aber mit der eigenen Schwester und deren Freundin vor der Kamera auf Porno zu machen, übersteigt sein Schamgefühl. Auch wenn Lena immer wieder betont, nur künstlerisch anspruchsvolle Bilder zu schießen, fühlt es sich einfach grauenhaft an.

»Kannst du deine Hand auf Monas Schenkel legen?«

Noch eine Anweisung, die ihn schlicht überfordert. Warum hat er sich nur von Lena dazu überreden lassen, bei den Fotos für ihre Arbeitsmappe mitzumachen? Vorsichtig lässt er seine Hand sinken, hält aber einige Millimeter über Monas Schenkel inne. Vielleicht bemerkt Lena den kleinen Betrug gar nicht. Immerhin möchte er alles in seiner Macht Stehende beitragen, damit sie die Aufnahmeprüfung an der Uni besteht und Fotografie studieren kann. Wer hätte auch ahnen können, dass sie die sieben Todsünden als Thema wählen würde?

»Ich kann nicht mehr.« Prustend hält sich Mona den Bauch vor Lachen. »Tarik schaut aus, als ob er vor seiner eigenen Hinrichtung steht.«

Mit einem strafenden Blick drückt Ebru seine Hand auf Monas Bein. »Ist das so schwer?«

»Für dich ist es natürlich einfacher«, mault Tarik. Wenn er sich auf eine nackte Lena konzentrieren könnte, wäre ihm seine Schwester im Hintergrund auch egal.

»Versuch, ein bisschen lockerer zu werden! Ich brauche nur ein paar Bilder.«

Lena hat gut reden. Sie steht ja nicht in Boxershorts vor der Linse, sondern kann sich schön hinter der Kamera verstecken.

»Tarik, wir sollen den Inbegriff von Wollust darstellen«, erinnert Mona und zieht ihn zu seinem Entsetzen näher heran.

Verdammt! Bei der letzten Todsünde hatten sie sich zusammen mit fünf weiteren Freunden in geborgten Anzügen und Abendroben der Völlerei hingegeben. Auf dem Tisch waren die erlesensten Delikatessen wie Kunstwerke drapiert. Schalentiere vereint zu einem Fischmosaik, Ersatzkaviar in rauen Mengen, mit Birnen ummantelte Käsestyroporkugeln, eine vier Stockwerke hohe Pappmaché-Torte sowie Wasserfarben-Wein in Strömen waren nur einige der vielen Leckereien. Wie konnte er da mit so einer schlimmen Fortsetzung rechnen? Noch dazu an ihrem letzten gemeinsamen Tag.

»Mach schon, mir ist kalt«, jammert Ebru und reibt sich die ausgekühlten Arme warm.

Tarik atmet tief durch. »Ich habe echt was gut bei dir«, zischt er zu Lena. Dann beugt er sich schnell zu Mona hinab und legt seine Lippen auf ihren Hals. Dabei kann er wenigstens die Augen schließen, aus Lust, versteht sich.

»Super«, lobt Lena sein Entgegenkommen und drückt wie verrückt auf den Auslöser. »Kannst du sie auch küssen?«

»Treib es nicht zu weit«, warnt er mit finsterer Miene.

»Na gut, dann seid ihr erlöst«, gibt sie sich geschlagen. »Ihr wart wirklich toll.« Sie gratuliert sich selbst zu dem genialen Einfall, der heute beim gemeinsamen Frühstück unerwartet den Weg zu ihr gefunden hatte. Tarik war mit ein paar Küssen leicht zu überzeugen und Ebru überaus dankbar, einen Vorwand zu haben, um Mona anrufen zu können. »Ich schicke euch ein paar Bilder, sobald ich sie bearbeitet habe«, verspricht sie den beiden Mädels, die kichernd in Ebrus Zimmer verschwinden.

»Du brauchst die Kamera nicht einzupacken«, hält Tarik sie auf. »Jetzt bist du dran mit ausziehen.«

»Keine Chance«, wehrt Lena ab. Das Aufblitzen in seinen Augen lässt sie Unanständiges vermuten.

»Feigling! Du schuldest mir etwas.« Mit einem breiten Grinsen knöpft er ihre Hose auf.

»Was hast du vor?« Sie hält seine Hand fest, damit er nicht den Slip nach unten ziehen kann.

»Ich brauche Fotos von uns«, erklärt er mit Nachdruck. »Zur Erinnerung, bis ich wieder zurückkomme.«

Vor Erstaunen werden Lenas Augen riesengroß. »Zu mir?«

»Zu wem sonst?«, erwidert Tarik und schlingt seine Arme um sie.

Freude wirbelt wie ein Orkan durch Lenas Innerstes, lässt sie übermütig Kreise drehen. Endlich ist er bereit, um sie zu kämpfen. »Und wie lange muss ich auf dich warten, bis du die Sache mit der Verlobung geregelt hast?«

»Ein paar Wochen. Genau weiß ich es nicht. Es gibt noch einige Dinge zu klären.« Wieder hält er sich bedeckt, weiht sie nicht in seine Pläne ein.

»Versprichst du es mir?«

Zart haucht er einen Kuss auf ihre Nasenspitze. »Natürlich. Ich liebe dich doch.«

In ihrem Freudentaumel schenkt ihm Lena Glauben. Dieses Mal wird er sie bestimmt nicht enttäuschen.

»**Schau mal!**« **Übermütig** hält sich Dunja die Holzmaske einer afrikanischen Gottheit vor das Gesicht, bevor sie die Kiste mit dem Modeschmuck durchwühlt. Da sie nichts nach ihrem Geschmack findet, lässt sie sich mit Mona zum nächsten Flohmarktstand treiben. Darauf sind altes Geschirr, gehäkelte Scheußlichkeiten und anderer Ramsch wie ausgekotzt über den Tisch verteilt. Mona fragt sich ernsthaft, wer das alte Zeug kaufen soll, für das obendrein stattliche Preise verlangt werden.

»Braucht die Dame vielleicht etwas für die Nacht?« Ein schwarzer Spitzenbody flattert verlockend vor Dunja im Wind.

»Haben Sie das hübsche Ding selbst getragen?« Dunja bemüht sich um ein ernstes Gesicht, obwohl ihre Mundwinkel bereits verräterisch zucken.

»Nein, es gehört meiner Tochter, ist aber so gut wie neu«, steigt die ältere Frau mit der hochtoupierten Dauerwelle frisch motiviert in die Verhandlung ein.

»Warum will sie sich davon trennen? Es ist doch super verführerisch«, schwärmt Dunja.

Mona, die sich vor Lachen kaum noch halten kann, knufft sie an der Seite.

»Die braucht den Body nicht mehr. Sie ist nämlich schon im siebten Monat«, erklärt die werdende Oma stolz.

»Dann kann ich Ihnen leider nichts abkaufen. Das Ding ist mir viel zu gefährlich«, bringt Dunja gerade noch heraus, bevor sie prustend zum nächsten Stand weiterhastet. Kaum außer Sichtweite der pikierten Verkäuferin, werden die beiden von Lachattacken geschüttelt.

»Soll ich dir die schöne Reizwäsche nicht doch kaufen? Du würdest damit zum Anbeißen aussehen«, neckt Mona ihre perfide Begleiterin, als sie wieder zu Atem kommt.

»Oh ja, ich fühle mich in gebrauchter Unterwäsche immer besonders sexy«, geht Dunja mit laszivem Augenaufschlag auf das Angebot ein. Unvermittelt stellt sie sich auf die Zehenspitzen und beginnt Mona leidenschaftlich zu küssen. »Was ist los«, fragt sie, als ihre Zärtlichkeiten nicht erwidert werden. »Bin ich dir peinlich?«

»Nein, das ist es nicht.« Von Dunja überrumpelt, hat Monas Körper instinktiv mit Ablehnung reagiert. Küsse in der Öffentlichkeit geben ihrer Beziehung einen offiziellen Anstrich, den sie vermeiden wollte.

»Was ist es dann?« Die Enttäuschung wirft Dunjas Stirn in Falten.

»Ich bin in einem kleinen, homophoben Kaff aufgewachsen. Wahrscheinlich muss ich mich erst daran gewöhnen, auf offener Straße eine Frau zu küssen.« Ob sie ihr den Schwindel abnimmt? Innerlich schimpft sich Mona einen elenden Feigling. Falsche Erklärungen sind auch nur echte Lügen.

Prüfend wird sie von Dunja begutachtet, die letzten Endes zu ihren Gunsten entscheidet. »Da drüben sind Stoffe. Suchst du nicht nach welchen?« Mit aufgesetzter Heiterkeit führt sie Mona zu dem überfüllten Tisch, wo sie die Ware erspäht hat. In der hintersten Ecke ist dicker Brokat achtlos über eine Stange geworfen. »Die Überbleibsel einer Theaterschneiderei«, erklärt ein junger Mann und wendet sich einem anderen Kunden zu, der Interesse an einer ausgeschlagenen Shisha-Pfeife zeigt. Ehrfürchtig tastet Mona über die goldenen Vögel auf rotem Hintergrund, die ineinander verschlungenen Blumenreihen und die zierlichen Elemente in königsblauen Ellipsen auf dem letzten Stück. Schwer liegen die edlen Stoffe in den Händen, Stoffe, die sich hervorragend für ihre neuen Arbeiten eignen würden. Die reine Ölmalerei hat sie in letzter Zeit enttäuscht, weshalb sie nach neuer Inspiration sucht. Zu ihrer Überraschung kann sie die Brokatreste zu einem Spottpreis erwerben. In Hochstimmung durchquert sie mit Dunja den Flohmarkt, wobei sie von Schritt zu Schritt zäher vorwärts kommen. Nach neun Uhr gleicht das Gewühl bereits dem Morgenstau auf der Wieneinfahrt. An allen Ecken und Enden wird mit lauter Stimme verhandelt, gekauft oder in unbeobachteten Momenten heimlich in Jackentaschen geschoben.

Am Ausgang lassen sie sich auf der Terrasse eines Cafés zum Frühstück nieder. Mona streckt die Beine lang, die noch von der letzten Spätschicht schmerzen. Ein müdes Gähnen kriecht ihr die Kehle hoch und schürt ihr Verlangen nach einem doppelten Espresso. Zufrieden lässt sie sich von Dunja berieseln, die den neuesten Szene-Klatsch vor ihr breittritt und dabei nicht mit pointierten Überzeichnungen geizt. Kaum hat sie den letzten Bissen Croissant heruntergeschluckt und sich satt in den Sonnenstrahlen geaalt, schiebt Dunja ein kleines Päckchen über den Tisch.

»Das habe ich für dich gekauft, während du mit den Stoffen beschäftigt warst«, erklärt sie mit erwartungsvoller Miene.

Der vergnügliche Morgen wird ein zweites Mal durch Verbindlichkeit verdüstert. In Zeitungspapier gewickelt, erheischt das unerwünschte Geschenk Dankbarkeit. Gegen ihre Natur lässt sich Mona beim Auspacken besonders viel Zeit, als wäre die Zeitung eine Kostbarkeit, die keinen Schaden erleiden darf.

»Nun reiß es endlich auf«, feuert sie Dunja an. Vor Nervosität kratzt sie sich einen Insektenstich am Bein blutig.

Entblättert liegt ein rotes Herz aus Email in Monas Hand. Als sie es schüttelt, hört sie eine im Inneren rollende Kugel hell klingen. »Was willst du mir damit sagen?«

»Was schon?« Dunjas Augen gewinnen plötzlich an Tiefe, der sarkastische Zug um ihren Mund verschwindet. »Natürlich, dass ich dir mein Herz schenke.«

»Tut mir leid, Dunja. Aber das kann ich nicht annehmen.« Verlegen schiebt Mona das Herz über die Breitseite der Tischplatte zurück.

»Es ist ein Geschenk und kostet dich nichts.« Abermals wechselt das Herz die Besitzerin.

»Wir wollten doch nur Spaß zusammen haben.« Selten konnte Mona mit jemandem so viel lachen wie mit ihr. »Daraus sollte nie etwas Ernstes werden.«

Dunja zündet sich mit zittrigen Händen eine Kippe an

und inhaliert tief. »Die Dinge haben sich bei mir eben verändert«, stößt sie hervor.

»Aber bei mir leider nicht«, entgegnet Mona leise. Warum hat ihre innere Stimme nicht rechtzeitig aufgeschrien?

»Macht nichts«, murmelt Dunja. Doch die unüberhörbare Enttäuschung in ihren Worten überführt sie der Lüge.

Seufzend legt Mona ihr die Hand auf die bebenden Finger. »Wir sollten uns für einige Zeit wohl besser nicht mehr treffen.«

»Bist du verrückt?« Dunja klammert sich an ihr fest, bis es beinahe weh tut. »Der Sex mit dir ist perfekt, den gebe ich bestimmt nicht auf!«

»Ich kann nicht mehr.« Verblüfft stellt Mona fest, wie wenig sie die Entscheidung kostet, sogar ein Hauch von Erleichterung treibt an die Oberfläche.

»Mona! Mach nicht mit mir Schluss. Überlege es dir noch einmal!« Über Dunjas Augen liegt ein feuchter Glanz.

Mona fühlt sich wie ein mieses Schwein, als sie ihr ein Taschentuch reicht. »Okay«, gibt sie schließlich nach. Vielleicht verkraftet Dunja das Ende ihrer Affäre besser, wenn sie sich ein paar Stunden an den Gedanken gewöhnen kann. »Ich rufe dich morgen an.«

Schweigend verlassen die beiden das Café und schlagen den Weg zur U-Bahn ein. Beim Abschied drückt sich Dunja kurz an sie und haucht ihr einen Kuss auf die Wange, bevor sie im Wageninneren verschwindet.

Die Sonne scheint auf der Stelle wärmer, als Mona zu Fuß nach Hause spaziert. Fieberhaft sucht sie nach einer Erklärung, wie die Geschichte mit Dunja derart aus dem Ruder laufen konnte. Vermutlich ist nur ihre Zweigleisigkeit schuld! Durch Ebru hat sie sich auf Dunja nicht mehr richtig konzentrieren können und ist unaufmerksam geworden. Die ersten Anzeichen, wie die rote Rose am Kissen oder den Kussmund am Spiegel, hat sie einfach ignoriert. Warum bloß? Mona gesteht sich ein, dass sie in Gedanken viel zu sehr mit Ebru beschäftigt war. Dunja wurde zur reinen

Nebenfigur. Hätte sie ihr die Zurückweisung ersparen können, wenn sie besser aufgepasst hätte? Als sie vor der Wohnungstüre nach dem Schlüssel kramt, findet sie Dunjas Herz in der Tasche.

Kurze Zeit später trifft ein SMS von Dunja bei Ebru ein.

> Mona und ich hatten einen tollen morgen.
> Du bist vergangenheit, während ich ihre zukunft bin!!!

> Ich möchte, dass du mir nicht mehr schreibst. Danke! :-p

> Dann gib mona endlich auf, sie gehört zu mir! D.

> Hast du den sinn meiner sms nicht kapiert? Oder muss ich mir eine neue nr zulegen?

Hallo Esther,

ich stecke gerade in einer heftigen Depression fest. Tarik ist vor zwei Wochen zu seiner Familie nach Rosenbach zurück, um die Verlobung rückgängig zu machen. Wir telefonieren zwar täglich miteinander, das macht die Sehnsucht nach ihm aber nur noch größer. Es ist, als hätte er ein Stück von mir mitgenommen. Er fehlt mir wahnsinnig! Obwohl er immer wieder betont, wie sehr er an einem Ausweg arbeitet, werde ich das Gefühl nicht los, dass die Entfernung mit jedem Telefonat größer wird. Manchmal spüre ich eine Bedrücktheit in seiner Stimme, die mir Angst macht. Dann zweifle ich an seiner Liebe, was ihn wiederum sehr verletzt. Oder ich unterstelle ihm ein doppeltes Spiel, worauf er wütend wird. Am Ende sind wir beide total fertig und ich beginne zu heulen. Alles ist dann nur mehr sinnlos. Einmal habe ich im Streit sogar geschrien, er soll zum Teufel gehen und seine Jungfrau heiraten. In Wahrheit vertraue ich ihm kein bisschen. Er empfindet sicher viel für mich, aber ob es genug ist, damit er seiner Familie trotzt?

Sein Vater wird schrecklich wütend reagieren und ihn mit Vorwürfen bombardieren, wie er es bei Ebru gemacht hat. Wenigstens ist er stark genug, um sich körperlich gegen ihn zu wehren. Vielleicht muss er, wie seine Schwester, mit der Familie brechen, damit er über sich selbst entscheiden darf. Kann ich das überhaupt von ihm verlangen?

Wenigstens sollte er ehrlich zu mir sein! Ich kenne ihn zu gut, um nicht zu bemerken, dass er schon wieder etwas vor mir verheimlicht. Natürlich hat er mein ungutes Gefühl als Hirngespinst verspottet, aber ich täusche mich nicht. Er hält einige unangenehme Dinge zurück, vielleicht um mich nicht noch mehr zu verunsichern. Ich hasse das!!! Wie soll ich mich dann in dem ganzen Chaos orientieren können?

Mir zieht es den Boden unter den Füßen weg. Die Aufnahmeprüfung an der Uni ist mir mittlerweile völlig egal, alles hängt nur mehr mit Tarik zusammen! Dabei kann ich auch gut ohne ihn leben. Vielleicht habe ich einen riesigen Fehler gemacht, als ich mich wieder auf ihn eingelassen habe, wieder ohne Sicherheitsnetz.

Bitte, Esther, sag mir, was ich tun soll! Ich bin verzweifelt. :-(((

Alles Liebe aus Wien, Lena

Der Klingelton des Handys scheucht Mona aus der dampfenden Dusche. Ebru schuldet ihr noch eine Antwort, ob sie heute Nachmittag nun zu Besuch kommt oder nicht. Erstaunt über ihre eigene Eile, senkt sie das Schritttempo. Könnte Ebru sie beobachten, würde sie ihr bestimmt Verliebtheit unterstellen. Besser langsam voran!

»Hallo Liebes, wie geht es dir?« Am anderen Ende der Leitung ist bloß ihre Mutter.

Triefend nass kehrt Mona mit dem Handy am Ohr ins Bad zurück. »Gut. Und dir?«

»Auch gut. Wann kommst du nach Hause, mein Schatz?«

Immer dieselbe Leier! »Wenn Papa mich mit meinen abnormen Neigungen willkommen heißt, ohne mich gleich zum nächsten Therapeuten zu verfrachten.«

»Hast du denn eine ... Beziehung?«

Was soll sie darauf nur antworten? »Es gibt jemanden, den ich sehr mag, aber es ist kompliziert.«

»Das freut mich.«

Ein langes Seufzen dringt zu Mona durch.

»Kannst du dich nicht mit Papa versöhnen?«

Wird ihre Mutter allmählich senil? Diese Frage haben sie doch gerade durchgekaut. »Nein!« In gleichmäßigen Bahnen rasiert Mona sich die Haare an den Beinen ab.

»Ich mache mir solche Sorgen um dich!«

War das ein Schluchzen? Weint ihre Mutter etwa?

»Du stehst ohne Geld auf der Straße. Bestimmt haust du in einem heruntergekommenen Loch und ernährst dich von Butterbroten.«

Ein dröhnendes Schnäuzen zerfetzt beinahe Monas Trommelfell. »Das stimmt nicht, Mama! Wenn du nach Wien kommst, kannst du dich selbst davon überzeugen.«

»Ich kenne mich in Wien aber nicht aus.«

War ihre Mutter schon immer so unselbständig und abhängig vom Vater? »Zum Westbahnhof findest du schon. Da kann ich dich dann abholen.«

»Du fehlst deinem Bruder und mir, Papa natürlich auch. Willst du uns nicht wenigstens für ein Wochenende besuchen kommen?«

Wie lange will sie ihr damit noch auf die Nerven fallen?

»Bitte, Liebes, ich würde mich so darüber freuen.«

Mona denkt an ihre Familie, die seit dem Outing einen Riss bekommen hat, der nicht mehr zu kleben ist. Sie steht auf der einen Seite und ihr Vater auf der anderen. Doch auf welche Seite stellen sich die Mutter und ihr Bruder?

»Papa würde es besser gehen, wenn zwischen euch alles in Ordnung kommt.«

Verdammt! Sie hat sich am Knie geschnitten. Mit einem Stück Klopapier versucht sie notdürftig die Blutung zu stillen. Die Wut aber drängt heraus. »Und denkst du manchmal auch an mich?«, schreit sie empört. »Mir geht es nämlich richtig schlecht, aber das ist anscheinend zweitrangig! Hauptsache, dein Göttergatte ist glücklich. Schade, dass dir die eigene Tochter nicht so viel bedeutet!«

»Aber Mona! Das stimmt doch nicht. Du bist mein Leben. Ich will nur, dass alles wieder so wird wie früher.«

Mona beißt die Zähne zusammen. Das hätte sie auch gerne. Wer möchte schon erleben, wie es ist, wenn einen die eigene Familie im Stich lässt? Verwundert stellt sie fest, wie die Heulerei der Mutter sie kalt lässt. Wenn sie nicht zu ihr stehen kann, braucht sie auch nicht auf Mitgefühl zählen. »Ich muss jetzt aufhören.«

»Könntest du nicht wieder so tun, als ob du einen Freund hättest? Nur eine Zeit lang, bis Papa sich an den Gedanken gewöhnt hat, dass du …«

Sie wagt es, das von ihr zu verlangen? »Das ist ja wohl nicht zu fassen! Ich werde meinem Vater sicher keine heile Welt vorspielen, damit er nicht umzudenken braucht. Was ist bloß dabei, dass ich lesbisch bin?«

Mitten in der explosiven Stille hört Mona ein leises Stimmchen. »Ich weiß auch nicht. Du …«

»Stimmt, du weißt wirklich nichts.« Schonungslos schneidet sie ihrer Mutter das Wort ab. »Ruf mich erst wieder an, wenn du mehr weißt. Schönen Tag noch.« Einen Knopfdruck später ist die Verbindung unterbrochen und Mona kann sich endlich darum kümmern, die eingetrockneten Blutreste vom Bein zu waschen.

Am Nachmittag schlägt das Wetter um. Orkanartige Sturmböen fegen durch die Straßen, brechen alte Äste von den Bäumen und feuern Regensalven auf geduckte Häupter. Das gekippte Fenster schlägt mit einem Knall zu und lässt Ebru erschreckt hochfahren. Sie liegt nackt auf Monas Bett, nur ein Sommerlaken über den Beinen, unter dem sie zu frösteln beginnt. Die fallenden Temperaturen sind erste Vorzeichen des nahenden Herbstes, der ersehnten Veränderung. Ob Mona sie ein Stück auf ihrem neuen Weg begleiten wird? Engelsgleich schläft sie neben ihr, die Hände unter den Kopf gebettet, das Gesicht friedlich entspannt. Ebru drückt ihr einen sachten Kuss auf die Schläfe, bevor sie leise zum Schrank schleicht und sich für eine langärmelige Weste aus weicher Baumwolle entscheidet. Die eigene Bluse hatte sie bereits im Vorraum verloren. Genau genommen wurde sie ihr vom Körper gerissen. Ohne ein Wort der Begrüßung ist Mona über sie hergefallen, als wäre sie am Verhungern. Ihre Lippen forderten sofortige Hingabe, ihre Hände bewegten sich zielstrebig, fast schon mechanisch, und degradierten sie zu einer austauschbaren Mitspielerin, die nur dafür da ist, ausschließlich die eigenen Bedürfnisse zufriedenzustellen. Ebru seufzt tief und legt fürsorglich das Laken über Monas nackte Schulter, damit sie nicht auskühlt. Aus eigener Erfahrung weiß sie, wie es ist, nach Sex zu gieren, nur um sich lebendig zu fühlen.

»Komm wieder rein«, murmelt Mona verschlafen.

Das lässt sich Ebru nicht zwei Mal sagen. Eng schmiegt sie sich an und legt den Arm über Monas Brustkorb, der sich gleichmäßig hebt und senkt. Die erhebende Nachricht von Dunjas Scheitern hat sie vor Euphorie tanzen lassen. Doch Mona dämpfte den Freudentaumel auf der Stelle, indem sie ihr unter die Nase rieb, dass sie sich dazu verpflichtet gefühlt hätte. Eine reine Kopfsache also, die nichts mit ihren Gefühlen für sie zu tun hatte.

Sanft streicht Mona über die zarte Haut an ihrem Hals. »Versprich mir, dass du dich nicht in mich verliebst«, flüstert sie.

»Wieso? Machst du dann mit mir Schluss?« Eigentlich sollte die Frage locker klingen, um deren Lächerlichkeit zu betonen. Das Witzeln bleibt Ebru jedoch als Kloß im Hals stecken. Als sie dazu noch keine erlösende Antwort erhält, wendet sie sich demonstrativ zur Seite.

»Das war unser Deal, oder?« Mona dreht sich mit und legt eine Hand auf ihre Schulter.

Mit Ärgergrollen im Bauch rollt sich Ebru aus dem Bett. »Ist doch gar nicht wahr! Du wolltest Sex ohne Verpflichtungen. Über Gefühle haben wir nie gesprochen.« An der Türklinke hängt ihr schwarzer Slip wie eine Signalflagge am Strand. Hastig streift sie ihn über. Sie fühlt sich plötzlich furchtbar nackt. Mit dem Rücken zu Mona befreit sie sich von dem fremden Oberteil, das ihr mit einem Mal zu eng erscheint und ihre Rundungen zu stark betont.

»Bei Bettgeschichten versteht es sich doch von selbst, dass es nicht um Gefühle geht«, kontert Mona. Nackt kniet sie auf der Matratze und funkelt Ebru an.

»Du bezeichnest mich also als Bettgeschichte?« Wie vor den Kopf geschlagen, stolpert sie mit steifen Beinen aus dem Zimmer. Nur weg von hier.

»Tut mir leid, so habe ich das nicht gemeint.« Mona folgt ihr in den Vorraum, wo sich Ebru mit zitternden Fingern die Bluse falsch zuknöpft. »Ich kenne mich selbst nicht mehr aus, Ebru!«

Doch Ebru hört ihr gar nicht mehr zu. Zu sehr haben sich die verletzenden Worte eingebrannt, die tiefer und tiefer dringen.

»Bitte, geh nicht so von mir weg!« Mona stellt sich breit vor die Wohnungstür, um ihre Flucht zu verhindern.

»Lass mich raus!«, brüllt Ebru. Vergeblich versucht sie an ihr vorbeizukommen.

»Nur, wenn du mir versprichst, dass du wiederkommst!« Hinter dem Rücken zieht Mona den Schlüssel aus dem Schloss. Ohne ihr Einverständnis kommt hier niemand raus.

»Wozu? Du findest sicher bald eine neue Bettgeschichte.«

Schnell tritt Ebru nah an sie heran und packt die Türklinke, rüttelt verzweifelt an ihr, als sie merkt, dass die Tür verschlossen bleibt.

Mona nutzt ihre Nähe, um sie in die Arme zu schließen. »Ich will niemand anderen finden. Du bist nicht zu ersetzen.«

»Natürlich nicht«, tobt Ebru und befreit sich mit einem Schlag. »Wer ist schon so blöd und lässt sich deine dämlichen Forderungen gefallen? Nur Idioten wie ich, die in dich verliebt sind!«

Auf Monas Gesicht malt sich Fassungslosigkeit, die bald von grauem Entsetzen abgelöst wird. Ebru erstarrt. Da wird ihr klar, es ist vorbei. Mit diesem Liebesgeständnis bürdet sie Monas Gewissen eine untragbare Last auf. Wie Dunja droht ihr nun rasche Entsorgung, um gegen ein weniger kompliziertes Modell ausgetauscht zu werden. »Du brauchst mir nichts zu erklären. Ich werde keine Szene machen«, kommt sie ihr mit den Worten zuvor, die sie von ihr keinesfalls hören möchte.

Der Schlüssel baumelt in Monas erschlaffter Hand, wird schwer und entgleitet ihren Fingern. Ein dumpfes Klirren folgt dem Aufprall. »Ich kann das nicht«, stammelt sie.

»Das habe ich auch nicht erwartet.« Ebru schlüpft in die Sandalen und sperrt sich den Weg frei. »Ich wünsche dir, dass du findest, was du suchst.« Zum Abschied berührt sie ihren Arm, der an einem merkwürdig leblosen Körper hängt. Niedergeschlagen gibt sie die letzte Hoffnung auf.

»Ich rufe dich an«, schreit ihr Mona ins Stiegenhaus nach.

»Versprich lieber nichts«, brüllt Ebru nach oben, bevor sie ins Freie tritt. Der Himmel hat seine Schleusen geöffnet und trauert mit ihr.

<papa1> hallo schatz! ich habe nachgedacht ...
<fotox> und?
<papa1> ich kann jetzt verstehen, warum du mit felipe probleme hast.
<fotox> und, was ändert sich dadurch?
<papa1> ihr solltet euch besser kennenlernen.
<fotox> wir könnten zusammen ausgehen, aber ich denke, du wirst dich in unseren bars alt fühlen. außer du hast auch schon ein facelifting hinter dir ...
<papa1> jetzt reicht's! ich bin immer noch dein vater und verbiete dir so respektlos mit mir umzugehen!!!
<fotox> dann verhalte dich wie mein vater und mach dich nicht jünger, als du bist! :-*
<papa1> was möchtest du von mir? soll ich felipe für dich aufgeben?
<fotox> ja! warum gehst du nicht zu clemens zurück?
<papa1> weil er mich sicher nicht mehr nimmt. ich habe ihn immer mehr geliebt als er mich. kannst du dir vorstellen, was für ein bescheuertes gefühl das all die jahre war?
<fotox> :-(ein bisschen schon, aber ich glaube, du irrst dich. immerhin hat dir clemens einen heiratsantrag gemacht.
<papa1> ja, nachdem er 3 von mir abgelehnt hatte! und selbst dann bestand er auf einen pingeligen ehevertrag, in dem sogar geregelt ist, wer bei der trennung die orchideensammlung erhält.
<fotox> das erschüttert mich jetzt ...
<papa1> im grunde bin ich ihm nur zuvorgekommen. schon in den flitterwochen war es ihm mit mir alleine zu fad, zu zweisam.
<fotox> also hat ER felipe ins spiel gebracht?!
<papa1> ja, und jetzt schluss mit der ausfragerei! ist doch schön, dass ich von felipe vergöttert werde ...
<fotox> aber liebst du ihn so sehr wie clemens?
<papa1> die beiden kann man nicht miteinander vergleichen.

<fotox> macht er dich denn glücklich?
<papa1> irgendwie schon, er füllt ein loch.
<fotox> sehr romantisch! ;-) folgender kompromissvorschlag: du schränkst deine verjüngungsversuche ein und ich akzeptiere ihn als stiefbruder.
<papa1> wann bist du eigentlich so frech geworden?
<fotox> na gut, dann eben als deinen neuen freund. :-p
<papa1> einverstanden!
<fotox> aber wir treffen uns vorerst nur zu zweit!
<papa1> wann? :-)
<fotox> morgen? siri braucht übrigens eine auffrischungsimpfung und eine neue flasche vitamintropfen.
<papa1> nehme ich mit! ich freue mich auf dich!
<fotox> CU

Nach dem zweiten Wodka lässt der schlimme Druck im Hals nach und Ebrus Zunge löst sich. Noch einen Wodka, und sie gefällt sich selbst mit ihrem lustigleichten Geplapper. Die kurzgeschorene Frau in Arbeiterhosen hängt amüsiert an ihren Lippen. Wie zufällig legt Ebru die Hand auf die kühlen Finger der anderen und streicht zart daran entlang.

»Ich möchte tanzen«, stößt die Frau erschrocken hervor, als hätte Ebru sie mit heißem Wachs begossen. Doch ihre Worte werden vom dumpf pochenden Bass verschluckt.

»Was ist los?« Ebru spricht in ihr Ohr, damit sich die Wangen wie zufällig berühren.

Ihr Gegenüber antwortet mit Schaukelbewegungen und schließt mit einer Drehung.

Tanzen? Ebru schüttelt den Kopf. Sie hat keine Lust, die dunkle Ecke zu verlassen und dem bunt flirrenden Scheinwerferlicht ausgesetzt zu sein. Lieber würde sie die Flirtphase abkürzen und zu ihrem eigentlichen Anliegen vordringen.

»Auf was hast du denn Bock?«, fragt die andere.

Ebru kann ein aufsteigendes Lachen kaum unterdrücken. Ist die Frau wirklich so naiv? Um alle Unklarheiten zu beseitigen, kostet sie die fremden Lippen und forscht tiefer nach. Doch was ihr entgegengebracht wird, bringt sie nicht zum Lodern. Zu träge ist das Tempo der neuen Eroberung, als hätte die eine Hand voll Beruhigungspillen eingeworfen. Zugleich steigt ihr ein herber Geruch in die Nase, der sie abstößt. Die Hände ertasten keine einzige zarte Rippe, so wie bei Mona. Nach einer langen Minute wird die Frau ihr überdrüssig, gerade noch kann sie ein Gähnen unterdrücken. Ausgerechnet heute muss ihr so ein Reinfall passieren, wo sie dringend eine Ablenkung bräuchte! Wenigstens ihr Körper soll von den Erinnerungen an Mona befreit werden.

Atemlos macht sich die andere frei und streift sich über die pochenden Lippen. »Bist du immer so schnell?«

»Meistens«, gibt Ebru offen zu.

»Dann – äh, bin ich die Falsche für dich.«

Das hat Ebru schon selber erkannt. Ohne Bedauern lässt sie die Falsche ziehen und bestellt sich einen vierten Wodka.

»Noch einen, für mich«, bellt eine vertraute Stimme. Mona lässt sich neben ihr auf das Sofa fallen. »War das wirklich notwendig?« Ihre Augenbrauen schweben als missbilligende Striche hoch oben auf der Stirn.

»Das kann dir völlig egal sein.« Zum Schein vertieft sich Ebru in die Getränkekarte, damit Mona nicht bemerkt, wie sehr sie es ihr gönnt, die faden Küsse beobachtet zu haben. Keinesfalls möchte sie den Eindruck erwecken, allein in einer Ecke zu hängen und mit bettelnden Augen auf ein Zeichen ihrer Zuneigung zu warten.

»Warum hast du mich nicht zurückgerufen?« In den letzten zwei Tagen hatte Ebru Monas Versuche, sie zu erreichen, völlig ignoriert.

»Weil ich nicht mehr mit dir schlafen will.« Hätte sie ihre Anrufe angenommen, wäre sie wahrscheinlich schwach geworden. Glücklicherweise ist ihr ein Rest an Verstand geblieben, der sie vor einem noch größeren Desaster bewahrt hat. Rasch drückt sie der Kellnerin einen Geldschein in die Hand, bevor Mona Gelegenheit findet, für sie beide zu bezahlen. Sie möchte ihr für nichts dankbar sein müssen.

»Übrigens will ich gar keinen Sex mit dir«, erklärt Mona mit einem breiten Grinsen.

»Lügnerin!« Dieses verräterische Leuchten in den Augen würde sogar ihre Großmutter stutzig machen.

»Na gut, ich möchte es schon, aber erst, nachdem ich dir alles erklären konnte«, gibt Mona zu. »Lass uns woanders hingehen. Hier kann man nicht gut reden, ich bin schon ganz heiser.« Wie zur Bestätigung ihrer Worte bringt eine hohe Frauenstimme im Geigenrausch Gläser und Trommelfelle zum Vibrieren.

»Ein anderes Mal vielleicht.« Ebrus Gesicht verzieht sich zu einer trotzigen Grimasse. »Heute will ich nur Spaß haben.«

»Wie du willst«, gibt Mona nach. Dann dreht sie sich zu ihr, schwingt ein Bein über ihre Oberschenkel und setzt sich darauf. Bevor Ebru protestieren kann, drückt sie ihre Hände ins Leder und verschließt ihren Mund mit wilden Küssen. Es dauert nicht lange, bis Ebru weich wird und nachgibt. »Du kämpfst nicht fair«, wendet sie mit matter Stimme ein.

»Komm mit zu mir«, lockt Mona, während sie über ihrem Busen sanfte Kreise zieht.

Ebru zögert, hin- und hergerissen zwischen widersprüchlichen Gefühlen. »Aber das ist dann das allerletzte Mal«, tritt sie schließlich den übriggebliebenen Rest von Würde mit Füßen. Doch die Sehnsucht nach Mona ist einfach zu groß, ihr Körper zu gierig, um widerstehen zu können.

Am nächsten Morgen erwacht Ebru mit dumpfem Unwohlsein. Der übersäuerte Magen windet sich unter dem Restalkohol und bildet einen schmerzenden Klumpen. Als Ersthilfe würde sie dringend feste Nahrung benötigen. Allerdings sperrt sich der angeschlagene Kopf gegen deren rasche Beschaffung. Anstatt aufzustehen und zum Frühstücken nach Hause zu gehen, drückt sich Ebru fester ins Kissen, schließt die Augen und betet um eine Spontanheilung. Die leere Mulde neben ihr verrät, dass sich Mona schon aus dem Staub gemacht hat. Wie konnte sie gestern Nacht nur so schwach werden, mit ihr zu gehen? Aber wie auch hätte sie einer Mona widerstehen sollen, die ihr zuflüstert: »Ich bin verrückt nach dir«! Und später sogar: »Du bist das Beste in meinem Leben.«

Und sie, die dumme Ebru, die trotz ihrer weißen Strähnen keinen Deut weiser geworden ist, schenkt diesem Gefasel Glauben! Obwohl sie es besser wusste. Schöne Worte sind fast immer hohl, wenn sie beim Sex unter massivem Alkoholeinfluss leicht über die Lippen schlüpfen. Die Intimität der Situation spielt eine Verbundenheit vor, die sich am nächsten Tag in einen ernüchternden Kater verwandelt und mit peinlichem Schweigen übergangen wird.

Wenigstens macht ihr Mona den Abschied leicht. Mühevoll sammelt Ebru alle Gliedmaßen an der Bettkante, um sich mit weichen Knien auf die Füße zu hieven. Ihre verrauchten Klamotten wurden sorgfältig über eine Stuhllehne gelegt. Die eigenen Spuren der letzten Nacht hat Mona dagegen schon beseitigt.

Fröhliches Kindergeschrei dringt durch das offene Fenster von der Straße hoch und löst in Ebru das Verlangen aus, diesen plärrenden Bälgern Kübel voll Wasser auf die Köpfe zu leeren, um sie zum Schweigen zu bringen. Stattdessen atmet sie tief durch, wirft das Fenster mit einem Knall der Empörung zu und zieht sich an. Übellaunig stößt sie die Tür zum Nebenzimmer auf, wo sie die fehlende Wolljacke vermutet. Verwundert vernimmt sie Geräusche aus der Küche. Als sie ihnen folgt, findet sie Mona am Küchentisch vor, einen Kaffeebecher neben dem Lehrbuch, das sie mit Textmarker bearbeitet. Anscheinend floss durch deren Adern gestern weitaus weniger Alkohol als durch ihre eigenen.

»Möchtest du auch Kaffee?« Verlegen nimmt Mona die Lesebrille von der Nase, für die sie sich offensichtlich geniert. »Oder Tee? Und dazu Marmeladenbrote? Mehr gibt die Küche gerade nicht her.« Mit einem entschuldigenden Lächeln beginnt sie den Tisch zu decken.

»Bed and breakfast. Das ist aber ein toller Service«, spottet Ebru, sinkt jedoch auf den angebotenen Stuhl. Bereits eine Scheibe Brot könnte ihr zu einem kotzfreien Heimweg verhelfen.

»Sei nicht so kratzbürstig, heute ist doch ein wunderschöner Morgen.« Mona schmiert ihr ein Brot, nachdem sie beobachtet hat, mit welch zittrigen Fingern Ebru den Becher umklammert. Dann streicht sie über ihr Haar und gibt ihr einen sanften Kuss.

Erstaunt schiebt sich Ebru ein Stück Brot in den Mund. Monas Blick gleitet so liebevoll über sie, als wäre sie tatsächlich das Beste in ihrem Leben. Ob ihre Worte womöglich doch ernst gemeint waren?

»Ich scheine dich zu verwirren«, kommentiert Mona ihren Blick.

Zur Bestätigung nickt Ebru mit vollem Mund und schluckt dann rasch runter. »Was läuft da jetzt eigentlich zwischen uns?«

»Darüber wollten wir heute sprechen.«

Die Gehirnzellen, worin dieses Detail gespeichert wurde, dürften durch den Alkohol vernichtet worden sein. »Was du gestern gesagt hast ...« Unsicher bleiben Ebrus Worte in der Luft hängen.

»... habe ich auch genau so gemeint«, vollendet Mona den Satz.

Erfreut schnellt Ebrus Kopf hoch. »Das bedeutet, du willst mit mir wieder richtig zusammen sein?«

»Ja, so richtig schön altmodisch – wo ich dich schlagen darf, wenn du eine andere küsst«, erwidert Mona schmunzelnd. Unter dem Tisch nimmt sie Ebrus Füße mit ihren Beinen gefangen. »Was meinst du dazu?«

Ein strahlendes Lächeln formt sich auf Ebrus Lippen, aber sie kann dem Glück noch immer nicht ganz trauen.

»Warum hast du deine Meinung auf ein Mal geändert?«

»Weil ich endlich kapiert habe, dass du für mich nie nur eine Affäre sein kannst.« Monas Hände schlingen sich um ihre, halten sie fest.

»Also bist du wirklich …«, betreten schaut Ebru auf das Gitter ihrer Finger, »… verrückt nach mir?«

»Schlimmer als je zuvor!«, räumt Mona lachend den letzten Zweifel aus.

Mit einem Freudenschrei stürzt sich Ebru auf sie, drückt ihr vor Begeisterung beinahe die Luft ab. »Ich hatte riesige Angst, dass du dich für Dunja entscheidest«, gesteht sie im Höhenflug. »Diese Frau ist schon verdammt hübsch.«

Mona zieht Ebru, die aufgeregt vor ihr herumtanzt, auf den Schoß. »Keine Frau ist nur annähernd so schön wie du. Außerdem habe ich Dunja nie mit dir verglichen. Sie war immer nur die lustige Affäre auf Zeit. Du warst dagegen richtig gefährlich, weil ich von Anfang an wieder voll auf dich abgefahren bin.«

Glücklich schlingt Ebru die Arme um sie. »Warum sollte es dir auch besser gehen als mir?«

»Das ist ein wenig anders.« Mona lässt den Kopf hängen und versteckt ihr Gesicht an Ebrus Halsbeuge. Mit den Fingern zeichnet sie unsichtbare Muster auf ihren Oberschenkel. »Nachdem du letztes Jahr mit mir Schluss gemacht hast, war ich total fertig. Zuerst habe ich viel Blödsinn gebaut, dann aber die Grenze erkannt, mich in mein Zimmer verkrochen und nur mehr gelernt. Das hat ganz gut geholfen.«

Zur Entschuldigung drückt ihr Ebru einen Kuss auf den Scheitel und legt das Kinn auf ihrem Kopf ab.

»Als ich dich später in Wien wiedergesehen habe, bin ich aus allen Wolken gefallen«, fährt Mona heiser fort. »Ich habe überhaupt nicht verstanden, warum du mir noch immer so gut gefällst.« Ein tiefes Seufzen dringt aus ihrer Kehle. »Als du dich im Park an mich rangemacht hast, sind die alten Erinnerungen hochgekommen. Die schöne Zeit mit uns, wie du dich angefühlt hast, dein Lächeln, einfach alles.« Kurzerhand wirft sie Ebru von sich herunter, wandert unruhig im Zimmer auf und ab. »Mir wurde schnell klar, dass du mich noch immer in der Hand hast. Dafür hätte ich dich anfangs am liebsten geschlagen. Ich habe mich richtig abhängig, fast schon hörig gefühlt.«

»Tut mir leid.« Die harten Worte treffen Ebru unerwartet und verursachen ihr ein flaues Gefühl im Magen. »Hast du deswegen mit Dunja etwas angefangen?«

Mona denkt einen Augenblick nach, bevor sie schonungslos ehrlich antwortet. »Möglich. In erster Linie war es einfach praktisch, weil sie mir nachgelaufen ist und ich dich damit auf Abstand halten konnte.«

»Das hat ziemlich weh getan«, flüstert Ebru in sich hinein.

Doch Mona kann die Botschaft von ihren Lippen lesen. »Es war keine Absicht. Ich wollte keine ernsthafte Beziehung beginnen, besonders nicht mit dir. Die Sache mit meiner Familie ist ziemlich mies gelaufen. Da wollte ich nicht die nächste Enttäuschung erleben.«

»Und jetzt?« Ebru streckt die Hände aus und geht langsam auf sie zu. »Bist du bereit, das Risiko mit mir noch einmal einzugehen?«

Resigniert zuckt Mona mit den Schultern. »Ich habe gar keine andere Wahl, oder?«

Ebrus Hände fallen ins Leere. Die Hand vor den Mund gepresst, rast sie ins Bad und schafft es gerade noch, die Klomuschel zu erreichen, bevor das Frühstück nach oben schießt. Als der Magen mit großem Würgen endlich leer geräumt ist, hält Mona ihr einen nassen Waschlappen hin. »Wieder besser?«

Dankbar wischt Ebru sich die ekligen Reste aus dem Gesicht und spült den sauren Geschmack aus dem Mund fort. »Ich gehöre jetzt nach Hause ins Bett.« Ihre blaue Gästezahnbürste steckt noch immer im Becher neben der roten.

»Du kannst dich auch bei mir ausschlafen«, bietet ihr Mona an, während sie sich gründlich die Zähne schrubbt.

Ebru schüttelt den Kopf und spuckt aus. »Ich habe Tarik versprochen, mit ihm später ein Geschenk für Deniz zu kaufen.«

»Aber du rufst mich am Abend an?« Mona reicht ihr ein frisches Handtuch zum Abtrocknen.

»Sicher.« Ebru versucht sich an einem Lächeln, das allerdings kläglich misslingt. »»Du bist nämlich auch das Beste in meinem Leben.« Sie setzt sich neben Mona auf den Badewannenrand und schließt sie in die Arme.

Den Kopf an ihrer Schulter, lässt sich Mona von ihr halten. »Bleib dieses Mal länger bei mir«, bittet sie leise.

Ebru zieht sie enger an sich, streicht zärtlich über ihre Wange. »So lange du mich willst.«

7. Kapitel

Nur zur info: mona und ich hatten gerade eine verdammt geile zeit! Dunja :-)

<t-royal> sorry, lena, es ging nicht eher.
<fotox> :-/ du bist seit 4 wochen weg und wir kommunizieren immer seltener miteinander. was ist los, tarik???
<t-royal> wir haben einen riesigen auftrag gekriegt, das sägewerk läuft auf hochtouren. jetzt müssen alle überstunden schieben, damit die arbeit irgendwie zu schaffen ist.
<fotox> sei ehrlich zu mir! willst du überhaupt noch die verlobung auflösen und nach wien ziehen?
<t-royal> na klar! das ist mein größter wunsch!
<fotox> aber du kriegst es irgendwie nicht hin …
<t-royal> ich versuche es! was willst du mehr von mir?
<fotox> es ist für mich nicht zu begreifen. was ist so schwer daran?
<t-royal> die verlobung wurde von einem hoca gesegnet, womit sie vor allah gültig ist. da kann man nicht so einfach aussteigen.
<fotox> beschissene ausrede! :-p
<t-royal> für dich vielleicht …
<fotox> wann erzählst du mir endlich, was wirklich los ist?
<t-royal> es ist schwieriger geworden.
<fotox> warum?
<fotox> hallo?

<fotox> wenn du nicht auf der stelle antwortest, komme ich nach rosenbach und presse die wahrheit aus dir heraus!
<fotox> du hast noch 10 sekunden ab jetzt...
<t-royal> ok – meine verlobte ist schon nach österreich gekommen und nun ist es komplizierter, sie wieder zurück in die türkei zu schicken.
<fotox> sie wohnt bei euch??!
<t-royal> ja ... leider.
<fotox> du hast doch gesagt, sie kommt erst zu weihnachten, knapp bevor die hochzeit angesetzt ist!!!
<t-royal> ihre familie wollte sie scheinbar früher loswerden.
<fotox> hast du dich neu in sie verliebt?
<t-royal> das ist nicht das problem *g*
<fotox> aber du gehst mit ihr ins bett, oder was?
<t-royal> nein, das könnte ich gar nicht.
<fotox> dass ich nicht lache! sie wird dir schon gefallen, sonst hättest du dich nicht mit ihr verlobt.
<t-royal> darum geht's nicht, lena.
<fotox> schläfst du mit ihr in einem zimmer?
<t-royal> nein, sie pennt bei meinem kleinen bruder.
<fotox> irgendwie kann ich dir nicht mehr glauben.
<t-royal> es stimmt aber! komm schon, lena, vertrau mir noch ein bisschen.
<fotox> wie denn? du erzählst mir nur die hälfte, bist kaum erreichbar ...
<t-royal> aber ich habe dich auch nie angelogen.
<fotox> verschweigen ist so hinterhältig wie lügen!
<t-royal> tut mir leid! ich tu hier echt mein bestes, um aus der verzwickten situation auszusteigen.
<t-royal> und ich denke ständig an dich ...
<t-royal> gib mir noch ein wenig mehr zeit.
<fotox> wie lange noch?
<t-royal> keine ahnung, ich mach so schnell wie möglich.
<fotox> das ist nicht schnell genug. ich gebe dir noch eine allerletzte frist von 4 wochen. wenn du bis dahin nicht in wien bist, ist es aus zwischen uns!

<t-royal> lena, das werde ich nicht schaffen können!
<fotox> du hast noch genau 4 wochen, keinen tag länger.
<t-royal> warum bist du so hart zu mir? ich liebe dich doch!
<fotox> das reicht nicht! ich kann nicht mehr, tarik! das warten und hoffen zermürbt mich, macht eine richtige furie aus mir, die ich gar nicht sein will.
<t-royal> ok, dann muss ich es eben in 4 wochen schaffen ...
<fotox> kannst du mich nicht ein bisschen verstehen?
<t-royal> ein teil von mir.
<fotox> ich liebe dich übrigens auch. vergiss das nicht!
<t-royal> wie sollte ich? ich ruf dich morgen an.
<fotox> sicher?
<t-royal> versprochen! ich küsse dich.
<fotox> das fühlt sich gut an! :-)
<t-royal> schlaf gut und träum von mir ;-)
<fotox> gn8

Mit einem Stöhnen lässt Mona die Tasche fallen und sinkt am Sessel nieder. Ebru erkennt die Erschöpfung an ihren Schultern, die sich leicht nach vorne neigen, den müden Augen, die sie glanzlos begrüßen. »Das war eine verrückte Schicht! Eine, ich sag mal, reifere Frau hat mit ihren Freundinnen einen Junggesellinnenabend gefeiert. Die haben gesoffen bis zum Umfallen. Als dann auch noch diese Stripperin ihr Show-Programm abgezogen hat, sind sie vollkommen ausgerastet.« Mona kichert in sich hinein, während sie die in Mitleidenschaft gezogenen Füße massiert. »Die hättest du sehen sollen. Riesiger Busen mit Bommeln vorne dran, echt peinlich. Als sie dann noch zum Hüpfen angefangen hat, haben sich die Bommeln im Kreis gedreht und du kannst dir vorstellen, wie sexy dabei ihre Brüste durch die Luft geflogen sind. Ich bin vor Lachen fast zu Boden gegangen.« Mona stutzt, da die kleine Anekdote

Ebru nicht ein winziges Lächeln entlockt. »Aber den Mädels hat es gefallen. Die haben wir um Eins fast nicht aus dem Café gebracht.« Gähnend streift Mona T-Shirt und Hose ab, die nach Arbeit müffeln. »Kommst du mit unter die Dusche?«

Mit geballten Fäusten schüttelt Ebru den Kopf. »Willst du den Gestank von Dunja abwaschen?« Obwohl sie ruhig klingt, steht sie knapp vor einer heftigen Explosion.

»Wie kommst du denn auf die?«

Sich dumm stellen, Trick 17 auf Volksschulniveau. Die züngelnde Flamme in Ebrus Inneren erhält mit jedem Wort mehr Nahrung. »Du hast sie ja wohl heute getroffen, oder willst du das abstreiten?«

»Woher weißt du davon?«

Monas basses Erstaunen stellt sich als eine durchaus förderliche Methode heraus, um Ebru noch mehr anzuheizen. Zornentbrannt hält sie ihr das aufdeckende SMS unter die Nase.

»Wer ist Aylin?« Verwirrung legt sich über Monas Gesicht. »Und was meint sie mit Du peitschst mich aus?«

Verfluchte Technik mit all den kleinen Knöpfen! »Die konnte eben nicht perfekt Deutsch und hat statt auf aus geschrieben. Das kann ja mal vorkommen.« Mit roten Ohren rafft Ebru das Handy an sich und tippt auf die neueste Nachricht, wobei sie Monas anzügliches Grinsen geflissentlich ignoriert.

»Hast du mir vielleicht ein paar Vorlieben verheimlicht?«

Als Antwort verdreht Ebru die Augen und hält ihr das richtige SMS von Dunja hin. Jetzt kann sie sich nicht mehr durch einen blöden Scherz retten, sondern muss Farbe bekennen.

»Sehr zweideutig«, bekennt Mona mit gerunzelter Stirn. »Ich kann dich aber beruhigen. Zwischen uns ist nichts gelaufen. Wir haben nur geredet.«

Natürlich! Reden, Nähe herstellen, Vertrauen schaffen und – schwups! – landen sie eines feuchtfröhlichen Abends miteinander im Bett, scheinbar ganz zufällig, obwohl es Dunja von langer Hand eingefädelt hat. Will Mona sie denn für dumm verkaufen?

»Mach dir keine Gedanken. Ich habe ihr nur etwas zurückgebracht.« Fröstelnd reibt sich Mona die ausgekühlten Arme warm.

»Warum hast du mir dann nichts davon erzählt?« Mit scharfen Blicken überprüft Ebru jede Regung genauestens auf verdächtige Anzeichen hin. »Oder wolltet ihr mich einfach noch einmal täuschen?«

»He! Du spinnst!« Ohne zu zögern, packt Mona sie am Arm und schleift sie ins Bad. »Ich sollte diesmal *dir* den Mund mit Seife auswaschen, weil du mir so eine Gemeinheit zutraust«, schimpft sie lauthals. »Aber ich gebe dir eine zweite Chance, wenn du dich freiwillig ausziehst und mit mir unter die Dusche kommst.«

Empört stützt Ebru die Hände in die Hüften. »Was bildest du dir ein? Dich hinter meinem Rücken mit deinem letzten Betthäschen zu treffen, das noch total verknallt in dich ist?«

Drohend richtet Mona den Duschkopf auf sie und legt die Hand auf den Mischer. »Du solltest eigentlich wissen, dass du mir vertrauen kannst!«

Als Ebru zum Protest ansetzt, schiebt sie den Hebel auf eiskalt, was zu augenblicklichem Verstummen führt. »Oder habe ich dich je betrogen?«

»Hast du schon!«, kann sich Ebru nicht mehr zusammennehmen. »Nachdem wir wieder miteinander Sex hatten, jedes Mal, wenn du es mit einer anderen getrieben hast!« Der kalte Wasserstrahl trifft sie nur noch an den Lockenspitzen, weil ihr eine eilige Flucht in den Flur gelingt.

»Warte nur, gleich hab ich dich!«, schreit ihr Mona hinterher, bevor sich Ebru ins eigene Zimmer retten kann, wo sie hinter dem Schreibtisch in Deckung geht. Doch ihr stoßweiser Atem, der den Brustkorb flattern lässt, verrät sie. Auf leisen Sohlen schleicht sich Mona an und erschreckt sie mit einem lauten »Puh!«. Kichernd fällt sie über die Flüchtige her, bringt deren linkes Bein in ihre Gewalt und läuft mit den Fingerspitzen so oft darüber, bis Ebru meint, vor Lachen platzen zu müssen. »Sag, du weißt, dass ich dir treu bin!« Kurzfristig stellt sie die Quälerei ein, damit Ebru zu Atem kommt und antworten kann. »Du weißt, dass ich dir treu bin«, wiederholt sie mit gespielter Unschuld.

»Sehr witzig«, kommentiert Mona und bestraft sie mit einer neuen Kitzelattacke. Ebru windet sich unter ihrem Angriff, kann das Bein jedoch selbst durch heftiges Treten nicht wieder unter die eigene Kontrolle bringen. »Na, schön«, gibt sie schließlich schnaufend auf, »ich weiß, dass du mir treu bist.«

Endlich beendet Mona die Marter und lässt von ihr ab. »Das mit Dunja ist vorbei. Vielleicht werden wir einmal Freundinnen, aber mehr nicht.«

»Das kannst du mir nicht antun«, schießt Ebru hoch.

»Was heißt denn antun? Ich werde meine Freundinnen wohl selbst aussuchen dürfen.« Abrupt erhebt sich Mona und sammelt ihre Klamotten vom Boden auf.

»Aber sie hat mich belogen und betrogen! Aus Solidarität solltest du nie mehr ein Wort mit ihr sprechen«, hält Ebru mit lauter Stimme dagegen. Warum erkennt Mona in Dunja nicht das hinterlistige Luder, das sie nun einmal ist?

»Das Ende eurer Freundschaft tut mir leid, aber ganz ehrlich: Es betrifft mich nicht. Ihr müsst das untereinander klären.« Schon ist Mona vollständig bekleidet und macht sich zum Gehen bereit.

»Bleib hier«, schwenkt Ebru um. Sie bemüht sich, ihr Herz zu öffnen, um Mona die Freiheit zu schenken, die sie fordert, für die sie hart kämpfen musste. So strömt Wärme in ihre Brust, weitet sie und gibt der Liebe mehr Raum. Alle Zweifel und Kränkungen werden nichtig und klein, bis sie sich im Nichts auflösen. Was wahren Wert hat, bleibt, strahlt hell und unverfälscht. Mit jäher Klarheit spürt Ebru, dass nur sie selbst die Beziehung zu Mona zerstören kann –

niemand sonst. Jedes Drama, das sie inszeniert, verwandelt sich in einen Bumerang. »Wenn Dunja für dich wichtig ist, triff sie eben.« Langsam geht sie auf die Frau zu, die sie gelehrt hat zu lieben.

Du bist der grund, warum ich das hier durchstehen kann. Morgen rufe ich dich bestimmt an! Tarik :-X

Lenas Magen wölbt sich beleidigt, als sie mit dem Kopf nach unten hängt. Das innere Bild fügt sich mit dem äußeren widerstandslos zusammen: diese Welt läuft verkehrt. Ein Ruck fährt durch ihren Körper und schleudert sie mit rasantem Tempo rückwärts nach oben, wo der Himmel wieder seinen gewohnten Platz einnimmt. Doch im nächsten Moment fällt sie mit dem Gesicht voran nach unten, Ebrus johlende Schreie im Ohr. Der Fahrtwind teilt sich an der Nase, drückt die Backen ein und verpasst ihr eine kuriose Sturmfrisur. »Hoffentlich hält der Bügel das aus«, rast es durch ihren Kopf, als das Teil leicht nachgibt und ihr dann mit Härte in den Bauch schießt. Ätzendes Kreischen übertönt für einen Moment den alten Schlager, der in den hinteren Reihen bisher mit tiefer Begeisterung mitgegrölt wurde. Lena sieht das doofe Rummelplatzgefährt bereits ausrasten und im freien Fall nach unten stürzen. Da werden die Tatortermittler aber viel Spaß haben, wenn sie den blutigen Knochenmatsch den siebzehn Opfern zuordnen müssen! Ein Gemeinschaftsgrab wäre schon ehrlicher, als die Körper im makaberen Ratespiel zu rekonstruieren: ein Oberschenkelknochen für die Nummer fünfzehn, die halbe Elle an die drei, ach nein, die steht der Nummer vier doch viel besser.

Vielleicht würde sie am Ende ihres Lebens wenigstens längere Beine zugeschanzt bekommen. Doch als sie meint, den schwarzen Grund bereits riechen zu können, kippt die Schaukel vornüber, reißt sie rückwärts wie ein wildes Tier und vollführt einen krönenden Salto Mortale, der sich im Genick anfühlt wie ein Peitschenschlag. Warum habe ich mich von Ebru wieder einmal zu einer hirnrissigen Aktion überreden lassen?, fragt sich Lena sauer. Vor allem, warum winkt ihnen Mona von unten lustig zu, während sie selbst knapp davor ist, sich zu übergeben?

Scharf bremst sich das Gefährt ein und ruckelt langsam wieder nach oben. »Ich möchte jetzt alle Hände in der Luft sehen«, brüllt der Mann im kleinen Kartenhäuschen durchs Mikrofon und entfacht damit eine Laola-Welle. Lena wird angst und bange, als sie kapiert, dass der Höhepunkt der Fahrt erst bevorsteht.

»Lass los«, zischt ihr Ebru zu. Die erhöhte Adrenalinausschüttung hat ein eigentümliches Grinsen in ihr Gesicht gefräst.

Skeptisch äugt Lena auf ihre schweißnassen Hände, die krampfhaft eine Sicherheitsstange umklammert halten. Davon kriegt sie in diesem Leben keiner mehr los, außer vielleicht mit einem Metallschneider.

»Mir ging es beim ersten Mal auch so«, beruhigt sie Ebru, »aber spätestens ab dem dritten Mal wirst du süchtig nach dem geilen Feeling.« Die erweiterten Pupillen in den unnatürlich aufgerissenen Augen bestätigen Lena, dass sie gerade voll auf körpereigener Droge ist.

»Das verzeih ich dir nicht so schnell«, grummelt sie. Von unten sah die kreisende Schaukel auch nicht gerade harmlos aus, aber als Ebru versprach, sie werde sich danach toll fühlen, wollte sie ihr glauben. Nachdem bei der vorherigen Fahrt niemand mit Todesangst in den Augen ausgestiegen war, reihte sie sich vertrauensvoll mit dem Eintrittschip in die Warteschlange ein.

Unvermittelt bleibt die Schaukel am höchsten Punkt des

Kreises stehen. »Jetzt geht es gleich mit Vooolldaaampf nach unten. Ich will eure Hände sehen!«, plärrt es durch den Lautsprecher. Entlang der Sitzreihe fliegen Arme und begeistertes Kreischen in die Höhe. Nicht mit mir, schreit es in Lenas Kopf. Jeder Muskel ihres Körpers spannt sich noch stärker an, bis sie meint, im nächsten Moment zerbersten zu müssen. Die unangenehme Trockenheit im Mund lässt sie nach Wasser lechzen, wenigstens nach ein paar Tropfen. Da spürt sie Ebrus Fuß an ihre Wade tippen. »Wenn du das überstanden hast, weißt du, dass dich nichts im Leben so einfach umbringt!«

Spielt sie damit etwa auf Tarik an, der nach wie vor durch Abwesenheit glänzt?

»Ich sagte, dass ich alle Hände sehen will«, stachelt der Typ am Mikro die Meute weiter an.

Scheiß drauf, denkt Lena. Ich überlebe das hier ... und Tarik sowieso. Obwohl sich ihre Finger nun lockern, lässt sie alle zehn an der Haltestange liegen, um dem kleinen Wichtigtuer da unten zu trotzen. Von ihr aus kann er noch stundenlang ›Hände hoch!‹ spielen, ist ja sein Geschäft, das er damit in den Ruin treibt.

Da setzt sich das Ding auf einmal in Gang. Die ersten Sekunden trödelt es, fährt an den Rand – und saust dann unvermittelt im freien Fall nach unten. Einige Überschläge und Drehungen später bleibt es mit einem verdächtigen Quietschen stehen.

Bei Ebru untergehakt, taumelt Lena auf unsicheren Füßen zum Ausgang. Im Kopf wiederholt sich jeder Überschlag aufs Neue, als wäre sie auf den jüngsten Erfahrungen hängen geblieben. Fürsorglich wird sie von Mona zu einer Rampe begleitet, wo sie sich mit fahlem Gesicht hinsetzt.

»Ich wollte nur, dass du dich ein bisschen besser fühlst«, beteuert Ebru. »Wenn es mir richtig dreckig geht, fahre ich eine Runde *Monster's Ball* und dann ist alles besser.«

Lena schafft es gerade, schwach zu nicken und ein Lächeln anzudeuten. Sie schließt die Augen, um die grelle

Spaßszene des Praters wegzuschalten, die ihr in den Ohren schrillt. Obwohl ihr kotzübel ist, fühlt sie sich doch auch als Siegerin.

SMS von Mona an Ebru

HASE[2]

Ich auch.

Vier tage ohne dich sind lang. Wann sehe ich dich wieder?

Muss lernen. :-/ wie war deine 1. Vorlesung?

Interessant, aber die anderen sind schräg, wirken wie aufgeblasene idioten.

Schade :-(Ich muss jetzt weitermachen, melde mich bald wieder.

Bekomme ich nicht einmal einen kuss???

Doch, sicher, sogar viele :-XXX

Weichst du mir etwa aus?

? Natürlich nicht! Bin nur sehr unter druck. Hab bitte ein wenig mehr verständnis! :-X

[2] Habe Sehnsucht

»**Schön, dich zu sehen.**« Sebastian drückt Lena kurz an sich und betrachtet sie dann mit einer Armlänge Abstand. »So schlimm?« Noch nie hat er sie so bedrückt erlebt.

»Noch viel schlimmer«, stöhnt Lena auf. »Ich bin heute sicher keine lustige Gesellschaft für dich.«

»Das habe ich schon am Handy begriffen.« Doch es war ihm egal, da er sie einfach wieder treffen wollte.

Durch das Nikolaitor betreten sie den Lainzer Tiergarten, der sich in der farbenprächtigsten Ansicht zeigt. Der Herbstwind wirbelt die bunten Blätter durch die Luft, die sich am Weg zu einem Mosaik sammeln und unter den Schuhsohlen lustig knirschen. Es riecht nach frisch geschnittenem Holz, das zu großen Blöcken geschichtet am Wiesenrand liegt. Einsam windet sich der Weg in Schleifen den Hügel nach oben. Nur eine rüstige alte Frau kommt ihnen entgegen und grüßt lächelnd. Wer sonst genießt am Donnerstagvormittag das Privileg, Zeit für eine kleine Wanderung zu haben?

»Hast du die Aufnahme an die Uni geschafft?«, fragt Sebastian nach einer Weile, in der sie schweigend nebeneinander hermarschiert sind.

»Nein.« Betrübt lässt Lena den Kopf hängen. »Ich habe gewusst, dass sich viele bewerben, aber ich habe nicht mit über hundert gerechnet.« In einen winzigen Raum gepfercht, lagerten sie alle auf Treppen oder am Boden, während sich die Zeiger der Wanduhr im Schneckentempo bewegten. Mit aufgesetzter Freundlichkeit, die den Hals schmieriger als Frittieröl hinunterlief, bewunderten einige die mitgebrachten Arbeiten der anderen. Paradoxerweise wurden dabei die Aufnahmen am meisten gelobt, die im Gegensatz zum eigenen Werk als weniger gut eingestuft wurden. Es ist immer leichter, den schlechteren Konkurrenten wohlwollend gegenüber zu stehen. »Nach einer Ewigkeit durfte ich vors Komitee treten und ihnen meine Arbeitsmappe zeigen«, fährt Lena fort. »Die waren von meinen Fotos nicht besonders gefesselt. So ein alter Wicht meinte, das Thema wäre schon ziemlich ausgelutscht und die Darstellung biete kaum neue Facetten.« Sie schlurft durch den Blätterbelag, wobei sie einige Exemplare mit heftigen Tritten nach oben befördert.

»Idiot«, kommentiert Sebastian. Mitfühlend legt er einen Arm um Lenas Schultern.

»Das Schrägste war aber die Improvisation hinterher. Eine Assistentin drückte mir wortlos einen gelben Softball und eine einfache Digicam in die Hand.« Die eigene Kamera musste unberührt in der Tasche bleiben. Lena nahm an, damit für alle Bewerber die gleich schlechten Bedingungen geschaffen wurden.

»Und davon solltest du dann ein geiles Foto machen?«

»Ein künstlerisch anspruchsvolles«, verbessert sie ihn mit nasaler Stimme, die den griesgrämigen Professor imitieren sollte. »Ich war schon total mies drauf. Deshalb habe ich den Ball in die linke Hand genommen, zusammengequetscht und mit der rechten fotografiert. Fünf Sekunden später hatten sie das Foto am Notebook.«

»Das ist nicht dein Ernst?«, grinst Sebastian breit.

»O ja, ich habe gesagt, dass der Ball die Erde darstellt und meine Hand für uns Menschen steht, die wir unseren Planeten gewissenlos ausbeuten.« Das erste Mal zieht ein schwaches Lächeln ihre Mundwinkel nach oben. »Die waren von dem Scheiß total begeistert, haben gemeint, das Foto sei sehr stark, richtig expressionistisch.«

Sebastian kann sich nicht mehr halten und bricht in schallendes Lachen aus, das Lena ansteckt. Befreiend fährt ihr ganzer Frust die Kehle hinauf und zerplatzt an der Luft. Vom Gelächter der beiden erschreckt, flüchtet eine Wildsau mit ihren fünf Frischlingen ins Dickicht.

»Manchmal scheint in der Kunst echt nur die Idee zu zählen. Egal, wie schlecht die Ausführung ist, Hauptsache originell.« Schwer atmend hält sich Lena den Bauch. »Wahrscheinlich hätten sie mich genommen, wenn ich die sieben Todsünden mit Bällen dargestellt hätte.« Am nächsten Morgen fand sie die Liste der Kandidaten, die in die engere Auswahl aufgenommen wurden, am schwarzen Brett befestigt. Sooft sie die kleingedruckten Nummern absuchte, ihre eigene wollte einfach nicht aufscheinen. Zuerst glaubte sie ernsthaft an einen Fehler, der einer Assistentin beim Abtippen passiert sein musste. Als sie dann aber die deprimierten Gesichter von anderen Bewerbern um sich herum wahrnahm, realisierte sie langsam, dass sie eine von ihnen war, eine von denen, die es nicht geschafft hatten.

»Lass den Kopf nicht hängen! Nächstes Jahr fotografierst du in einer Hand fünf Bälle, in der anderen keinen, und schon hast du ein super Bild für Habgier«, versucht Sebastian sie aufzuheitern. »Dann nehmen sie dich sicher mit *standing ovations* auf.«

Lena schiebt sich eine Haarsträhne hinters Ohr, die ihr der Wind rau ins Gesicht schlägt. »Ich weiß nicht, wie es jetzt mit mir weitergehen soll. Es gibt zwar einige private Foto-Colleges in Wien, die meine Eltern auch bezahlen würden, aber ich lerne dort nicht viel Neues. Anna hat mir doch schon alles beigebracht.«

»Aber du hättest wenigstens einen Abschluss«, wendet Sebastian ein. Im Windschutz dreier Ahornbäume breitet er eine dicke Decke aus und lädt Lena mit einer Handbewegung ein, darauf Platz zu nehmen.

»Tja, deshalb wollte ich ja Fotografie studieren.« Dankbar nimmt sie einen Schluck Tee aus seiner Thermosflasche. »Andererseits macht es keinen Sinn, für eine Ausbildung viel Geld zu bezahlen, nur um am Ende ein blödes Zeugnis zu bekommen.« Genüsslich beißt sie von dem Lachsbrötchen ab, das Sebastian vor der Wanderung im Feinkostladen gekauft hat. Erstaunt stellt sie fest, nach der furchtbaren Prüfung das erste Mal wieder richtig Hunger zu verspüren. Später streckt sie sich satt neben ihm auf der Decke aus. Vereinzelte Sonnenstrahlen brechen durch die Wolken, streichen sanft über ihre geschlossenen Augenlider. »Und wie geht es dir?«, fragt sie.

»Gut. Ich bin nur schrecklich übermüdet.« Erst jetzt fallen Lena die dunklen Ringe unter den Augen auf, die sein Gesicht älter machen. »Ich bin erst Mitte September von Korsika zurückgekommen und hatte deswegen riesigen Stress beim Lernen für die ausstehenden Prüfungen.«

»Dann ziehe ich mein Mitgefühl sofort zurück«, schmunzelt Lena.

»Nicht! Das schmerzt!« Unter theatralischem Stöhnen presst Sebastian die Hand auf sein Herz und verendet qualvoll vor ihren Augen. Begeistert spendet Lena am Ende der Vorstellung kräftigen Applaus. »Mit literweise starkem Kaffee und dutzenden Vollkornriegeln habe ich mir die Nächte um die Ohren geschlagen und durch göttliche Fügung«, er verdreht die Augen dramatisch gen Himmel, »alle Prüfungen geschafft.« Sebastian strahlt, als würde er den Oscar überreicht bekommen. »Ich bin jetzt im zweiten Studienabschnitt.«

»Super!« Ohne nachzudenken fällt ihm Lena um den Hals.

»Bist du noch immer mit Tarek zusammen?« Fest hält er sie an sich gepresst.

Lena unterdrückt den Impuls, ihn auf den richtigen Namen hinzuweisen. Stattdessen weicht sie vor seinen Fingern zurück, die sanft über ihren Rücken streicheln. »Ja«, antwortet sie schlicht. Auch als er drängend nachfragt, gibt sie kein Detail preis, um ihn nicht auf falsche Gedanken zu bringen. Oder traut sie sich selbst nicht über den Weg?

Am Ende der Wanderung umarmen sie sich unbeholfen.

»Ich würde dich gerne wiedersehen.« Sebastian hält ihre Hand so lange fest, bis es grenzwertig wird.

»Das machen wir auf alle Fälle. Bestimmt werden wir auch gute Freunde.« Die einfahrende Straßenbahn rattert gerade zum richtigen Zeitpunkt um die Kurve.

»Die besten. Wir geben nämlich ein tolles Paar ab«, spielt Sebastian mit Zweideutigkeiten.

Was soll sie nur darauf antworten? Rasch springt Lena in

die Straßenbahn und winkt ihm zu, bevor sie sich neben einen tätowierten Rocker mit Hund setzt. Der Ausflug hat ihr wirklich gut getan. Aber noch viel lieber hätte sie Tarik an ihrer Seite gehabt.

Der Herbst wütet wie besessen, treibt Sturmböen übers Land und senkt die Temperaturen. Dicke Regentropfen fallen in Schnüren herab, platschen hart auf den Asphalt und waschen den letzten Sommer von der Stadt. In den Rinnsalen surfen Blätter wie kleine Boote über die gefluteten Gehsteige. Vereinzelt liegen Äste am Boden, die der neuen Kraft nicht standhalten konnten. Mit geducktem Kopf hastet Ebru die Straße entlang, einen Plastiksack an den Bauch gepresst. Unter dem Dach des U-Bahn-Abgangs hält sie kurz inne, um Wasser aus den Haaren zu wringen. Die nassen Klamotten kleben wie eine zweite Haut an ihr. Sie schwimmt im Menschenstrom nach unten, eine unter vielen. Im Zentrum des lärmerfüllten Untergrunds zerrt sie die Handzettel aus ihrem Plastikmantel, die glücklicherweise trocken geblieben sind. Ein schneller Rundblick gibt ihr die Sicherheit, von niemandem beachtet zu werden. Dann klebt sie alle neunzehn handgeschriebenen Texte auf die dicke Säule, einen für jedes Lebensjahr, im wilden Durcheinander zwischen den Werken anderer. Kaum hat sie die Arbeit beendet, pflückt auch schon eine junge Frau mit pinken Rastalocken im Vorbeigehen den ersten Zettel. Ebru weiß, was sie lesen wird. Es sind immer dieselben Worte, die sie nicht loslassen und die ihr am Rückweg in den Ohren klingen.

Was ist Liebe?
Kribbeln im Bauch?
Lust auf feuchte Schenkel?
Sonne im Herzen?

Hoffnung in einer dunklen Nacht?
Ein Lächeln auf deinem Gesicht?
Manchmal ist sie auch die Gewissheit,
das Richtige zu tun,
im Vertrauen,
dass Allah die Hände
schützend über mich hält.

Bereits am frühen Abend bricht die Dämmerung herein. Lena lümmelt mit Ebru auf dem Sofa und schaut sich die 348. Folge einer Seifenoper an, die sie gerade wegen der ihr innewohnenden Gefahr hochgradiger Verblödung besonders lieben. Darüber hinaus bringt die tägliche Ausstrahlung eine Konstanz ins Leben, die sie gerade bitter nötig haben. Nachdem die zwei Liebenden in der Flimmerkiste auf neue Komplikationen zutreiben, die es in den nächsten Monaten aufzuklären gilt, beendet Lena den Zeitvertreib mit einem Klick. »Wie geht es dir beim Lernen?«, fragt sie Ebru, die nervös an den Nägeln kaut. In einer knappen Woche steht schon ihre Aufnahmeprüfung zur Pilotin an.

»Gut.« Für mehr Worte nimmt ihre Freundin die Finger nicht aus dem Mund.

»Du bist schon sehr aufgeregt, hm?« Seit Tagen beobachtet Lena, wie Ebru aufgescheucht durch die Wohnung hetzt, als würde sie in einem Paralleluniversum leben, und dabei Besprochenes durcheinanderbringt oder ganz vergisst. Wird sie in diesem Zustand einen kühlen Kopf bewahren und die Prüfung bestehen? »Soll ich dich Stoff abfragen?«

»Was?« Mit dem Blick eines gejagten Tiers starrt Ebru vor sich hin. Sie ist die personifizierte Prüfungsangst.

Lena hat keine Ahnung, wie sie die Freundin von dem Horrortrip herunterholen könnte. Bei der Matura im Frühjahr war sie doch auch ganz cool geblieben! »Glaubst du, Mona könnte dir helfen?«

»Misch dich nicht in meine Angelegenheiten ein«, braust Ebru auf, steckt den abgenagten Daumen abermals in den Mund und flitzt zur Tür hinaus.

»Vergiss es! Am besten spreche ich dich heute gar nicht mehr an«, ruft ihr Lena eingeschnappt nach. Sie stopft sich ein Kissen in den Rücken und blättert das neueste Fotomagazin durch.

»Mir kann es ja schließlich auch egal sein, was du mit Sebastian treibst!« In hochexplosivem Zustand steht Ebru mit einem Glas Wasser im Türrahmen und funkelt sie wütend an.

»Da läuft nichts, und das hätte ich dir auch gesagt, wenn du mich gefragt hättest.« Lena bemüht sich, einen kühlen Kopf zu bewahren, damit die Situation nicht eskaliert.

»Er wäre aber besser, wenn du dich wieder nach anderen umschaust«, merkt Ebru beiläufig an und stürzt das Wasser in einem Zug herunter.

Lena schleudert das Magazin zu Boden und springt auf. »Wie meinst du das?!«

»Kapierst du es noch immer nicht?« Ebrus Lachen hat jetzt einen beinahe gehässigen Unterton. »Wann läuft denn deine Vier-Wochen-Frist ab?«

»Übermorgen.« Insgeheim hat sie Tarik wegen erschwerter Umstände aber noch vier weitere Wochen zugestanden.

»Verstehst du nicht? Lena! Er wird nicht kommen, er wird nie mehr kommen!« Die hässlichen Worte spritzen wie eine Fontäne aus Ebru heraus.

»Hat er dir das gesagt?« Lenas Stimme bricht, während sich ihre Augen mit Tränen füllen. Als sie gestern miteinander skypten, wirkte er zwar völlig erledigt, sah sie jedoch voller Liebe an.

»Ich kenne ihn besser als du. Tarik ist nur zu feig, um dir die Wahrheit zu sagen«, erwidert Ebru kalt.

»Warum bist du so gemein?«, schluchzt Lena. Verzweifelt schlägt sie die Hände vors Gesicht und lässt den Tränen freien Lauf. Sie erkennt ihre allerbeste Freundin nicht wieder, wenn sie sie dermaßen brutal niedermäht.

»Tut mir leid. Ich will nur nicht, dass du dir falsche Hoffnungen machst. Du musst der Realität endlich ins Auge sehen.«

»Lass mich allein«, heult Lena und schleudert halbherzig ein Kissen nach ihr.

»Irgendjemand musste es dir sagen.« Fluchtartig verlässt Ebru die Wohnung, läuft getrieben durch die engen Gassen, bis sie in den dunklen Armen ihres Parks zusammenbricht.

SMS von Lena an Tarik

Kommst du zu mir zurück?

Ich tue alles, um dich wiederzusehen!

Schön, aber kommst du nun zurück oder nicht?

<Mona> muss ich mich wirklich auf facebook einloggen, um dich zu erreichen?

<Ebru> ich wollte mich gerade bei dir melden.

<Mona> warum rufst du mich nicht zurück?

<Ebru> weil ich tag und nacht für die aufnahmeprüfung lerne. was denkst du, wie viele leute sich für eine pilotenausbildung bewerben?

<Mona> das verstehe ich, aber jeder mensch braucht auch pausen.

<Ebru> ich nicht! seit lena durchgefallen ist, befürchte ich das schlimmste. nicht einmal sie hat es an die uni geschafft, wo sie doch super fotografieren kann.

<Mona> du schaffst es aber!

<Ebru> keine ahnung …

<Mona> bestimmt! :-)

<Ebru> ich muss dann wieder zu den büchern zurück ... :-x
<Mona> das war jetzt alles, nachdem ich dich über eine woche nicht gesehen habe? was ist mit dir los, ebru? warum weichst du mir aus?
<Ebru> ich brauche einfach etwas zeit für mich.
<Mona> wozu?
<Ebru> um über mein leben nachzudenken ...
<Mona> spiele ich darin überhaupt noch eine rolle?
<Ebru> ich weiß nicht ...
<Mona> willst du mich verarschen?
<Mona> schreib zurück! machst du gerade mit mir schluss?
<Ebru> nein! oder doch, ich weiß es einfach nicht, tut mir leid.
<Mona> Seit wann zweifelst du an uns? oder warst du dir nie sicher?
<Ebru> ich liebe dich, mona, aber ich kann nicht mehr.
<Mona> du kannst nicht mehr? was soll das denn wieder bedeuten???
<Ebru> ich muss einen anderen weg einschlagen. verzeih mir! bitte!!!
<Mona> bist du jetzt komplett übergeschnappt? zuerst setzt du alles daran, um wieder mit mir zusammen zu sein, und dann servierst du mich von einem tag auf den anderen eiskalt ab ...
<Ebru> tut mir wirklich leid! ich kann aus meiner haut nicht heraus, obwohl ich es mir gerade jetzt sehr wünschen würde.
<Mona> du bist zum kotzen! wann war der reiz für dich mal wieder vorbei? als dunja endgültig aus dem rennen war?
<Ebru> Mona! ich werde mich jetzt ausloggen!
<Mona> nein, so leicht kommst du nicht davon! immerhin warst du angeblich in mich verliebt. das ändert sich bei normalen menschen nicht von einem tag auf den nächsten. hast du eine andere kennengelernt?
<Ebru> darauf gebe ich keine antwort.
<Mona> also ja. du triffst eine andere. warum habe ich

mich nur wieder auf dich eingelassen? ich muss die größte lachnummer deines lebens sein!

<Mona> und weißt du, was das witzigste daran ist? ich habe dir jedes mal abgenommen, dass du etwas für mich empfindest!

<Ebru> tut mir leid, dass ich wieder so ein arsch bin.

<Mona> es muss furchtbar fad mit mir sein, wenn du so schnell hinter einer neuen her bist.

<Ebru> stimmt nicht, du bist nie langweilig.

<Mona> was ist es dann?

<Ebru> es ist einfach nur die falsche zeit.

<Mona> wie beim letzten mal?

<Ebru> unsere beziehung steht unter keinem guten stern.

<Mona> ich hätte nie gedacht, dass du so verquer bist.

<Mona> wann gibst du meinen wohnungsschlüssel zurück?

<Ebru> während deiner nächsten schicht?

<Mona> du traust dich nicht mal, mir unter die augen zu treten?!

<Ebru> ich bin eben ziemlich feig.

<Mona> am sonntag habe ich frühschicht. da kannst du auch gleich deine sachen mitnehmen. ich lege dir alles auf den küchentisch.

<Ebru> du wirst nichts mehr von mir vorfinden.

<Mona> das war's jetzt?

<Ebru> ja, das war's jetzt.

<Mona> ich kann es kaum fassen. was bist du nur für ein mensch!

<Ebru> niemand kann mich begreifen. ich bin irgendwie beschädigt und nichts kann mich mehr heil machen.

<Mona> reine schutzbehauptung, du suhlst dich in selbstmitleid.

<Ebru> mit einer anderen wirst du bestimmt viel glücklicher.

<Mona> hör doch auf mit dem schwachsinn!

Zwei Sekunden später ist sie offline.

8. Kapitel

Mail an biesty@sunshine.at

Esther,

warum kommst du nicht mehr zurück? Wurde dein Gehirn von der spanischen Sonne zu lange gebraten, bis du mich und deine Familie vergessen hast? Bist du verliebt, schwanger, vollgepumpt mit Drogen oder in etwas Schlimmes verstrickt?

Zum ersten Mal im Leben mache ich mir ernsthafte Sorgen um dich. Das ist ungewohnt, wo doch eigentlich du die Große bist und ich die Kleine. Wie eine Schwester hast du mich durch klug und unsinn begleitet, ohne Zögern oder Vorbehalt. Warum schreibst du jetzt nicht mehr zurück?

Ich schwebe in einer Luftblase, alle Kontakte sind gekappt worden, als würde ich nicht zu dieser Welt gehören. Niemand berührt mich, durchbricht die Einsamkeit, egal wie laut ich rufe. Du bist in Spanien verschollen, Ebru ist eine andere geworden und Tarik heiratet seine Verlobte. Ihr alle wendet euch ab und geht, als würde ich nichts bedeuten! Aber ich habe doch Bedeutung für dich, oder?

Ich vermisse es, wie du mich anlachst und mir sagst, dass Glück nur eine Sache der Perspektive ist. Ausführlich würdest du analysieren, warum mir nichts Besseres passieren kann, als Tarik zu verlieren. Zu besitzergreifend, festgefahren und spießig für eine wie mich, würdest du bestimmt urteilen. Nach tausend Kompromissen, durchweinten Nächten, einem Seitensprung und der Geburt von fünf Kindern wäre ich an ihn gekettet und hätte meine Seele verloren. Nur dass er gut aussieht, könntest du nicht abstreiten, würdest mir aber im Gegenzug zehn andere, gutaussehende Männer nennen. Dein Plädoyer würde mit den Worten ›Besser jetzt kurz unglücklich als dein restliches Leben lang‹ enden und ich würde mich besser fühlen, wieder anfangen, an eine glücklichere Zukunft zu glauben. Doch wer ist da, um die Zukunft mit mir zu teilen?

Ebru sperrt sich seit drei Tagen in ihrem Zimmer ein und redet nur mehr das Notwendigste mit mir. Sie sieht aus, als ob sie gerade aus der Hölle gekrochen wäre, völlig durchgeknallt. Da Mona sich nicht mehr blicken lässt, nehme ich an, dass wir beide unter derselben Krankheit leiden. Allerdings bringe ich kein Wort aus ihr heraus, sie scheint mich gar nicht zu bemerken. Lieber raucht sie neuerdings, verzichtet auf Essen und nimmt die alten Beruhigungsmittel zum Einschlafen.

So kann es nicht mehr weiter gehen … am besten fliege ich zu meinen Müttern nach Indien und sperre mich in einem Ashram ein, bis das Schlimmste vorüber ist und ich für andere wieder Gestalt angenommen habe. Auch für dich.

Lg aus der Schattenwelt, Lena

Unschlüssig starrt Ebru auf die Kokosmatte zu ihren Füßen, wo ein dreckverschmiertes *Welcome* kaum noch zu entziffern ist. Soll sie Monas Schlüssel einfach darunter legen oder die Wohnung doch betreten? Die kirschrote Unterwäsche, das T-Shirt und die anderen Kleinigkeiten sind es nicht wert, vergangene Bilder heraufzubeschwören, die sie nachts am Einschlafen hindern würden. Das Versprechen an Mona, alle Spuren von sich zu beseitigen, könnte sie gewiss brechen und würde dabei nur leichte Gewissensbisse riskieren. Das ganze Zeug würde Mona auch sicher selbst bald auf der Müllkippe entsorgen und vergessen. Es ist etwas anderes, das sie zögern lässt.

»Kann ich Ihnen helfen?« Aus der Wohnung nebenan lugt ein älterer Mann durch den Türspalt, der mit einer dicken Metallkette gesichert ist. Sein unverhohlenes Misstrauen, was die Fremde hier zu suchen hat, drängt Ebru zu einer schnellen Entscheidung. Kurzerhand sperrt sie Monas Wohnungstür auf und verabschiedet sich mit einem leichten Nicken. Im Vorraum wird sie von einer Stille empfangen, die sich falsch anfühlt. Monas Stimme fehlt, die Geräusche, wenn sie in der Küche hantiert oder unter der Dusche steht. Alles weg. Ebru wischt sich über die feuchte Stirn, bevor sie den Weg nach rechts einschlägt, wo das Bett hinter einem Bücherregal verborgen ist. Da, am Hocker, der als Nachttisch dient, steht der wahre Grund ihres Eindringens. Ein Foto im blauen Rahmen, das zwei glückliche Gesichter zeigt. Es ist an einem der letzten Sommertage von einem Touristen aufgenommen worden, der zufällig ihren Weg kreuzte und sich bereit erklärte, sie zu fotografieren. Sie saßen auf einer Bank am Donaukanal und hatten ihre Füße im aufgeschütteten Sand vergraben. Schulter an Schulter wurden sie von der Sonne zusammengeschweißt, während sie sich inmitten von Cocktails, bunten Girlanden und Palmen das nächste Wochenende schön malten. Voll unbeschwerten Glücks planten sie einen Kurztrip nach Bratislava, entschieden, den Zug zu nehmen anstatt der schönen, aber um vieles teureren Schifffahrt. Ebru erinnert sich, leichte Stiche verspürt zu haben, als Mona von einer alten Freundin schwärmte, bei der sie auf der Couch übernachten könnten. Die Sonne streifte im Westen den Horizont, während sie belustigt die schnulzigen Liebeslieder mitsangen, die der Wind von der Bar zu ihnen herüberwehte. In dieser Nacht konnte Ebru das erste Mal von der Zeit sprechen, in der sie voneinander getrennt waren.

»Das gehört dir nicht«, schreckt sie eine raue Stimme hoch, lässt sie ertappt am Bett erstarren. Unbemerkt ist Mona an sie herangetreten und hat sie bei dem kleinen Diebstahl erwischt.

»Warum bist du nicht bei der Arbeit?« Mit klopfendem Herzen verdeckt Ebru das Foto mit den Händen, als könnte sie die Tat damit ungeschehen machen.

»Ich habe die Schicht mit Sylvia getauscht«, erklärt Mona mit verschränkten Armen.

Unter ihren funkelnden Augen schiebt Ebru das Foto in den Rahmen zurück und schließt die Rückseite. »Ich wollte es nur ausborgen, zum Scannen.«

»Das hat aber anders ausgesehen.« Mona nimmt das Bild an sich und stellt es auf seinen Platz am Hocker zurück.

»Dann hole ich jetzt schnell meine Sachen und bin weg.« Verlegen springt Ebru auf, kommt jedoch an Mona nicht vorbei, die starr auf der Stelle verharrt.

»Mach noch einmal mit mir Schluss«, fordert sie. »Es ist unter meiner und auch unter deiner Würde, mich im Chat abzuservieren.«

Unter ihrer Würde? Das ist doch das einzige, was Ebru am Ende noch geblieben ist. Sie schluckt schwer und zögert, Monas quälerischem Wunsch nachzukommen. »Es ist aus«, sagt sie dann ergeben. Die Hand schließt sie dabei hinter dem Rücken zur Faust, um die mit Pflaster umwickelten Fingerkuppen nicht in den Mund zu stecken.

»Ich will aber nicht, dass es aus ist!« Eigensinnig weigert sich Mona, ihr den Weg freizugeben.

»Das hat mit Wollen nichts zu tun!«, bricht Ebrus Ärger, den sie in den letzten Tagen fast nicht mehr unterdrücken konnte, nun ungefiltert hervor. »Ich habe mich eben entschieden und du hast dich gefälligst zu fügen!«

»Hörst du dir überhaupt noch zu? Ich bin keine Schachfigur, die du nach Lust und Laune herumschieben kannst!« Mona stellt sich breitbeinig vor sie hin. Der getriebene Blick in ihren müden Augen, die herabhängenden Schultern, ihr vor Zorn bebender Körper sind eine einzige Versammlung von Frage- und Ausrufezeichen.

»Ich will, dass du mir nicht mehr in die Quere kommst. Ist das zuviel verlangt?« Die Szene wird vor Ebrus Augen zum Film. Das unerträgliche Kreischen ihrer eigenen Stimme ist nur noch als dumpfer Hall zu hören. Ebru entkommt ihrem Körper und schwebt zur Decke, wo sie unberührt beobachten kann. Sie sieht, wie ihre Arme wild gestikulieren, während Mona sie mit erhobenen Händen zu beruhigen versucht. Es ist wie im Fernsehen. Alle Protagonisten sind deutlich zu sehen, aber nichts schmerzt mehr dabei, weil es eben nur eine Geschichte ist. »Ich hasse dich!«, hört sie die junge Frau schreien, die ihr wie aus dem Gesicht geschnitten ist. »Ohne dich hätte ich ein normales Leben gehabt! Der Gedanke, einen Mann zu heiraten, würde mich nicht krank machen. Ich wäre es schon längst und zufrieden damit!« Die lange Blonde hat alle Hände voll zu tun, um ihr auszuweichen, da sie wie vom Teufel besessen um sich schlägt. »Geh weg! Lass mich vorbei!«, hört Ebru ein Brüllen, das auf keinen Fall von ihr stammen kann.

Geduckt macht die Blonde Platz, lässt die dunkelhaarige Furie endlich vorbei, bekommt sie jedoch von hinten zu fassen. Mit Armen aus Eisen hält sie die Tobende an ihre Brust gepresst, schreit paradoxerweise, sie würde sie lieben. Gefangen dreht Ebrus Ebenbild nun völlig durch, wehrt sich aus Leibeskräften, tritt nach hinten aus, rammt einen Ellbogen in den Magen der Blonden. »Neeeiin!«, tobt sie wie ein Tier, das bei lebendigem Leib gehäutet wird, »neeeiin!« Doch in den Armen der Blonden scheinen Bärenkräfte freigesetzt worden zu sein. Ihr Griff hält allen Schlägen stand. »So lasse ich dich nicht gehen!«, dringt eine allzu bekannte Stimme dumpf an Ebrus Ohr. Dann reißt der Film, wird von einer wohligen Dunkelheit verdrängt, in der sie gemächlich dahintreibt. Im Nichts hat nichts Bedeutung.

Als sie die Augen wieder aufschlägt, findet sie sich auf dem Bett liegend, Monas Gesicht nahe an ihrem. Im nächsten Moment fährt ein gewaltiger Schmerz in sie und katapultiert sie wieder mitten ins Geschehen zurück. Ihr Brustkorb hebt sich zuckend, als sie in heftiges Schluchzen ausbricht, Rotz und Wasser laufen ihr über das Gesicht, ein unkontrolliertes Zittern erfasst ihren gesamten Körper. »Das bin ich, das passiert mir«, machen sie die peinigenden Empfindungen sicher. Sie nimmt ein Taschentuch an und versteckt sich dahinter. Was ist nur mit ihr geschehen?

»Ich überlege, ob ich dich nicht besser zu einem Arzt bringen soll.« Monas besorgte Blicke spiegeln ihre eigenen Befürchtungen wider. Ist sie womöglich verrückt geworden? Ein Fall für die Klapse und für lustige, bunte Pillen? Wenn die Psycho-Pulver wirken, könnte ihr Leben im Irrenhaus gar nicht so schlecht verlaufen, wenigstens nicht schlechter als im Moment. Abermals wird sie von Schluchzern gebeutelt, bis ein innerer Befehl sie anherrscht, sich nicht so blöd anzustellen.

»Hier, trink das!« Mona reicht ihr ein Glas Wasser.

Sie hält es sich an die Stirn, kühlt damit die pochende Ader an der Schläfe. »Danke.« Ebru wagt es nicht, ihr in die Augen zu blicken. Bislang hatte sie keinen blassen Schimmer, über welchen Reichtum an Schimpfwörtern sie verfügt, wie leicht die hässlichsten Wörter über ihre Lippen schlüpfen können. »Ich weiß nicht, was in mich gefahren ist.«

»Vielleicht solltest du mir zuerst einmal erzählen, was dich vor zwei Wochen dermaßen aus der Bahn geworfen hat.« An die Wand gelehnt, sitzt Mona mit untergeschlagenen Beinen neben ihr und wartet auf eine Antwort, während die Sonne den Zenit erreicht. In der Stille zählt sie Ebrus Atemzüge, versucht ihr Gesicht hinter den vorgehaltenen Händen zu erahnen. Als sie bei zweiundzwanzig angekommen ist, fährt ein Ruck durch Ebrus Körper. »Ich hab Angst gekriegt«, bringt sie mit heiserer Stimme heraus, »die Prüfung …« Sie räuspert sich vernehmlich und bricht ab.

»Hat es nicht viel eher mit Tarik und deinen Eltern zu tun?«

Ebru blinzelt unter ihrer Deckung hervor. »Wie meinst du das?«

Was für eine schlechte Lügnerin sie ist! »Meine Mutter hat mir gestern erzählt, dass vor zwei Wochen Tariks Verlobte angereist ist, genau zu dem Zeitpunkt, wo du angefangen hast, mir auszuweichen.«

Mit einem tiefen Seufzen dreht sich Ebru zur Seite, weg von ihrem forschenden Blick, der sich auf der Haut einbrennt. »Ich gehe zu meinen Eltern zurück. Es ist schon alles besprochen.« Ihr Daumen wandert in den Mund und wird wieder ausgespuckt, als sie auf das Pflaster beißt.

»Sag, bist du verrückt geworden?«, empört sich Mona. »Wie kommst du bloß auf diese bescheuerte Idee?« Wegen der Liebe zu ihr, einer Frau, wurde Ebru schon von ihrem Vater eingesperrt, der sie durch eine arrangierte Ehe in die Heterosexualität zwingen wollte! Warum will sie sich diesem gewalttätigen Patriarchen ein zweites Mal aussetzen?

»Meine Familie braucht mich.« Die Beine unterm Kinn, faltet sich Ebru zu einem kleinen Häufchen zusammen.

»Ach, ja? Wobei denn?« Die Mauer aus tauber Resignation, die Ebru um sich errichtet hat, stachelt Mona zum Widerstand an. Provokativ stupst sie ihr so lange an die Beine, bis Ebru sich genervt zurückrollt und ihr verheultes Gesicht zeigt. »Sag schon! Sollst du die beste Freundin von Tariks Frau werden? Vielleicht willst du ja sogar irgendeinen Cousin heiraten, damit ihr beide eure Kinder gemeinsam aufziehen könnt?«

»Natürlich heirate ich nicht«, widerspricht Ebru matt. Sie wischt eine Locke zurück, die an der feuchten Wange klebt und setzt sich ihr auf Augenhöhe gegenüber. »Aber mein Vater hat wegen eines dummen Unfalls seine Arbeit im Sägewerk verloren.«

»Dumm?«, unterbricht sie Mona ungehalten. »Erzähl mir nichts. Er hat komplett betrunken an der großen Säge gearbeitet, was einen Arbeiter fast den Arm gekostet hätte!«

Entsetzt starrt sie Ebru aus großen Augen an. »Mein Vater trinkt keinen Alkohol.« Nie würde er etwas tun, das derart grundlegend gegen Allahs Gebote verstößt.

»Doch, er trinkt, und zwar schon sehr lange«, bestreitet

Mona. Über seinen Wodka gewürzten Tee wurde jahrelang gemunkelt, wenn er unachtsam mit den Maschinen umging.

»Du lügst!« Leben fließt in Ebrus Augen zurück. Ihr Vater ist bestimmt kein Heiliger, aber auf sein Wort ist Verlass.

»Wenn du mir nicht glaubst, frag doch deinen Bruder, warum er gefeuert wurde.« Zu lange hat Monas eigener Vater, der Besitzer des Sägewerks, über die Sucht seines langjährigen Arbeiters hinweggesehen, um die Existenz einer ganzen Familie nicht zu gefährden.

»Das war doch nur ein Missverständnis«, schwächt Ebru ab. »Tarik sagte, dass er die Säge unabsichtlich zu früh eingeschaltet hat.«

»Ja, und da ist leider noch ein Arm drin gewesen«, spottet Mona. »Hast du dir tatsächlich nie überlegt, warum dein Vater so oft launisch war?«

Nein, eigentlich nicht. Ebru hat ihn immer genommen, wie er war, ohne sein Verhalten groß zu hinterfragen.

»Du hättest einmal von seinem Tee kosten sollen«, stichelt Mona weiter.

Bevor Ebru zum Protest ansetzen kann, tauchen Bilder aus der Vergangenheit auf. Sie sieht ihren Vater auf dem Sofa lümmeln, in das sein Hintern eine dauerhafte Einbuchtung gedrückt hat, an seinem Stammplatz, den niemand sonst besetzen darf. Ein Glas türkischer Schwarztee steht immer daneben am Beistelltisch, während er sich durch die Fernsehkanäle klickt. Ebru erinnert sich an das eifrige Bemühen der Mutter, das kleine Glas fortwährend voll zu halten. Ohne jemals darüber gesprochen zu haben, wussten alle, dass der Vater schlechte Laune bekommt, wenn er nach dem Tee fragen muss. Spätestens ab dem vierten Glas wurden die zwei Brüder und sie von der Mutter ausnahmslos ins Kinderzimmer geschickt. Weil sie ansonsten etwas bemerkt hätten?

Ein weiterer Erinnerungssplitter dringt ihr nun ins Bewusstsein. Ebru ist zehn Jahre alt und muss die Pflichten ihrer Mutter übernehmen, wenn sie am Abend länger arbeitet. Einfache Gerichte kann sie schon ohne Probleme selbständig kochen. Stolz auf die eigene Tüchtigkeit, bereitet sie für den Vater anschließend noch einen kräftigen Tee und stellt das Glas wie gewöhnlich am Beistelltisch ab. Doch anstelle von Lob wird es wütend vom Tisch gefegt und zerbricht in hundert Scherben. »Wisch das sofort auf!«, brüllt der Vater und jagt sie in die Küche zurück, wo sie Besen und Lappen holt. Nach der Beseitigung des Scherbenhaufens kriecht sie mit dem kleinen Bruder verängstigt in ihr altes Versteck unter dem Bett, für das sie eigentlich schon zu groß ist. Ihr Kopf läuft heiß, weil sie nicht weiß, was sie falsch gemacht, womit sie den Zorn des Vaters auf sich gezogen hat. Als sie später ins Bad huscht, sieht sie ihn durch die Milchglasscheibe in der Küche werkeln. Das Pfeifen des Wasserkochers lässt ihr die Scham rot ins Gesicht schießen. Sie hat beim Teekochen versagt! Tagelang konnte sie dem Vater nicht mehr in die Augen sehen.

»Dann hat er mich also die ganze Zeit belogen?«, fragt Ebru. Es ist ihr kaum möglich, die neue Erkenntnis zu begreifen, die ein völlig neues Licht auf ihre Familie wirft. »Er hat gegen den Koran verstoßen«, erfasst sie die bittere Wahrheit, »genau wie ich.«

»Mit dem Unterschied, dass er dich dafür hart bestraft hat«, wendet Mona ein.

Benebelt schiebt sich Ebru eine Haarsträhne in den Mund, bevor sie eine Kippe aus der Tasche holt und in Richtung Küche verschwindet. »Ich muss jetzt eine rauchen.«

»Seit wann das?«, ruft Mona nach, folgt ihr aber nicht, da sie Ebrus Wunsch nach ein paar Minuten Ruhe spüren kann. Um sich zu beschäftigen, glättet sie die Bettdecken, die durch den Kampf in Mitleidenschaft gezogen wurden. Einige Bücher sind aus dem Regal gefallen und müssen wieder einsortiert werden. Dann setzt sie sich auf die Bettkante und betrachtet das Foto, das Ebru mitnehmen wollte, während sie damit rechnet, jeden Moment das Zuschnappen der Wohnungstüre zu hören. Sie hat kein Recht, Ebru am Gehen zu hindern.

»Komm, es gibt Tee«, wird sie da unerwartet in die kleine Küche gerufen. Auf dem Tisch empfangen sie zwei Gläser Schwarztee, die noch heiß dampfen. »Meine Familie hat hohe Schulden«, beginnt Ebru und hält sich an der Stuhllehne fest, als habe sie Angst, beim Sprechen umzufallen. »Tariks Gehalt reicht nicht aus, um alle über Wasser zu halten.«

»Und was ist mit deiner Mutter? Die verdient doch auch etwas Geld.« In der Erinnerung findet Mona das Bild der stillen Frau, deren Rücken stets gebeugt scheint, um irgendetwas zu reinigen.

»Seit ich weg bin, ist sie stark depressiv geworden und geht nur noch zum Einkaufen außer Haus«, presst Ebru hervor. Die Schwere der Wörter drückt ihr die Kehle zusammen. »Während mein Vater den ganzen Tag vor dem Fernseher döst, hockt sie die meiste Zeit in der Küche und starrt ins Leere.« Was hat sie ihrer *Anne* nur angetan? »Seit ich nicht mehr zu Hause wohne, macht mein kleiner Bruder in der Schule viel Ärger. Im Unterricht passt er nicht auf, schlägt dafür aber andere Kinder windelweich. Er vermisst mich eben sehr.« Noch während sie redet, wird sie von tiefer Reue erfasst. Nie, nie, niemals hätte sie von zu Hause abhauen dürfen!

»Wie hast du davon erfahren? Und bist du sicher, dass es wahr ist?«, forscht Mona nach, während sie einen Löffel Honig in den Tee rührt. Immerhin wurden Ebru nach der Flucht dramatische Lügenmärchen aufgetischt, um sie wieder nach Hause zu locken.

»Tarik hat es mir erzählt. Zuerst wollte er mich schonen, aber vor zwei Wochen war er verzweifelt genug, um mit der Wahrheit herauszurücken.« In einem schwachen Moment hat er Ebru gestanden, keinen Ausweg zu finden, der ihn sicher in Lenas Arme führt. Die Familie würde ohne ihn in

Armut und Schande elendiglich zugrunde gehen. Als Erstgeborener dürfe er sich nicht vor seinen Pflichten drücken und müsse zum Wohl aller handeln.

»Und jetzt gehst du aus Solidarität mit zurück, damit ihr beide unglücklich werdet?« Kopfschüttelnd zieht Mona eine Kippe aus der Packung und lässt sich von Ebru Feuer geben. In ihren Augen ist Ebrus Plan eine schiere Verzweiflungstat. »Das bringt doch nichts. Tarik wird gar nicht wollen, dass du alles für ihn aufgibst.«

»Verstehst du nicht? Ich bin doch schuld an seinem Unglück!«, platzt Ebru mit hochrotem Kopf heraus. »Er hat sich doch nur wegen mir verloben müssen! Mahmut wollte für die geplatzte Hochzeit mit mir fünftausend Euro Entschädigung, die meine Familie aber nicht zahlen konnte. Am Ende hat er sich auf zweitausend Euro herunterhandeln lassen, weil sich Tarik im Gegenzug bereit erklärt hat, seine Schwester zu heiraten.«

Was für ein Kuhhandel! Was für Sitten, in denen enttäuschte Hoffnungen mit Geld aufgewogen werden! Am liebsten würde Mona sie so lange schütteln, bis sie wieder in der heutigen Zeit angelangt ist. »Aber Ebru! Wenn Tarik beschlossen hat, für Geld eine arrangierte Ehe einzugehen, war das trotzdem seine Entscheidung! Dann darfst du dich nicht dafür bestrafen.«

»Das verstehst du nicht«, schließt sie Ebru seufzend aus. »In Wahrheit ist Tarik nach Wien gekommen, um sich von mir zu verabschieden.« Sie nimmt einen großen Schluck Tee, um den bitteren Geschmack im Mund zu vertreiben.

»Was hilft es ihm, wenn du zu deiner Familie zurückkehrst?«

»Na, ich werde Geld verdienen«, antwortet Ebru mit einer Nachdrücklichkeit, als wäre Mona ein bisschen langsam im Denken. »Weißt du, was es kostet, einen kleinen Bruder mitsamt den Eltern plus eine Ehefrau zu versorgen, die sicher bald schwanger wird?«

»Das ist doch hirnrissig!« Kopfschüttelnd umrundet Mona den Tisch und packt Ebru bei den Handgelenken. »Wo willst du denn zu Hause arbeiten? Die Wirtschaftskrise macht auch vor Rosenbach nicht Halt.« Einst mit einem blühenden Industriegebiet gesegnet, verlotterte der kleine Ort im Zuge der fortschreitenden Globalisierung vor sich hin, weil die vor Jahrzehnten dort angesiedelten Firmen zusehends den Wettlauf gegen billig produzierende Weltkonzerne verloren. Einzig das Sägewerk des Vaters floriert dank guter Geschäftsideen prächtig.

»Ich könnte zur Not putzen gehen, wie meine *Anne*«, überlegt Ebru laut. Ohne Ausbildung bleibt ihr eben nur ein Hilfsarbeiterjob.

»Putzen kannst du auch in Wien, wahrscheinlich sogar für ein besseres Gehalt«, hält Mona dagegen. »Du könntest deiner Familie dann jeden Monat Geld überweisen. Dafür brauchst du nicht bei ihnen zu wohnen.«

Kommentarlos stellt sich Ebru ans gekippte Fenster und bläst den Rauch der nächsten Zigarette hinaus, die sie mit bebenden Fingern hält. Im grauen Hinterhof hängen nur mehr wenige Blätter an der alten Birke, die eine trostlose Erscheinung abgibt. Der Geruch von gebratenem Fleisch und die Schimpftiraden einer erbosten Mutter drängen sich unangenehm auf. Hässlichkeiten, die sie dennoch vermissen wird.

»Kaust du jetzt Zigaretten statt Nägel?« Behutsam nimmt Mona ihre freie Hand und streicht über die verpackten Finger. »Du hast abgenommen«, stellt sie fest.

»Ein oder zwei Kilo.« Ebru schließt das Fenster und nestelt an der Jalousie herum. »Außerdem bist du selber dünn.«

»Ich bin immer so, du zum Glück aber nicht.« Im Kühlschrank findet Mona Eier und Paprikareste, die sie auf einem Brett in schmale Streifen schneidet. »Du wirst jetzt etwas essen.«

»Hab keinen Hunger!«

»Der kommt schon noch«, lässt sich Mona nicht beirren. In einer Pfanne brät sie die Paprikastreifen mit aufgeschnittenen Tomaten an und schlägt anschließend drei Eier darüber.

»Mir wird schon vom Geruch schlecht«, beschwert sich Ebru.

»Ist mir egal. Du isst wenigstens ein paar Bissen davon.« Drohend richtet Mona den Kochlöffel auf sie, von dem Fett langsam zu Boden tropft. »Sonst stopfe ich es in dich hinein.«

Naserümpfend begibt sich Ebru zu Tisch und lässt sich das Gemüseomelette servieren. Es schmeckt nicht so gut, wie sie es in Erinnerung hatte; als würde das Salz fehlen. »Ganz toll«, versucht sie dennoch Begeisterung vorzutäuschen. Unter Monas wachsamen Augen nimmt sie eine Gabel voll, kaut darauf extra lange herum, bis der Speisebrei auch mit einem Strohhalm hätte aufgesogen werden können, und schickt das Ganze mit einem dramatischen Schlucken in Richtung Magen. Dann begnügt sie sich damit, kleine Stücke abzuschneiden und in Häufchen umzuschichten.

»Davon wird es nicht weniger«, wird ihre Strategie von Mona durchschaut. »Iss jetzt endlich!«

Gehorsam schiebt Ebru ein Stückchen Tomate in den Mund. Zu ihrer Überraschung schmeckt es mit jedem Bissen besser. Am Ende hat sie fast die ganze Portion verputzt. Mit einem lauten Glucksen schaltet ihr Magen auf Betrieb um.

»Wie hat Tarik eigentlich geglaubt, aus dem ganzen Schlamassel jemals wieder heil herauszukommen? Das hat er Lena ja die ganze Zeit über weisgemacht.« Irgendeinen Plan hatte er am Nachhauseweg also bestimmt im Gepäck verwahrt.

»Er hat mit Mahmut hinter dem Rücken meiner Eltern einen Abschlag ausgehandelt.« Abschätzig zieht Ebru eine Grimasse, die deutlich zeigt, was sie von ihrem Großcousin hält. »Insgesamt will der miese Erpresser zehntausend Euro als Entschädigung für zwei geplatzte Hochzeiten haben!«

»Wieso will ihm Tarik dafür überhaupt etwas bezahlen?

Eine abgesagte Hochzeit ist unangenehm, aber niemand kann dafür verklagt werden.« Verständnislos räumt Mona das schmutzige Geschirr vom Tisch und lässt Wasser in die Spüle laufen.

»Bei uns ist das anders. Meine Familie würde sonst ihr Gesicht verlieren. Außerdem ist es leicht möglich, dass sich Mahmut oder ein anderer aus der Familie sogar rächt. Wir haben eine große Verwandtschaft, die in ganz Europa verstreut ist. Mahmuts Onkel in Frankfurt, also mein Großgroßonkel, hat acht Jahre wegen schwerer Körperverletzung eingesessen.« Schon der Gedanke an den düsteren Glatzkopf lässt sie erschauern. Auf der Hochzeit der Tante kam sie nicht umhin, mit ihm zu tanzen. »Jetzt ist ohnehin alles zu spät.« Hoffnungslos schlägt sie die Hände vor das Gesicht.

»Das glaub ich nicht.« Energisch wischt Mona den Teller mit einem Geschirrtuch trocken. »Es ist doch bloß Geld! Du kannst dein Leben nicht für zehntausend Euro aufgeben.« Allein die Neugestaltung des Wintergartens hat ihre Eltern so viel gekostet, dass nach dieser Rechnung zwanzig arrangierte Verlobungen damit aufgelöst werden könnten.

»Was soll ich nur machen?« Verfolgt von Verzweiflung, lässt sich Ebru in Monas Arme fallen. »Halt mich fest!« Aneinandergeschmiegt stehen sie in der engen Kochnische und versuchen die Welt anzuhalten. Das Grau der Wolken trübt das Licht ein, täuscht bereits Abendstimmung vor.

»Bleib bei mir«, flüstert Mona. »Du bist deinen Eltern nichts schuldig.«

»Aber es geht nicht um sie.« Ebru vergräbt das Gesicht an ihrer Schulter. »Ich mach mir Sorgen, dass sich Tarik etwas antut.« Wenn sie zusammenhalten, werden sie sich irgendwie ins neue Leben einfügen können.

»Und, was ist mit mir?« Mona hält sie eine Armlänge auf Abstand, damit sie ihr in die Augen sehen kann.

»Du bist stärker als Tarik und ich zusammen.« Rasch beugt sich Ebru vor und gibt ihr einen Kuss.

»Das stimmt gar nicht.« Bedrückt vom fahlen Dämmerlicht, schaltet Mona die Deckenlampe ein. »Aber wenn dein Leben von seinem abhängt, dann müssen wir die 10.000 Euro irgendwie auftreiben.«

»Aber wie?« Es bleiben noch ganze fünfeinhalb Wochen, um die Hochzeit zu verhindern!

<fotox> 10.000???

<fotox> verdammt, ist das viel!

<fotox> warum schreibst du mir erst jetzt, dass du dich freikaufen musst?

<t-royal> ich wollte dir damit nicht auf die nerven fallen, ist ja mein problem.

<fotox> hör mit der macho-kacke auf! ich bin total froh, dass du die frau nur wegen eines finanziellen notstands heiraten wolltest! ist zwar total schräg, aber besser, als wenn du sie scharf finden würdest.

<t-royal> keine sorge. sie ist nicht gerade mein typ.

<fotox> du schläfst doch nicht mit ihr, oder?

<t-royal> süß! du bist eifersüchtig! *g* natürlich schicke ich sie jeden abend in ihr eigenes bett zurück.

<fotox> tarik, was meinst du damit? dass sie jeden abend versucht, dich zu verführen ;-)

<t-royal> ja, sie setzt wirklich alles daran ... mir wäre es auch lieber, wenn sie endlich aufgeben würde.

<fotox> ich hasse diese frau! solltet ihr theoretisch nicht erst in der hochzeitsnacht miteinander sex haben?

<t-royal> haben wir auch nicht, echt nicht, ich schwör's dir.

<t-royal> lena? bist du jetzt sauer?

<fotox> :-@

<t-royal> bei uns läuft gar nichts mehr normal ab. meine eltern haben sofort gecheckt, dass etwas nicht stimmt, wie ich so lange in wien geblieben bin. damit ich zu meinem wort stehe, haben sie aysegül früher aus der türkei geholt und nach meiner heimkehr zu mir ins bett

geschickt. sie dachten, wenn wir die ehe gleich vollziehen, laufe ich ihnen nicht mehr davon.

<fotox> die spinnen total! was hast du jetzt vor?

<t-royal> keine ahnung. ich spiele verzweifelt lotto und zermartere mir den kopf, wo ich so viel geld herkriegen soll.

<fotox> als erstes könntest du die hochzeit verschieben.

<t-royal> wie denn? die ganze familie macht enormen druck. außerdem zahle ich für jeden monat, wo aysegül in österreich ist, 1.000 euro mehr entschädigung.

<fotox> wieso das denn???

<t-royal> je länger sie hier ist, desto schwieriger wird es, sie später mit einem anderen zu verheiraten. selbst du hattest ja zweifel an ihrer jungfräulichkeit. :-p

<fotox> das kann doch sicher von einem arzt überprüft werden.

<t-royal> schon, aber trotzdem wird ihr niemand glauben. heutzutage kann das jungfernhäutchen viel zu leicht wiederhergestellt werden. das macht mittlerweile schon fast jeder gynäkologe.

<fotox> tarik, aber das ist doch alles total idiotisch! hau einfach nach wien ab und lass diesen ganzen mist hinter dir.

<t-royal> ich kann nicht! sollte ich nicht heiraten oder zahlen, geht es meiner familie an den kragen. ich muss mich an die abmachung mit mahmuts vater halten.

<fotox> dann sieht es eher so aus, als ob du bald heiraten würdest.

<t-royal> im schlimmsten fall schon. dann müsste ich sehen, wie ich schnellstens die scheidung hinkriege. aber ich versuche nicht daran zu denken, bis ich vor dem standesamt stehe.

<fotox> :-((

<t-royal> ich auch!

<t-royal> außerdem habe ich ein problem mit ebru. aus schlechtem gewissen möchte sie unbedingt nach hause zurückkommen und mir beistehen.

<fotox> jetzt wird mir alles klar! deswegen führt sie sich wie eine verrückte auf.

<t-royal> sie hat den bescheuerten plan, mahmut doch zu heiraten, damit wir wenigstens innerhalb der familie schuldenfrei sind.

<fotox> was?! das hält sie nie durch! sie sieht jetzt schon wie ein wrack aus.

<t-royal> spätestens nach dem 1. ehejahr würde sie ihm einen bärlauch-strudel servieren, der in wahrheit mit maiglöckchenblättern gefüllt ist. ;-) kannst du bitte, bitte mit ihr reden?

<fotox> ich werde versuchen, sie aufzuhalten.

<t-royal> danke.

<fotox> Tarik?

<t-royal> ja?

<fotox> ich glaube nicht, dass ich warten kann, bis du eine scheidung durchgezogen hast. falls du dich überhaupt jemals von ihr trennst ... vielleicht bist du nach der hochzeit schon bald stolzer vater?

<t-royal> das werde ich zu verhindern wissen.

<fotox> meine wartefrist läuft in 5 tagen ab. dann bin ich ohnehin geschichte für dich.

<t-royal> ebru hat gesagt, dass du dich wieder mit sebastian triffst. hat es nicht vielmehr mit ihm zu tun?

<fotox> quatsch! ich kann einfach nicht mehr warten.

<t-royal> lena, mach das nicht! ich liebe dich über alles!!!

<fotox> ich dich auch ...

<t-royal> gut ... ich arbeite wie verrückt an einem ausweg. bitte, glaub mir!

Doch bevor Tarik die letzten beiden Sätze abschicken kann, hat Lena den Chat schon verlassen.

Wie konnte ich all die Jahre so blind sein? Als Einzige habe ich nicht erkannt, dass mein Vater schon jahrelang säuft. Mein *Baba*, der für mich immer ein Vorbild an Rechtschaffenheit war! Einer, der den Koran nicht nur predigt, sondern lebt! Alles eine erbärmliche Lüge! Seit er arbeitslos ist, versucht er gar nicht mehr, seine Trinkerei zu verheimlichen. Das Glas Schwarztee am Beistelltisch wurde durch eine Flasche Schnaps ausgetauscht, hat Tarik am Telefon erzählt. Endlich verstehe ich auch, warum mein Bruder vor über einem Jahr dem Alkohol radikal entsagt hat. Er hat es mir inzwischen erzählt: Als er sich eines Nachts aus der Küche etwas zu trinken holte, konnte er die Eltern leise streiten hören. Alarmiert spähte er durch den offenen Türspalt ins Schlafzimmer, wo der Vater die flehentlich abwehrende *Anne* im Bett begrapschte, ihren Widerstand mit brutalen Händen brach. Sein Stöhnen wird er niemals aus dem Kopf bekommen, sagt Tarik. Seitdem rührt er keinen Tropfen Alkohol mehr an. Er hat sich in dieser Nacht geschworen, nie so erbärmlich zu enden wie unser Vater. Warum hat er mir damals nicht davon erzählt? Tatsächlich dachte mein Bruder, dass ich über *Babas* Alkoholproblem Bescheid wüsste. Ich muss taub und blind gewesen sein!

Damit sind alle Schuldscheine, die der Vater gegen mich in der Hand hatte, abgelaufen. Dem Rest der Familie fühle ich mich aber noch immer verpflichtet, besonders Tarik gegenüber. Er hat ein glückliches Leben verdient! Doch wie sollen wir in der kurzen Zeit so viel Geld auftreiben? Der Schuldenberg ist mittlerweile auf die Horrorsumme von 11.000,– Euro angestiegen. 10.000,– Euro Entschädigung + 1.000,–, weil seine Verlobte bald einen Monat in Rosenbach ist = 11.000,– Euro.

Außerdem bekam Aysegül zur Verlobung Gold geschenkt, wie es bei uns Tradition ist. Kaum war sie in Rosenbach angekommen, hat ihr Tarik die Goldmünzen einfach abgenommen und in der Bank zu Geld gemacht. Auf sein Drängen musste sie unter Tränen sogar einen steinbesetzten Armreif hergeben, den er sofort beim Pfandleiher versetzt hat. Nur den weniger wertvollen Goldschmuck durfte sie behalten. Wie konnte Tarik nur so herzlos sein? Wie konnte er bloß das Gold seiner Braut, das sie bei der Verlobungsfeier bekommen hat, zur Schuldentilgung einsetzen? Ich verstehe seine Zwangslage, aber das Gold steht nun einmal Aysegül als Absicherung im Falle einer Scheidung zu. Er hatte kein Recht darauf! Andererseits konnte er eine Zwangsräumung verhindern, indem er mit dem Geld ausstehende Rechnungen bezahlte. Unser Vater hat sich in den letzten Monaten kaum noch um die Geldangelegenheiten der Familie gekümmert und nach seinem Rausschmiss war ihm alles egal. Als Tarik das Haushaltsbudget übernommen hat, steckte die Familie schon bis zum Hals in der Misere. Auch Überstunden im Sägewerk konnten nicht zu einer Entspannung der finanziellen Lage beitragen. Es tut mir so unglaublich leid, wie schwer mein Bruder in den letzten Monaten belastet war. Ich muss ihm helfen! Aber wie? Der Schuldenberg ist durch Aysegüls Gold um weitere 1.000,– angestiegen und mit legalen Mitteln in so kurzer Zeit wohl kaum mehr abzubauen.

Von Mona möchte ich kein Geld annehmen, das würde unsere Beziehung in eine völlige Schieflage bringen. Nie wieder möchte ich von jemandem abhängig sein! Außerdem ist sie selbst total pleite. Wie sie mich festgehalten hat, damit ich nicht komplett zusammenklappe, beweist ihre Liebe mehr als genug.

Lena hat mir auch verziehen, als sie von dem ganzen Schlamassel hörte. *Allah'a şükür!* Alle sind so lieb zu mir, während ich mich wie ein Ekel verhalten habe. Ob ich das überhaupt verdiene? Ohne zu zögern, kramte Lena ihr Sparbuch hervor und bot an, es für mich aufzulösen. 4.102,89 Euro hätte sie mir ohne jede Bedingung in die Hände gelegt. In einer Familie hält man zusammen, sagte sie, was mich fast zum Heulen brachte. Wie recht sie damit hat! Meine Wahlfamilie ist viel mehr zu meiner wahren Familie geworden als mein eigentlicher Clan, der momentan alles tut, um sich selbst hinzurichten. Lena meinte, wenn wir alle zusammenlegen, könnten wir das Geld schon aufbringen. Unglücklicherweise stimmt das nicht. Außer ihr hat niemand etwas gespart. Auf meinem eigenen Konto befinden sich gerade mal 563,– Euro, ein lächerlicher Betrag.

Doch ich gebe mein jetziges Leben nicht vorschnell auf. Wahrscheinlich muss ich mit hohen Einsätzen spielen, um das Geld irgendwie aufzutreiben. Aber was macht das schon? Besser jetzt die Zähne zusammenbeißen, als später kläglich in Rosenbach verenden!

9. Kapitel

Gepostet auf www.hotcats.at

Lesbe, 19, 1,65 groß, 55 kg, orientalische Schönheit, sucht gut betuchten Mann, der ihr ein schönes erstes Mal bereiten möchte. Fotos auf Anfrage, Angebote bis spätestens 1.12. an mata-hari@sunshine.at

Die leblose Pranke des gedrungenen Anzugträgers hängt feucht in ihrer Hand. Schnell lässt Mona sie wieder los und streift ihre schmierige Rechte unauffällig an der biederen Hose ab, auf die ihre Mutter damals bei der Matura-Feier bestanden hat. Eine himmelblaue Bluse, die züchtig bis zum Hals zugeknöpft ist, und blank polierte Pumps vervollständigen den seriösen Anstrich. Mit einladender Geste bittet sie der Bankmitarbeiter zu einem Glaskäfig, über dem in Leuchtfarben »Beratungslounge« prangt. Bequeme Sessel in exquisitem Weiß sollen zu der Annahme verführen, das ersparte Geld in erfolgreiche Hände zu legen, um aus einem investierten Euro mindestens zwei machen zu können. Wirkungsvoll positioniert in Ständern, winken Hochglanzprospekte über Pensionsvorsorge, Investmentfonds und Bausparkredite.

Herr Hübler, wie das Schild am Revers verrät, lässt sich schnaufend in einem Sessel nieder und bedenkt sie mit einem Lächeln, das klebriger als Honig ist. »Es geht um einen Kredit, hat mir die Kollegin erzählt.«

»Stimmt.« Mona schiebt ihre Brille zurecht, ein praktisches Accessoire, um vertrauenswürdig zu erscheinen.

»Hätten Sie vielleicht gerne einen Kaffee oder ein Glas Wasser?« Umständlich zieht er sein Jackett aus und lockert den engen Krawattenknopf.

Sein unterdrücktes Stöhnen lässt Mona eilends ablehnen. Nur keine außerordentlichen Anstrengungen verursachen! »Alles in Ordnung mit Ihnen?«

»Ja, ist nur der Ischias, der mir zusetzt«, er hält sich die Lendenwirbel, »aber damit muss man halt leben.« In Zeitlupe beugt er sich zur Glaskaraffe am Tisch vor und schenkt sich mit zitternder Hand ein.

»Fürchterlich, wenn man in jungen Jahren so leiden muss.« Mona demonstriert Mitgefühl, indem sie die Karaffe in seine unmittelbare Griffnähe schiebt. »Nehmen Sie keine Schmerzmittel?«

»Nur in Ausnahmefällen.« Mit tapferer Miene angelt Herr Hübler einen silbernen Streifen aus der Innentasche des Jacketts und drückt die letzte von geschätzten zwanzig Tabletten heraus. »In einer halben Stunde wird es schon ertragbar werden.«

Verflixt! Warum wirft der Medikamentenjunkie seine Droge erst jetzt ein? Unruhig wetzt Mona ihr seriös verpacktes Hinterteil auf dem billigen Lederimitat. Das Gespräch steht unter keinem günstigen Stern.

»So«, er räuspert sich vernehmlich, »kommen wir nun zu Ihrem Anliegen. An welche Summe hätten Sie denn gedacht, Frau Pommer?«

»An 12.000,– Euro.« Das Zahnpasta-Grinsen, das sie die ganze Zeit zur Schau trägt, schmerzt bereits in ihrem Gesicht.

»Mhm.« Herr Hübler wiegt einen gefakten Mont-Blanc-Kugelschreiber in den Händen, während er still vor sich hinbrütet.

Angespannt hält Mona den Atem an, während der Mann gegenüber regungslos in derselben Pose verharrt. Warum sagt er denn nichts? Entweder wirken die Pillen schneller als vermutet oder er träumt gerade von einem Date mit der knackigen Kollegin, die soeben beim Aufräumen unterer Regale einen hübsch gerundeten Hintern zur Schau stellt. »Das ist doch realistisch, oder?«

»12.000? Natürlich, unsere Bank vergibt viel höhere Kredite.« Behäbig fischt er einen Notizblock aus der Aktentasche und setzt den Kugelschreiber an. »Allerdings muss ich zuerst mehr über Ihre Einkommensverhältnisse erfahren. Haben Sie ein fixes Gehalt?«

»Ungefähr 680,– Euro. Ohne Trinkgeld.« Aus seinen zusammengepressten Lippen schließt Mona, keine zufriedenstellende Antwort gegeben zu haben. »Aber im Monat davor habe ich 1.250,– verdient. Neben dem Studium kann ich nur mehr halbtags arbeiten«, entschuldigt sie sich mit einem Lächeln.

»Wo sind Sie denn beschäftigt?«

»In einem Café, als Kellnerin.« Umständlich legt Mona zwei Gehaltszettel vor, die durch ein blödes Zusammenspiel mit einer Kaffeetasse bräunliche Flecken abbekommen haben.

Als würde es sich um hochinfektiöses Gewebe handeln, angelt Herr Hübler die Papiere mit der Spitze des Kugelschreibers zu sich heran. Wieder verfällt er in dumpfes Schweigen, das nur von gelegentlichem Atemschöpfen unterbrochen wird und auf eine verkrümmte Nasenscheidewand hindeutet.

Da sie ihren Blick gesenkt hält, kann Mona bedauerlicherweise nicht erkennen, ob seine Augen tatsächlich über die gedruckten Zeilen huschen. Vielmehr vermutet sie, dass er sich durch die Tablette an einen schönen, fernen Ort befördert hat, wo es keine Schmerzen gibt. Dieser Mann darf über Ebrus Schicksal entscheiden? Erbost tritt sie ihm gegen das Schienbein, worauf er mit Schmerzensgejaule hochfährt. »Entschuldigung. Manchmal bin ich schrecklich ungeschickt«, säuselt sie.

»Kann ja passieren.« Stöhnend richtet er sich im Sessel auf und nimmt einen Schluck Wasser. Danach winkt er die knackige Kollegin zu sich, die nach wie vor geschäftig zwischen Drucker, Fax und Telefon herumeilt, als würde sie nach zurückgelegten Metern bezahlt. »Du, Karin, sei so lieb, tu mir bitte einen Gefallen und kopier die Gehaltszettel der Kundin.«

»Hättest du es heute gerne doppelseitig?«, haucht die Dunkelhaarige. Mit gespitzten Lippen schleudert sie das lange Haar nach hinten, vermutlich um sexy zu wirken.

»Da vertraue ich ganz auf deine Fähigkeiten«, zwinkert er ihr zu. Der vielversprechende Blick lässt keine Fragen über sein Verlangen und dessen bisherige Erfüllungen offen.

Um nicht jeden Moment schreiend aufzuspringen und Herrn Hübler das Glas Wasser ins Gesicht zu schütten, zählt Mona langsam von zehn an rückwärts. Während er sich unbekümmert bis zum Sekundenschlaf sediert und seine verbleibende Energie beim Flirt mit einem Bürohäschen verschleudert, muss sie um Ebrus Zukunft bangen. »Brauchen Sie noch andere Unterlagen von mir?«, drängt sie sich abermals in sein Bewusstsein.

Mit zusammengezogenen Brauen verdeutlicht Herr Hübler seinen Unmut über die Unterbrechung. »Haben Sie bereits ein Konto bei uns?«, wirft er freudlos in den Raum.

»Ja.« Ob es ein schlechtes Bild macht, wenn er in der Datenbank liest, dass sie es um 137,– Euro überzogen hat? Zum ersten Mal im Leben fühlt Mona, wie es ist, zu den weniger Privilegierten zu gehören. Provision, Kaution, Miete, Strom und Gas haben ihre gesamten Kindheitsersparnisse aufgefressen. Die wirklich hohen Summen, wie das Kommunionsgeschenk von Patin Emma, hält der Vater bis zu ihrer ›Heilung‹ kompromisslos unter Verschluss.

»Sehr gut«, strahlt ihr Gegenüber. »Dann brauche ich nur noch Ihre Kontonummer aufzuschreiben.«

Ergeben streckt ihm Mona die EC-Karte entgegen, die jedoch in der Luft hängen bleibt. Herrn Hüblers Augenlider sind auf Halbmast geglitten, die Mundwinkel hängen entspannt nach unten. Es würde sie nicht wundern, wenn ihm gleich Sabber übers Kinn laufen würde. Wie verrückt fächelt sie mit der Karte vor seinem Gesicht herum, kann jedoch keinerlei Reaktion provozieren. Vielmehr scheint er den Lufthauch zu genießen, da ihm ein glückliches Schmatzen entfährt. Am Rande eines Wutanfalls reißt sie ihm den Notizblock von den massigen Oberschenkeln. Zu ihrem Entsetzen findet sie darauf aber nur die ersehnte Summe in Zahlen und ein Ornament aus Blumen, das er wahrscheinlich gekritzelt hat, damit er geschäftig wirkt. Ist sie wirklich dermaßen kreditunwürdig, dass es sich nicht lohnt? Oder ist hier irgendwo eine Kamera versteckt, hinter der sich ein ganzes Fernsehteam vor Lachen am Boden wälzt? Schnell schreibt sie ihre Kontonummer sowie die wichtigsten Fakten nieder und beurteilt sich dann mit einem »Sehr kreditwürdig«, der Bestnote im Bankensektor. Dann legt sie den Notizblock an seinen fleischigen Platz zurück und stupst den eingesunkenen Bankmitarbeiter am Arm. »Hallo? Herr Hübler, Sie sind eingeschlafen.«

»Was?« Erschrocken richtet er sich auf und zurrt hastig den Krawattenknopf zusammen, bis die Halsschlagader hervortritt. »Ich habe über Ihr Ansuchen nachgedacht«, windet er sich aus der peinlichen Situation, »das leider nicht allzu vielversprechend ist. Sie haben erst seit wenigen Wochen ein regelmäßiges Einkommen und arbeiten in einer Branche, wo man den Job schneller verliert als einen Husten. Aber ich werde mich bei meinem Chef natürlich für Sie einsetzen.«

Daraus, dass sie ihm kein eingeübtes Lächeln mehr wert ist, schließt Mona, verloren zu haben. Das restliche Gewäsch, das er über sie ausgießt, besteht nur noch aus auswendig gelernten Phrasen. Schlagartig wird ihr klar, dass hier nur mehr ein frontaler Angriff helfen kann. »Hören Sie mir gut zu, Sie Schlafsack!« Mit vorgerecktem Kinn schiebt sie sich über den Tisch. »Wenn Sie Ihren Job behalten wollen, sollten Sie zusehen, dass mein Kredit genehmigt wird.

Ansonsten sehe ich mich gezwungen, Ihrem Chef von dem nicht unbedeutenden Problem mit den Tabletten zu erzählen.«

»Versuchen Sie gerade, mich zu erpressen?«

Mona wird mit üblem Mundgeruch und einigen Speicheltropfen beschossen, eine effiziente Abwehr, die sie zurückweichen lässt. »Ich möchte nur betonen, wie wichtig dieser Kredit für mich ist.« Sie wirft einen vielsagenden Blick auf seinen rechten Ringfinger, der mit einem Rund aus Gold verschönert ist. »Außerdem möchten Sie bestimmt nicht, dass Ihre Frau von der Arbeitskollegin erfährt, mit der Sie bestimmt schon ein paar heiße Stunden verbracht haben. Wie heißt sie noch mal?« Nachdenklich tippt sie sich gegen die Schläfe. »Ach, genau, Karin. Sicher finde ich ein hübsches Foto von ihr auf der Firmenhomepage.«

»Das sind haltlose Unterstellungen«, stottert Herr Hübler. Sein Kopf läuft puterrot an, der Atem geht rasselnd, dass Mona schon einen Herzinfarkt befürchtet.

»Sie werden mich am schnellsten los, wenn Ihr Haus mir den Kredit genehmigt.« An der Tür dreht sie sich mit einem falschen Lächeln noch einmal zu dem kaputten Typen um, der ihr nicht ein kleines bisschen leid tut. »Ich rufe Sie nächste Woche an.« Für Ebrus Rettung würde sie ihn sogar mit dem Tod bedrohen.

Lena glaubt ihren Augen nicht zu trauen. Unangekündigt steht Tarik vor der Tür, unsicher lächelnd, eine vollbepackte Sporttasche über der Schulter. »Nimmst du mich noch einmal auf?«

»Mach das nicht mit mir.« Sie verpasst ihm einen leichten Schlag auf die Schulter. »Kaum verbanne ich dich aus meinem Leben, stehst du ein paar Tage später auf der Fußmatte.« Ein kleines Lächeln stiehlt sich unbeabsichtigt in ihr Gesicht.

»Es tut verdammt gut, dich wiederzusehen«, grinst Tarik zurück. Die Sporttasche lässt er mit einem lauten Rums zu Boden fallen. Einen Schritt später liegt Lena in seinen Armen, ihre Lippen auf seiner Wange. »Ich will nicht heiraten, ich will nur dich.« Seine Worte haben etwas Endgültiges, das Lenas letzte Zweifel erstickt. Überschwänglich küsst sie ihn, gleitet mit den Händen über den schmerzlich vermissten Körper. Ein Fußtritt befördert die Tür ins Schloss und lässt die Sporttasche vergessen draußen auf der Fußmatte zurück. Überhastet stolpern sie in Lenas Zimmer, wo sie sich in tausend Berührungen von ihrer Sehnsucht erzählen. Der Rest des Tages verstreicht, der Mond geht auf und taucht die beiden in mystisches Licht.

Als der größte Hunger gestillt ist, liegen sie ineinander verknotet unter der Bettdecke.

»Ich hab dich unglaublich vermisst.« Zärtlich streichelt Tarik ihren Rücken entlang.

»Wirst du jetzt länger bleiben?« Länger als fünf Wochen, fügt sie im Stillen hinzu.

»Wenn mein Plan aufgeht, wirst du mich nicht mehr los.« Mit einem schnellen Kuss besiegelt er sein Versprechen.

»Es hat sich also nichts geändert.« Enttäuscht macht sich Lena frei und strampelt die Bettdecke nach unten. Erneut wird sie mit leeren Phrasen hingehalten, die keine konkrete Handlungsabsicht verraten. Sie dreht den Deckenfluter auf die höchstmögliche Helligkeitsstufe, womit sie den letzten Rest Romantik zerstört, der noch in der Luft hing. Tariks Hand schüttelt sie wie ein lästiges Insekt ab. »Es war blöd von mir, anzunehmen, dass du dich gegen deine Familie entscheidest.«

»Lena! Meine Familie ist mir inzwischen völlig egal.« Sein Widerstand dagegen, die bittere Suppe auszulöffeln, die sie ihm mit dem Messer an der Kehle servieren, ist in Tarik mit jedem Tag angewachsen. »Die sollen selbst sehen, wo sie bleiben.«

»Wo liegt dann das Problem?« Hastig streift sich Lena

die Unterwäsche und ein T-Shirt über, um mit der Nacktheit auch dem Gefühl der Verletzlichkeit zu entkommen.

Mit einem lauten Stöhnen lässt sich Tarik auf das Kissen zurückfallen. »Durch die Verlobung bin ich eine Verpflichtung eingegangen. Ich kann Aysegül nicht einfach in den nächsten Flieger setzen.«

»Und wieso nicht?« Für ein Flugticket in die Türkei würden sie locker genügend Geld zusammenkratzen können. Oder empfindet er doch mehr für sie, als er zugeben möchte?

»Sie bedeutet mir nichts«, scheint er ihre Gedanken erraten zu haben. »Aber ohne Mitgift hat sie in unserer Kultur keine guten Chancen, einen halbwegs annehmbaren Mann zu heiraten.«

Mit einem Schulterzucken verschwindet Lena in die Küche, um den knurrenden Magen mit Joghurt zu besänftigen. Das Schicksal von Tariks Verlobter ist ihr herzlich egal. Sie hat es satt, immer auf die Bedürfnisse anderer Rücksicht nehmen zu müssen, die scheinbar mehr wiegen als die eigenen.

»Mahmut hat mir gedroht, dass sie sich aus Schande umbringen wird, wenn sie ohne Geld bei ihnen ankommt.« Mit verschränkten Armen lehnt sich Tarik an den Kühlschrank.

Wohlwollend gleitet Lenas Blick über seinen nackten Körper. »Dir ist klar, dass Mona in Ebrus Zimmer übernachtet?«

Von ihrem schallenden Gelächter verfolgt, stürzt Tarik aus der Küche und taucht kurze Zeit später in Jeans und T-Shirt wieder auf. Allein beim Gedanken an das intime Fotoshooting mit Mona und seiner Schwester rollen sich ihm alle Zehennägel auf. Eine Neuauflage dieses höchst peinlichen Settings will er auf keinen Fall erleben. Er nimmt von Lena eine Gabel entgegen und versucht die farbigen Einzelteile in der Schüssel zu identifizieren, die sie als Nudelsalat bezeichnet. Es schmeckt, wie es aussieht: nach der Resteverwertung nicht mehr hundertprozentig einwandfreier Lebensmittel.

»Ich koche uns morgen etwas Leckeres«, bietet er nicht ganz selbstlos an.

»Seit wann kannst du kochen?« Nicht, dass sich Lena als Koryphäe auf diesem Gebiet bezeichnen würde, aber sie hat Tarik noch nie mit einem Kochlöffel in der Hand erwischt.

»Meine Mutter hat das in letzter Zeit seltener getan. Da habe ich ein paar Sachen ausprobiert, die sogar recht gut geschmeckt haben. Die Anleitung in Kochbüchern ist wirklich idiotensicher geschrieben.« Wohlweislich verschweigt er, wie gern er die Kochschürze nach der Ankunft von Aysegül weitergereicht hat. Mit vollem Mund deutet er auf den stichigen Nudelsalat auf dem Teller. »Nach den ersten Bissen gewöhnt man sich an den säuerlichen Nachgeschmack.«

»Schön, da ist nämlich auch Sauerrahm drinnen.« Demonstrativ belädt Lena die Gabel mit ihrer letzten Küchenkreation. »Ich finde, es schmeckt ganz gut.«

Grinsend tut Tarik es ihr nach. »Ich auch.«

»Vielleicht ist deine Verlobte«, Lena weigert sich nach wie vor, sie beim Namen zu nennen, »heimlich in einen anderen verliebt? In Wirklichkeit könnte in ihrem Heimatdorf doch ein netter Kerl mit gebrochenem Herzen sitzen und sie unglaublich vermissen.« Sinnierend legt sie aus Erbsen, Karottenstücken, Käse und irgendwelchen Wurstresten ein farbenfrohes Mosaik am Teller. »Vielleicht tust du ihr einen Gefallen, wenn du sie zurück in die Türkei verfrachtest.«

Wenig überzeugt schabt Tarik einen merkwürdig anmutenden Flecken von einem Hörnchen, bevor er es schließlich an den Rand schiebt. »Ich kann mit ihr darüber reden.«

»Wenn der Kerl im Heimatdorf sie wirklich liebt, nimmt er sie bestimmt auch für weniger Geld.« Lena spießt an jedem Gabelzacken eine Erbse auf und hält sie Tarik unter die Nase.

»Das ist nicht so einfach.« Er schnappt nach der Gabel, fischt die Erbsen mit dem Mund und schluckt sie hinunter. »Es ist völlig egal, ob sie einen anderen liebt. Wichtig ist ausschließlich, was die Familie für sie plant.«

»Und die Familie will Geld haben«, ergänzt Lena trocken.

»So ist es«, bestätigt Tarik. Der Gedanke an die verfahrene Situation lässt ihn zusammensacken.

»Das alles macht mich furchtbar traurig.« Kurzerhand holt Lena das Allheilmittel ihrer Kindheit aus dem Gefrierfach, eine riesige Packung Schokoladeneis, die in den letzten Wochen verdächtig oft ersetzt werden musste. Im vollen Wissen, bald an einem Zuckerschock zu sterben oder sich in ein fettes Monstrum zu verwandeln, steckt sie trotzig einen vollen Löffel in den Mund.

»Ein Kumpel kann mir vielleicht einen Job besorgen, bei dem ich sehr gut verdienen würde.« Tarik nimmt ihre kalten Füße in die Hände und reibt sie warm. »Damit könnte ich die Schulden in wenigen Raten zurückzahlen.«

Verwundert schluckt Lena die letzten Schokoreste hinunter und legt den Löffel beiseite. »Und was für ein Job soll das sein?«

»Einfache Reparatur- und Montagearbeiten im Freien.« Mit sachten Strichen an der Sohle bringt er Lena zum Lachen, dass sie sich unter seiner Attacke windet. »Hör auf«, japst sie nach Luft, bis er die köstliche Qual beendet. Kichernd packt sie das Eis, das ihre Seele nicht länger benötigt, in den Gefrierschrank zurück. »Hört sich übrigens nicht nach einem toll bezahlten Job an.«

»Auf einem Windrad bekommt man ziemlich viel Gefahrenzulage. Die sind nämlich an die 120 Meter hoch.«

»Du bist wahnsinnig geworden«, fährt ihn Lena an. »Du willst dein Leben für ein paar Hunderter riskieren?«

»Mir bleibt nichts anderes übrig. Letztes Jahr konnte ich mich noch vorm Zivildienst drücken, weil ich der Agentur den Schulabbruch verschwiegen habe. Aber im Herbst haben sie mich angeschrieben und mir ist kein Grund eingefallen, womit ich es noch weiter hinauszögern kann.« Freudlos umrandet er das Mosaik auf Lenas Teller mit den zerkochten Nudelhörnchen aus der Schüssel. »Spätestens im Frühjahr werden sie mich einberufen. Dann bekomme ich zwischen 500,– und 600,– Euro Gehalt, Verpflegungsgeld und ein bisschen Wohnbeihilfe. Da bleibt kein Geld mehr, womit ich die Schulden abbezahlen könnte.« Betrübt lässt er den Kopf hängen. »Außerdem will Mahmut das Geld sofort haben. Länger als drei Monate kann ich ihn ohnehin nicht vertrösten.« Gefangen in seinen ausweglosen Gedanken, klopft er die Hörnchen am Teller mit der Gabel platt.

Erst jetzt bemerkt Lena, wie scharf die Kanten seines Gesichts hervortreten, wie hart der Zug um seinen Mund geworden ist. Die Sorgen haben zwei Falten in seine Stirn gezeichnet, die ihm wohl für immer bleiben werden. »Lass uns erst morgen wieder darüber nachdenken«, flüstert sie ihm zu, während sie sich mit schwerem Herzen auf seinen Schoß setzt und die Arme um ihn schlingt. »Ihr könnt meine Ersparnisse gerne nehmen, aber mehr als 4.000,– Euro habe ich momentan nicht.«

»Du bist der großzügigste Mensch, den ich je kennengelernt habe«, flüstert Tarik, »in jeder Hinsicht.«

»So großzügig bin ich auch wieder nicht«, lächelt Lena gequält, »immerhin möchte ich dich bei mir haben.« Sie umfasst sein Gesicht mit beiden Händen und spendet ihm mit langen Küssen Trost. Sie halten sich fest umarmt. Erst als der Morgen graut, fallen beide in einen leichten Schlaf.

<papa1> hallo liebes!
<fotox> hey, bester aller väter, hast du es dir schon überlegt? :-)
<papa1> lange und gründlich. um es kurz zu machen, ich werde dir das geld nicht geben. tut mir wirklich leid!
<fotox> wieso? du hast es für mich gespart! es kann dir doch egal sein, was ich damit anstelle.
<papa1> es ist aber für deine ausbildung gedacht und nicht für tarik, der es seiner familie in den rachen wirft.

<fotox> willst du dafür verantwortlich sein, dass er eine andere heiraten muss, die er gar nicht liebt? :-(

<papa1> lena, er muss doch gar nicht! es ist seine entscheidung, ob er sich von der familie mit ihren traditionen erpressen lässt oder einfach seinen eigenen weg geht.

<fotox> du hast nicht ein bisschen verstanden, um was es eigentlich geht.

<papa1> lena, du bist völlig in seiner verqueren welt gefangen, die mit der realität nichts mehr zu tun hat. es passiert ihm nichts, wenn er die verlobung auflöst und nach wien zieht.

<fotox> und wenn er dann von jemandem aus der familie bedroht wird? und ebru noch dazu?

<papa1> lena, diese märchen von blutrache und ehrenmorden, die über islamische familien in billigen klatschblättern verbreitet werden, sind meistens nur hochgekocht. warum glaubst du ihm das?

<fotox> weil es wahr ist! auch wenn es für dich noch so unglaublich klingt, dass du es als unwahr abstempelst.

<papa1> lena, nimm bitte vernunft an! weder ebru noch tarik werden ermordet, wenn sie diesem gierigen cousin keine entschädigung für eine aufgelöste verlobung zahlen.

<fotox> wenn du noch einen satz mit *lena* beginnst, schreie ich so laut, dass du es bis nach döbling hörst! :-@ ich weiß nämlich, wie ich heiße.

<papa1> beruhige dich bitte. ich möchte dich doch nur vor einer enttäuschung bewahren. könnte es nicht sein, dass tarik das geld von dir nimmt und damit spurlos verschwindet?

<fotox> du unterstellst ihm, dass er mich hundsgemein täuscht, um ein paar tausender aus mir rauszuholen?! vielleicht, damit er die hochzeitsreise mit seiner verlobten finanzieren kann, die er in wirklichkeit über alles liebt?!!

<papa1> ich will dir nicht weh tun, aber er hat sich in der vergangenheit nicht als sehr vertrauenswürdig erwiesen.

<fotox> aber ich vertraue ihm! reicht das nicht?

<papa1> ich verstehe nicht, was der typ mit dir gemacht hat! egal, wie viel mist er baut, du lässt es dir gefallen. egal, was er fordert, du bist auf der stelle bereit, alles für ihn zu tun.

<fotox> glaubst du, dass ich ihm hörig bin, oder was? :-/

<papa1> ich vermute, du bist dabei, dich für ihn aufzugeben.

<fotox> das ist absoluter bullshit!

<papa1> ich bin nicht gegen dich, lena, sondern mache mir nur riesengroße sorgen.

<fotox> dann kannst du dir auch sorgen um ebru machen. die hängt nämlich ebenso tief in der misere. kannst du dir vorstellen, dass sie sich schon überlegt hat, zu ihrer familie zurückzugehen und mahmut zu heiraten?

<papa1> du weißt, wie gerne ich ebru mag, aber ihr beide verrennt euch in irgendwelche irrwitzigen vorstellungen, was schlimmes passieren könnte.

<fotox> es hat keinen sinn, mit dir weiter zu diskutieren. du verstehst mich kein bisschen.

<papa1> oh, doch! besser, als du denkst.

<fotox> nein, du glaubst, es besser zu wissen, tust es jedoch nicht.

<papa1> kann ich etwas anderes tun, damit es dir besser geht?

<fotox> gib mir einfach mein geld. ich bin volljährig und habe ein recht darauf!

<papa1> stimmt nicht. außerdem habe ich mit anna und katrin vereinbart, dass wir dein ausbildungsgeld noch ein weiteres jahr für dich verwahren werden.

<fotox> ah, eine elterliche verschwörung! ich bin also das unmündige dummchen, das auf einen schwindler reinfällt, der mich in wahrheit nur abzocken möchte?

<papa1> wir alle wollen nur das beste für dich.

<fotox> ihr vergesst nur, dass ich alt genug bin, um selber zu entscheiden, was das beste für mich ist.

<papa1> sei mir bitte nicht böse! ich liebe dich mehr als jeden anderen menschen auf diesem planeten.
<fotox> schon klar.
<papa1> ich will dich nicht verlieren.
<papa1> lena?
<papa1> halloo?
<papa1> bist du noch da?

hallo mata-hari,

ich mach aus dir gern eine richtige frau, das ist für mich garkein Proplem. Erst möchte ich aber ein paar nacktfotos von dir wo dein Busen odentlich groß zu sehen ist. Wenn du hübsch bist mach ich dir auch umsonst. aber nur ohne gummi, da bin ich nämmlich allergisch drauf. wär super, wenn du die pille nimmst. ich bin im bett nämmlich ein richtiger hengst, der weis, was frauen wollen.

freu mich schon auf deine fotos!

dick

Gepostet auf www.turkish-family.com

Hübsche Türkin, 18 Jahre alt, sucht ehrlichen Mann mit guter Arbeit für baldige Heirat. Mitgift vorhanden. Wenn du Interesse hast, melde dich so schnell wie möglich unter fotox@sunshine.at! Zuschriften können nur auf Deutsch berücksichtigt werden.

Die Zahlenkolonne verschwimmt vor Monas Augen zu undefinierbaren Flecken. Gähnend reibt sie sich über die geröteten Augen und hilft dem schwachen Kreislauf mit einem Schuss Cola nach. Abermals beginnt sie die Zahlen in den Taschenrechner zu klopfen, der jedoch eine unglaubwürdig niedrige Summe ausspuckt. Verflixt! Die unerträglich laute Stimme der Frau mit dem Einhorn-Tattoo auf der Schulter schmerzt entsetzlich in den Ohren. Kann die Nervensäge nicht in einem anderen Café über ihren minderbemittelten Chef lästern? Monas Geduld ist heute dünn wie ein Spinnfaden. Noch ein hysterisches Gackern und sie kann für nichts mehr garantieren, selbst wenn es sie den Job kostet.

»Bist du für heute fertig?« Dunja haucht ihr zwei zarte Küsschen auf die Wangen.

»Hey, lange nicht mehr gesehen!« Wie Sylvia ihr brühwarm zugetragen hat, war Dunja in den letzten Wochen hier nur noch zu Gast, wenn andere Kolleginnen servierten. Da sie über ein schier unerschöpfliches Informationsnetzwerk zu verfügen scheint, war es sicher keine große Aufgabe, den monatlichen Dienstplan in die Hände zu bekommen. »Kannst du kurz nachrechnen?« Mona schiebt ihr die Abrechnung mitsamt dem Taschenrechner über den Tresen.

Flink tippen Dunjas Finger über die Tasten und ermitteln ein glaubwürdiges Ergebnis. »Du schaust ganz schön fertig aus«, bemerkt sie mit einem raschen Seitenblick.

Achselzuckend beginnt Mona die Geldscheine in der Tasche zu zählen. »Manchmal ist es ziemlich stressig, Arbeit und Uni in vierundzwanzig Stunden unterzubringen.« Nachdem sie den Betrag notiert hat, leert sie alle Münzen auf einen Haufen. »Was gibt es bei dir Neues?«

»Ein bisschen Mathilda, aufgelockert mit Beate«, Dunja grinst von einem Ohr zum anderen. »Du kennst mich doch.«

Augenzwinkernd tätschelt ihr Mona den Arm. »Schön, dass es dir gut geht.« Unzweifelhaft hat ihr die Umkehr zum alten Liebesstil gut getan. Die funkelnden Augen, durch die sie die Welt nie allzu ernst betrachtet, haben ihren Übermut zurückgewonnen.

»Bist du eigentlich noch mit Ebru zusammen?« Ohne den Blick zu heben, schichtet Dunja die Münzen auf kleine Stapel, damit sie am Ende besser gezählt werden können.

»Ja«, Mona zeigt mit dem Kugelschreiber auf das 50-Cent-Gebirge, »wie viel ist das?«

»Genau siebzehn Euro.« Unauffällig wischt sich Dunja über die heißen Wangen, die mit einem Mal rot glühen.

»Danke.« Erleichtert fegt Mona die Münzen in die Geldtasche zurück und legt den Umsatz in die Handkassa unter dem Tresen.

»Wollen wir was zusammen unternehmen?« Dunja schlüpft in eine warme Jacke und stülpt sich die Kapuze über den Kopf. Der erste Dezembertag hat mit den ersten feinen Schneeflocken für Überraschung gesorgt. Wie Staubzucker liegt eine weiße Schicht über der Stadt und legt damit den gesamten Verkehr lahm. »Wir könnten Schlittschuh laufen oder bei mir gemütlich Kakao trinken und quatschen.«

»Heute?« Kopfschüttelnd tut Mona ihr Angebot als Kinderei ab. Zu Hause wartet ein 200 Seiten starkes Skript auf sie, das bis nächste Woche durchgearbeitet sein sollte.

»Warum nicht?« Als Köder wirft Dunja ein helles Lachen aus.

»Weil ...« Mona findet keine logische Begründung, warum es ihr so schwer fällt, aus dem strengen Zeitplan im Kopf auszubrechen.

»Seit wann bist du nicht mehr für ein bisschen Spaß zu haben?«

Die Worte hallen tief in Monas Magengrube nach, legen Sehnsucht nach mehr Leichtigkeit frei. Warum sollte sie nicht für ein paar Stunden alle Sorgen vergessen, aus der selbst fabrizierten Tretmühle desertieren und sich wieder einmal auf der Oberfläche treiben lassen? Ebru hat eine Aushilfsstelle bei einem angesagten Caterer bekommen und wird bis in die späte Nacht auf einer Firmenfeier Sekt ausschenken. Also würde sie den ganzen Abend allein zu Hause hocken, sich mit der »Einführung in die Rechtswissenschaften« abquälen und letzten Endes übermüdet vor dem Fernseher vergammeln. Keine verlockende Aussicht!

»Komm schon, ich habe nicht vor, dich zu verführen.« Ungeduldig wippt Dunja mit dem rechten Fuß am Boden, als wäre Mona ein trotziges Kind, das nicht gehorchen will.

»Na, schön. Wie wäre es mit Kino?« Vorsorglich schlingt sie sich den Schal um den Hals und schlüpft ins Freie.

»Perfekt«, strahlt Dunja. Als wären sie beste Freundinnen, hängt sie sich bei Monas Arm ein und rutscht mit ihr über die ersten Eisplatten des frischen Winters.

Eine Stunde später landen sie in einem der alten Kinos, die mit ihren Independent-Programmen jedes Jahr knapp vor dem finanziellen Ruin stehen. Außer ihnen sitzen noch sechs Pubertierende in den hinteren Reihen, die wahrscheinlich nur einen warmen Platz zum Schmusen suchen. Mona mag den muffigen Geruch der alten, mit rotem Samt überzogenen Sitzreihen, die wenig Platz für lange Beine lassen. Der Rücken reagiert spontan auf die schlechte Polsterung und gibt eigene Hinweise, warum in früheren Zeiten Filme mit Überlänge gar nicht erst produziert wurden. Das Gefälle von den letzten Sitzreihen zu den ersten ist im Gegensatz zu den modernen High-Tech-Kinos eher flach und lässt eine unbehinderte Sicht auf die Leinwand zum reinen Glücksspiel werden. Es ist eben nichts perfekt. Zufrieden beobachten sie, wie der schwere Vorhang öfter aufgezogen werden muss, da der rechte Seitenteil nach einem Meter stecken bleibt, bevor er sich doch zum kompletten Rückzug entschließt. Einige Werbespots flimmern in schwacher Auflösung über die Leinwand, bevor die Liebesgeschichte zwischen dem einfachen Schafhüter Angelo und seinem herzkranken Hund Pedro ihren tragischen Verlauf nimmt. Eingetaucht in die karge Landschaft Spaniens, begleiten sie die beiden auf ihrer einsamen Wanderung in ein besseres Leben. Schwermut kriecht in Mona hoch, drückt sie bleiern in den Sitz. Als ihr die Augen bereits feucht werden, erstickt Dunja die Schwere, indem sie die Geschichte in eine komödiantische Farce verwandelt. Ausgelassen schlüpft sie in die Rolle des Hundes und beginnt für ihn zu sprechen. Ihre spitzen Kommentare bringen Mona zum Lachen, bis ihr der Bauch weh tut und sie von hinten mit Popcorn beschossen wird. »Von deinem explosiven Bohneneintopf werde ich noch im Himmel Durchfall haben«, haucht Dunja ihr ins Ohr, als Pedro in seinen letzten Atemzügen liegt. Mit Tränen in den Augen drückt ihn Angelo an die starke Schäferbrust. »Nimm meine Pfote, du Liebe meines Lebens«, blödelt sie weiter und greift nach Monas Hand. »Und jetzt küss mich ein letztes Mal!«

Verwundert findet Mona Dunjas Lippen auf den eigenen wieder. Ihre Zunge zögert nicht, sich selbständig zu machen, und spielt mit dem frechen Eindringling Fangen. Wie von selbst streckt sich ihr Körper verführenden Händen entgegen. Erst als ihr Dunja an den Busen fasst, schaltet sich ihr Verstand wieder ein. Entsetzt wischt sie sich mit dem Jackenärmel über den Mund, der nur allzu bereitwillig nachgegeben hat.

»Was ist los? Wir haben doch nur ein bisschen Spaß.« Abermals beugt sich Dunja herüber, um ihre Zärtlichkeiten fortzusetzen.

»Nein, Dunja! Das ist kein Spaß mehr!« Mona erhebt sich entschlossen und flüchtet mit geducktem Kopf durch die dunklen Sitzreihen. Draußen im Schneegestöber angekommen, versucht sie einen klaren Kopf zu kriegen. Warum hat sie sich dazu hinreißen lassen, Dunja zu küssen? Niemals hätte das passieren dürfen, wo das Fundament ihrer Beziehung mit Ebru auf Treue und Vertrauen ruht! Sie selbst würde ihr an die Gurgel springen, wenn sie sie so mit ihrer letzten Affäre erwischt hätte. Die letzten gemeinsamen Wochen waren zwar hart, manchmal sogar Knochenarbeit, aber heißt es nicht ›in guten wie in schlechten Tagen‹? Leidenschaftliche Küsse sind zwischen ihnen rar geworden, aber das ist kein Wunder. Jede Frau in Ebrus Zwangslage würde die Lust auf Sex verlieren. Oft möchte sie nur in den Arm genommen und getröstet werden. Eine normal tickende Freundin hätte das eigene Begehren besser im Griff gehabt, noch dazu, wo es aufs Engste mit Ebru verbunden ist. Stattdessen hat sie sich vom erstbesten Surrogat willig verführen lassen, ohne nur einen Funken Widerstand zu leisten. Bereits bei der ersten Bewährungsprobe hat sie kläglich versagt, wie ein billiges Dreckstück, auf das man sich nicht verlassen kann.

»Mona!« Der dumpfe Hall ihr nachjagender Füße erreicht sie. »Ich hatte das nicht geplant!« Keuchend kommt Dunja neben ihr zum Stehen.

»Das ist schwer zu glauben.« Ohne anzuhalten, stapft Mona im Eiltempo die glatte Straße entlang. Das Schneegestöber ist in feinen Nieselregen übergegangen und bildet eine eisige Schicht auf der Haut.

»Ich konnte einfach nicht widerstehen.« Auf den hohen Absätzen gelingt es Dunja kaum, mit ihr Schritt zu halten. »Wirst du es Ebru sagen?«

Abrupt bleibt Mona stehen und durchbohrt sie mit glühenden Augen. »Und du?«

»Das hängt von dir ab.« Dunja zieht sie unter einen Häuservorsprung, der etwas Schutz vor dem Regen bietet. »Möchtest du mich noch einmal treffen?« Die Frage nach einer Fortsetzung dessen, was sie im Kino begonnen haben, liegt spürbar in der Luft.

»Nein«, fährt Mona sie aufgebracht an, »ich bin mit Ebru zusammen.« Ihr stoßweiser Atem bildet weiße Wölkchen im Laternenlicht.

»Aber es scheint zwischen euch nicht ernst zu sein, sonst hättest du mich nicht geküsst!« Dunja fasst Monas Jackenkragen und zieht sie mit einem Ruck näher zu sich heran. Auf den Zehenspitzen haucht sie ihr einen schnellen Kuss auf die Lippen, der ihr den bisherigen Irrtum vor Augen führen soll.

»Lass mich in Ruhe«, schreit Mona ungehalten. Heftig schubst sie Dunja in die Kälte zurück. »Und Ebru auch. Immerhin wart ihr einmal gut befreundet.« Sie vergräbt die frierenden Hände in der Jackentasche und stapft in den aufziehenden Nebel.

»Was war das denn für eine Freundschaft? Da verliebe ich mich das erste Mal richtig und sie nimmt mir die Frau einfach vor der Nase weg«, brüllt ihr Dunja lautstark nach. Eine alte Frau dreht sich verwirrt nach ihr um und setzt den Weg anschließend so rasch wie möglich fort.

»Wie meinst du das?« Feucht bis auf die Haut hält Mona an.

Zögernd folgt ihr Dunja ein paar Schritte. »Vor dir habe ich gedacht, die ganzen Geschichten von Herzklopfen, weichen Knien und Dauergrinsen sind alle nur romantischer Blödsinn, in den sich die meisten hineinsteigern.« Die Klingel eines Radfahrers, der gefährlich nahe an ihr vorbeischlittert, warnt sie im letzten Moment, sich nicht von der Stelle zu rühren. »Erst seit ich in dich verliebt bin, habe ich meinen Irrtum bemerkt.« Die Spuren der verronnenen Wimperntusche auf den Wangen verstärken den traurigen Eindruck. »Mona, was hätte ich deiner Meinung nach tun sollen? Ich konnte dich nicht kampflos aufgeben und Ebru ihr Glück gönnen. Vielleicht bist du die Liebe meines Lebens und ich fühle für keine andere jemals mehr so viel wie für dich?«

»Das glaube ich nicht.« Aufmunternd wirft ihr Mona ein kleines Lächeln zu. »Außerdem verliebt sich jeder Mensch mindestens ein Mal im Leben unglücklich. Das gehört einfach dazu.« Kurz winkt sie Dunja zu, bevor sie über die Straße läuft, um die herannahende Straßenbahn nicht zu verpassen.

Vor der Wohnungstür fällt Licht durch den schiefen Briefschlitz. Entweder hatte Ebru früher Dienstschluss und wollte sie überraschen oder ein Dieb räumt gerade die Wohnung leer. Beide Optionen bringen Monas Herz dazu, schneller zu schlagen. Vorsichtshalber zieht sie das Handy heraus und tippt den Polizeinotruf ein. Langsam öffnet sie die Tür, die ein verräterisches Knarren von sich gibt. Als Waffe nimmt sie im Vorzimmer den Schischuh in die Hand und schleicht ins Schlafzimmer, aus dem merkwürdige Geräusche dringen. Doch es ist nur Ebru, die sie am Boden der dunkelsten Ecke erwartet.

»Wo bist du so lange gewesen?«

»Im Kino.« War in der Frage ein leiser Vorwurf versteckt? Im Näherkommen erkennt Mona Ebrus verweintes Gesicht, die Arme, die sie um die angewinkelten Beine geschlungen hat. Ärger wallt in ihr hoch, bis sie am liebsten zerspringen würde. Dunja, das Miststück, hat ihr nicht einmal Zeit gelassen, um Ebru den Fehltritt selbst zu beichten. »Tut mir wirklich leid.« Sie setzt sich vor sie hin und streicht ihr eine feuchte Strähne aus der Stirn.

»Du konntest nicht wissen, dass ich bei dir ohne Ankündigung auftauchen würde.« Langes Schluchzen lässt Ebrus Körper erbeben, Tränen kullern aus ihren Augen, während sie die letzten noch von den Wangen wischt. »Mir tut es leid, dass ich dir schon wieder etwas vorheule.« Unter den Armen versteckt sie den schweren Kopf. »Kein Mensch kann mich so aushalten!«

Das erstickte Gemurmel ist für Mona nicht zu verstehen. »Was ist los? »

Widerstrebend lässt Ebru die Arme sinken und blickt zu ihr hoch. »Ich bin so furchtbar!«, schnieft sie. »Einfach nicht zu ertragen!«

»Das ist völliger Unsinn.« Sanft küsst Mona ihre rot verquollene Nase, kühlt die pochenden Schläfen mit den kalten Fingern. »Ich liebe dich.«

»Kann nicht sein«, würgt Ebru hervor. »So schwach und

feige, wie ich jetzt bin, kann mich niemand lieben.« Ihr Körper krampft unter den vielen Schluchzern, stoßweise schnappt sie nach Luft.

»Stimmt nicht.« Mona legt den Arm um sie und streicht tröstend über ihren Rücken. »Ich liebe dich über alles.« Ob Ebru ihr je glauben kann? Schmerzlich wird ihr bewusst, wie dumm sie war, die große Liebe zwischen ihnen aus einer Laune heraus zu gefährden.

»Ich will nicht wieder zu meiner Familie zurück.« Ebru zieht ein frisches Taschentuch aus der Box und putzt sich die Nase. »Keinen Tag würde ich es mehr bei ihnen aushalten.«

»Aber das musst du auch nicht.« Selbst wenn Tarik seine derzeitige Verlobte am Ende heiratet, wird sie Ebru nicht gehen lassen. Dieses schwachsinnige Versprechen kann er schön alleine ausbaden.

»Wie viel würdest du für eine Nacht mit mir zahlen?«

Monas Kehle schnürt sich immer enger zusammen. »Wie meinst du das?«

»Frag nicht, gibt mir eine ehrliche Antwort!«

»Alles, was ich habe!« Wann wird Ebru sie endlich auflaufen lassen und ihr die Blödheit aus dem Körper schlagen, wie sie es verdient hat?

»Lies das.« Ein bedruckter Zettel schaukelt vor Monas Gesicht. Verschwommene Kreise zeigen an, wo Tränen das Papier aufgeweicht und den Druck verwischt haben.

Liebe Mata Hari,

dein junger, hübscher Körper spricht mich sehr an, weshalb ich dir zwei Angebote unterbreiten möchte.

Für acht Stunden, in denen du mir alle Wünsche erfüllst, die ich dir bei Übereinkunft noch genau mitteilen werde, bezahle ich 3.000,– Euro (1.000,– bei Ankunft, 2.000,– am Ende).

Solltest du mir spätestens eine Woche vorher ein Video zukommen lassen, das dich mit einem anderen Mädchen beim Sex zeigt, erhöhe ich auf 4.000,– Euro (500,– bei Erhalt des Videos, 1.000,– bei Ankunft, 2.500,– am Ende).

In freudiger Erwartung
Sugar Daddy

Fassungslos lässt Mona den Ausdruck des Mails sinken. »Das meinst du doch nicht ernst, oder?«

»Darum geht es jetzt gar nicht mehr.« Erneut werden Ebrus Augen von Tränen überschwemmt, die nicht versiegen wollen. »Eine Nacht mit mir ist nur 3.000,– Euro wert!« Nicht einmal mit Lenas Ersparnissen, die sie nie annehmen würde, käme unter dem Strich die horrend hohe Summe von 12.000,– Euro zusammen.

»Deswegen weinst du? Weil niemand mehr Geld für dich geboten hat?«

»Ja«, kraftlos legt Ebru den Kopf auf ihrer Schulter ab. »Es ist total gemein, dass niemand mehr für mich bezahlen will!«

Vor Erleichterung küsst ihr Mona das feuchte Gesicht trocken, das nach Salz schmeckt. Es war gar nicht die unverzeihliche Aktion mit Dunja, die sie komplett aus der Balance gebracht hat, sondern bloß ein paar notgeile Idioten. »Du hast deine Anzeige sicher in den falschen Foren gepostet, wo nur mittellose Verlierer unterwegs sind. Berlusconi hätte für deinen wundervollen Körper mindestens 50.000,– hingelegt.« Spielerisch knabbert sie an ihrem Ohr. »Warte nur, bis ich erbe. Dann werde ich noch viel mehr für eine heiße Nacht mit dir bezahlen.«

»Wie viel mehr?«, verlangt Ebru mit einem provokanten Lächeln zu wissen.

»Du bist ganz schön frech.« Das Kinn auf der Hand abgestützt, tut Mona so, als ob sie um diese teure Entscheidung ringen müsse. »Mit einem Video, auf dem ich dich allerdings alleine sehen möchte, und zwar natürlich nackt, bestimmt 100.000,–. Was meinst du dazu?« Amüsiert streckt sie die Beine lang, die zu kribbeln begonnen haben. »Wirst du mein Angebot annehmen?«

Abwägend hält Ebru inne, betrachtet angestrengt die gestreiften Socken an ihren Füßen. »Vielleicht. Es entspricht zwar nicht meinem wahren Wert, aber wahrscheinlich werde ich mit zweiundsechzig Jahren, wenn du dann erbst, auch nicht mehr so knackig sein wie heute. Ein paar Falten und ein bisschen Orangenhaut wirst du sicher in Kauf nehmen müssen.« Sie nimmt Mona an der Hand und schleppt sie schnurstracks ins Bett. »Das stört dich doch nicht?«

»Überhaupt nicht. Mit dreiundsechzig sehe ich ohnehin nicht mehr gut. Da kannst du ruhig voller Runzeln sein.« Erwartungsvoll beobachtet Mona, wie sie sich ohne Eile vor ihr auszieht.

»Du siehst erfroren aus. Ich werde dich aufwärmen«, bietet Ebru selbstlos an und nimmt sie in die Arme. Als sie mit den Lippen ihren Hals entlangstreift, riecht sie etwas Fremdes.

»Alles in Ordnung?« Vor Schreck verfällt Mona in eine Starre, die ihren gesamten Körper lähmt.

»Du riechst anders.« Ebru schnüffelt abermals ihr Gesicht ab, als ob sie ein Spürhund wäre.

»Merkwürdig.« Dunjas verdammtes Parfüm wird sie ein zweites Mal verraten und zu unnötigen Verletzungen führen.

»Du riechst nach Regen.« Langsam löst Ebru die Knöpfe an Monas Hemd und setzt fort, was sie begonnen hat.

Sehr geehrte Frau Mona Pommer,

leider müssen wir mitteilen, dass Ihrem Ansuchen um einen Kredit in Höhe von Euro 12.000,– nicht stattgegeben werden kann. Ihre momentanen Einkommensverhältnisse übersteigen die Deckung der oben genannten Summe, zumal sie keinen Bürgen verpflichten möchten.

Für nähere Details verweisen wir auf Ihren persönlichen Betreuer, Herrn Helmut Hübler, der Ihnen gerne für ein weiteres Beratungsgespräch zur Verfügung steht.

Wir bedauern diese Nachricht und hoffen, Sie weiterhin zu unseren treuen Kunden zählen zu dürfen.

Mit freundlichen Grüßen

Die Bank Ihres Vertrauens

Mail an fotox@sunshine.at

Liebste Lena,

du hattest vollkommen recht. Ich hätte nicht einfach abtauchen und meine Familie, zu der du seit meinem sechsten Lebensjahr zählst, in Unwissenheit zurücklassen dürfen. Außerdem muss ich mich dafür entschuldigen, dass wir uns nicht so schnell wiedersehen werden. Sei darüber nicht traurig, kleine Schwester, wir werden uns häufig besuchen. Stell dir vor, nach vielen rastlosen Jahren habe ich endlich meine Heimat gefunden!

Aber am besten beginne ich von vorne. Nachdem in der Kommune ein paar eifersüchtige Hyänen den Aufstand probten und den anderen mit Sexentzug drohten, wurde ich hochkant vor die Tür gesetzt. Kannst du dir das vorstellen? Nix mit freier Liebe, Toleranz und Freiheit!!! Da geht es genau so gierig, machthungrig und engstirnig zu wie im Rest der Welt. Nur, dass alle extrem faul sind, außer du rechnest Sex als ernsthafte Kraftanstrengung, dann wären einige Workaholics, wenn auch ohne Gefahr, jemals an einem Burn-Out-Syndrom zu erkranken. Obwohl mir am Ende sogar der Sex schon fad wurde; von den zugedröhnten Hohlköpfen lohnt es sich nicht einmal zu schreiben. Doch damals habe ich noch gar nicht bemerkt, dass ich auf der Suche nach etwas anderem war, das mich erfüllt und endlich zur Ruhe bringt. Eigentlich habe ich die letzten Monate hauptsächlich damit verbracht, mich mit den lustigen Dingen des Lebens abzulenken, damit ich die Leere nicht verspüre.

Angepisst bin ich dann per Bus nach Barcelona weitergezogen, einer wunderbaren Stadt, in der ich meinem Schicksal begegnet bin. Er heißt Chim und hat mich in dem abgelegenen Hostel am Stadtrand sofort erkannt. Ich kann dir nicht beschreiben, wie sehr ich mich zu ihm hingezogen fühle! Zwischen uns ist ein Gleichklang, der mich ruhig macht, wo ich zu mir finde. In seiner Nähe fühle ich mich zu Hause, weil wir auch dieselben Wurzeln haben. Er stammt aus Vietnam, Lena, genau wie ich! Sein Auslandssemester an der Uni, er studiert etwas mit erneuerbaren Energien, war an dem Tag zu Ende, wo wir uns getroffen haben. Der Zweck seiner Reise sei erfüllt, sagte er, nun bringe er mich nach Hause. So bin ich in einem kleinen Ort am Mekong, in der Nähe von Ho Chi Minh City gelandet. Nach längerer Recherche habe ich meine Mutter aufspüren können, die mich als Baby zur Adoption freigegeben hat, weil sie nicht wusste, wie sie mich alleine hätte durchbringen sollen. Später hat sie einen anderen Mann geheiratet, wodurch ich drei Halbgeschwister bekommen habe! Alle sehr süß. :-)

Es ist aber nicht meine ursprüngliche Familie, die mich hier festhält, auch nicht Chim, den ich über alles liebe, sondern die Kraft der Sonne, die Farben am Mekong, der Rhythmus des Lebens, die zu mir gehören. Es bricht mir das Herz, aber ich werde nur mehr für Besuche nach Wien zurückkommen. Ich weiß, wie weh ich meinen Vätern und wahrscheinlich auch dir damit tue, aber ich kann nicht anders. Weißt du, was die beiden zu mir am Telefon gesagt haben? Sie hätten bei meiner Adoption gewusst, dass der Anteil von Kindern, die in ihr Heimatland zurückkehren, hoch ist. Ich solle mir keine Vorwürfe machen, mein Glück sei wichtiger als ihres. Daran muss ich oft denken. Wie liebevoll sie mich aufgezogen haben, kann ich erst jetzt würdigen! Ich bin unendlich dankbar für die besten Eltern, die ich mir vorstellen kann, und die liebste Schwester, die mich durchs Leben begleitet hat.

Vertraue auf die Macht der Götter, Lena! Tarik und du gehört allen äußeren Widerständen zum Trotz zueinander. Ich habe das sofort gespürt, wie ich euch das erste Mal zusammen gesehen habe. Deshalb wird sich auch ein Weg auftun, der euch in die Zukunft führt. In Wahrheit ist das Leben viel einfacher, als du es dir machst.

Ich umarme dich voller Liebe,
Esther

Mail an biesty@sunshine.at

Scheiße! Esther, auf welchem Trip bist du hängengeblieben? Bist du high von Hormonen, weil du schwanger bist? Oder hast du einfach zu viel von Osho gelesen?

Ich rufe alle Götter an, dich zur Vernunft kommen zu lassen, damit du bald wieder in deinem richtigen Zuhause ankommst. Dort, wo du aufgewachsen bist, in Wien, bei deiner Familie.

Ich umarme dich voller Zuversicht,
Lena

10. Kapitel

»Kann ich dich begleiten?« Mit einem Arm ist Mona bereits in die dicke Jacke geschlüpft. In Rosenbach ist es um gefühlte fünfzehn Grad kälter als in der Stadt, wo sich die gut beheizten Häuserreihen gegenseitig wärmen.

»Wenn du willst.« Ohne eine Miene zu verziehen, knöpft der Vater den Lodenmantel zu und schiebt sich den Hut in den Nacken. Vor dem Haus pfeift er die Hunde zu sich, die ihn allabendlich bei seinem Rundgang um die Grundstücksgrenze begleiten. Erwartungsvoll sitzen die drei um ihn herum. Jeder einzelne wird begrüßt und getätschelt, bevor sie den Befehl zum Aufbruch erhalten. Voller Begeisterung stürmen sie davon, laufen um die Wette den Berg nach oben, wohl wissend, wie weit sie sich entfernen dürfen.

Schweigend marschiert Mona neben dem Mann, der für sie zu einem Fremden geworden ist. Als Kind ist sie ihm manchmal auf der vertrauten Route gefolgt, bis die Hunde sie verraten haben und er sie zu sich beordert hat. Stets war sie darauf bedacht, ihn mit einer neuen Leistung zu erfreuen, einer Goldmedaille beim Schulschirennen oder einer guten Note. Sie gierte danach, seine Hand kurz auf dem Kopf zu spüren, dem einzigen Lob, das sie von ihm je erfahren hat.

»Scheint morgen gutes Wetter zu geben.« Seine Hand zeigt auf den Vollmond, der von einem leuchtenden Vorhof eingehüllt ist.

Mit einem Kopfnicken stimmt ihm Mona zu. »Laufen die Geschäfte gut?«

»In Anbetracht der Wirtschaftslage bin ich ganz zufrieden.« Nachdem er einige Latten am Zaun überprüft hat, die vom letzten Sturm in Mitleidenschaft gezogen wurden, mustert er sie mit gerunzelter Stirn. »Isst du genug? Deine Wangen sind eingefallen.«

Das hat er tatsächlich bemerkt? »Ich habe Probleme«, stammelt sie. Der vertraute Geruch von Zigarillos, die er sich als einziges Laster gestattet, weht um ihre Nase.

»Das dachte ich mir schon«, brummt er.

Mona meint Herablassung in seinen Worten zu hören, die ihr einen Stich in den Magen versetzt. »Ich brauche dringend deine Hilfe«, bringt sie Zähne knirschend hervor.

Zur Belohnung für korrekt apportiertes Spielzeug teilt der Vater Hundekekse vor gierigen Schnauzen aus. Erst dann wendet er sich ihr zu und fragt mit blecherner Stimme. »Wie viel?«

»15.000,–« Wenn sie schon um Geld betteln muss, kann sie gleich mehr verlangen. Mit 3.000,– Euro Guthaben am Sparbuch könnte sie ein paar Monate lang im Café auf zwei Schichten pro Woche reduzieren, wodurch sie nicht mehr so furchtbar müde wäre.

»15.000,–?« Die Höhe der Summe entlockt dem Vater einen Pfiff, der die Hunde irritiert aufhorchen lässt. »Was hast du angestellt?«

Obwohl Mona keine Dummheit begangen hat, spürt sie Scham in den Kopf schießen. »Ich habe mit einem Tschetschenen gebumst.« Zufrieden sieht sie ihn unter dem vulgären Ausdruck zusammenzucken. »Du wolltest doch von mir, dass ich mich Männern zuwende.«

»Aber doch nicht einem Tschetschenen.« Böse Blicke treffen strafend auf ihr Haupt. »Alle, die bei mir im Sägewerk gearbeitet haben, taugten zu nichts.«

Dessen war sich Mona bei der Erfindung ihres neuen Freundes durchaus bewusst. Warum nicht mit seinen Vorurteilen spielen?

Unter der harten Sohle seiner Wanderschuhe zertritt der Vater die Reste des Zigarillos zu Staub. »Hat er dich geschwängert?«

Mona fühlt sich wie ein billiges Flittchen, das zu dumm für Verhütung ist. Einen Moment lang ist sie versucht, dem Vater den Todesstoß zu versetzen, besinnt sich aber rechtzeitig auf seine christlichen Werte. Für eine Abtreibung wird sie kein Geld aus ihm herausleiern können. »Gapur hat seine Liebe zu mir nur vorgetäuscht, um mich auszunutzen. Geblieben ist ein Haufen Schulden, den ich nicht abbezahlen kann.« Da dem Vater emotionale Ausbrüche zuwider sind, täuscht sie keine Tränen vor.

»Elendes Pack!« Die dicke Ader an seiner Stirn schwillt zornig an. »Ich verstehe nicht, wie das passieren konnte. Wir haben alles getan, um dich zu einem guten und vernünftigen Menschen zu erziehen, und dann …« Bebend schließen sich seine dünnen Lippen, damit nichts Unflätiges darüberschlüpft.

»… und dann lasse ich mich mit Frauen und Tschetschenen ein«, vollendet Mona den Satz für ihn. »Ich muss eine riesige Enttäuschung für dich sein. Zum Glück hast du noch ein zweites Kind, auf das du stolz sein kannst.« Vergeblich wartet sie auf Widerworte, die wenigstens von ein bisschen Zuneigung zeugen. Offenbar bedeutet sie für den eigenen Vater lediglich eine Last, mit der er nicht zu Rande kommt. Mona blickt sich um, nimmt die dunklen Schatten der Berge und das Plätschern des Rosenbachs auf. Sie sieht sich als Kind im Wald auf Bäume klettern, hört den silbernen Klang ihres unbekümmerten Lachens. Doch heute gehört sie nicht mehr hierher.

Im Vorraum fällt Lena beinahe über ein Paar Schuhe mit Stollen an den Sohlen. Naserümpfend schleudert sie die ranzigen Latschen in die Ecke. Sie würde sich selbst nicht als größte Verfechterin von Ordnung bezeichnen, aber sie möchte wenigstens die eigene Wohnung betreten können, ohne sich die Beine zu brechen oder vor Gestank in Ohnmacht zu fallen. In der Küche findet sie den Übeltäter, der auf seinem Handy wie besessen rollende Monster abknallt, während Siri auf seinem Schoß schlummert. »Kannst du bitte deine Fußballschuhe irgendwo geruchsdicht verstauen?«

Vertieft in das Shooter-Spiel, scheint Tarik sie gar nicht wahrzunehmen.

»Hast du mich gehört?« Noch immer keine Reaktion. »Was ist los mit dir?« Sonst wird sie doch immer liebevoll mit einem Kuss empfangen. »Hallo?« Seine Ignoranz reizt Lena wie ein Steinchen im Schuh, weshalb sie ihm das Handy mit sicherem Griff aus den Händen reißt und hinter dem Rücken versteckt.

»Spinnst du?«, fährt Tarik hoch, wobei Siri unbeabsichtigt auf den Boden plumpst und sich unter Protest aus der Küche trollt. Entschlossen geht er auf sie zu und versucht das gestohlene Teil wiederzubeschaffen, indem er die Umklammerung ihrer Finger brutal zu lösen versucht.

»Aua! Du tust mir weh«, beschwert sich Lena.

»Dann lass los«, fordert Tarik, während er seine groben Bemühungen fortsetzt, das heißgeliebte Teil in seine Fänge zu bekommen.

»Nur, wenn du mir einen Kuss gibst.«

Geladen bis in die Haarspitzen, funkelt Tarik sie an, als ob er sie jeden Moment fressen wird. Schließlich lockert er den festen Griff, seine Hände fallen ins Leere. »Tut mir leid. Ich hatte einen echt beschissenen Tag.«

»Ist er jetzt besser geworden?« Lena legt das Handy am Tisch ab und massiert sich die malträtierten Finger.

»Nein.« Er zieht sie in die Arme und gibt ihr statt dem einen Kuss fünf. »Wieder gut?«

»Noch nicht.« Erneut schmeckt Lena seine Lippen, bis sie sich dessen sicher ist. »Wo hast du heute eigentlich die ganze Zeit gesteckt?«

»Ich habe mich bei der Firma beworben, die Windräder wartet.« Am Herd stellt er Wasser für Tee auf. »Du hast dir unnötig Sorgen gemacht. Ich hab's nicht geschafft.«

Erleichtert atmet Lena aus. »Ist doch nicht so schlimm.«

»Doch, es ist sogar sehr schlimm! 2.500,– Euro im Monat hätten mich retten können.« Niedergeschlagen lässt er den Kopf hängen. »Zur Probe haben sie mich auf ein Hausdach befördert, dreiundvierzig Meter hoch, damit sie sehen, ob ich schwindelfrei bin.« Er vergräbt die Hände in den Hosentaschen. »Ich weiß nicht, was mit mir los war. Mein Herz ist gerast wie auf der Flucht, meine Beine haben sich nicht von der Stelle bewegt. Ich hätte da oben nicht mal Fenster putzen können, wenn welche da gewesen wären.«

Lena zuckt mit den Achseln. »Ich hätte das auch nicht gekonnt.« Sie drängt sich neben ihn und schüttet das kochende Wasser in die Kanne. Still bleibt sie an seiner Seite stehen, den Arm um seine Mitte geschlungen.

»Am Heimweg war ich so wütend, dass ich am liebsten eine Bank ausgeraubt hätte. Viele andere Möglichkeiten bleiben auch nicht mehr.« Sein Blick fällt auf den Kalender, der an der Wand mit Reißzwecken befestigt ist. Heute ist schon der siebente Dezember – nur mehr zwanzig Tage, um das Geld irgendwie aufzutreiben.

»Wir finden schon eine Lösung.« Doch selbst in Lenas Ohren hört sich der Satz nach jedem verstrichenen Tag unglaubwürdiger an. Mit einem Ratsch fetzt sie den Kalender herunter und entsorgt ihn im Papiermüll.

»Damit kannst du die Zeit nicht anhalten.« Mit einer Tasse Tee in der Hand stellt sich Tarik ans Fenster und betrachtet den erfrorenen Margeritenbusch am Balkon gegenüber.

»Warum nicht? Wir könnten uns einfach weigern, den gregorianischen Kalender anzuerkennen und stattdessen einen neuen erfinden«, sie denkt einen Moment nach, »den Tarilena-Kalender.«

Tarik stellt die Tasse am Fensterbrett ab. Ein müdes Lächeln zuckt um seine Lippen. »Wie funktioniert der?«

»Es werden nur die Tage gezählt, an denen wir zusammen sind. Damit steckst du noch in den Kinderschuhen und darfst vom Gesetz her noch lange nicht heiraten.« Beflügelt von der Idee, stürzt sie aus der Küche und kehrt mit Stiften sowie einem Blatt Papier zurück, das sie am Tisch ablegt. Dick zeichnet sie darauf eine Achse ein, die das tarilenische Alter darstellt. »Soll ich auch die Zeit bis Weihnachten rechnen, wo ich auf dich gewartet habe?«

»Natürlich. Im Kopf war ich ständig mit dir zusammen, auch wenn wir uns nicht gesehen haben.« Gespannt schaut er ihr über die Schulter, wie sie die gemeinsamen Monate addiert.

»Über den Daumen gepeilt, befinden wir uns im zweiten Jahr der neuen Zeitrechnung.« Ein Strahlen erhellt Lenas Gesicht. »Wir lernen gerade laufen.« Eine weitere Achse mit der gregorianischen Zeiteinteilung wird zum Vergleich auf das Papier gemalt. »Wenn du im Tarilena-Kalender zwanzig wirst, ist deine Verlobte in der gregorianischen Zeit bereits siebenunddreißig, viel zu alt für dich.«

Tarik schließt sie von hinten in die Arme. »Ich liebe dich.«

»Deswegen darfst du auch nicht weggehen.«

Als Antwort haucht er einen Kuss in ihren Nacken. Wenn Lena wüsste, wie sehr ihn der Vater am Telefon bedrängt, damit er auf der Stelle zur Familie zurückkehrt! Er bringe Schande über die Familie, wird ihm vorgehalten, womit er seinen *Baba* persönlich in die Alkoholsucht treibe. Aysegül werde sich vor Kummer die Pulsadern aufritzen, wenn er sie verschmähe und seine Liebe einer anderen schenke. Die Mutter habe schlimme Migräne bekommen, die sie ans Bett fessle, da sie sich solche Sorgen um ihn mache. Auch Mahmut hing schon einige Male am anderen Ende der Leitung, schimpfte ihn einen Hurenbock und drohte ihm mit blutiger Vergeltung, sollte er sich nicht an die Vereinbarung halten. Es gleicht einem Wunder, dass bisher noch niemand von der Familie vor der Tür gestanden ist, um ihn nach Hause zu schleifen. Glücklicherweise hält Ebru ihre Telefonnummer geheim, weshalb die Adresse nicht leicht recherchierbar ist.

Am liebsten würde Tarik Wien nie mehr verlassen, wo er in der Anonymität der Großstadt untertauchen kann.

»Es ist vielleicht eine blöde Idee«, Lena zögert für ein paar Augenblicke, »aber wenn du schon heiraten musst, kannst du hinterher nicht nach Wien ziehen? Dann könnten wir uns weiterhin treffen.« Kurz schreit ihr Stolz auf, den sie mit etwas Tee nach unten spült. »Und du kannst dich gleich scheiden lassen, sobald diese Aysegül genügend Deutsch spricht und einen Job gefunden hat.«

Meint Lena das Angebot wirklich ernst? Verblüfft dreht er sie herum und blickt in zwei große Augen, die verzweifelt von Liebe sprechen. »Danke, aber das hast du nicht verdient. Ich würde dich sehr unglücklich machen.«

»Unglücklicher als ich sein werde, wenn du weg bist?«

»Mit Sicherheit.« Auf den Bodenfliesen um den Herd liegen rote Linsen vom gestrigen Abendessen verstreut, die er mit den Zehen zu kleinen Häufchen kehrt. »Als Ehemann muss ich meine Frau gut behandeln und ihre Wünsche respektieren. Aysegül wird mich jeden Tag nach der Arbeit erwarten und auf die ersehnten Kinder hoffen. Frauen wie sie sind viel zu traditionell, um von etwas anderem zu träumen.«

»Dann arbeitest du eben nicht und verbringst die Tage mit mir.« Trotzig schiebt Lena die Unterlippe vor.

»Das wäre schön …«

»Aber?«, unterbricht sie ihn mürrisch.

»Du würdest mich am Ende dafür hassen, dass du nicht die einzige bist, wie es dir eigentlich zusteht.« Die eingesammelten Linsen streut er für die Vögel in den Innenhof.

Widerstrebend gibt ihm Lena recht. Dann muss eben das Geld her. Im Kopf springt abermals die alte Tretmühle an, womit sie die 12.000,– Euro in der verbleibenden Zeit beschaffen könnte.

»Sag, muss ich mir vielleicht ernsthafte Sorgen um dich machen?«, befördert Tarik sie aus der quälenden Gedankenschleife.

»Wieso?«

Aus der schmalen Schublade unter dem Abwaschbecken angelt er eine Tablettenpackung hervor. »Das sind schwere Beruhigungspillen.«

Lena schnappt nach der Schachtel, um den Aufdruck besser lesen zu können. »Woher weißt du das?«

»Hab ich im Internet recherchiert, nachdem ich sie hier fand.«

»Die hat Anna gebraucht, als sie Zahnschmerzen hatte«, dichtet sie die Wahrheit ein bisschen um. Von ihr wird er nichts von Ebrus Zusammenbruch erfahren, als sie nach der Flucht in Wien begriff, die ganze Familie verloren zu haben.

»Du hast damit keine Dummheit vor?«, versichert sich Tarik und lässt seinen Blick prüfend über sie gleiten.

»Also wirklich – nein!«, beteuert Lena. Die laute Stimme soll ihre Verlegenheit überdecken. Einige Male hatte sie tatsächlich mit der kindischen Idee gespielt, Tariks Abreise zu verhindern, indem sie die Tabletten pulverisiert, in Teig mischt und als Kekse anbietet. Immerhin funktioniert diese Art des Konsums bei Hasch bestens. Letztlich musste sie sich aber eingestehen, die Hochzeit damit nur verschieben, aber nicht verhindern zu können.

»Dann bin ich beruhigt.« Mit hörbarem Aufatmen packt Tarik die Tabletten in die Schublade weg. Hernach zieht ihn ein sonderbarer Geruch in den Vorraum, wo er das Übel am Schopf packt und zum Auslüften auf der winzigen Loggia verstaut.

»Mit wem hast du dich eigentlich gematcht?« Nach einem Blick in den Kühlschrank beginnt Lena am unteren Eck des tarilenischen Kalenders eine Einkaufsliste zu schreiben.

»Mit Hakan.«

Der Klang dieses Namens stellt ihr sämtliche Nackenhaare auf. »Hakan aus Rosenbach?«, fragt sie nach.

»Wir haben uns wieder versöhnt.« Soweit man sich mit dem ehemals besten Freund vertragen kann, der Ebrus Beziehung mit Mona dem Vater verraten hat und damit den Ausgangspunkt zur Zerstörung der Familie setzte.

»Wie kannst du auch nur mehr ein Wort mit ihm reden?« Verständnislos schüttelt Lena den Kopf.

»Er hat damals nicht gewusst, was er anrichtet.« So lautet zumindest Hakans Version, der er Glauben schenken möchte. »Seit drei Monaten lebt er in Wien und trainiert hart, um bei einem großen Fußballverein aufgenommen zu werden.« Beim Gedanken an das heutige Freundschaftsspiel spürt er ein schmerzhaftes Ziehen in jedem einzelnen Beinmuskel. »Er ist wirklich gut geworden.« Energisch zieht er Lena das Blatt unter dem Stift weg. »Nicht! Den will ich unbedingt behalten.« Stattdessen holt er ihr einen Notizblock vom Schreibtisch, worauf sie die fehlenden Lebensmittel notieren kann. Sorgsam faltet er den tarilenischen Kalender zusammen und packt das Papier in seine Sporttasche. »Erzähl Ebru bitte nicht, dass ich ihn getroffen habe.«

Abwartend lehnt sie sich am Stuhl zurück. »Mein Schweigen musst du dir schon erkaufen.«

»Das war mir klar«, grinst Tarik. »Was möchtest du dafür haben?«

»Frühstück im Bett«, erklärt Lena mit herausforderndem Blick.

»Abgemacht.«

Bei der Abreise fühlt sich Mona von der Umarmung fast erdrückt. »Es war schön, dich wieder bei uns zu haben«, ein Schluchzen ergießt sich in ihr Ohr. Flinke Hände befreien die Jacke von Flusen, die nur für ihre Mutter sichtbar sind. »Hoffentlich kommst du bald wieder nach Hause und hast dann mehr Zeit für uns.«

Bestimmt nicht! Die letzten beiden Tage zwischen mütterlicher Überbehütung und väterlichem Missfallen waren anstrengend genug.

Walter, ihr jüngerer Bruder, tritt unsicher von einem Bein

aufs andere, bis er sich entscheidet, zum Abschied nur cool mit der Faust auf sein Herz zu klopfen.

»Kommst du mich in Wien besuchen?« Ohne Umschweife drückt ihn Mona an die Brust. Durch den Auszug aus dem Elternhaus sind sie einander nähergekommen.

»Sobald ich einen Tag frei bekomme.« Auf Wunsch des Vaters arbeitet er als sein persönlicher Assistent im Sägewerk, das er später übernehmen soll.

»Lass dich von ihm nicht versklaven«, raunt Mona leise, bevor sie die Reisetasche um die Schulter hängt und erleichtert die Haustür hinter sich schließt. Die aus einem Wolkenbett hervorlugende Sonne macht den eiskalten Wind gerade noch erträglich. Vor der Garage wartet ihr heißgeliebter rostiger VW Polo, der stolz einen Regenbogen-Kleber am Heck trägt. Für das altersschwache Auto bedeutet die Strecke nach Wien eine enorme Herausforderung, an der es heute mit viel Glück hoffentlich nicht scheitern wird. Während sie in der Tasche nach dem Schlüssel sucht, stapft ihr Vater um die Hausecke.

»Du brauchst neue Winterreifen«, stellt er fest, nachdem er prüfend den Gummibelag betastet hat.

»Dieses Jahr müssen sie noch durchhalten.« Mona dachte schon, er würde sich nach dem gestrigen Gespräch gar nicht von ihr verabschieden.

»Wenn du das nächste Mal kommst, werde ich dir neue montieren lassen.« Mit skeptischem Blick umrundet er das klapprige Gefährt, mit dem sie in die Unabhängigkeit aufgebrochen ist. »Ein Wunder, dass der Schrotthaufen überhaupt noch fährt.«

Achselzuckend lädt Mona das Gepäck in den Kofferraum ein. »Dann mach es gut.« Sie verzichtet auf die flüchtige Umarmung, mit der sie sich ansonsten voneinander verabschieden.

»Warte!« Breitbeinig stellt er sich in den Weg. »Wir müssen noch dein Problem lösen, bevor du abfährst.«

»Du meinst die Sache mit dem Tschetschenen, der mich

abgezockt hat?« Wider besseres Wissen kann es Mona nicht lassen, ordentlich in der offenen Wunde zu bohren. »Keine Sorge, ich werde sicher bald jemanden finden, der mich tröstet.«

Pikiert zieht ihr Vater den Hut in die Stirn, der vom Wind beinahe weggeblasen wurde. »Ich überweise dir morgen 15.000,– Euro, damit du aus den Schulden kommst. Außerdem werde ich dich monatlich mit 1.000,– Euro unterstützen, solange du gute Studienerfolge erzielst.« Er winkt den Nachbarn zu, die am Gartenzaun vorbei schlendern. Als er sich wieder der Tochter zuwendet, ist die Freundlichkeit aus dem Gesicht gewichen. »Deine Mutter befürchtet, du könntest sonst in der Gosse landen.«

Sollte sie sich jetzt dafür entschuldigen? Läge es nicht in seiner Macht, Ebru aus der Schuldenfalle zu befreien, wäre sie wortlos ins Auto gestiegen und weggefahren.

»Allerdings musst du mir dafür auch ein paar Zugeständnisse machen«, fordert er.

»Was denn?« Mona spürt, wie sich in ihr jeder einzelne Muskel versteift.

»Keine Ausländer mehr! Der nächste Freund, den du mit nach Hause nimmst, wird gefälligst ein Österreicher mit einer anständigen Bildung sein. Verstanden?« Drohend richtet er den Zeigefinger gegen sie.

Mit einem bitteren Geschmack auf der Zunge gibt Mona ihr Einverständnis.

»Deine Mutter wünscht sich ferner, dass du uns wenigstens ein Mal im Monat besuchen kommst«, stellt er die nächste Bedingung.

»Das wird sich einrichten lassen«, erwidert sie mit schwerer Zunge. Heiß brennt der unterdrückte Zorn, der ihr die Speiseröhre nach oben steigt.

»Dann hätten wir alles geklärt.« In der Manteltasche greift er suchend nach der Schachtel Streichhölzer, damit er sich ein Zigarillo genehmigen kann.

»Hauptsache, du bist zufrieden«, murrt sie. Warum fühlt

sie sich neben ihm plötzlich winzig klein? Hastig sperrt sie die Fahrertür auf, die sich wegen des Frosts nur schwer öffnen lässt.

»Mona?« Erneut hält er sie zurück. »Du bist meine Tochter und deswegen erwarte ich von dir in Zukunft ein angemessenes Betragen. Das betrifft auch deine zum Teil äußerst vulgäre Sprache. Wir sind keine asoziale Familie, die nicht weiß, was sich gehört.«

»Asozial?« Mit Schwung lässt Mona die Fahrertür ins Schloss krachen. Sie stürmt ums Auto herum und stellt sich vor dem Vater auf die Zehenballen, um sich größer zu machen. »Wenn hier jemand asozial ist, dann bist du es!«, schreit sie ihn erbittert an. »Es ist richtig bösartig, der eigenen Tochter das Studium nicht zu finanzieren, nur weil sie lesbisch ist.«

»Wie bitte?« Vor Aufregung verschluckt er sich am Rauch, den er stoßweise abhustet. »Du bist noch immer …«, er röchelt nach Luft, »… anders?«

»Nicht anders. Ich bin lesbisch«, explodiert Mona. »Eine von denen, die auf andere Frauen steht.«

Erzürnt wirft der Vater sein Zigarillo zu Boden und packt sie am Arm. »Und die Geschichte mit dem Tschetschenen?«

Ekelhaft weht ihr sein Mundgeruch ins Gesicht. »Alles nur erlogen, um an dein heiliges Geld heranzukommen.« Der Druck am Arm verstärkt sich schmerzhaft. »Lass mich los!«, brüllt sie bis an die Grenzen des weitläufigen Grundstücks.

»Dass du es wagst, mich derart respektlos zu behandeln!«, schreit er zurück, wobei Speicheltropfen in ihr Gesicht fliegen. Mona spürt, wie ihr Vater das erste Mal knapp davor steht, handgreiflich zu werden.

»Hört sofort auf damit!« Angstverzerrt läuft die Mutter auf die beiden zu, rutscht mit den Hausschuhen immer wieder am eisigen Boden aus. »Ich halte es nicht aus, wenn ihr euch dermaßen bekriegt!« Mit Tränen in den Augen legt sie die Hand auf die ihres Ehemanns, mit der er noch immer die Tochter festhält. »Bitte!«, fleht sie ihn an.

Hinter ihr kommt Walter zum Vorschein, das Gesicht mit Gelassenheit maskiert. »Aber Mama«, tadelt er sie sanft, »der Vater würde sich niemals vergessen und Mona etwas antun.«

»Natürlich nicht«, bestätigt dieser und lässt schließlich los.

An der stolzen Haltung erkennt Mona, dass ihn die eiserne Selbstkontrolle wieder fest im Griff hat. »Behalte dein Geld. Ich brauche nichts von dir«, spuckt sie verächtlich aus. Mit Knien, die zu schlottern begonnen haben, setzt sie sich ins Auto.

»Ich erkenne dich nicht wieder. Du bist nicht mehr meine Tochter«, hört sie die schneidende Stimme des Vaters, die mehr schmerzt als seine Fingernägel in der Haut.

»Fahr vorsichtig«, flüstert Walter, bevor er die Autotür schließt.

Ohne sich umzudrehen, startet Mona durch und lässt die Familie hinter sich.

Die junge Frau lächelt Ebru unsicher vom Foto entgegen. Ihr zartes Gesicht besticht durch hohe Wangenknochen und einen ebenmäßigen Teint. Die runden Augen wirken wie zwei Fragezeichen, die mit kindlicher Naivität die Welt betrachten. Wären ihre Zähne nicht ziemlich schief, könnte sie als sehr hübsch bezeichnet werden. »Woher hast du das Foto?«

»Hab ich in Tariks Handy gefunden«, erwidert Lena, die gerade Baklava auf einen Teller schichtet.

Der unbeteiligte Klang der Stimme täuscht Ebru nicht über ihre Verdrossenheit hinweg. Es muss hart gewesen sein, die Bilder der Verlobungsfeier zu entdecken, ungeachtet dessen sie nicht das Recht hatte, in seinen privaten Sachen herumzuschnüffeln. Noch einmal nimmt sie Aysegüls Porträt in die Hand, das Lena mühevoll bearbeitet und ausgedruckt hat.

Trotz des Schönheitsfehlers ist sie eine durchaus akzeptable Heiratskandidatin. »Das wird nie funktionieren«, seufzt sie. Wieder einmal hat sie sich in einen von Lenas aberwitzigen Plänen verstricken lassen, noch dazu hinter Tariks Rücken.

»Warum nicht?« Lena stellt eine Schüssel mit Keksen vor ihrer Nase ab.

»Weil wir ihr nicht einfach einen anderen Ehemann beschaffen können. Das wird die Familie niemals akzeptieren!« Zum Boykott entschlossen, steckt Ebru das Foto ins Kuvert zurück. Nur Aysegüls Vater hat das Recht, eine Ehe für die Tochter auszuhandeln.

»Wenn wir einen wohlhabenden Mann für sie finden, sind sie vielleicht bereit, nachzugeben«, beharrt Lena. Es hat sie viel Zeit gekostet, die Flut an E-Mails nach geeigneten Kandidaten zu durchforsten. Um der Ehrlichkeit Genüge zu tun, muss sie jedoch zugeben, dass sich die meisten Bewerber von selbst ins Aus geschossen haben. Obwohl sie im Inserat ausdrücklich um Zuschriften auf Deutsch gebeten hat, ignorierten die meisten Männer diese Voraussetzung stur. Nach Wegfall der türkischen Bewerbungen blieben fünf übrig, die wenigstens eine gewisse Zahl Wörter beinhalteten, die als deutsch interpretiert werden konnten. Zwei der Zuschriften klangen halbwegs vernünftig, weshalb Lena die Verfasser zum Vorstellungsgespräch gebeten hat.

»Wo ist Tarik überhaupt geblieben?« Ebru schüttet Schwarztee in die Kanne und stellt das beste Geschirr auf den Tisch. In diesem Haushalt bedeutet das Tassen und Teller, die farblich einigermaßen miteinander harmonieren.

»Er spielt Fußball und ist bestimmt nicht vor dem späten Abend zurück.« Lena versteht selbst nicht, warum er neuerdings ständig mit Hakan herumhängt. Fast fühlt sie sich von ihm ein bisschen vernachlässigt.

Das Surren der Klingel lässt beide erschreckt hochfahren. »Mach nicht auf! In der Türkei gibt es Heiratsvermittlerinnen, die so etwas professionell betreiben, aber wir haben doch keine Ahnung vom Geschäft«, redet Ebru panisch auf sie ein. Doch Lena düst bereits in den Vorraum, um die Haustür mittels Knopfdruck zu öffnen. »Die Typen könnten uns ohne Probleme ausrauben und vergewaltigen«, zischt sie ihr mit unterdrückter Stimme nach.

Selbst diese Schreckensvision kann Lena nicht zurückhalten. Wenig später führt sie einen Mann in die Küche, der sich mit Anzug und Haargel bestmöglich herausgeputzt hat. Ebru spürt sogleich sein Unbehagen, mit zwei jungen Frauen alleine in einer Wohnung zu sein, wovon eine definitiv keine Türkin ist. »*Iyi günler*«, begrüßt sie ihn. »*Çay ve yanında tatlı birşeyler alırmıydınız?*« Mit einer einladenden Handbewegung zeigt sie auf den Tee und die Süßigkeiten am Tisch.

»*Hayır, teşekkürler*«, lehnt er höflich lächelnd ab. »*Eş arayan bayan sizmisiniz?*«

»Was sagt er denn?«, zischt ihr Lena ins Ohr.

»Er denkt, dass ich diejenige bin, die einen Mann sucht.« Ebru feuert böse Blicke auf sie ab, die Lena jedoch nicht zur Kenntnis nimmt. Sie findet Herrn Türkmens Lücke zwischen den Schneidezähnen sympathisch. Aus dem leicht gebeugten Rücken schließt sie, dass er kein autoritärer Typ ist und seine Frau daher gut behandeln wird. Genau der Richtige für Aysegül. Sie überreicht ihm das Foto der ungeliebten Konkurrentin, das er lange und ausgiebig prüft.

»*O onsekiz yaşında mı?*«, fragt er an Ebru gewandt.

»Er soll Deutsch sprechen. Ich will auch was verstehen«, protestiert Lena.

»Er vermutet, dass sie noch keine Achtzehn ist. Der kann vielleicht zehn Wörter auf Deutsch! Das E-mail hat sein Cousin geschrieben«, raunzt Ebru. »Darf ich jetzt bitte die Suppe auslöffeln, die du uns eingebrockt hast?«

»Ich bin schon still.« Begütigend hebt Lena die Hände in die Höhe. Sollte Herr Türkmen einen gut bezahlten Job haben, ist es egal, ob er Deutsch sprechen kann oder nicht. Hauptsache, Aysegül versteht sich mit ihm prächtig. Aufmerksam folgt sie dem Gespräch und versucht die Körpersprache der beiden zu lesen. Herrn Türkmens Bewegungen sind eher bedächtig, was Lena in Ordnung findet, da er nicht mehr der Jüngste ist. Dennoch haben seine Worte Gewicht, wie sie aus Ebrus Reaktionen folgert. Der goldene Glanz am hinteren Backenzahn lässt zudem auf eine solide Finanzsituation schließen.

»*Henüz evlenmemiş mi?*« Unauffällig deutet Aysegüls zukünftiger Ehemann auf Lena.

Hinter vorgehaltener Hand versucht Ebru ein schadenfrohes Grinsen zu verbergen. »Herr Türkmen hat mich gefragt, ob vielleicht du ihn heiraten möchtest.«

»Wieso ich?« Unzweifelhaft mustert dieser Mann sie von oben bis unten, als ob sie ein Stück Fleisch im Supermarkt wäre.

»Weil er nur ein Touristenvisum hat und gerne nach Wien immigrieren möchte. Dazu muss er aber eine Frau mit österreichischer Staatsbürgerschaft oder dauerhaftem Aufenthaltsrecht heiraten.«

Was für ein berechnender Mistkerl! Jetzt stechen ihr auch seine alten Hände ins Auge. Ein Greis um die Vierzig besitzt die Frechheit, ihr aufgrund eines läppischen Dokuments einen Heiratsantrag zu machen?! »Schieß ihn ab«, ordnet sie kalt an.

»*Eşim eve gelmek üzere. Lütfen gidin!*«, drängt ihn Ebru zu gehen. »Mein Mann kommt gleich nach Hause. Bitte gehen Sie!«

»*Ben iyi bir erkeğim, dürüstüm ve çalışkanım*«, betont er seine Redlichkeit und versichert, dass er einen hervorragenden Ehemann abgeben wird.

»*Ben size yardımcı olamam.*« Energisch schüttelt Ebru den Kopf und scheucht ihn kurzerhand zur Tür hinaus. Was hat sich Lena bei dieser einfältigen Aktion gedacht? Es bleibt nur zu hoffen, dass Kandidat eins in den nächsten Tagen nicht mit Blumen auf der Türmatte steht, um sie zu umwerben. Zurück in der Küche, reißt sie das Fenster auf, um die hinterlassenen Parfümschwaden des Gastes zu tilgen, die sie in der Nase jucken.

»Vielleicht ist der zweite ein besserer Kandidat«, murmelt Lena kleinlaut. Nach der Uhr müsste es jeden Moment wieder an der Tür klingeln.

»Oder er ist noch viel schlimmer.« Zur Sicherheit holt Ebru das scharfe Fleischmesser aus der Besteckladе, das sie mit der Spitze nach unten in die Erde des Pflanzentopfs rammt. Anschließend schiebt sie den großen Ficus neben den Stuhl, damit sie das Messer jederzeit griffbereit hat.

»Übertreibst du nicht ein bisschen?« Um die vorige Enttäuschung zu verkraften, isst Lena ein Stück Baklava.

»Sei nicht so naiv«, Ebru schlägt mit geballter Faust auf den Tisch. »Es ist nun mal gefährlich, wildfremde Männer ins Haus zu lassen.«

»Ich will doch nur, dass Tarik bleiben kann.« Lena schiebt den Teller mit den Süßigkeiten beiseite, weil ihr Magen mit einem Mal die Aufnahme verweigert. »Wirst du mit ihm nach Rosenbach zurückgehen?«

Gerührt legt Ebru die Hand auf ihre Schulter. »Nein, ich verlass dich nicht.« Es dient niemandem, wenn sie in Rosenbach langsam vor sich hinsiecht. Lieber wird sie fleißig arbeiten gehen und die Familie aus der Ferne mit regelmäßigen Zuwendungen unterstützen.

»Gut«, Lena atmet hörbar aus. »Empfängst du den zweiten Kandidaten? Mich wird er ohnehin nicht verstehen.«

»Wenn es denn sein muss.« Fünf Minuten später begleiten Ebru drei Männer in die Küche, die den kleinen Raum mit der vollen Pracht ihrer Muskelmasse beinahe sprengen. »Ich hole noch zwei Stühle.« Mit sichtlichem Unbehagen verschwindet sie von der Bildfläche.

»*Merhaba*«, wird Lena von dem Mann in der Mitte begrüßt. Obwohl er etwas kleiner ist als seine beiden Kumpels, erkennt Lena an seiner selbstbewussten Haltung sofort, dass es sich um den Anführer der Gang handelt. Schmalzige Locken kringeln sich im Nacken über dem Kragen des bunt bedruckten Hemdes. Über der Brust hängen in Rapper-Manier massive Goldketten, die auf Dauer bestimmt Schäden an der Halswirbelsäule verursachen. Zaghaft stellt Ebru zwei Hocker an den Tisch, die unter den Muskelpaketen wie Kinderstühle wirken. Eng rückt sie an Lena heran, bis sich unter dem Tisch ihre Beine berühren. Danach setzt sie zur Tarnung ein strahlendes Lächeln auf.

»Die sehen wie Zuhälter aus«, zischt ihr Lena zu.

Ebrus Ellbogen trifft sie unerwartet hart in den Rippen. »Die können uns verstehen.«

Kein guter Anfang! Röte schießt in Lenas Gesicht, das sie schnell hinter den violetten Haaren versteckt. Ohne zu fragen schnappt sich der Anführer das Foto vom Tisch und begutachtet ausführlich Aysegüls Gesicht. »Ist sie das?«

»Ja, aber bevor wir über meine Cousine sprechen, möchten wir noch mehr über Sie erfahren.« Unter dem Tisch scharrt Ebru unruhig mit den Füßen. »Was machen Sie denn beruflich, Herr Önder?«

»Du kannst mich ruhig Mustafa nennen.« Sein schmieriger Blick begrapscht Ebru am ganzen Körper, bis sie verlegen die Augen niederschlägt. »Ich mache Import-Export.« Er steckt sich einen Keks in den Mund und kaut langsam darauf herum.

»Mit was handeln Sie?«, fragt Ebru, als keine nähere Erläuterung folgt.

»Viele Sachen«, weicht er aus, »vor allem hole ich Möbel aus der ganzen Welt.«

»Auch Frauen?«, schlüpft es über Lenas Lippen, worauf ihr Ebru einen Tritt gegen das Schienbein verpasst.

»Du bist echt witzig.« Mustafas Lippen verziehen sich zu einem Lächeln, das so unecht ist wie der Diamant an seinem Daumenring.

»Meine Freundin hat einen kleinen Scherz gemacht«, betont Ebru. Die Spannung im Raum schaltet dennoch auf Starkstrom, weshalb sie nach dem Messer tastet. Fest schließt sich ihre Hand um den Griff.

»Warum sucht sie einen Mann?« Mit dem Kopf deutet Mustafa auf das Foto am Tisch. »Ist sie krank?«

»Oder behindert?«, schaltet sich das andere Muskelpaket mit vollem Mund ein. Die Süßigkeiten am Teller sind schon beinahe weggeputzt.

»Nein, sie ist …«

»Doch«, fällt ihr Lena ins Wort. »Wir sollten schon ehrlich sein.« Ein warnender Blick rät Ebru, besser stumm zu bleiben. »Ihr fehlt das rechte Bein. Ein böser Unfall in der Kindheit. Das ist aber gar nicht schlimm. Du solltest einmal sehen, wie schnell sie mit Krücken durch die Küche sausen kann, wenn sie Essen kocht.«

»Wollt ihr mich verarschen?« Drohend stützt er die Ellbogen am Tisch ab, worauf seine beiden Begleiter alarmiert Kampfbereitschaft signalisieren.

»Nein, das verstehen Sie völlig falsch«, druckst Lena herum. »Wir dachten nur … also … warum sollte ein hübsches Mädchen mit leichter Einschränkung keinen Mann bekommen?«

»Weil sie dann wertlos ist. Wer will schon mit einem Krüppel ins Bett gehen?« Er lässt sie nicht aus den Augen, während er sich bedächtig mit dem Daumennagel Nussreste aus den Zähnen pult.

Ob er seine Feinde ebenso kaltschnäuzig entfernt? Oder seine Frau zur Prostitution zwingt? »Wenn Sie mit einer leichten Behinderung nicht umgehen können, sollten Sie sicher besser gehen.« Lenas Hand weist ihm den Weg nach draußen.

Belustigt schüttelt Mustafa den Kopf, wodurch er die schmalzigen Haarlocken zum Tanzen bringt. »Der Weg vom zwölften Bezirk war sehr lang und ich vergeude meine Zeit nicht gerne umsonst.«

In seinem glatten Gesicht kann Lena nicht erkennen, was er denkt. »Sollten wir Ihnen das Benzin zahlen?«

»Das wird nicht reichen«, erwidert Mustafa mit gespieltem Seufzen.

Nun bekommt es Lena mit der Angst zu tun. »Na, gut, Benzingeld und zwei Flaschen Wein als Entschädigung.«

»Du bist richtig süß.« Amüsiert beugt er sich vor und will ihr mit seinen Grapschhänden ins Gesicht fahren. »Auuu!«, brüllt er im nächsten Moment. Geschockt sieht er Blut aus einer Schnittwunde an seinem Zeigefinger quellen, das langsam auf Aysegüls Foto am Tisch tropft.

»Verschwindet sofort von hier«, schreit Ebru. Drohend schwingt sie das blutbefleckte Messer vor ihren Gesichtern. Besser im Kampf untergehen als klein beigeben und ebenso tot enden.

»Ebru? Lena?« Tariks Stimme dringt aus dem Vorraum, bevor er im Türrahmen erscheint. »Was ist hier los?« Verwirrt quetscht er sich an einem der Besucher vorbei und bezieht neben den beiden Frauen Stellung.

»*Pis fahişeler!*«, zieht Mustafa fluchend deren weibliche Ehre in den Schmutz. Mit einem schrillen Pfiff zeigt er seinen Begleitern an, den Rückzug anzutreten. Das Schuhregal im Vorraum fällt heftigen Tritten zum Opfer, der Garderobenständer wird umgeworfen, bevor sie endlich im Hausflur verschwinden. Durch den Spion beobachtet Lena, wie sie die Topfpflanze der Nachbarn demolieren.

»Wer war das?« Tarik springt das blutverschmierte Bild seiner Verlobten ins Auge. »Jemand aus der Familie?«

»Nein, nein. Mach dir keine Sorgen. Wir sind noch nicht gefunden worden.« Mit einem schiefen Lächeln reinigt Ebru die Klinge. »Es war nur jemand, der ausprobieren wollte, ob unsere Messer gut schneiden.«

Dringender Spendenaufruf gegen Zwangsheirat!

12.000,– Euro trennen Lale (18) von der Freiheit. Denn so viel kostet es, die Verlobung der jungen Frau zu lösen, die von der Familie gegen ihren Willen arrangiert wurde.

Ob sie an Flucht denkt? Natürlich! Doch damit würde sie die Verfolgung und den Tod durch die Familie riskieren.

Ob die Polizei helfen kann? Erst wenn sie in ihrem Versteck gefunden wurde und es bereits zu spät ist.

Wer kann dann helfen? Sie können helfen! Spenden Sie ein paar Euro und leiten Sie diese Mail bitte an alle Freunde und Bekannten weiter.

Danke und ein Lächeln! :-)

Bevor Lena das Mail durch den Verteiler jagt, fügt sie am Ende noch ihre Kontonummer hinzu. Ein bisschen hat sie bei der Geschichte geschwindelt, aber wer würde für einen zwangsverlobten Mann Geld spenden? Besser kein Risiko eingehen!

11. Kapitel

Lena zieht die Wollmütze über den Ohren lang. In der Dunkelheit sind die Temperaturen unter den Gefrierpunkt gefallen. Stoßstange an Stoßstange sausen Autos vorbei, die sie mit ihren Scheinwerfern blenden. Wie lange will Tarik im angrenzenden Park noch auf einer Bank hocken? Die Kälte hat ihre Füße bereits in Eisklumpen verwandelt, die sich merkwürdig taub anfühlen. Lena marschiert am Stand einige Schritte, wohl darauf bedacht, hinter dem Gebüsch versteckt zu bleiben. Nach wie vor rührt sich Tarik nicht vom Fleck, sondern starrt nur auf die vorbeiziehende Blechkarawane. An seiner Seite lehnt eine Tasche, die sie nicht scharf ausmachen kann, weil ein Schattenmuster darüber tanzt. Ob in dieser Tasche der Schlüssel für sein sonderbares Verhalten zu finden ist?

Ein angeleinter Schäferhundmischling schleift eine junge Frau, die aufgeregt ins Handy plärrt, über den Gehweg. Doch Tarik reagiert auf die beiden nicht, sondern wühlt bloß in seiner Jackentasche herum. Ob er der Tussi heimlich eine Nachricht zusteckt? Im trüben Licht der Straßenlaternen kann Lena nur erahnen, was sich zwanzig Meter von ihr entfernt abspielt. Da! Völlig ungeniert winkt er ihr zu. Lena meint sogar ein Lächeln auf seinem Gesicht zu erkennen. Rasch duckt sie sich, damit sie nicht im Vorbeigehen von dem Schäferhund entdeckt wird. Ihr kriminalistischer Spürsinn hat sie also nicht getäuscht! Irgendetwas heckt er mit dieser Tussi aus, die nicht einmal den eigenen Hund unter Kontrolle hat. Ein vertrauter Klingelton schwillt im Rucksack an, bringt die Außentasche zum Vibrieren. Verdammt! Sie hat vergessen, das Handy auszuschalten. Panisch öffnet sie den Zipp und befördert das verräterische Ding zutage. »Tarik« leuchtet ihr am Display entgegen. »Ja?«, haucht sie hinein.

»Lena?«

Seine Stimme klingt, als würde er direkt neben ihr stehen. »Ja«, antwortet sie leise, »was gibt es denn?« Wie verrückt pumpt ihr Herz Blut durch die Adern, bringt den gesamten Körper zum Kochen.

»Warum winkst du nicht zurück?«

Sie ist aufgeflogen! Vor Scham würde Lena am liebsten den Kopf ins Gras stecken und nie mehr aufblicken.

»Hallo? Warum setzt du dich nicht zu mir? Hinter den Büschen muss es total fad sein.«

Jetzt macht er sich auch noch über sie lustig! »Tut mir leid, aber du musst dir eine andere Gesellschaft suchen. Ich war nämlich gerade dabei, nach Hause zu gehen.« Mit dem letzten Rest von Würde richtet sie sich auf und tritt auf den Gehweg, wo sie bereits grinsend von ihm empfangen wird.

»Ich begleite dich.« Er legt einen Arm um ihre Schultern und drückt ihr einen Kuss auf die kalte Wange.

»Na gut«, grummelt Lena. Der eisige Wind schneidet ihr scharf ins Gesicht. Gemeinsam schlendern sie die dicht befahrene Straße zur Busstation entlang, die verlassen der hereinbrechenden Nacht trotzt. Die Auskunftstafel kündigt den nächsten Bus in fünfzehn Minuten an, was Lena ein enttäuschtes Seufzen entlockt. Mittlerweile lässt sie nur mehr der Gedanke an eine heiße Dusche und Tee in der Kälte durchhalten.

»Warum bist du mir gefolgt?« Tarik schlägt den Jackenkragen bis übers Kinn hoch.

»Weil du etwas vor mir verheimlichst.« Lena legt eine Extraportion Empörung in die Worte, um ihr ungebührliches Verhalten zu rechtfertigen. Wie konnte sie nur so weit gehen, den eigenen Freund auszuspionieren und ihm eine abwegige Verschwörung mit einer Fremden anzudichten?

»Angeblich bist du ständig mit Hakan zusammen, den ich heute aber seltsamerweise nicht gesehen habe.«

»Vielleicht brauche ich manchmal ein bisschen Zeit für mich.« Er stellt die Tasche zu Boden, die sich bei genauerem Hinsehen als gewöhnliche Papiertüte entpuppt.

»Was ist da drin?« Außen ist nur das Logo einer Supermarktkette aufgedruckt.

»Schau nach. Du glaubst mir ja ohnehin kein Wort.« Mit grimmiger Miene schiebt er die Tüte vor ihre Füße, die sich dabei einen Spalt breit öffnet.

Ein kurzer Blick hinein gibt eine Milchpackung, ein Bund Petersilie, Puddingbecher und andere Lebensmittelverpackungen preis. »Tut mir leid«, stottert sie. Zweifellos war er nur einkaufen. Offensichtlich hält sie das Misstrauen wie eine Zwangsjacke gefesselt, aus der sie sich nicht befreien kann.

»Schon okay, an deiner Stelle würde ich mir wohl auch nicht mehr über den Weg trauen.« Ein Knopfdruck bringt das Display seines Handys zum Leuchten. »Noch sieben Minuten.«

»Warum bist du mir nicht böse? Ich habe mich schrecklich verhalten.« Als sie lediglich einen kurzen Seitenblick erntet, der nichts verrät, wird ihr mulmig zumute. »Du kannst mir ruhig schlimme Dinge an den Kopf werfen.«

»Lena, quatsch keinen Mist! Ich habe gesagt, dass es in Ordnung ist. Kannst du es bitte dabei belassen?« Geradewegs steuert er den Abfalleimer an und spuckt den ausgelutschten Kaugummi hinein. Anschließend reckt er sich über den Rand des Gehsteigs, um nach dem ersehnten Bus Ausschau zu halten.

»Kommt er endlich?« Lenas Muskeln zittern nach jedem Windstoß stärker.

Tarik schüttelt den Kopf, als der Lautsprecher über der Ankunftstafel zu schnarren beginnt. »Achtung, eine Durchsage! Auf der Autobuslinie 99 kommt es nach einem Unfall zu längeren Wartezeiten. Wir bitten um Ihr Verständnis.«

»Das ist ein Albtraum«, jammert Lena. »Für jeden abgefrorenen Zeh werde ich Klage einreichen.« Um dem befürchteten Schicksal zu entrinnen, hüpft sie einige Male auf und ab, worauf ein brennender Schmerz durch die Füße schießt. Wenigstens ist noch ein Rest Leben in ihnen.

Wortlos nimmt Tarik sie an der Hand und führt sie in eine schlecht beleuchtete Seitengasse. Das laute Hallen ihrer Schuhe auf dem Asphalt treibt einen Marder unter die parkenden Autos zurück. An den Fenstern der Wohnhäuser verbreiten beleuchtete Sterne, Rentiere und Schneeflocken weihnachtlichen Glanz. Immer tiefer dringen sie in ein Labyrinth aus verwinkelten Gassen ein, ohne einer Menschenseele zu begegnen.

»Wo willst du hin?« Obwohl in Wien aufgewachsen, hat Lena die Orientierung völlig verloren.

»Zur U-Bahn.« Zielstrebig biegt Tarik um die nächste Ecke, wo sie von einem lebensgroßen Weihnachtsmann aus Plastik erschreckt werden, der an einem Balkon befestigt ist.

»Igitt, ist das kitschig«, quiekt Lena auf. Dann hält sie Tarik an der Hand zurück. »Das ist sowieso eine Sackgasse.« Sie deutet auf das Schild neben der schmalen Fahrbahn. »Wir haben uns verlaufen.«

»Nein, am Ende können wir quer über eine Wiese marschieren, die direkt zur U-Bahn führt.« Energisch zieht er sie weiter, aber Lena bewegt sich nicht von der Stelle.

»Warum kennst du dich in dieser Gegend so gut aus?«

»Hakan wohnt in der Nähe.« Unruhig scharrt er mit den Schuhen auf dem gestreuten Salz.

»Aber du hattest gesagt, er lebt am anderen Ende der Stadt!« Abermals kommt sie Ungereimtheiten auf die Spur, die Misstrauen hervorrufen. Oder hängt sie ihm schon wieder unbegründet eine Lüge an?

Tarik starrt in den bedeckten Himmel, als würde er um eine Antwort ringen. »Tut er auch«, seufzt er schließlich. »Willst du die Wahrheit wirklich wissen?«

»Unbedingt.« Sie spürt, wie ihre Nerven bis zum Äußersten angespannt sind.

»Ich werde etwas Dummes tun müssen, um das Geld zu beschaffen«, flüstert er.

Ein dicker Kloß schwillt in Lenas Kehle an. »Du meinst, etwas – Ungesetzliches?«

»Nicht so laut!« Vorsichtshalber sucht er die Gasse nach ungebetenen Ohren ab, die sie belauschen könnten. Doch niemand ist zu sehen, kein Fenster steht offen. »Komm mit, auf der Wiese können wir ungestört miteinander reden.«

Wie vor den Kopf geschlagen wankt Lena hinter ihm her, bis sie sich auf einer Grünfläche wiederfindet. Aus der Ferne leuchtet ihr ein U-Bahn-Zeichen entgegen, weiß auf blau. »Wen willst du bestehlen?«

»Das kann ich dir nicht sagen.« Auf der Holzbank verbirgt er sein Gesicht im Schatten eines Baumes.

»Ich dachte, du wolltest mich nie mehr belügen.« Lena wird von einer tiefen Kälte erfasst, die von innen kommt. Zitternd läuft sie vor ihm auf und ab.

»Je weniger du weißt, desto besser ist es für dich.« Er atmet tief durch. »Sollte die Sache schief gehen, möchte ich nicht, dass du darin verwickelt werden kannst.«

»Was hast du vor?« Am liebsten würde sie in seinen Dickschädel hineinschauen und alle seine Gedanken lesen können.

Anstatt eine Antwort zu geben, holt Tarik die Milchpackung aus der Papiertüte, dreht den Plastikverschluss auf und bietet Lena den ersten Schluck an.

»An deiner Stelle würde ich mich nicht länger provozieren.« Aufgebracht schlägt sie die Packung beiseite. »Sag schon, was du geplant hast!« Milch schwappt über und läuft über Tariks Handschuhe, die sich mit der Flüssigkeit vollsaugen. Ungerührt schüttelt er einige Tropfen davon ab und trinkt.

»Wenn du mich nicht sofort einweihst, Tarik, dann gehe ich zur Polizei.« Lena hebt ein dünnes Ästchen vom Boden auf und fuchtelt damit drohend vor seiner Nase herum.

»Ich glaube nicht, dass du Ebru und mich kaltschnäuzig auslieferst.«

Also ist Ebru ebenfalls daran beteiligt! In Tariks Gesicht liest sie, wie sehr er sich darüber ärgert, mehr verraten zu haben, als er vorgehabt hatte.

»Mist! Ich wollte nur, dass du dich nicht hintergangen fühlst, sollte ich im Gefängnis landen.«

»Warum gehst du das Risiko ein?« Lena setzt sich neben ihn und tastet nach seiner Hand. »Da ist es viel schlauer, wenn du pro forma heiratest und alles dran setzt, bald wieder frei zu sein.«

Entschlossen schüttelt Tarik den Kopf. »Ich muss es wenigstens versuchen.«

»Dann möchte ich euch dabei helfen.«

»Ausgeschlossen.« Er haucht einen Kuss auf ihre gefrorene Nasenspitze. »Dafür liebe ich dich viel zu sehr.« Nachdem die Milchpackung wieder sicher in der Tüte verstaut ist, zieht er sie hoch. »Komm, wir müssen nach Hause, bevor du krank wirst.«

Doch Lena weigert sich standhaft, seiner Aufforderung Folge zu leisten. »Ich will aber mit keinem Dieb zusammensein«, versichert sie mit Nachdruck.

»Sei bitte leiser«, fleht sie Tarik an.

»Wenn du mir nicht die Wahrheit sagst, musst du dir morgen einen neuen Schlafplatz suchen«, zischt Lena.

»Du schmeißt mich raus?«

»Mehr noch! Ich mache mit dir Schluss. Am besten fährst du gleich zu deiner Familie zurück.«

»Das meinst du nicht ernst.« Fassungslos sucht er ihr Gesicht nach einem Zeichen ab, das ihre Worte entkräftet.

»Oh, doch!« Lena dreht sich um und stakst auf steifen Beinen zur U-Bahn davon. Welche andere Möglichkeit bleibt ihr, um ihn an einer Straftat zu hindern? Wenn sie die Beziehung beendet, entscheidet er sich vielleicht doch noch zu heiraten.

In der Station wartet sie auf den nächsten Zug, während

dutzende Menschen ahnungslos um sie herumschwirren, als ob die Welt gerade nicht aus der Verankerung gehoben worden wäre. Suchend blickt sie sich nach Tarik um, der jedoch in der Menge verschollen bleibt. Eine innere Stimme treibt sie zur Eile an, bis sie sich wie auf einer Hetzjagd fühlt. Die Kälte ist aus den Knochen verschwunden, als sie keuchend nach Hause läuft.

In der Wohnung wird sie von drückender Dunkelheit empfangen. Bestimmt wurde Ebru von Tarik bereits über die neue Lage informiert und konnte sich rechtzeitig aus dem Staub machen. Lenas Verhörmethoden hätte sie nicht lange standhalten können, weshalb sie lieber die Flucht ergriffen hat. Hastig entledigt sich Lena der eisigen Schuhe und schleudert die Jacke auf den Garderobenständer. Mit dem Hinterteil am Heizkörper sucht sie im Adressbuch des Handys nach Monas Nummer.

»Hallo, Lena.«

Monas Stimme am anderen Ende der Leitung lockert den Knoten im Magen. »Ist Ebru bei dir?«

»Ja, sie ist gerade von der Arbeit gekommen. Möchtest du sie sprechen?«

»Nein. Mona, sie will die 12.000,– Euro mit Tarik stehlen! Du musst sie aufhalten.«

In der Stille hört Lena sie flach atmen. »Was sagst du da?«

»Sie wollen irgendwen ausrauben!« Im Hintergrund hört sie, wie ein Stuhl scharf zurückgeschoben wird.

»Danke für deinen Anruf. Ich werde mich darum kümmern.« Aus Monas Verhaltenheit schließt Lena, dass Ebru in Hörweite ist. Beruhigt legt sie auf. Heute konnte sie nicht mehr tun.

»Der Idiot!«, faucht Ebru. Warum hat sich Tarik nicht an die Abmachung gehalten?

»Sag mir, dass es nicht wahr ist!«

Ebru kann das Flehen in Monas Augen nicht ertragen.

»Ist es nicht.« Was zählt schon eine kleine Notlüge, wenn sie damit Schlimmeres verhindern kann? »War nur eine blöde Idee, über die wir einmal gescherzt haben.«

Prüfend gleitet Monas Blick über sie, nimmt jede ihrer Regungen genau unter die Lupe. »Ich weiß nicht, ob ich dir glauben kann.«

»Warum sollte ich etwas derart Dummes anstellen?« Ebru verdreht die Augen nach oben. »Lena wird schon richtig paranoid.« Erleichtert bemerkt sie, wie sich Mona in ihren Armen entspannt.

»Du würdest mir davon erzählen, oder?«

»Natürlich.« Wenn ihr die Familie etwas in die Wiege gelegt hat, dann ist es, ohne Wimpernzucken zu lügen. Ohne eine eigene Interpretation der Wahrheit wäre sie zwischen den starren Regeln zermahlen worden.

»Ich müsste dich ansonsten nämlich einsperren.« Nachdenklich stützt Mona den Kopf auf ihrer Schulter ab. »Obwohl ich es schon immer gerne auf die Titelblätter der Zeitungen geschafft hätte.« Lachend zeichnet sie eine Schlagzeile an die Wand. »Lesbe hält Geliebte als Sklavin gefangen! Oder besser: Perverses Lesbenspiel in Todesfalle?«

»Du bist verrückt«, kichert Ebru. Sie schwingt sich auf Monas Schoß und hält sie fest. »Außerdem wärst du meine Sklavin.«

»Träum weiter«, haucht Mona, bevor sie Ebru nahe heranzieht und leidenschaftlich küsst.

<an-na> hallo, lena! gut, dass ich dich sofort erwischt habe.

<fotox> hi!

<an-na> hast du dich für das private fotocollege entschieden?

<fotox> nein, dort lerne ich nichts neues.

<an-na> dann wird es zeit, dass du selbst etwas geld verdienst.

<fotox> ich helfe bei dem caterer aus, für den ebru arbeitet.
<an-na> gutes kind! :-)
<fotox> tarik schnorrt mir den lohn übrigens nicht ab, falls ihr das befürchtet. :-p
<an-na> spar dir die frechheiten!
<fotox> tut mir leid, ich bin einfach mies drauf.
<an-na> das haben wir schon bemerkt! deshalb fliegen wir anfang jänner auch nach wien zurück.
<fotox> wegen mir? das will ich aber nicht!
<an-na> selber schuld! ;-) katrin dreht durch, seit du kaum etwas von dir hören lässt.
<fotox> deshalb braucht sie doch nicht ihren selbsterfahrungstrip abbrechen.
<an-na> das hättest du dir früher überlegen müssen, mein schatz. außerdem habe ich in letzter zeit viele angebote für fotoshootings erhalten. ich kann es mir nicht länger leisten, alle zu vertrösten.
<fotox> gute ausrede! sicher hast du schon im umkreis von zehn km um den ashram jeden stein fotografiert und langweilst dich zu tode.
<an-na> :o)) übrigens sucht das schauspielhaus dringend jemanden, der fotos für das neue programmheft schießt. was hältst du davon?
<fotox> du meinst damit mich?
<an-na> warum nicht? ich würde dich als meine vertreterin empfehlen, wenn du mir versprichst, es wirklich ernst zu nehmen.
<fotox> jipiii! ich kippe aus den latschen vor lauter freude! :-))) du weißt, dass ich dich auf keinen fall enttäuschen werde.
<an-na> davon bin ich überzeugt, sonst hätte ich dich nicht gefragt. außerdem kannst du mir die fotos vor freigabe zur endkorrektur mailen.
<an-na> lena? bist du noch da?
<fotox> ja, ich hab nur einen kurzen freudentanz aufgeführt, kann nicht mehr aufhören zu :-)!

<an-na> schön! so habe ich dich schon lange nicht mehr erlebt. dann maile ich dir gleich alle kontaktdaten.
<fotox> danke! ich umarme euch beide ganz fest.
<an-na> wir dich auch!

Im Vorraum hängt der Geruch von altem Schweiß, der ihr auf der Stelle Unwohlsein bereitet. Altmodische Tapeten mit Blumenmuster lösen sich in Streifen von den Wänden. Auf den kahlen Stellen wurden mit dunklem Filzstift geistige Ergüsse gekritzelt: »Warum heiraten? Leasing ist so einfach!« oder »Wir sind für die 35-Liter-Woche!« weisen auf die intellektuelle Brachlage des Bewohners hin. Eine rote Glühbirne baumelt nackt von der Decke und gibt dem fensterlosen Raum den Anstrich eines billigen Puffs.

»Ich habe doch gesagt, dass es keine gute Idee ist, wenn du kommst.« Tarik nimmt ihr die Jacke ab und wirft sie über einen Kleiderberg in der Ecke.

»Es geht nicht anders. Ich muss mir sicher sein, dass er uns nicht belügt.« Ebrus Stimme klingt nasal, da sie vorsorglich nur durch den Mund atmet. »Gib mir die Jacke zurück, bevor sie von Motten befallen wird.« Mit spitzen Fingern greift sie nach dem neuen Kleidungsstück, das sie günstig im Abverkauf erstanden hat, und schüttelt es aus. »Wie kannst du es hier nur aushalten?«

»Lena hat mir keine andere Wahl gelassen.« Er führt sie in das Innere der heruntergekommenen Bude, in der das reinste Chaos regiert. Verschmierte Gläser und Pappschachteln, auf denen Pizzareste vergammeln, sind dekorativ auf Stühlen und Tischchen verstreut. Der Boden ist größtenteils mit Zeitschriften und alten Socken gepflastert.

Auf einer durchgesessenen Couch thront Hakan im Schneidersitz, das Mundstück einer Shisha-Pfeife zwischen den Lippen. »*Merhaba*«, begrüßt er sie und bläst Rauch aus den Nasenlöchern.

Sein Anblick trifft Ebru wie ein Schlag in den Magen. Am liebsten würde sie ihm auf den dreckigen Teppich kotzen, der bestimmt einen eigenen Mikrokosmos an ekeligen Tieren beherbergt. »Hi«, würgt sie heraus.

»Setz dich.« Er entfernt eine Boxershorts von der Couch, bevor er auf den Platz neben sich deutet.

»Ich stehe lieber.« Die Jacke hält sie sich wie einen Panzer vor die Brust.

»Wie geht es dir?« Selbstgefällig lächelt Hakan sie an, als ob in der Vergangenheit nichts vorgefallen wäre.

»Du meinst, nachdem du mich ohne Zögern an meinen Vater ausgeliefert hast?« Bilder aus dem alten Leben flackern auf: die Zeit der häuslichen Gefangenschaft, in die ihr eigener Vater sie verbannte, der schmerzhafte Verlust, die Angst vor der Zwangsheirat, das Gefühl dem Wahnsinn zu verfallen, und der Abgrund, von dem sie sich wie durch eine Sirene angezogen fühlte, weil er endgültige Erlösung versprach.

»Glaubst du, ich habe deswegen ein schlechtes Gewissen?« Das Lächeln friert auf seinem Gesicht ein. »Ich habe richtig gehandelt, nachdem ich dich mit Mona beim Knutschen erwischt habe. Du hast nur bekommen, was du verdient hast.«

»Du arroganter Arsch!« Ebrus Haut ist in Zornesröte getaucht. »Soll ich dir verraten, was du verdienst? An deinen …«

»Lass ihn blöd reden«, unterbricht sie Tarik barsch. Er legt die Hand auf ihren bebenden Rücken. »Ist doch unwichtig, ob er dich versteht.«

Ist es nicht! Allerdings hat sie weder Rache noch Versöhnung hierher geführt, sondern ein paar Insider-Informationen, die sich Hakan für 1.000,– Euro abkaufen lassen möchte. Es wäre kurzsichtig, dieser Quelle aus Wut die nächstgelegene Gabel ins Herz zu stechen. Wenigstens nicht, bevor er die pikanten Details ausgespuckt hat.

»Reden wir über den Supermarkt, den wir ausrauben wollen.« Tarik reicht ihr ein Blatt, auf dem der Grundriss aufgezeichnet ist. »Wie du siehst, schließen links an die Verkaufsfläche das Lager und die Garage für die Lieferanten an. Um die Ecke ist das Büro des Filialleiters, wo auch ein Klo und der Aufenthaltsraum für das Personal sind.«

»Woher wissen wir, ob der Plan stimmt?« Voller Misstrauen lässt Ebru das Papier sinken und nimmt den zwielichtigen Informanten in Augenschein, der ungerührt an seiner Pfeife zieht. »Er könnte uns einfach eine fette Lüge erzählen, um kräftig abzukassieren.«

»Ich würde meinen ältesten Freund nie bescheißen.« Empört springt Hakan auf und droht ihr mit erhobener Faust. »Hau ab, wenn du mir nicht glaubst!«

»Reißt euch jetzt endlich zusammen«, wird Tarik laut. Ungeduldig zwingt er Ebru auf den Hocker nieder und drückt ihr eine Coladose in die Hand. »Den Grundriss habe ich beim Einkaufen selbst überprüft. Er ist richtig.« Dann bewirft er Hakan mit der ersten Fußballzeitschrift, die ihm in die Hände fällt. »Und du solltest meiner Schwester gegenüber mehr Respekt zeigen. Verstanden?«

»Ich wollte damals ja nicht, dass es so krass abläuft.« Hakan öffnet eine Schachtel am Tisch und legt neuen Tabak nach. Seine zitternden Hände und der Schweiß auf der Stirn weisen bereits auf eine leichte Überdosis hin.

»Woher weiß er«, Ebru zeigt auf Hakan, »wann der Geldtransporter die Einnahmen abholt?« Sorgfältig sucht sie das Cola auf Dellen und Tiere ab, bevor sie es öffnet.

»Seine Freundin arbeitete in der Filiale.« Tariks Finger weist auf ein Foto an der Pinnwand, von wo ein knapp bekleidetes Mädchen mit viel zuviel Schminke im Gesicht herunterlächelt.

»Die wird sich nach dem Raub denken können, dass Hakan die Insider-Infos ausgeplaudert hat. Dann sind wir alle dran.« Ebru fragt sich, ob sie in dieser illustren Runde die einzige mit ein bisschen Grips im Hirn ist.

»Meine Alte ist blöd wie Brot«, winkt Hakan ab. »Die hat gar nicht bemerkt, dass ich sie ausgefragt habe.«

»Er soll gefälligst nicht so abwertend über seine Freundin reden«, verlangt Ebru aufgebracht von Tarik.

»Jenny hat eben andere Qualitäten.« Das anzügliche Grinsen wird Hakan jedoch aus dem Gesicht gewaschen, als ihn Ebrus aufgeschüttelter Cola-Strahl mitten im Gesicht erwischt.

»Du blöde Schlampe!«, schreit er auf. Nur Tarik, der sich schützend vor seine Schwester stellt, kann ihn davon abhalten, ihr an die Gurgel zu springen. »Wenn sie sich nicht sofort entschuldigt, sage ich kein einziges Wort mehr.«

Doch Ebru denkt nicht einmal daran nachzugeben. Soll der doofe Sexist seine Insider-Informationen an jemand anderen verkaufen, der noch verzweifelter ist als sie selbst.

»Es tut ihr sehr leid«, beteuert Tarik. Ein rascher Seitenblick warnt Ebru, jetzt bloß den Mund zu halten. Grob drängt er Hakan auf den Couchplatz zurück und tupft ihm mit einem muffigen T-Shirt die Saftspuren vom Kinn. »Wann wird das Geld nun abgeholt?«

Hakan schaut finster zu Ebru hinüber. Dann entscheidet er sich, nun doch mit dem Wesentlichen herauszurücken. »Dienstag in der Früh, gleich nachdem der Supermarkt geöffnet wird, und Donnerstag gegen siebzehn Uhr.« In einem Zug trinkt er den Rest aus Ebrus Coladose leer, die er sich ungefragt angeeignet hat. Ohne sie aus den Augen zu lassen, quetscht er den Alubehälter mit einer Hand zu einem faltigen Blechknäuel zusammen. Eine stille Warnung.

»Wir müssen den Supermarkt ausrauben, knapp bevor die Sicherheitsfirma das Geld abholt. Dann befindet sich nämlich am meisten im Tresor.« Tarik stellt einen abgegessenen Teller vom Tisch, damit er Platz zum Mitschreiben findet. »Wie viel ist denn zu holen?«

Lässig lehnt sich Hakan auf der Couch zurück. »Das erfahrt ihr erst, wenn ihr mich bezahlt habt.«

Ohne eine Miene zu verziehen, blättert Tarik 700,– Euro auf den Tisch. Erwartungsvoll blickt er Ebru an, deren Finger sich vor Widerstand verkrampfen, als sie nach der

Geldbörse greifen möchte. »Kein richtiger Freund verlangt im Vorhinein Geld. Warum reicht es ihm nicht, einen Anteil von der Beute zu bekommen?« Nach wie vor zieht sie es vor, den Widerling nicht direkt anzusprechen, um ihn ihre Verachtung deutlich spüren zu lassen.

»Weil ich am Ende nicht leer ausgehen will! Wer weiß, ob ihr den Mumm besitzt, das Ding überhaupt durchzuziehen. Oder ihr werdet von den Bullen geschnappt.« Mit einem dramatischen Aufseufzen legt Hakan beide Beine am Tisch ab, wobei ein Loch im Socken sichtbar wird, aus dem der große Zeh nebst zwei Nachbarn ragt. »Zu viele Möglichkeiten, wie ich um mein Geld kommen könnte. Besser, wir erledigen das vorher. Dafür müsst ihr später nicht mit mir teilen.«

»Hört sich fair an«, schaltet sich Tarik ein. Er beugt sich zu Ebru und flüstert leise in ihr Ohr: »Du musst nicht ihm, sondern mir vertrauen. Schaffst du das?«

In seinen Augen liest sie, wie er um die letzte Chance bangt, sich freikaufen zu können. Um nichts in der Welt möchte sie diejenige sein, die ihm den letzten Hoffnungsschimmer nimmt. Seufzend zieht sie den fehlenden Betrag aus der Tasche und wirft ihn vor Hakan auf den Tisch.

»Gut, wir sind im Geschäft«, schnurrt dieser zufrieden, rollt das Geld und verstaut es in einer Tampon-Schachtel. »Da schaut niemand rein.« Die eigene Raffiniertheit entlockt ihm ein stolzes Grinsen.

»Sag schon, wie viel sich normalerweise im Tresor befindet.« Wie besessen fächelt Ebru vor ihrer Nase den eigentümlichen Geruch weg, der von Hakans Füßen aufsteigt.

»Am meisten Geld ist Montagabend drin, weil die Wochenendlosung am höchsten ist. Jetzt in der Weihnachtszeit können da schon 20.000,– bis 25.000,– zusammenkommen.« Provokant rutscht er zur Couchkante vor, um seine Stinkefüße noch näher an Ebru heranzuschieben.

»Aber wie wollen wir den Raub durchziehen?« Demonstrativ hält sie sich die Nase zu.

»Ich überfalle den Filialleiter und zwinge ihn, den Tresor für mich zu öffnen.« Aus der Sporttasche holt Tarik eine glänzende Pistole hervor. »Die ist nicht echt.« Als er auf den Abzug drückt, schießt an der Mündung eine Flamme hervor.

»Ein Feuerzeug? Wo hast du das her?« Mit einem Mal bemerkt Ebru, wie trocken ihr Mund ist.

»Das möchtest du bestimmt nicht wissen.« Schnell lässt er das gut kopierte Imitat einer Glock im Hosenbund verschwinden.

»Wir blasen die ganze Sache ab.« Ebru lässt den Kopf in die Hände fallen. »Das ist alles viel zu gefährlich. Außerdem werden wir sicher von Dutzenden Kameras gefilmt. Die Bullen geben eine EU-weite Fahndung nach uns heraus und wir müssen nach Brasilien flüchten.«

»Die Kameras sind nur Attrappen, um Diebe abzuschrecken. Darauf wird kein einziges Bild gespeichert.« Hakan berührt sie mit der nackten Zehe. »Mach dir darüber keine Sorgen.«

»Hör auf mit dem Quatsch!« Tarik stößt seine Füße vom Tisch, die sogar die eigene, weniger empfindliche Nase beleidigen. »Bist du sicher, dass der Filialleiter nicht gerne den Helden spielt und sich zur Wehr setzt?«

»Das Weichei?« Höhnisch lachend, klopft sich Hakan auf den Oberschenkel. »Ich hab ihn auf einer Firmenfeier kennengelernt. Der kann keiner Fliege auch nur einen Flügel ausreißen. Außerdem werden die Verkäufer doch alle geschult, bei einem Überfall das Geld sofort herauszurücken, um kein Menschenleben zu gefährden.«

»Aber er sieht unsere Gesichter!« Über einen Fußball und zwei ungleiche Schuhe stolpert Ebru zu Tarik hinüber. »Oder willst du ihn umbringen?« An den Schultern versucht sie ihn zur Besinnung zu rütteln.

»Bist du verrückt geworden? Niemand wird dabei verletzt werden.« Er hält ihre Hände fest, bis sie sich wieder beruhigt hat. »Über den Rest sprechen wir später zu zweit.«

»Ihr wollt was vor mir verheimlichen?« Kopfschüttelnd

greift Hakan zur Shisha-Pfeife, die er abermals zum Glühen bringt. »Dann kann ich euch auch nicht helfen.«

»Warum sollten wir einen Verräter in unsere Pläne einweihen?« In der Handtasche kramt Ebru nach dem Deo, das sie immer bei sich trägt. »Du stinkst erbärmlich!« Voller Abscheu besprayt sie ihn, bis sie von Tarik in den Vorraum gedrängt wird.

»Mhm, das riecht total geil«, ruft ihr Hakan nach.

»Beachte ihn am besten gar nicht.« Tarik schließt die Tür hinter sich. »Vielleicht brauchen wir ihn noch.«

»Wie kannst du mit so einem Idioten befreundet sein?« Empört sucht Ebru in ihrer Handtasche nach dem dicken Stift für die Speisekarte, den sie unlängst aus Versehen bei Mona eingesteckt hat und ihr längst zurückgeben wollte. Im Schein des Rotlichts schmiert sie »Hakans Entwicklung endete mit drei Jahren, dann ist er nur noch gewachsen« an die Wand.

»Geht es dir jetzt besser?«

»Ganz bestimmt.« Sie kickt einen Schuh beiseite. Auf der Straße inhalliert sie die abgasgeschwängerte Luft ein, die unerwartet rein und wohlriechend durch die Nase flutet. Schweigend marschieren die beiden Geschwister in den Park um die Ecke. Das Gekreische auf dem Spielplatz setzt eine hervorragende Lärmwand vor ihr vertrauliches Gespräch.

»Es könnte beispielsweise sein, dass der Filialleiter vor lauter Angst die Zahlenkombination des Tresors vergisst. Was machen wir dann?« Ebru kaut nervös auf dem Daumennagel herum, der gerade erst heil geworden ist.

»Das kann nicht passieren. Der Tresor wird mit einem Schlüssel geöffnet, den er immer bei sich trägt.« Sanft entfernt Tarik ihren Finger aus dem Mund. »Bist du sicher, dass du überhaupt dabei sein willst?«

»Natürlich. Ich lass dich nicht im Stich!« Mit einem Schubs bedeutet sie ihm, den Weg schneller fortzusetzen. Der alte Mann hinter dem Rollator starrt sie allzu interessiert an. Bestimmt hört er viel besser, als er vor anderen je zugeben würde. »Außerdem brauchst du jemanden, der dich warnt, sollten die Bullen plötzlich anrücken.«

»Was ist, wenn es schief geht und du erwischt wirst?«, flüstert Tarik. »Ich könnte mir nie verzeihen, wenn du wegen mir im Gefängnis landest.«

»Was soll das sentimentale Gewäsch?« Erneut versetzt sie ihm einen Schubs in die Seite, aber dieses Mal fällt er bedeutend kräftiger aus. »Es wird alles gut werden, *Allah'ın izni ile!*«

Wachsam späht Tarik über die Schulter und sondiert die Lage nach zwielichtigen Charakteren. »Glaubst du nicht, Allah findet, dass wir das Falsche tun?«

»Ich weiß nicht.« Im Abseits lässt sich Ebru auf einer Bank nieder. »Stehlen ist eine ziemlich schwere Sünde«, sie wiegt den Kopf bedächtig hin und her, »aber das hier ist das kleinere Übel. Ich denke also nicht, dass wir deswegen in der Hölle schmoren werden.«

Tarik rückt nahe an sie heran. »Reicht Liebe als Entschuldigung aus?«

»Das hoffe ich schon«, seufzt Ebru schwer. »Vielleicht gibt es gar kein ewiges Fegefeuer. Genauso wenig wie das Paradies. Möglicherweise sterben wir einfach am Ende und verrotten unter der Erde wie Blumen im Herbst.«

»Das wäre schön. Ich möchte im irdischen Leben nämlich nicht auf Lena verzichten, damit ich im Paradies auf ewig glücklich sein kann.« Tarik sammelt eine Handvoll Kieselsteinchen auf und schleudert sie einzeln auf einen Fahnenmast. Mit hellem Klang prallen die Geschosse vom Metall ab. »Das ist doch nur Schwachsinn, den sich Eltern ausgedacht haben, um ihren Kindern zu drohen.«

»Sei nicht blöd! Ohne Koran wüssten die Menschen gar nicht, was richtig oder falsch ist.« Ein Rascheln im Gebüsch lässt Ebru aufhorchen. Die hektisch zur Seite geschobenen Äste geben jedoch keinen Lauscher preis.

»Es verletzt doch niemanden, wenn ich einem riesigen Konzern ein bisschen Geld wegnehme.« Tarik dämpft seine Stimme zu einem Flüstern.

»Es zu stehlen ist trotzdem falsch.« Ebru nimmt ihm das kleinste Steinchen ab und zielt auf einen herrenlosen Rollator. »Aber ich glaube fest daran, dass uns Allah vergeben wird.« Nicht nur den Raub. Auch ihre unbestrittene Vorliebe für Frauen wird er verstehen, die von den konservativen Koranexperten als widernatürlich und sündig verurteilt wird.

»Ich bin mir gar nicht sicher, ob es Allah überhaupt gibt.« Allerdings möchte ihn sich Tarik nicht zum Feind machen, sollte er einer Täuschung unterliegen.

»Natürlich gibt es ihn!« So viel Unverständnis entlockt ihr ein schwaches Lächeln. »Er ist nur nicht unser Babysitter, der uns ständig vorschreibt, was wir tun sollen. Im wirklichen Leben müssen wir schon selbst entscheiden.«

»Es ist so kompliziert.« Stöhnend rauft sich Tarik das dunkle Haar. »Die meisten Dinge liegen irgendwo zwischen gut und böse. Woher soll ich denn wissen, wofür ich im Himmel belohnt oder bestraft werde?«

»Keine Ahnung.« Ebru zuckt mit den Achseln. »Ich versuche einfach auf Allahs Liebe und Großzügigkeit zu vertrauen.«

Erneutes Rascheln lässt die beiden alarmiert hochschnellen. Zwischen den Ästen lugt der Besitzer des Rollators hervor und starrt sie herausfordernd an. Seine Hand ist unter den Gummibund der Trainingshose geschoben und macht sich in schnellen Bewegungen an der Ausbeulung im Schritt zu schaffen.

»Verdammter Wichser!« Empört hält ihm Ebru das Deospray entgegen und drückt ab. Weiße Schwaden besten Zitronendufts zischen ins Gebüsch, bescheren dem Exhibitionisten einen blechernen Husten.

»Hör auf! Der Alte krepiert noch daran.« Tarik windet ihr den Kosmetikartikel aus den Händen, der im Laufe des Nachmittags nun schon zum zweiten Mal die Funktion gewechselt hat. »Tu mir den Gefallen und kauf dir nie ein Pfefferspray, sonst gibt es Tote.«

Zufrieden hört Ebru den Widerling nach Luft röcheln. »So schnell packt der seinen Schwanz nicht mehr aus.«

Tarik nimmt sie am Arm und begleitet sie nach Hause. Vor der Wohnungstür hofft er, einen Blick auf Lena erhaschen zu können. Doch die ist ausgeflogen.

Mona hat meine Notlüge durchschaut. Nach drei Tagen hat sie verstanden, dass ich verrückt genug bin, um mit Tarik einen Supermarkt auszurauben. Im Grunde war es absurd, überhaupt den Versuch zu unternehmen, sie in glücklicher Unwissenheit zu lassen. Ich habe mich damit entschuldigt, sie vor der Mitwisserschaft beschützen zu wollen, um noch ein paar Tage gemeinsam in der Normalität leben zu können. In Wahrheit habe ich jedoch längst die Eigennützigkeit meiner Lüge erkannt. Ich schäme mich vor ihr. Wer möchte schon mit einer Diebin zusammen sein?

Die Enttäuschung in ihren Augen hat mich bis ins Herz getroffen. Meine Berührungen ließen sie kalt, als sie sich hinter ihre verschränkten Arme zurückzog. Meine Erklärungen nahm sie ohne Widerworte hin, ohne das kleinste Bemühen, mich davon abzubringen. Offensichtlich hat sie wieder einmal an der Klarheit meines Verstands gezweifelt, wie ich im Übrigen auch selbst. Wer kann ihr denn verübeln, mich aus der Wohnung geworfen zu haben? »Ich kann nicht mehr«, waren ihre letzten Worte.

Ich kann nicht mehr. Wie oft habe ich schon dasselbe gedacht? Die Erfahrung hat mich aber gelehrt, dass dieser Satz nur bedingt Gültigkeit besitzt. Wenn keine Wahl bleibt, muss man die Dinge auf sich nehmen und weitermachen. »Ich kann nicht mehr« bedeutet bloß, die eigenen Grenzen zu erweitern und einen Schritt darüber hinaus zu tun. Die

Kraft dazu findet sich von selbst, weil das Leben nicht einfach aufhört oder jemandem eine Verschnaufpause zugesteht. Es geht einfach weiter, immer weiter, ohne Rücksicht auf die eigenen Wünsche. Im Rad des Lebens schwirren die schönsten Momente eilig vorbei, während die schlechten Tage auf der Streckbank liegen bleiben. Nichts kann man festhalten, am Ende zerfällt alles zu Staub. Egal, ob ich in einer fensterlosen Zelle meine Strafe absitze oder mit Lena über Unsinn lache, die Welt dreht sich und lehrt mich, alles schaffen zu müssen.

Wie lange ich für schweren Raub hinter Gittern komme, falls wir erwischt werden sollten? Drei bis fünf Jahre ohne Bewährung, hat meine Internetrecherche ergeben. Mit dieser Aussicht ergibt eine Beziehung keinen Sinn mehr. Es ist Mona nicht zu verdenken, dass ihr das Risiko einer möglichen Mittäterschaft zu hoch war. Allein das Wissen um den Raubzug verpflichtet sie, uns bei der Polizei anzuzeigen. Deswegen habe ich ihr kein einziges Detail gesagt. Sie hat auch nicht gefragt. Als Abschiedsgeschenk wird sie mich nicht verraten und ausliefern, sondern ein letztes Mal zu mir halten.

Am Ende hätte ich ihr gerne gesagt, wie sehr ich sie liebe, aber ich habe es nicht getan. Es wäre mir schäbig vorgekommen, so als würde ich sie zur Loyalität erpressen wollen. Doch es ist wahr. Die schönsten Momente waren die mit ihr. Oder wegen ihr?

In letzter Zeit denke ich oft an meinen Vater, der behauptet, keine Tochter mehr zu haben. Das stimmt allerdings nicht. Das gemeinsame Blut verbindet uns viel stärker als seine Ignoranz, selbst wenn es uns anders lieber wäre. An schlechten Tagen kann ich sogar seine Stimme hören, die mich als dreckige Hure beschimpft, die in der Gosse verenden wird. Ist es nicht verwunderlich, dass er am Ende recht behalten könnte? Die Kälte, mit der er seine Familie misshandelt hat, die Zwangsvorstellungen, wie wir nach seinem Willen zu funktionieren hatten, die strengen Maßstäbe, die ausschließlich für uns galten, haben uns genau dorthin getrieben. Er hat alle Bedingungen geschaffen, damit sich die Prophezeiung bewahrheitet. Ist das nicht zynisch? So sehr sich Lena, Katrin und Anna um mich bemüht haben, konnten sie mein Bluterbe nicht auslöschen. Es lastet viel zu sehr auf mir, um es mit einem sauberen Schnitt abtrennen zu können. Am Ende bleibt nichts weiter zu tun, als es anzutreten.

Die ›Glock‹ liegt unerwartet leicht in Ebrus Händen. Die raffinierte Kopie ist einer echten Pistole täuschend ähnlich. Hoffentlich erschreckt sich der Filialleiter nicht zu sehr, wenn Tarik die gefakete Waffe zieht. Zögerlich drückt sie auf den Abzug, während sie das Stück Papier vor den Lauf hält. Die Flammen nähren sich gierig davon, züngeln bereits nahe an den Fingern, bevor sie die schwarzen Überreste in den Schnee fallen lässt.

Zitternd richtet sich Ebru nach Südosten aus und betet um ihrer aller Leben.

12. Kapitel

Im Internet ruft Lena den aktuellen Kontostand ab. Insgesamt sind acht Menschen dem Aufruf gefolgt und haben ganze dreiundfünfzig Euro für Tarik alias Lale gespendet. Ein lächerlicher Betrag angesichts der erhofften Summe! Wann ist diesem Land die vielseits gerühmte Spendenfreudigkeit abhanden gekommen? Niedergeschlagen packt sie einen Schokoriegel aus und knabbert lustlos daran herum. Nicht einmal ihr Seelenrezept scheint mehr richtig zu funktionieren.

»Lena?« Unvermutet steckt Tarik den Kopf ins Zimmer. »Kann ich kurz hereinkommen?«

»Auf keinen Fall.« Offenbar hat sich Ebru zur Komplizin machen lassen und gegen das ausdrückliche Tarik-Anwesenheitsverbot verstoßen.

»Dann müssen wir eben so miteinander reden.« Verdrossen stützt er sich am Türrahmen ab. »Ich sage dir kein fünftes Mal, dass ich dich nicht dabei haben will.«

Mit zusammengepressten Lippen rollt sich Lena auf dem Stuhl in die hintere Ecke des Zimmers. »Ebru hat mir alles über den Raub erzählt.« Na gut, eigentlich war sie sich nicht zu schade, jedes verfügbare Druckmittel einzusetzen, um in alle Details eingeweiht zu werden. »Und ich bin dabei!«

»Das ist falsch.« Er schlägt mit der Faust gegen den Holzrahmen. »Du wirst zu Hause bleiben!«

»Nein, denn ich habe eine Sicherheitslücke in eurem Plan entdeckt. Ihr braucht mich!« Trotzig schiebt sie das Kinn vor.

»Ich will nicht, dass du dich in Gefahr bringst.« Vor Aufregung nimmt seine Gesichtsfarbe einen ungesunden Rotton an.

Lena rollt eine Armlänge an ihn heran. »Dann blas die ganze Sache ab.«

»Das geht nicht. Wir haben schon zu viel in den Plan investiert.«

»Na schön. Dann gehen wir eben alle drei in den Knast.« Bockig sitzt sie mit verschränkten Armen vor ihm.

Am liebsten würde Tarik sie schnappen und so lange schütteln, bis ihre Vernunft wieder einsetzt. »Du hast damit nichts zu tun.« Er atmet tief durch, um die Beherrschung nicht zu verlieren.

»Raus aus meinem Zimmer«, faucht Lena. Soeben hat er die magische Türschwelle mit den Zehenspitzen übertreten.

Tariks Fäuste ballen sich zusammen, als er der kindischen Aufforderung Folge leistet und fünf Zentimeter zurückweicht. »Am liebsten würde ich dich …« Im letzten Moment schluckt er die Drohung hinunter.

»Was denn? Verkehrt herum aufhängen?« Lena springt hoch und versetzt dem Stuhl einen Fußkick, der ihn zurück an den Schreibtisch befördert. »Oder mit Beruhigungspillen zum Schweigen bringen?«

»Hört sich spannend an, aber mir fallen amüsantere Methoden ein, damit du den Mund hältst.« Das schiefe Lächeln in seinem Gesicht deutet auf intimere Gedanken hin.

Herablassend mustert ihn Lena von oben bis unten. »Danke für das Angebot, aber ich habe echt kein Interesse.« Sie setzt sich an den Schreibtisch und tut so, als würde sie sich in die Arbeit vertiefen.

Fassungslos beobachtet Tarik ihren gebeugten Rücken, den sie ihm unverschämt zuwendet. »Du bist ganz schön frech, wie du mich ignorierst.«

»Wieso? Offensichtlich können wir uns nicht einigen. Deshalb werde ich das machen, was ich für das Beste halte.« Sie blickt kurz über die Schulter. »Du stehst schon wieder in meinem Zimmer.« Verärgert deutet sie auf die Türschwelle.

»Raus hier!« Im nächsten Moment bricht Dunkelheit über sie herein, zwei Hände nähern sich und drehen sie mitsamt Stuhl herum.

»Was soll das?!« Die Grenze gilt auch bei abgeschaltetem Licht.

»Das ist ein Überfall.« Sie spürt Tariks Atem auf der Haut. »Ich fange schon mal an zu üben.«

Lenas Widerstand fällt in sich zusammen, als sie seine Lippen spürt. Spontan streckt sie ihm ihre Arme entgegen, schlingt sie um seinen Körper. Zu lange musste sie auf ihn verzichten, seine Nähe entbehren. Wie eine Pflanze, die am Vertrocknen ist, saugt sie jede Berührung auf.

»Bitte, Lena! Besuche übermorgen eine Freundin. Ich kann mich nicht richtig konzentrieren, wenn du dabei bist.« Er unterstreicht sein Argument mit einem langen Kuss.

»Gut«, Lena gibt ein Stöhnen von sich, »aber nur, wenn du mir versprichst, vorsichtig zu sein.« Er soll bloß aufhören zu reden. Im Grunde ist ihnen beiden klar, dass sie lügt.

Nach wenigen Minuten beginnen die Finger in den dünnen Plastikhandschuhen zu schwitzen. Ebru greift nach dem nächsten Zeitungsschnipsel und bestreicht die Rückseite mit Klebstoff. Nachdem sie den Buchstaben richtig platziert hat, bleibt sie mit dem Zeigefinger am Blatt kleben. Entnervt stößt sie einen lauten Fluch aus. Die Hände gehorchen heute nicht so gut wie sonst. Erst drei Zigarettenlängen und fünf Teetassen später ist das Werk vollendet.

Sehr geehrter FILIALLEITER,

es tut uns leid, Sie überfallen zu müssen. **Würde** an dem erbeuteten Geld nicht unsere Zukunft *hängen*, hätten wir Sie **nicht** in diese schreckliche Situation gebracht. **Sie** sollten *wissen*, dass Sie **niemals** **in echter Gefahr** waren, *verletzt* ZU WERDEN. – *Entschuldigung*!

Sorgfältig faltet Ebru das Papier zusammen und verstaut es in Tariks Jacke, die er beim Überfall tragen wird. Sie muss ihn unbedingt an die Übergabe des Briefs erinnern, bevor er kopflos aus dem Supermarkt flüchtet. Die Melodie von »Jingle Bells« schwillt an, wird von ihrem rasenden Herzen als Verhöhnung empfunden. Auf dieser Welt ist einfach nirgendwo weihnachtlicher Frieden zu finden. Rasch unterbricht sie das schmalzige Gedudel, indem sie sich am Handy meldet.

»Ich kann das Geld auftreiben! Ist das nicht genial?« Monas Stimme am anderen Ende überschlägt sich vor Begeisterung. »Ich biege mit dem Auto gerade in deine Straße ein. Gleich kann ich es dir ganz genau erzählen.«

Könnte alles gut werden? Für einen Moment erlaubt Ebru der Hoffnung bei sich Platz zu nehmen. Wie schön wäre es, wenn das Morgen unbeschadet bliebe! Selbst wenn der Raub gelingt, wird er Schatten auf ihr zukünftiges Leben werfen, das letzte Stückchen Unbeschwertheit auffressen. Ob sie dann noch in den Spiegel blicken kann? Ebru kippt das Fenster, um den Rauch der Zigarette nach draußen zu blasen. Sie sieht nur grau in grau, als ob der Welt die Farbe ausgegangen wäre. Eiskalt bricht der Wind herein, spielt mit vereinzelten Schneeflocken. Der angekündigte Wintereinbruch stürzt die Stadt genau zum richtigen Zeitpunkt ins Chaos. Im Schneesturm sind die Menschen viel zu sehr mit dem eigenen Fortkommen beschäftigt, als auf fliehende Räuber zu achten. Ein Zeichen der Hoffnung, von Allah gesandt? Ebru löscht die Kippe aus und folgt dem Summen der Türklingel. Mona scheint ungewöhnlich schnell einen Parkplatz gefunden zu haben. Durch den Spion beobachtet sie, wie sich die Geliebte den Schnee von der Kleidung klopft. Ob sie wirklich öffnen soll? Nur ihr könnte es gelingen, sie im letzten Moment vom Raub abzuhalten. Das nachdrückliche Hämmern am Türholz lässt sie schließlich den Metallriegel zurückschieben.

»Spätestens morgen habe ich das Geld!«, quietscht Mona.

Stürmisch wird Ebru von ihr gepackt und im Kreis gedreht. Monas kalte Lippen verursachen eine Gänsehaut am Hals. »Woher bekommst du es?«

»Von meiner Mutter! Sie hat mich heute angerufen und schon wieder ins Telefon geweint. Am liebsten hätte ich sofort aufgelegt.« Mona nimmt die nasse Mütze ab und legt sie zum Trocknen auf den Heizkörper. »Aber dann hat sie mir angeboten, den Familienschmuck für mein Studium zu verkaufen. Der ist bestimmt mehr wert als läppische 12.000,– Euro!« Zu ihrer Überraschung hat sich die Mutter auf die eigenen Beine gestellt, um sie versorgt zu wissen. Erstaunlich gefasst erklärte sie, der Schmuck wäre seit jeher als Absicherung für die Frauen in der Familie gedacht, falls sie in Not geraten sollten. Daher sei es nun an der Zeit, ihr Erbe anzutreten. Den Einwand, der Vater werde den Verkauf sicher nicht gutheißen, ließ sie nicht gelten. Sie betonte, die Schmuckstücke würden nur ihr gehören, niemand sonst hätte ein Recht darauf. Zum ersten Mal im Leben hörte Mona, dass in den Worten ihrer Mutter leiser Groll gegen den Vater mitschwang. Am anderen Ende der Leitung spürte sie ein warmes Gefühl in sich aufsteigen, das sie als Dankbarkeit nicht nur wegen des Geldes identifizierte: Sie war ihrer Mutter unendlich dankbar dafür, wieder Respekt vor ihr haben zu dürfen.

»Bist du sicher, dass du Tarik und mir das Geld leihen möchtest?« Ebru verzieht keine Miene, als könnte sie an die gute Nachricht noch nicht glauben.

»Wem sonst?« Mona strahlt von einem Ohr zum anderen. »Nachdem du dich in den letzten Tagen wieder in dein Schneckenhaus zurückgezogen hast, habe ich mir große Sorgen um dich gemacht. Doch jetzt ist alles vorbei.« Sie mustert Ebru, die noch immer regungslos wie ein Stein vor ihr steht. »Verstehst du nicht? Du brauchst morgen keine Bank auszurauben! Ihr seid beide frei!«

»Aber du brauchst das Geld für dein Studium.« Mit einem Kopfschütteln lehnt Ebru das großzügige Angebot ab.

»Dich brauche ich noch viel mehr.« Mona hält sie in den Armen fest. »Ich fahre so schnell wie möglich zu meiner Mutter nach Rosenbach und hole den Schmuck ab. Morgen werde ich ihn schätzen lassen. Vielleicht kann ich ein paar Stücke sofort verkaufen.« Sie küsst Ebru, deren Lippen sich merkwürdig leblos anfühlen. »Du bist gar nicht richtig da, oder?«

»Irgendwie ist alles zu viel für mich.« Mühevoll ringt sie sich ein Lächeln ab. »Aber danke, Mona! Danke für alles.«

»Du brauchst dich nicht zu bedanken. Ich mache das aus rein egoistischen Motiven, weil ich dich nicht verlieren möchte.« Mona nimmt die kaum getrocknete Mütze vom Heizkörper und setzt sie auf. »Kommst du mit?«

»Nein«, Ebru streicht ihr eine Haarsträhne aus der Stirn, »zu viele schlechte Erinnerungen.«

Mona nickt. Daran hätte sie auch selbst denken können. »Dann sehen wir uns am Abend?«

»Klar.« Ebru hält sie zurück, bevor sie aus der Tür entwischen kann. »Ich ...« Die Worte bleiben ihr im Hals stecken.

»Ja?« Über die Schulter blickt Mona sie erwartungsvoll an.

»Ich ... wollte dir nur sagen«, druckst Ebru herum, »also ... ich schätze das, was du für mich tust ... und für Tarik ... Ich ...«

»... liebe dich auch.« Freudestrahlend drückt ihr Mona einen Kuss auf die Wange und springt die Stufen hinab, immer drei oder vier auf einmal nehmend.

In Essig eingelegte Wachteleier? Igitt! Tarik nimmt ein Glas vom Regal und forscht nach, wo diese Scheußlichkeit produziert wird. In Deutschland. Während er Interesse am Etikett vortäuscht, linst er zu der jungen Frau an der Kassa. Wie ein Roboter zieht sie Berge von Waren über den Scanner. Ungeduldig tritt eine Kundin vor, tippt auf die Uhr am Handgelenk und fordert die unverzügliche Öffnung einer weiteren Kassa. Dem Anliegen kann jedoch unmöglich entsprochen werden, hat Tarik in Erfahrung gebracht. Eine Stunde vor Ladenschluss sitzt die zweite Kassiererin bereits beim Filialleiter im Büro, um die Abrechnung zu machen. Jeden Moment müsste sie in Zivilkleidung durch den Gang mit den Tiefkühlprodukten stürmen, sich danach an der Kundenschlange vorbeidrängen, wo sie der Kollegin zum Abschied ein Küsschen zuschickt, wie üblich.

»Kannst du nicht ausweichen?« Eine breite Schulter rempelt ihn an, grobe Hände greifen zu den Erbsendosen vor seiner Nase.

»Hey, passen Sie gefälligst auf!« Durch den Stoß rutscht Tarik fast das Glas mit den Wachteleiern durch die Finger. Die wollenen Handschuhe finden an der glatten Oberfläche kaum Halt. Im letzten Moment bekommt er es am Deckel zu fassen und stellt es unversehrt im Einkaufswagen ab.

»Einfach nur blöd in der Gegend herumstehen, als hätte man nichts besseres zu tun.« Vor sich hin schimpfend, verschwindet der schräge Typ im nächsten Gang.

Mühsam zwingt sich Tarik, langsam zu atmen, um den gehetzten Puls zu besänftigen. Beinahe hätte er wegen eines Missgeschicks ungewollt Aufmerksamkeit auf sich gezogen! Beiläufig schiebt er den Wagen näher an den Personaleingang, entscheidet sich im Vorbeigehen für einige Packungen Spaghetti, die er großzügig einlädt. Nach angespanntem Warten wirbelt die zweite Kassiererin endlich aus der Tür, eine Einkaufstüte auf der Hüfte abgestützt. Tarik atmet tief durch. Jetzt müsste der Filialleiter alleine im Büro sitzen. Das ist der Augenblick, auf den sie hingearbeitet haben. Er öffnet die Jacke und tastet zur Sicherheit nach der Waffe im Hosenbund, die unter dem langen Sweater versteckt ist. Alles in Ordnung. Nur keine Panik kriegen! Es ist alles perfekt durchgeplant. Er greift wahllos nach einem Produkt im Kühlregal, während er sich unauffällig nach anderen

Kunden umschaut. Niemand ist in Sichtweite. Vorsichtig späht er auf das neue Wertkartenhandy in der Jackentasche. Nur mehr vierzig Minuten bis zum Ladenschluss. Ein leeres SMS übermittelt Ebru die Botschaft, dass der Raubzug soeben begonnen hat. Tarik öffnet die Personaltür und schlüpft auf leisen Sohlen hinein. Die Dunkelheit erwischt ihn kalt, stellt ihm jedes Nackenhaar auf. Ist er in die Falle getappt oder möchte man hier nur Strom sparen? Er drückt sich mit dem Rücken gegen die Wand, zieht die Pistole und richtet sie auf den unsichtbaren Feind. Doch niemand reagiert auf ihn. In der Stille hört Tarik den eigenen Atem in den Lungen flattern. Der Geruch von Putzmitteln liegt in der Luft, irgendein Zitronenduft, der ihn an Ebrus Deo erinnert. Dann passen sich die Augen endlich an die neuen Lichtverhältnisse an. Verlassen steht ein Tisch vor ihm, leere Stühle. Vorsichtig tastet sich Tarik mit hochgehaltener Waffe an der Wand entlang. Als er um den Mauervorsprung biegt, sticht ihn etwas Hartes brutal ins Auge. Sein Mund öffnet sich zu einem stillen Schmerzensschrei, bevor er im Affekt den Abzug drückt. Im Schein der Stichflamme erkennt er mit dem unbeschädigten Auge einen Garderobehaken an der Wand. Da rutscht ihm der Plastikgriff seiner Ersatzwaffe durch die Handschuhe und das Ding schlägt scheppernd am Boden auf.

»Ist da jemand?«, hört er eine Männerstimme rufen.

Nach einer Schrecksekunde packt Tarik die Waffe und läuft zum Tisch zurück, unter dem er sich versteckt. Sein Herz pocht kräftig, als würde es den Brustraum sprengen. Warum hat er nur Lenas Rat befolgt und diese dämlichen Handschuhe angezogen, um Fingerabdrücke zu vermeiden?

»Lisa?« Das Büro des Filialleiters wird geöffnet, durch den Türspalt fällt ein Lichtstrahl in den dunklen Raum. Tariks Schuhe leuchten darin in schönstem Blau auf. Blitzschnell weicht er ins Dunkel zurück und betet, darin zu verschwinden. Eine Hand hält er vor den Mund, um seinen keuchenden Atem zu dämmen.

»Hallo?«

Wenn der Mann den Lichtschalter drückt, ist er verloren! Angestrengt lauscht Tarik nach Geräuschen, die auf Gefahr hindeuten. Doch die Tür schließt sich wieder, bleibt nur einen Spalt breit offen. Erleichtert streckt Tarik die Füße aus, die er bis unters Kinn gezogen hatte. Vorsichtig tastet er das linke Auge ab, das nicht mehr ganz auf geht und heftig nässt. Ob der Vorfall eine Warnung war, den Überfall abzubrechen? Nein, Ebru hat recht, Allah hat sicher Besseres zu tun, als auf ihn aufzupassen. Mit den Zähnen zieht er die Handschuhe von den Fingern und steckt sie in die Jackentasche. Jetzt erst recht!

»Ich habe das Geld!« Aufgeregt fuchtelt Mona mit einem dicken Bündel violetter Scheine vor Lenas Gesicht herum. »Die Pfandleihe im Dorotheum hat mir für eine Brosche sofort 17.000,– Euro ausbezahlt!« Das protzige Ding gehörte ihrer Großmutter, die es sich zum Aufputz an den Ausschnitt des Trachtenkleides steckte. Mit Grauen erinnert sich Mona an die Besuche zu den Feiertagen, wo sie zur Begrüßung an den riesigen Busen gedrückt wurde. Die scharf geschliffenen Steine drückten unangenehm in ihre zarten Wangen. In ihrer kindlichen Vorstellung befürchtete sie, das eingeprägte Muster werde sich nie mehr auflösen, sondern sie für immer entstellen. Meistens verkroch sie sich dann im Spielzimmer, wo sie vor dem kleinen Puppenspiegel auf ihre Rückwandlung wartete, die für kindliche Begriffe eine Ewigkeit lang dauerte. Wer hätte gedacht, dass sie für diese Tortur noch eine Belohnung erhalten würde?

»Das ist Rettung in letzter Sekunde.« Erlöst fällt ihr Lena um den Hals. »Für morgen hatten wir geplant, den Supermarkt auszurauben.« Sofort fühlt sie sich um die Hälfte leichter.

»Das hat Ebru heute Mittag erwähnt. Deswegen habe ich

die Brosche gleich verpfändet.« Mona streift die schneenasse Jacke ab und hängt sie an den Garderobenständer. »Ich bin mit dem Auto schneller durch den Schneesturm gekommen, als ich dachte.« Suchend blickt sie sich in der Wohnung um. »Wo ist Ebru denn?«

»Keine Ahnung.« Lena spult den heutigen Tag zurück, um vergessene Informationen zurückzuholen. Vor drei Stunden verabschiedete sich Ebru mit zwei riesigen Plastiktaschen in den Händen, voll mit alter Kleidung, die sie der Wohlfahrt spenden wollte. Außerdem ließ sie die Freundin wissen, dass sie möglicherweise auswärts übernachten werde, woraus Lena nur einen logischen Schluss ziehen konnte. »Ich dachte, sie wollte zu dir.«

»Aber ich war den ganzen Tag unterwegs und sie wusste davon.« Aus der Jackentasche zieht Mona das Handy hervor, auf dem kein entgangener Anruf angezeigt wird. Verwundert wählt sie Ebrus Nummer, doch eine monotone Stimme verkündet, dass die gewünschte Gesprächspartnerin momentan leider nicht erreichbar ist.

»Vielleicht besucht sie eine Freundin.« Lena hält es für besser, die angekündigte Fremdnächtigung nicht zu erwähnen.

»Schade, ich wollte sie heute noch mit der guten Nachricht überraschen.« In Gedanken malte sich Mona bereits aus, wie sie zur Feier des Tages in einem sündteuren Restaurant essen gehen und befreit miteinander lachen würden. »Kann ich hier auf sie warten?«

»Klar, wir können schon einmal auf die glückliche Wendung anstoßen.«

Wo steckt Ebru bloß? In den letzten Wochen hat sie die Wohnung nur verlassen, um sich mit Mona oder Tarik zu treffen. Lena wird von dem unbestimmten Gefühl überfallen, das Offensichtliche zu übersehen, als würde sie die Dinge aus der falschen Perspektive betrachten. In der Küche entkorkt sie die letzte Flasche Rotwein und füllt zwei Gläser. Schneeflocken klopfen ans Fenster, wo sie schmelzen und sich in dünnen Rinnsalen sammeln. Der Wind heult um die Hausecken.

»Möchtest du auch jetzt noch mit Tarik zusammen sein?« Mona nippt nur leicht am Wein, da ihr die blumige Note nicht besonders zusagt. »Er wäre nun endlich frei.«

»Die Frage ist, ob er die Freiheit auch mit mir teilen möchte.« Mittlerweile kennt sich Lena gut genug, um zu wissen, dass sie trotz allem nicht auf ihn verzichten möchte. Doch reicht das aus, um eine glückliche Beziehung zu führen?

»Tarik liegt ausgesprochen viel an dir. Ich kenne niemanden, der sich so sehr bemüht, einen anderen Menschen zu verstehen.« Ein Lächeln huscht über Monas Gesicht, als sie an den selbstgefälligen Macho vor zwei Jahren denkt, der hirnlose Püppchen ins Bett zerrte. Ohne Absicht ist es Lena gelungen, sein Weltbild gehörig ins Wanken zu bringen. »Er hat sich durch die Begegnung mit dir sehr verändert.«

»Aber kann ich ihm vertrauen?« Würde es für ›verheimlichen‹ noch kein Wort geben, wäre ›Tarik‹ wohl der beste Ersatz.

»Einen Versuch ist es auf alle Fälle wert.« Mona weist zum Fenster, wo die Dunkelheit hereinstarrt. »Heute ist Neumond, der beste Zeitpunkt für einen Neuanfang.«

»Das stimmt nicht ganz. Heute ist die letzte Nacht vor …« Bevor Lena das Wort Neumond aussprechen kann, lichtet sich der Schleier vor den Augen. »Die werden doch nicht ohne mich!«, murmelt sie. Augenblicklich stürmt sie in Ebrus Zimmer und klappt die Schranktür auf. Hektisch schiebt sie jeden Kleiderbügel von rechts nach links, aber das Weihnachtsmannkostüm bleibt unauffindbar. Vor Enttäuschung lässt sie einen lauten Schrei los, der die Fenster erzittern lässt. »Diese Idioten! Die Verkleidung war meine Idee, damit Ebru auf den Fahndungsfotos nicht erkannt wird!«

»Wovon sprichst du?«

»Die ziehen den Raub heute schon durch, ohne mich!« Lenas Atem rasselt, da sie vor Aufregung zu wenig Luft bekommt. »Verstehst du nicht? In den großen Taschen hat Ebru das Weihnachtsmannkostüm aus der Wohnung geschmuggelt.«

»Was für große Taschen?«

Noch immer scheint ihr Mona nicht folgen zu können. Ansonsten ist sie doch auch nicht so schwerfällig! »Die haben uns die ganze Zeit getäuscht, Mona! Es hat nur gestimmt, dass sie den Überfall bei Neumond begehen.« Da haben sich die beiden unbeabsichtigt verraten, und sie war nicht einmal schlau genug, um es zu bemerken.

»Du bist verrückt. Warum sollten sie jemanden überfallen, wenn ich ihnen das Geld geben kann?« Mona heftet sich an Lenas Fersen, die den Raum wie besessen nach weiteren Indizien absucht. Am Schreibtisch fällt ihr ein zusammengefaltetes Papier in die Hände, auf dem der eigene Name geschrieben steht. »Lena, wir nehmen dich nicht mit, weil wir dich zu sehr lieben», liest sie. Darunter hat Ebru fein säuberlich unterschrieben, während Tarik einen unleserlichen Krakel daneben setzte. »Das ist alles?«, fragt sie sich. Keine Entschuldigung für die fette Lüge? Aus der Küche holt Lena die verlassenen Weingläser, wobei sie aus einem bereits im Gehen trinkt.

»Ich verstehe es nicht«, murmelt Mona. Sie schlägt die Hände über dem Kopf zusammen. »Wie kann Ebru bloß so unvernünftig sein?« Auch ihr wurde ein Brief hinterlassen, den Lena ungefragt an sich nimmt.

»Mona, sei bitte nicht böse«, steht da geschrieben. »Ich kann dein Geld nicht annehmen, weil es nicht für mich gedacht ist. Natürlich könnte ich es dir später zurückzahlen, aber ich will unsere Beziehung nicht mit Schulden belasten. Sie würden dich für längere Zeit an mich binden und ich weiß nicht, ob das gut wäre. Außerdem ist alles schon geplant. Es ist zu spät, um einen Rückzieher zu machen.

In Liebe, Ebru

P.S.: Ich könnte verstehen, wenn du mit keiner Diebin zusammen sein möchtest.«

Kopfschüttelnd leert Lena ihr Glas. Anscheinend legen es die beiden Geschwister darauf an, händchenhaltend in den Knast zu wandern.

»Um welche Uhrzeit haben sie den Raub geplant?« Mona zerknüllt die Botschaft und schleudert sie in den Abfalleimer. »Vielleicht können wir das Schlimmste noch verhindern!«

»Aber ich weiß nicht mehr, was Lüge oder Wahrheit ist.« Vielleicht überfallen die beiden um Mitternacht im Osterhasenkostüm eine Tankstelle.

»Nehmen wir einfach an, sie haben dich in den wahren Plan eingeweiht und dir nur den richtigen Tag verheimlicht.« Ein zusätzlicher Pseudoplan hätte den Geschwistern sehr viel Konzentration abverlangt, überlegt Mona. Die Verstrickung in widersprüchliche Aussagen wäre die Folge gewesen, was Lena bestimmt durchschaut hätte.

»Dann wird es knapp werden.« Neben dem Bett steht Ebrus Radiowecker am Boden, der »18:21« in Rot anzeigt. »Nach Plan geht es in neunzehn Minuten los.« Im Kopf kalkuliert Lena hastig, wie viel Zeit die Strecke bis zum Supermarkt auffrisst. Acht Minuten bis zur Bushaltestelle plus elf Minuten Fahrt plus drei Minuten Laufzeit bis zum Zielort, macht insgesamt zweiundzwanzig Minuten. »Selbst wenn der Bus wie durch ein Wunder sofort käme, könnten wir es nicht mehr rechtzeitig schaffen.«

»Quatsch, Lena, zieh dich schleunigst an!« Mona schreit hinter ihr her, doch Lena ist neuerlich in die Küche gedüst, wo ihr Handy neben der Spüle liegt. Während das Freizeichen im Ohr piepst, betet sie, dass Tarik den Anruf entgegennimmt. Doch auch da antwortet nur die Sprachbox. »Du bist ein verdammter Lügner! Ich will nichts mehr mit dir zu tun haben«, hinterlässt sie ihm eine unmissverständliche Nachricht.

In einen dicken Mantel gepackt, hält Mona einen Schlüssel in die Höhe. »Ich bin doch mit dem Auto hier!«

Mit Glück könnten sie den Überfall also noch verhindern! Adrenalin schießt in Lenas Körper, treibt sie zur Eile an. Der Wettlauf mit der Zeit hat begonnen.

Innerhalb kürzester Zeit ist das verletzte Auge vollkommen zugeschwollen. Der pochende Schmerz strahlt bis zu den Schläfenlappen aus. Tarik flucht leise vor sich hin. Als Einäugiger ist er bei der bevorstehenden Operation erheblich eingeschränkt. Obendrein könnten ihn die Bullen dadurch auf den ersten Blick als Täter identifizieren. Sie dürfen ihn also erst gar nicht aufspüren. Ein Streifen Licht fällt aus dem Türspalt in den dunklen Personalraum, woran er sich nun gut orientieren kann. Die Zeiger der Uhr haben in Windeseile eine Viertelrunde des Kreises zurückgelegt. Nach Plan sollte er bereits unterwegs nach draußen sein, wo er den Sack mit dem erbeuteten Geld gegen Ebrus identischen Sack voller Süßigkeiten austauscht. Sollte er auf dem Weg zum Treffpunkt von der Polizei gefasst werden, könnten sie die Beute bei ihm nicht mehr sicherstellen. Tarik wischt sich Wasser von der Wange, das aus seinem Auge läuft. Er muss sich beeilen, wenn er den Überfall heute noch über die Bühne bringen will. In spätestens fünf Minuten wird der Filialleiter sein Büro verlassen, um der verbliebenen Kassiererin beim Absperren der Tür zu helfen und die Gänge nach trödelnden Kunden abzusuchen. Mit angehaltenem Atem kriecht Tarik unter dem Tisch hervor und drückt sich an die Wand. Auf leisen Sohlen folgt er der Lichtspur und bezieht vor der Bürotür Stellung.

»Hallo, ich bin es. Nein, leg bitte nicht gleich auf«, dröhnt es aus dem Inneren. »Ich wollte nachfragen, ob ich wieder nach Hause kommen darf. Auf Olivers Sofa bekomme ich elendige Rückenschmerzen.«

Tarik riskiert einen schnellen Blick ins Büro, das mit Aktenschränken zugepflastert ist. Hinter einem überladenen Schreibtisch sitzt der Mann, dessen Namen er sich überhaupt nicht merken wollte, den er aber nicht mehr aus dem Kopf bekommt. Thomas Marinkovic, seit drei Jahren Leiter dieser Filiale, Raucher, beliebt beim Personal wegen seiner kollegialen Führung, lächelt selten. Spätestens jetzt ist Tarik auch klar, warum der Mann so unglücklich wirkt, wenn er sich unbeobachtet fühlt. Er selbst ist nicht der Einzige, der mit ernsthaften Beziehungsproblemen zu kämpfen hat.

»Nein, natürlich will ich nicht nur wegen der guten Matratze in unser Bett zurück.« Mit gebeugtem Kopf spricht Marinkovic leise ins Handy, als würde er den Lauscher an der Tür erahnen. »Ich möchte einfach nur bei meiner Familie sein!«

Tarik beobachtet, wie er sich mit dem Jackenärmel über die Nase fährt. War das gerade ein Schniefen? Der Typ kann doch nicht zu weinen beginnen, wenn er ihn überfallen möchte!

»Kann ich denn wenigstens die Kinder sehen? Es ist doch bald Weihnachten!« Der arme Marinkovic sackt nach jeder Antwort mehr zusammen. »Bitte«, fleht er, »lass mich wenigstens am Sonntag ein paar Stunden mit ihnen verbringen! Sie fehlen mir schrecklich!«

Keine Sekunde länger kann Tarik das erbärmliche Gewinsel um Gnade ertragen. Der Mann erleidet gerade genügend Demütigungen, da muss er ihm nicht noch eine hinzufügen. Außerdem befindet sich der Filialleiter in einem psychischen Ausnahmezustand, weshalb er auf den Überfall völlig irrational reagieren könnte. Besser kein hohes Risiko eingehen und Ebru unnötig in Gefahr bringen! Leichtfüßig schleicht Tarik zum Ausgang, wobei er vorsorglich einen großen Bogen um den Garderobenhaken macht. Immerhin hat er noch ein gutes Auge zu verlieren. Niemand bemerkt, wie er in den Verkaufsraum schlüpft und den Einkaufswagen wieder in Besitz nimmt. Langsam rollt er damit zur Kassa, wo er die Waren auf das Förderband legt. Wo soll er bloß das Geld für die Entschädigung herkriegen? Der Gedanke, im Hinausgehen kurzerhand die Kassiererin zu überfallen, kommt ihm in den Sinn, wird aber sogleich verworfen. Einerseits ist er nicht der letzte Kunde und wird daher von mehreren Augen beobachtet, und andererseits ist die Kleine von seinem bloßen Anblick schockiert. Wenn er noch dazu die Pistole zöge, müsste die Firma für diese Filiale wirklich einen Psychologen engagieren. In der momentanen Situation ist dem gesamten Personal die Bewältigung eines Raubüberfalls nicht zumutbar. Bestimmt gibt es Menschen mit mehr krimineller Energie, die darauf keine Rücksicht nehmen und ihr Ding einfach durchziehen. Mutlos packt Tarik die Einkäufe in den Rucksack und schlendert bei der Tür hinaus. Einäugig blickt er sich nach Ebru um. Ob sie bereits beim Treffpunkt auf ihn wartet? Und was soll er mit eingelegten Wachteleiern anfangen?

Neben dem Supermarkt lauert Ebru im Schatten einer Mülltonne. Die schweren Schritte der Polizisten knirschen auf dem eisigen Untergrund. Ob sie in Handschellen abgeführt und verhört wird? Ebru zieht den Kopf ein und drückt sich enger gegen den kalten Metallbehälter. Fauchend entfährt ihr der Atem in kurzen Abständen, sprengt beinahe den Brustkorb. Das Blut klopft ihr im Kopf, sie ist kurz davor, sich zu übergeben.

»Ebru? Bist du hier irgendwo?«

Sie sind aufgeflogen! Die Polizei kennt bereits ihren Namen und hat eine gezielte Suchaktion eingeleitet. Eine Hand packt sie am Arm, die Kapuze wird ihr aus dem Gesicht gezogen. In diesem Moment weiß sie, es ist vorbei, die nächsten Jahre wird sie im Gefängnis verrotten.

»Hey, mein Herz, warum antwortest du mir nicht?« Etwas Warmes berührt ihr Gesicht zärtlich.

»Mona?« Voller Zweifel hebt Ebru den Blick. Als sie das vertraute Gesicht erkennt, schöpft sie ein wenig Hoffnung. »Geh weg da!« Sie zerrt an Monas Mantelsaum, damit sie aus dem Lichtkegel der Straßenlaterne tritt. »Hast du nicht die Polizeisirene gehört?!« Anscheinend begreift die Freundin den Ernst der Lage nicht.

»Meinst du den Krankenwagen?« Mona geht neben ihr in die Hocke. »Am Parkplatz ist eine alte Frau auf einer Eisplatte ausgerutscht. Die Sirene hatte nichts mit dir zu tun.«

»Aber wo ist Tarik?« Mittlerweile ist Ebru das Geld völlig egal. Wichtig ist nur, dass sie beide unbeschadet nach Hause kommen.

»Keine Ahnung. Lena sucht gerade nach ihm.«

Aus der Innentasche der Weihnachtsmannjacke angelt Ebru das neue Wertkarten-Handy, mit dem sie nicht geortet werden kann. Das Briefsymbol am Display zeigt eine eingetroffene SMS an.

Hakan abgebrochen. Alles ok.

»Er hat den Überfall gar nicht begangen!« Erleichtert atmet Ebru auf. Der Druck auf der Brust lässt nach, wodurch sich das gehetzte Herz beruhigt.

»Welcher Hakan?« Neugierig schaut ihr Mona über die Schulter.

»Niemand. Das war nur unser Codewort für den Überfall.« Ebru benötigt mehrere Anläufe, um die SIM-Karte aus dem Handy zu holen, so sehr zittern ihre Hände. »Ich muss zu unserem Treffpunkt zurück!« Mit einem Quietschen lässt sich die Mülltonne öffnen, worin sie die Karte entsorgt, wie es abgemacht war.

»Ich sehe nach, ob die Luft rein ist.« Mona versucht wie eine normale Passantin auszusehen, als sie die Straße nach außergewöhnlichen Vorkommnissen absucht. Dicke Schneeflocken fallen vom Himmel, die das städtische Wintergrau mit einer romantischen Zuckerschicht überziehen. Kein Mensch ist weit und breit zu erkennen. Mona winkt Ebru zu sich, die den weißen Bart und die Perücke abgenommen hat. Sie hat das braune Innenfutter der Jacke nach außen gewendet, wodurch sie sich in eine harmlose junge Frau zurückverwandelt, die einen etwas eigenwilligen Geschmack für Mode besitzt.

»Warum kannst du mein Geld nicht annehmen?« Mit geducktem Kopf folgt ihr Mona durch enge Seitengassen, in denen der Wind um die Ecken pfeift.

»Ich will dir nichts wegnehmen.« Abrupt hält Ebru an, um nach dem nächsten Orientierungspunkt zu suchen. Im Schneegestöber verändern sich die Häuser, besonders wenn sie von Tag zu Tag mit mehr Lichterketten, Fensterbildern und leuchtenden Kerzen aufgeputzt werden. »Da müssen wir lang.« Durch die eingeschränkte Sicht hätte sie beinahe die klein gewachsene Birke übersehen, die den Weg aus der Sackgasse markiert.

»Aber du nimmst mir nichts weg!« Mona zwingt sie neuerlich, stehenzubleiben und ihrem eindringlichen Blick standzuhalten. »Der gesamte Schmuck wird auf ungefähr 85.000,– Euro geschätzt, stell dir vor!« Die standesgemäße Fortsetzung ihres Studiums bedeutet der Mutter sehr viel, weshalb sie dem Familienerbe auch mehrere Schmuckstücke aus ihrem eigenen Besitz hinzufügte. »Von dem Batzen Geld borge ich dir gerne, was du brauchst, damit du in Frieden weiterleben kannst.«

»Danke, aber ich muss mich zuerst mit Tarik absprechen.«

Wo bleibt der erwartete Freudensprung? Verständnislos schüttelt Mona den Kopf. Womöglich würde diese Frau lieber ihren Großcousin heiraten, als Geld von ihr anzunehmen? Sie stapft hinter Ebru durch den hohen Schnee, der sich kalt die Hosenbeine nach oben frisst. Unter einer Laterne erkennt sie zwei dunkle Gestalten, die sich beim Näherkommen als Lena und Tarik entpuppen.

»*Allah'a şükür!*« Die beiden Geschwister fallen sich erleichtert in die Arme.

»Ich brauche nicht zu heiraten!« Jubelnd wird Ebru von Tarik hochgehoben und im Kreis gedreht. Die überschäumende Begeisterung in seiner Stimme, das Strahlen seines unverletzten Auges lässt keinen Raum für Diskussionen offen. »Endlich kann ich tun, was ich will«, schreit er in die einsame Nacht. Anschließend setzt er Ebru am Boden ab und drückt Monas Hand, die steif vor Kälte ist. »Tausend Dank, dass du uns das Geld leihst. Ich zahle es dir so schnell wie möglich zurück, natürlich mit Zinsen.«

»Schon okay.« Mona wirft einen kurzen Seitenblick auf Ebru, die sich scheinbar unbeteiligt Schneespuren aus dem Gesicht wischt. Kein Protest gegen die Abmachung mit Tarik? Aus dieser Frau wird sie niemals schlau werden!

»Ich weiß nicht, wie es euch geht, aber ich bin knapp davor zu erfrieren.« Mit den Händen bildet Lena einen Hohlraum über Nase und Mund, in den sie heißen Atem haucht.

»Lasst uns heute Abend feiern!« Freudestrahlend hängt sich Tarik bei ihr unter, wird jedoch mit finsterer Miene zurückgewiesen. »Wir könnten in dem indischen Lokal bei der U-Bahn etwas essen und dann in eine Bar weiterziehen«, geht er ungerührt über die Abwehr hinweg.

»Keine Lust. Ich will nur noch unter die heiße Dusche.« Die Kälte berührt Lena mit eisigen Fingern und macht sie unausstehlich.

»Was ist mit euch?« Prüfend betrachtet Tarik die beiden Frauen, die meilenweit voneinander entfernt scheinen, obwohl sie nur eine Armlänge trennt.

»Ich muss auch dringend ins Warme.« Fröstelnd schlingt Ebru die Arme um den Körper. »Und du?« Mit Fragezeichen in den Augen blickt sie Mona an.

»Die Heizung in meiner Wohnung läuft auf vollen Touren.« Warum kann sie Ebru nicht widerstehen, obwohl sie unberechenbar ist? Zuerst lehnt sie ihre Hilfe ab, um gleich darauf nach einer Übernachtungsmöglichkeit in ihrem Bett zu fragen.

»Dann sollten wir schnellstens von hier abhauen.« Das vielversprechende Lächeln genügt, um einen Feuerball in Monas Magen zu entzünden.

»Wir feiern ein anderes Mal«, wendet sich Ebru an ihren Bruder und drückt ihm als Entschuldigung den Sack voller Naschzeug in die Hand.

Achselzuckend schaut Tarik den beiden Frauen nach, wie sie Hand in Hand zur U-Bahn marschieren.

»Ich muss dann auch los.« Lena klopft sich den Schnee von der Hose, bevor sie die Hände in die Jackentasche steckt. Abermals fallen dicke Flocken vom Himmel, in denen die hektische Betriebsamkeit der Stadt einfriert. Sogar der Lärm der Straßen wird von der schneestillen Ruhe verschluckt.

»Schoko?« Tarik hält ihr den größten Engel entgegen, den er im Sack finden konnte. Als er ihr noch dazu ein verkniffenes Lächeln schenkt, bemerkt Lena, wie höllisch das lädierte Auge ihn schmerzen muss. So verletzt kann sie ihn nicht in der Kälte zurück lassen.

»Danke.« Sie nimmt das lockende Naschwerk an sich und wendet sich zum Gehen. »Kommst du mit nach Hause?«, fragt sie über die Schulter.

»Da fragst du noch?« Eilig stapft er vor ihr her, damit sie in seine Spuren treten kann und weniger Schnee in die Hosenbeine bekommt.

»Du kannst auf dem Sofa übernachten«, sagt Lena, als sie schließlich den angestrebten U-Bahn-Aufgang erreichen.

13. Kapitel

<fotox> hey, was hältst du von den fotos?

<an-na> sie sind wirklich gut gelungen, besonders wenn ich bedenke, dass es deine erste richtige auftragsarbeit ist.

<fotox> :-)) es hat echt spaß gemacht. kann ich die fotos schon aus der hand geben?

<an-na> ja, ich bin sehr stolz auf dich! über ein paar kleine details, die du das nächste mal noch verbessern könntest, sprechen wir am Sonntag. dann landen katrin und ich nämlich um 16:41 in wien!

<fotox> schade, dass ihr es nicht mehr rechtzeitig zum weihnachtsfest schafft.

<an-na> die flüge waren leider alle ausgebucht, aber wir feiern einfach später.

<fotox> :-(ok

<an-na> ich habe mir überlegt, ob du nicht vielleicht mit mir arbeiten möchtest. in den nächsten wochen werde ich so viel zu tun haben, dass ich deine hilfe gut brauchen könnte.

<fotox> meinst du das ernst? ja, ich will unbedingt, das wäre mein absoluter traum!

<an-na> perfekt. wenn es weniger zu tun gibt, wirst du anfangs aber noch einen zweitjob brauchen.

<fotox> macht nichts!

<an-na> und ich kann dich nicht fürstlich entlohnen.

<fotox> egal!

<an-na> aber, wenn du ehrgeizig bist und vielleicht an einer guten schule im ausland ein paar semester studierst, wirst du mich in einigen jahren bestimmt nicht mehr brauchen.

<fotox> danke, du bist die beste! :-))

<an-na> das höre ich gerne. *g* übrigens, katrin will noch mit dir sprechen. ich drück dich fest!

<fotox> ciao

<yokatrin> hallo, schatz!

<fotox> hi!

<yokatrin> bist du uns noch böse?

<fotox> nein, nicht mehr. glücklicherweise hat sich alles in wohlgefallen aufgelöst.

<yokatrin> gut, ich habe mich hier so nutzlos gefühlt! ansonsten haben wir für alle probleme gemeinsam eine lösung gefunden. doch dieses mal konnte ich dich einfach nicht verstehen.

<fotox> ich dich auch nicht ...

<yokatrin> obwohl ich mich darum bemüht habe. über die distanz habe ich nicht richtig mitgekriegt, was ebru und dich derart in die enge treibt.

<fotox> es war auch schwer zu vermitteln. das spielt jetzt aber keine rolle mehr.

<yokatrin> manchmal hatte ich total panik, dich zu verlieren.

<fotox> auf keinen fall. *g*

<yokatrin> gibt es tarik noch in deinem leben?

<fotox> ja, oder nein, am rande. ich habe keine ahnung, ob ich ihn wieder in mein leben lassen möchte.

<yokatrin> ich kann mir vorstellen, wie schwierig die entscheidung für dich sein muss.

<fotox> stimmt ... ich weiß, dass du tarik nicht sonderlich magst, aber er bedeutet mir sehr viel.

<yokatrin> solange du glücklich bist, habe ich kein problem mit ihm.

<fotox> war deine suche in indien erfolgreich?

<yokatrin> yeah! in meditationen habe ich gelernt, wichtiges von unwichtigem zu unterscheiden. das hat mich stark gemacht.

<fotox> cool! kannst du mir ein stück davon abschneiden?

<yokatrin> natürlich! ;-) ich freu mich schon waaahnsinnig auf dich!

<fotox> so geht es mir auch. ich hole euch vom flughafen ab. CU

Ist es wahre Liebe, die Paare zusammenhält? Gemeinsame Verpflichtungen, Loyalität, Abhängigkeit und Bequemlichkeit sind oft ein noch viel besserer Klebstoff. Zudem erfordert es keinerlei Reflexion, wenn ein Beziehungsgeflecht verwaschen als Liebe bezeichnet wird. Wie angenehm, wie einfach! Unter dieser Prämisse fühlen sich Menschen sogar genötigt, sich und dem ach so geliebten Menschen die schlimmsten Verletzungen beizubringen. »Sie hat es aus Liebe getan.« Warum muss sich auch eine andere Frau in die Beziehung drängen? Kein Wunder, dass die Missetäterin kurzerhand mit einem Strick eliminiert wird! Die Liebe ist dafür Begründung genug.

Oder die quälende Einengung durch Monogamie! Da wird mit einer Fremden Sex ohne Gefühle gemacht, wobei sich keiner an diesem Paradoxon zu stoßen scheint. Im Gegenteil! Durch das Auslagern von Bedürfnissen wird die Beziehung nicht mit zu hohen Ansprüchen überlastet, einer schlimmen Krankheit in der heutigen Gesellschaft. Daher ist jeder Seitensprung, wenn richtig gefühllos angewendet, ein Sieg für die Liebe.

Doch was ist zu tun, wenn eine Person die andere wirklich liebt? Hat diese die ethische Verpflichtung, die andere von den Versprechungen, die einst gegeben wurden, zu entbinden? Mit einem Kuss die andere loslassen, um ihr eine neue Liebe zu ermöglichen. Ist das wahre Liebe?

Andererseits trägt jeder Mensch selbst die Verantwortung

für das eigene Leben, somit auch die Entscheidung, eine Beziehung fortzuführen oder zu beenden. In diesem Sinne müsste nicht auf die Millionen anderer Frauen hingewiesen werden, die womöglich gar nicht glücklicher machen. Ist es nicht genug, wenn eine von beiden liebt?

Außerdem könnte sich die Liebe auch wieder einstellen, wenn sie schon einmal da war. Wie ein zartes Pflänzchen benötigt sie vielleicht nur genügend Zeit, um sich durch gemeinsame Erlebnisse neu zu entwickeln. Nach einer Trockenphase lässt jeder den Kopf hängen. Mit der entsprechenden Nahrung könnte sie erneut wachsen und gedeihen. Diese Hoffnung hat dieselbe Berechtigung wie der innere Anspruch, die andere gehen zu lassen. Doch was davon ist zu tun? Sprechen oder schweigen?

Ebru reibt sich über die müden Augen. Wieder einmal halten sie die immer gleichen Gedanken vom Schlafen ab, drehen sich im Kreis, kündigen Kopfschmerzen am nächsten Morgen an. Ein langes Gähnen hebelt ihren Mund auf. Sie faltet das Papier klein zusammen und verstaut es in einem Stoffsack, den sie ans Fenster hängt. Heute wird sie keine Antwort mehr auf die vielen Fragen finden, aber vielleicht schenkt ihr Allah im Schlaf die erlösende Eingebung.

In einer Plastikschale rührt Lena schwarze Farbe an. »Das ist nicht blond, sondern ein widerliches Gelb.« Sie lässt eine Haarsträhne durch die Finger gleiten. Das kommt davon, wenn man sie austrickst und einen Raub ohne sie vorbereitet! »Diese Farbe wirkt völlig unecht. Sogar Barbie schaut natürlicher aus als du.« Sie zieht den Kamm kräftig durch das Haar, ohne Rücksicht auf Filz oder andere Widerstände zu nehmen. Doch Tarik gibt keinen Mucks von sich. Nur seine Gesichtsmuskeln zucken bei den heftigsten Schmerzreizen. »Wie konnte Ebru deine Haare nur dermaßen verhauen?« Lena gibt ein dramatisches Seufzen von sich. Nun liegt es wieder an ihr, den Schaden zu beheben. Mit dem Pinsel pappt sie ihm die Farbe ins Haar. Als ob sie Wunder bewirken könnte! »Außerdem hätte sie dich mit hellem Make-up schminken müssen, damit dir jemand den nordischen Typ abnimmt.« Wie konnten die beiden ihre geniale Idee nur so schlecht ausführen? Die Täterbeschreibung des Filialleiters sollte mit seinem wahren Aussehen möglichst weit auseinanderklaffen. Im Probelauf hatte sie Tariks Lippen mit einem roten Konturenstift vergrößert und ihm ein Muttermal als falsches Erkennungszeichen auf die Schläfe gemalt. Er fühlte sich dabei zwar künstlich wie eine Puppe, sah jedoch völlig verändert aus. Wenigstens setzte er ihre Idee um, die blauen Augen mit Hilfe von optischen Linsen braun zu färben. »Ohne meine Hilfe hätte dich der Filialleiter sicher wiedererkannt«, murmelt Lena, während sie ihm mit Watte die überflüssige Farbe von den Ohren wischt.

»Aber das Tattoo war ein super Einfall.« Am Tag des Überfalls presste Tarik das Bild eines blauen Einhorns auf den Hals und rubbelte es mit Wasser auf die Haut. Das abwaschbare Tattoo war die perfekte Irreführung.

»Nicht schlecht«, gibt Lena widerwillig zu. »Wo hast du es gefunden?«

»In einer Zeitschrift für Mädchen«, grinst Tarik, »als Beigabe zu den Pferdegeschichten.« Peinlicher als der Erwerb dieses Magazins war ihm nur die Anschaffung seiner ersten Kondompackung gewesen.

Ein paar Minuten später nimmt Lena ihm den Plastikmantel ab, der um seinen Hals gebunden ist. »Du kannst die Farbe jetzt auswaschen.« Während Tarik im Bad verschwindet, säubert sie die befleckten Utensilien in der Küchenspüle. Aus dem Radio erschallt ein abgedroschenes Liebeslied, das sie dennoch liebt, da es für sie Weihnachten bedeutet. Lauthals singt sie jedes Wort in den tropfenden Pinsel, der sich als Mikro bestens eignet. Mit der anderen

Hand zieht sie gefühlvoll Bahnen in der Luft. Im Überschwang schmettert Lena den Refrain um einige Tonlagen höher mit, ein unvergleichliches Duett. Erhobenen Schwanzes streift Siri um ihre Beine und leitet maunzend den musikalischen Höhepunkt ein. Unvermittelt spürt Lena einen Hauch Frieden, der sie warm einlullt.

»Ihr zwei seid total süß miteinander.« Tarik lehnt am Türrahmen, ein leises Lächeln zuckt um seine Mundwinkel.

»Gar nicht wahr.« Verschämt lässt Lena das imaginäre Mikro sinken, schnappt sich das nächstgelegene Geschirrtuch und trocknet den Pinsel ab.

»Doch.« Sanft krault er Siris Kopf, die sich zu seinen Füßen anbiedert. Die Streicheleinheiten erfolgen stellvertretend für Lena, die ihn weiterhin auf Abstand hält.

»Du siehst gut aus.« Zufrieden betrachtet sie ihn von allen Seiten. »Ich meine, die Farbe ist sehr schön geworden, fast deine Naturhaarfarbe«, verbessert sie sich rasch. »Für das blaue Auge gibt es natürlich ein paar Punkte Abzug auf der Attraktivitätsskala.«

Tarik nähert sich ihr bis auf eine Schrittlänge. »Danke für deine Hilfe.« Käme er noch näher, würde Lena protestieren und auf die Einhaltung der persönlichen Grenze pochen. Alles schon mehrfach erprobt.

»Brauchst du sonst noch etwas?« Ihre Worte klingen merkwürdig abgehackt, die verschränkten Arme weisen ihn zurück.

»Ja – dich, wenn du schon fragst.« Er streckt die Hand über die Grenze. »Ich möchte dich wieder bei mir haben.«

Ein Teil von Lena ist versucht, seine Hand zu nehmen, aber die Arme lassen sich nicht öffnen. »Es geht nicht, noch nicht.«

»Was kann ich tun?«

»Mir verraten, wie ich dir jemals wieder vertrauen kann.«

Verständnislos wirft Tarik die Arme in die Höhe. »Lena, ich habe nie ein Geheimnis daraus gemacht, dass ich von deiner Mitwirkung beim Raub nicht begeistert bin. Ebru und ich haben sogar schriftlich begründet, warum wir dich nicht dabei haben wollen. Ist das im Nachhinein so schwer zu verstehen?«

»Ihr habt so getan, als ob ich dabei sein dürfte.« Wütend stampft Lena mit dem Fuß auf. »Ehrlicher wäre es gewesen, wenn ihr mich gar nicht in den Plan eingeweiht hättet.«

»Von mir hättest du auch nie ein Wort darüber erfahren. Ich wollte dich nicht in die Sache hineinziehen.« Tarik übertritt die magische Grenze um eine Fußlänge. »Schon vergessen, wie schlimm du Ebru unter Druck gesetzt hast, bis sie wie ein Vögelchen gesungen hat?«

»Hab ich gar nicht«, faucht Lena. »Gehst du bitte beiseite?« Sie greift nach der Packung im Regal, auf der ein spielendes Kätzchen abgebildet ist. »Siri wartet nämlich auf Futter.« Als er sich keinen Millimeter bewegt, schüttelt sie mit der Schachtel. Das Geräusch der aufeinanderprallenden Futterstücke lässt die Katze blitzartig heran stürmen. Miauend erinnert sie an den baldigen Hungertod, sollten nicht bald kleine Fleischkekse in den Napf fallen.

Mit äußerstem Widerwillen macht Tarik schließlich Platz. »Ich hatte keine andere Wahl, das weißt du ganz genau.«

Großzügig füllt Lena die Schüssel mit Trockenfutter, über die sich Siri sogleich hermacht. »Mahlzeit!«, wünscht sie und legt anschließend beide Arme um Tarik. »Tut mir leid. Ich hätte dich umgekehrt bestimmt auch belogen.«

Erstaunt über ihr Einlenken, zieht Tarik sie nahe heran. »Du bedeutest mir alles.« Sanft wiegt er sie in den Armen, während Siris zufriedenes Schmatzen zu hören ist.

»Ich liebe dich, aber …«, beginnt Lena.

Schnell verschließt Tarik ihren Mund mit einem langen Kuss. »Muss es wirklich ein Aber geben?«

Lena nickt. »Ich mache mir Sorgen, dass du mich nicht für voll nimmst und mir immer wieder Dinge verschweigst, weil du meinst, für mich entscheiden zu können.« Sie wartet auf Worte, die ihre Befürchtung entkräften, aber Tarik bleibt stumm wie ein Fisch. »Sag mir, dass ich damit im Unrecht bin.« Verwundert bemerkt sie, wie er um eine Antwort ringt.

»Du liegst aber richtig.« Er stockt, wendet den Kopf ab, räuspert sich und findet am Ende den Mut fortzufahren. »Es ist sogar noch viel schlimmer, als du denkst. Ich verheimliche dir Dinge, weil ich feig bin und die Konsequenzen nicht tragen möchte.« Seine Arme sinken schlaff an ihr herunter. »Ich habe dir schon oft versprochen, mich zu ändern. Wahrscheinlich kann ich nicht erwarten, dass du mir noch einmal glaubst.« Er presst die Lippen zu zwei Strichen zusammen, sein Blick gleitet über ihre Schulter ins Leere.

»Ich habe auch genügend Fehler. Mach in Zukunft einfach andere.« Sie kitzelt an der sensiblen Stelle bei den Rippen ein Lachen aus ihm heraus. »Es gibt noch tausend andere Dinge, die du falsch machen kannst.« Auf Zehenspitzen räkelt sie sich zu ihm hoch und küsst ihn mit all der Leidenschaft, die sie für ihn empfindet.

»Ich sollte dir ...«, flüstert er an ihren Lippen, »... ich denke ... du ...« Knapp bevor sich das Gehirn ausschaltet, gelingt es Tarik, sich von ihr zu lösen und die verführenden Hände festzuhalten. Atemlos lässt er seine Stirn auf ihre sinken. »Du fühlst dich gut an.«

»Du auch.« Abermals drängt sie sich an ihn und versucht, seine Lippen zu erobern.

»Warte, ich will dir noch etwas erzählen.« Er richtet sich gerade auf, wodurch sein Mund unerreichbar für sie wird.

»Hat das nicht Zeit bis nachher?« Das Glitzern in den Augen lässt keinen Zweifel über ihr Angebot offen.

Tarik schimpft sich innerlich einen Trottel, als er den Kopf schüttelt und auf Abstand geht. »Nein, ich möchte, dass zwischen uns alles vom Tisch ist.«

»Das muss aber sehr wichtig sein«, murrt Lena.

»Ist es auch.« Er setzt sich mit ihr an den Tisch, springt jedoch sofort wieder hoch. »Möchtest du Tee haben?«

Oje, dann muss es etwas sehr Ernstes sein! Teekochen ist

für beide Geschwister ein Ritual, das zur Beruhigung eingesetzt wird, wie Lena schon oft beobachten konnte. »Kräutertee, wenn welcher da ist«, sagt sie.

Tarik füllt den Wasserkessel bis zur obersten Markierung. »Ist Pfefferminze in Ordnung?«

»Klar.« Sie lässt ihm die Zubereitungszeit, damit er sich sammeln kann.

»Ich möchte noch einmal neu anfangen.« Die Erleichterung steht Tarik ins Gesicht geschrieben, als ihn das durchdringende Pfeifen unterbricht. Während er mit Tassen und Teebeuteln hantiert, wischt Lena die verstreuten Brotkrummen vom Frühstück auf einen Haufen. Sie sollte wirklich mehr Ordentlichkeit an den Tag legen.

»Es gibt etwas, das ich dir schon lange beichten möchte.« Tarik stellt die Teetassen am Tisch ab, die ein Aroma verströmen, das an Zahnpasta erinnert. »Auch, wenn du dann nie mehr etwas mit mir zu tun haben willst.«

Mit jedem Wort spannen sich Lenas Muskeln mehr an. Es fällt ihr nicht einmal auf, wie der rechte Fuß rhythmisch gegen das Tischbein hämmert. »Sag schon, was los ist!«

Im Wissen, sich die Zunge zu verbrühen, nimmt Tarik einen Schluck Tee. »Verdammt«, flucht er. Zur Schadensbegrenzung trinkt er rasch Wasser nach, das in seiner Kehle gurgelt. Leider ist das Glas viel zu schnell leer.

»Wenn du nicht sofort redest, kannst du die Beichte an einem anderen Tag ablegen.« Lena erhebt sich, wird von ihm jedoch zurückgehalten.

»Also gut.« Tarik schluckt schwer. »Erinnerst du dich an die Schmiererei an eurer Haustür, kurz nachdem deine Mütter und du nach Rosenbach gezogen seid?«

»Natürlich.« Wer wird schon gerne mit den Worten »Lesben raus!« in der neuen Heimat begrüßt?

Emsig rührt Tarik mit einem Löffel in der Tasse, obwohl sich kein Zucker darin befindet. »Du hast dich damals oft gefragt, wer dafür verantwortlich ist«, murmelt er. Als er den Blick hebt, schreit unverkennbar Schuld aus seinen Augen.

»Du?« Die Erkenntnis trifft Lena wie ein Blitzschlag. Wie konnte sie so blind sein? Sie verliebte sich genau in den Jungen, der sie aus dem konservativen Vorort vertreiben wollte!

»Hakan und ich waren damals riesige Idioten! Wir haben den Hasspredigten meines Vaters aufs Wort geglaubt und dabei noch gemeint, das Richtige zu tun.« Tarik streicht über ihre Hand. »Nachdem ich dich dann kennengelernt hatte, fing ich an, es jeden einzelnen Tag zu bereuen.« Angespannt hält er den Atem an. Ob er sie nun für immer verlieren wird?

»Eigentlich hätte ich es mir denken können.« Lena beginnt zu lachen, es sprudelt lauthals aus ihr heraus und lässt den gesamten Körper erbeben. »Das war echt blöd von dir.« Sie wischt sich die Tränen aus den Augenwinkeln, kann jedoch nicht aufhören zu lachen.

»Saublöd«, bestätigt Tarik. Mit dieser Reaktion hätte er nicht gerechnet! Erleichtert fällt er in ihr Lachen ein. »Ein Wunder, dass ich mir selbständig die Schuhe zubinden kann.« Er verzieht das Gesicht zu einer Fratze, womit er eine neue Lachattacke verursacht.

»Hör auf damit!« Lena japst nach Luft, eine Hand liegt am schmerzenden Magen. »Ich kann nicht mehr.«

Tarik gibt ihr Zeit, bis der Atem wieder ruhiger geht. »Bist du mir gar nicht böse?« Blankes Erstaunen schwingt in seiner Frage mit.

»Das ist doch schon zwei Jahre her.« Hätte er sich nicht radikal verändert, würde sie mit ihm keine Beziehung führen wollen. »Außerdem hast du jetzt die einmalige Chance, es wieder gut zu machen.« Sie setzt sich auf seinen Schoß und schlingt die Arme um seinen Nacken.

Tarik gibt auf, verstehen zu wollen, womit er bei Lena eine Katastrophe oder einen Lachanfall auslöst. Stattdessen küsst er sie, bis ihr der Atem stockt.

Ein Meer aus Kerzen taucht den Raum in einen sanften Schein aus Gold. Schalen mit parfümiertem Wasser verströmen den Geruch von tausend Rosen. Die Hitze tröstet über die kalte Nacht hinweg und fordert zum Bleiben auf. Mona zieht den dicken Pullover aus und streckt sich entspannt auf den Polstern am Boden aus. Lächelnd nimmt sie von Ebru eine Schale mit Reispudding entgegen, der süß auf der Zunge schmilzt. »Was hast du heute mit mir vor?«, fragt sie.

Ertappt hält Ebru beim Einschenken des Tees inne. »Nichts. Wieso?«

Mona kann sich eines Grinsens nicht mehr erwehren. »War nur so eine Idee.« Genussvoll löffelt sie die Schale aus, während sie Ebru beobachtet, die konzentriert Honig auf selbstgemachte Baklavas fließen lässt. Das Kerzenlicht verleiht ihr einen goldenen Schimmer, der ihr unwirkliche Schönheit verleiht. Die Locken sind im Nacken aufgesteckt und erwecken in ihr das Bedürfnis, die Klammern aus dem Haar zu ziehen, um es offen zwischen den Fingern zu spüren.

»Gefüllte Feigen?« Ebrus Augen, die mit schwarzem Kajal betont wurden, glühen dunkel auf, wie schwarzes Feuer.

Obwohl der volle Magen protestiert, nickt Mona. Sie genießt einen Blick in Ebrus tiefen Ausschnitt, während ihr die Süßigkeit auf einer Platte angeboten wird. »Komm noch näher«, flüstert sie. Berauscht kostet sie Ebrus kirschrote Lippen, die sich einladend für sie öffnen. Wie von selbst finden ihre Hände unter das enge Shirt, ertasten die seidige Haut darunter. »Du bist wunderschön«, haucht Mona. Doch als sie die Häkchen des BHs öffnen möchte, entwischt Ebru ihr.

»Du lenkst mich ab.« Sie zieht das Shirt über den nackten Bauch nach unten.

»Das könnte ich von dir auch behaupten.« Mit einem enttäuschten Seufzen lässt sich Mona in die Polster zurückfallen. Zum Trost steckt sie sich eine Feige in den Mund.

»Mir geht es wieder gut.« Als Beweis hält Ebru die Außenseite ihrer Hände hoch, auf denen keine Wundspuren mehr zu erkennen sind. »Die Wochen davor war ich ziemlich durcheinander, wahrscheinlich schwer zu ertragen.« Sie legt die Fäuste auf dem Schoß ab, die erstaunlich schwer wiegen.

»Bei der ganzen Aufregung war das nicht anders zu erwarten.« Die Feige hinterlässt ein unangenehmes Kratzen im Hals.

»Es war bestimmt nicht lustig mit mir.« Ebru steckt sich eine vorwitzige Strähne hinter das Ohr, die sich aus dem Knoten gelöst hat.

»Das macht nichts. So viel muss eine gute Beziehung schon aushalten.« Mona nippt an der Teetasse, um den Hals frei zu bekommen. Ohne Erfolg.

»Ich bin dir sehr dankbar.« Ebru schickt ihr ein schwaches Lächeln, das Monas Misstrauen schürt. Was will sie ihr eigentlich sagen?

»Tarik und ich werden dir das Geld so schnell wie möglich zurückzahlen.«

»Das ist kein Problem.« Oder ist es doch eines? Immerhin konnte ihr Ebru nie erklären, warum sie das Geld zuerst nicht annehmen wollte.

»Die Schulden binden mich an dich und verändern unsere Beziehung.« Sie scheint ihre Gedanken erraten zu haben.

»Dann schenke ich dir eben das verdammte Geld!« Mona spürt, wie der unverdaute Ärger hochkommt und die Kehle befreit. »Es ist für mich nicht wichtig. Aber du wolltest lieber in den Knast wandern, als es anzunehmen. Was ist nur mit dir los?«

»Ich wollte es ohne dich schaffen.« Ebru dreht den Kopf aus dem Licht, damit ihre feuchten Augen unbemerkt bleiben.

»Aus falschem Stolz hättest du diesen hohen Preis bezahlt?« Monas Stimme wird mit jedem Wort lauter. »Ich verstehe dich nicht!« Erzürnt umrundet sie das Tuch mit den süßen Köstlichkeiten und setzt sich vor sie hin. »Erklär mir jetzt, was dich bewegt hat. Anscheinend bin ich zu blöd, um von selbst darauf zu kommen.« Sie schiebt zwei Finger unter Ebrus Kinn und zwingt sie damit, den Blick zu erwidern.

»Ich wollte mit dir nichts mehr zu tun haben, solltest du dich von mir trennen.«

»Wieso sollte ich mich von dir trennen wollen?« Im nächsten Moment laufen vergangene Bilder wie ein Kurzfilm vor Mona ab. Sie schlägt sich mit der flachen Hand auf die Stirn. Wie konnte sie nur so schwerfällig sein? »Machst du schon wieder mit mir Schluss?« Ein spitzes Lachen dringt aus ihrer Kehle, das sie für die eigene Dummheit verspottet. »Dafür hast du dich ganz schön ins Zeug gelegt.« Die Süßigkeiten sollten wohl das bittere Ende erträglicher machen. Mit aller Kraft kippt sie Ebru nach hinten, sodass sie sich mit großen Augen am Rücken liegend wiederfindet. »Wolltest du mich am Ende etwa noch entschädigen?« Auf allen Vieren thront sie über der Verräterin. Ohne sie aus den Augen zu lassen, geht Mona tiefer, die zarte Stelle an ihrem Hals im Visier.

»Geh von mir runter!« Ebru hält ihr beide Hände über die Augen, damit sie nichts mehr sehen kann. »Wenn jemand eine Entschädigung verdient, bin ich es.«

»Was?« Monas Kopf schnellt hoch. »Wofür denn?«

»Für deine Untreue«, schreit Ebru auf.

Die Antwort schleudert Mona auf die Fersen zurück. »Was meinst du damit?«

»Das weißt du ganz genau.« Ebru stützt sich auf den Unterarmen ab. »Ich meine die Nacht, als du spät nach Hause gekommen bist, weil du mit Dunja wieder etwas angefangen hast.«

»Scheiße!« Dann hat das Aas doch nicht den Mund halten können. »Es war wirklich nur ein kleiner Ausrutscher. Wir haben kurz miteinander geknutscht, mehr nicht.«

»Geh endlich weg!« Mit dem Fuß tritt Ebru sie von sich herunter.

»Es ist wirklich nicht mehr gelaufen!« Monas Augen flehen sie um Entschuldigung an.

»In dieser Nacht nicht. Das hätte ich gerochen.« Ebru erinnert sich, wie sie jeden Flecken ihres Körpers auf Dunjas Parfüm untersucht hat. »Aber was ist in den folgenden Nächten passiert, wenn du nicht bei mir warst?«

»Nichts. Nie mehr. Dunja bedeutet mir nichts. Ich habe es von Anfang an bereut.« Mona tastet nach ihrer Hand. »Bitte, glaub mir!«

»Ich will dich nicht teilen. Wenn du sie nicht aufgeben kannst, musst du auf mich verzichten.« Sie legt die heiße Stirn auf den angewinkelten Knien ab. Es kommen keine Tränen mehr, wie in jener Nacht, als das SMS von Dunja ihr Vertrauen in den Grundfesten erschütterte.

»Ich will nur dich. Du bist die große Liebe meines Lebens. Wäre ich sonst so oft zu dir zurückgekommen?« Als Ebru nicht reagiert, rüttelt sie sanft an ihrer Schulter. »Warum erzählst du mir erst heute davon?«

»Weil ich eine Trennung damals nicht verkraftet hätte. Aber jetzt brauchst du auf mich keine Rücksicht mehr zu nehmen.« Aus Ebrus Augen spricht eine kühle Entschlossenheit, die Mona das Blut in den Adern gefrieren lässt.

»Ich möchte aber bei dir bleiben.« Sie atmet tief durch. »Wenn du mich lässt.«

»Ich liebe dich«, sagt Ebru schlicht. Daran hat sie selbst in der dunkelsten Zeit keine Minute lang gezweifelt.

»Ich dich auch.« Mona schlingt beide Arme um sie und streicht behutsam über ihren Rücken. »Wir schaffen das schon.« Lange hält sie Ebru fest. Die Kerzen brennen bis zum Endes des Dochts ab. Das letzte Licht bringt das Prisma im Regal zum Leuchten, wodurch ein zarter Regenbogen an die Wand fällt. »Es ist alles gut.« Unversehens ist sich Mona dessen sicher.

»Meinst du?« Ebru hebt den Kopf und folgt Monas Finger. Mit zusammengekniffenen Augen kann sie es schließlich erkennen, das Regenbogenlicht. »Schön«, murmelt sie.

»Und einzigartig, in allen Farbschattierungen, wie unsere Liebe.« Gemeinsam bestaunen sie das Wunderbare, während die schwarze Nacht vor dem Fenster Grimassen schneidet. Unvermittelt beginnen beide Herzen im Gleichklang zu schlagen. »Bleibst du bei mir?«, fragt Mona.

Ebru lehnt den schweren Kopf an ihre Schulter. »Natürlich. Ich habe mich heute Abend extra für dich hübsch gemacht.«

»Das ist mir aufgefallen.« Monas Fingerspitzen gleiten an ihrem Ausschnitt entlang.

»Ich wollte dir die Entscheidung zwischen Dunja und mir möglichst schwer machen.«

Mona zieht die Klammern aus ihrem Haar und wuschelt durch die Locken. »Du bist wirklich ein bisschen verrückt.«

Mit Tarik gleitet ein Schwall Kälte in die Wohnung. Unter dem Arm schleppt er einen mächtigen Fichtenstamm, dessen Äste mit einem grünen Netz zusammengehalten werden. Die Baumkrone schleift am Boden hinterher und lässt eine Nadelspur quer durch den Vorraum zurück. »Aus dem Weg!«, schnauft er.

Lena drückt sich flach an die Wand, während Tarik vorbei ins Wohnzimmer poltert, wo er den Baum erleichtert fallen lässt. Ohne Erklärung verschwindet er wieder und taucht kurz darauf mit einem eisernen Kreuz auf, das er neben dem Sofa postiert.

»Der ist aber schön.« Über Lenas Augen liegt kindlicher Glanz, als Tarik den zwei Meter hohen Baum aufrichtet. Staunend umrundet sie den Christbaum einige Male, damit sie seine ganze Pracht bewundern kann. Die starken Äste sind regelmäßig gewachsen, ohne Lücken oder braune Stellen. Ein wunderbarer Duft nach Wald und Weihnachten strömt von ihnen aus. »Du bist wahnsinnig«, sie fällt ihm übermütig um den Hals, »der war bestimmt sehr teuer.«

»Nicht besonders. Ich habe dafür nur die Hälfte bezahlt.« Mit der Vergünstigung zollte ihm der Chef ein wenig Anerkennung für seine Leistungsbereitschaft. Heute, am Heiligen Abend, ging er in der Dämmerung als letzter Mitarbeiter nach Hause.

Begeistert von der Überraschung klatscht Lena in die Hände. »Hilfst du mir beim Aufputzen?« Aus dem Wandschrank holt sie einen Karton, in dem bunte Kugeln, Glasengel und Kerzenhalter auf ihre Glanzzeit warten.

»Du musst mir aber sagen, was ich zu tun habe.« Weihnachten spielt im islamischen Festkreis keine bedeutende Rolle. Ebru hat für ihren kleinsten Bruder zwar jedes Jahr einen mickrigen Plastikbaum mit Schokolade beladen, damit er sich nicht benachteiligt fühlt. Doch das hässliche Ding fand den Weg glücklicherweise nie aus dem Zimmer der beiden heraus.

»Danke!« Strahlend schließt Lena die Arme um ihn, bevor sie aufgeregt wie ein kleines Kind in die Küche hopst. »Damit machst du mich total glücklich.« Sie überreicht Tarik ein Glas alkoholfreien Glühwein, der seit Stunden in der Küche blubbert. Zu weihnachtlichen Klängen nimmt sie ihren Lieblingsengel, den Katrin aus Spanien mitbrachte, und hängt diesen an einen starken Ast. Ob es den beiden gerade gut geht? Ein leichtes Ziehen in der Brust verrät, wie sehr ihr die Eltern fehlen. Nächstes Jahr, nimmt sie sich vor, wird die ganze Familie wieder zusammen Weihnachten feiern.

»Ist das okay?« Tarik hält eine Schokopraline hoch, die er in Goldpapier gewickelt hat. Es war gar nicht so einfach, mit dem hauchdünnen Faden eine Schlaufe zu binden.

»Du machst das super!« Nachdem Lena die Kerzen am Baum befestigt hat, hängt sie die von ihm vorbereiteten Süßigkeiten auf. Als sie auf der Leiter steht, um die obersten Äste zu schmücken, umfängt Tarik zur Sicherheit ihre Beine. Am Ende fehlt nur noch der Weihnachtsstern an der Spitze, um das Gesamtbild zu vervollkommnen.

»Das ist das Schönste, was du mir schenken konntest«,

flüstert Lena. Aneinander geschmiegt betrachten sie die aufgeputzte Blaufichte, die majestätisch den halben Raum einnimmt. Nach langem Warten und vergeblichem Hoffen zieht weihnachtlicher Frieden in die Wohnung und hüllt Lena ein. »Ich werde mich noch hübsch anziehen.« Die abgetragene Jeans und der weite Sweater sind nicht die passenden Klamotten für das große Fest.

»Warte«, Tarik führt sie zum Sofa, »ich möchte dir etwas sagen.«

»Noch eine Beichte?« Lena drückt beide Ohren zu und schließt die Augen. An diesem besonderen Abend möchte sie nichts Unerfreuliches hören.

»Nein, keine Sorge, es geht um etwas ganz anderes.« Behutsam nimmt Tarik ihre Hände von den Ohren und zieht sie an seine Brust. »Ich habe die Schuld gegenüber meiner Familie getilgt.« Vor wenigen Tagen setzte er eine verweinte Aysegül mit einem dicken Briefumschlag ins Flugzeug. Er hätte ihr ein Ticket an jeden Ort der Welt gezahlt, wo sie neu anfangen könnte, aber sie wollte nach Hause, mit der Mitgift für den nächsten Ehemann in der Tasche. Die wüsten Beschimpfungen seines Vaters hatte er aus Respekt über sich ergehen lassen. Als er jedoch die Hand gegen ihn erhob, drehte Tarik ihm grob den Arm auf den Rücken und schubste ihn ins Schlafzimmer, wo er ihn für eine Weile wegschloss. Erst nachdem sich lautes Schnarchen durch die Tür sägte, sperrte er wieder auf. Währenddessen hielt er in der Küche die Hand der Mutter, die lautlos vor sich hin weinte. An der fehlenden Reisetasche hatte sie sofort erkannt, dass er nicht lange bleiben würde. Tarik legte ihr Infobroschüren von Institutionen auf den Tisch, die Frauen mit gewalttätigen Ehemännern helfen. Doch sie wagte nicht einmal einen Blick darauf zu werfen. »Du musst ihn Deniz zuliebe verlassen«, versuchte er an ihr Pflichtgefühl zu appellieren, »der geht sonst drauf.« Verzweifelt schlug sie die Hände vors Gesicht. »Aber ich kann meinen Mann nicht verlassen«, antwortete sie schluchzend, »der bringt sich ohne mich um.« Das Risiko wäre Tarik an ihrer Stelle eingegangen. Nach seinem Verständnis zählt das Leben des eigenen Kindes weit mehr. Warum liefert sie sich der blinden Zerstörungswut ihres Mannes widerstandslos aus? »Du musst nach Hause zurückkommen.« Die ausgemergelten Finger der Mutter bohrten sich in seinen Arm. »Wir sind deine Familie und brauchen dich.« Natürlich hatte sie recht! Sie brauchen jemanden, der Geld verdient und ihre Schulden abzahlt, der den Vater im Griff hat und die Mutter schützt, zu dem der jüngere Bruder aufblicken kann, damit er nicht den falschen Weg einschlägt. Doch ist er verpflichtet, dieser Trottel zu sein? Ganz sicher nicht! Tarik bemerkte, wie er von Verachtung für die Eltern ergriffen wurde. Zum Abschied nahm er Deniz in den Arm, der sich an ihn klammerte, als ob er der letzte Halt vorm Untergang wäre. Es fiel ihm schwer, den kleinen Bruder in der Obhut der beiden Wahnsinnigen zu lassen, aber es blieb ihm nichts anderes übrig. Als er im Zug nach Wien saß, beschloss er, nicht mehr zurückzublicken.

»Was ist los?« Lena drückt Tariks Hand, wodurch sein starrer Blick lebendig wird. Nun sieht er mich, ist sie überzeugt. Der verkniffene Zug um den Mund verschwindet, als er sie anlächelt.

»Ich kann jetzt endlich tun, was mir wichtig ist.« Tarik geht vor ihr auf die Knie. »Willst du mich heiraten?«

Hat sie gerade richtig gehört? Perplex schnappt Lena nach Luft, ohne ein Wort über die Lippen zu bekommen. Sie bemüht sich vergeblich, ihn an den Händen nach oben zu ziehen. Standhaft bleiben seine Knie gebeugt, während er ihr glühende Blicke zuwirft.

»Ich liebe dich, Lena. Bitte, werde meine Frau.« Er küsst ihre Hand, bevor sie sich losreißen kann.

»Hör auf, blöde Scherze zu machen«, quetscht sie hervor. Das Herz trommelt wie verrückt auf sie ein.

»Ich meine es aber ernst.«

Das hatte Lena bereits befürchtet. »Steh auf«, sie wedelt

mit den Händen, »der Boden wurde schon ewig nicht mehr gereinigt.«

»Erst wenn du mir eine Antwort gibst.« Halsstarrig schiebt er das Kinn vor.

Warum zwingt er sie, noch deutlicher zu werden? Sind ihre Ausflüchte nicht Antwort genug? Ratlos zuckt sie mit den Schultern und holt tief Luft. »Dann ist meine Antwort nein.« Seine Züge gleiten nach unten, verraten Lena, wie sehr ihn die Ablehnung trifft. Sie kniet sich neben ihn auf den Boden und hält ihn fest. »Wir brauchen keinen Trauschein, um glücklich zu sein«, flüstert sie.

Mit steifen Bewegungen befreit sich Tarik aus ihren Armen, ohne sie auch nur anzusehen. »Ich bin bald wieder zurück.« Er stürmt in den Vorraum, wo er sich überhastet die Schuhe überstreift, die noch nass vom Schnee sind.

»Bleib bitte hier!« Das hatte Lena nicht gewollt. »Es tut mir leid.«

»Was denn?« Tariks Gesicht ist schneeweiß, wie die Mütze, die er sich gerade über den Kopf stülpt. »Du bist ein freier Mensch und triffst eigene Entscheidungen.«

Freier Mensch? Meint er damit, dass es zwischen ihnen aus ist? »Geh nicht!« Sie hakt sich bei seinem Arm unter.

»Ich brauche ein bisschen Zeit für mich.« Lautstark lässt er die Tür hinter sich ins Schloss krachen.

Ob er heute noch auftauchen wird? Bestürzt lässt sich Lena auf den Hocker fallen, den sie benötigt, um in das höchste Fach des Wandschranks zu reichen. Die glanzlosen Winterstiefel fallen ihr ins Auge, die sie schon seit einer Woche imprägnieren wollte. Kopflos durchwühlt sie die Lade nach dem Spray, während ein leises Beben anschwillt, bis es den ganzen Körper durchfährt. Fest presst sie die Hand auf den Mund, aber ein kleiner Schluchzer schlüpft nach draußen. Wieso hat Tarik sie vor diese entsetzliche Wahl gestellt? Er müsste sie doch besser kennen! Lena schluckt so lange, bis der Hals hart wird und krampft. Mit beiden Stiefeln in der Hand öffnet sie die Wohnungstür, um im Stiegenhaus die gesundheitsschädlichen Gase zu versprühen. Siri sollte mit den Rückständen nicht in Kontakt kommen. An der Wand blinkt ein Knopf rot auf. Die Neonröhre summt, bevor sie kaltes Licht auf eine Gestalt wirft, die am Treppenabsatz kauert.

»Du bist schon zurück.« Lena versucht, möglichst unbeteiligt zu klingen.

»Ich war nie weg.« Die Gase, die sie großzügig in der Luft verteilt, reizen die Schleimhäute, bis Tarik von heftigem Husten befallen wird.

An der Innenseite der Tür zieht Lena den Schlüssel ab und wirft ihm diesen in hohem Bogen zu. »Komm rein, wenn dir kalt wird.«

Ohne Zögern erhebt sich Tarik, schlägt den Jackenkragen über die Nase und flüchtet in die Wohnung. Wortlos pfeffert er die Handschuhe auf die Kommode, bevor er sie in die Arme schließt.

»Ich möchte niemals heiraten«, murmelt Lena an seiner Halsbeuge. »Das ist doch nur ein Versuch, die Gesellschaft mit noch mehr Gesetzen zu kontrollieren. Ich möchte mir nicht vorschreiben lassen, was ich in einer Beziehung zu tun und zu lassen habe.« Sie streichelt über seine Backenknochen und haucht ihm einen zarten Kuss auf den Mund.

»Manchen Menschen geben die Gesetze eben Sicherheit«, brummt er in ihr Haar.

»Es gibt ihm Leben aber keine Garantien.« Kopfschüttelnd löst sich Lena von ihm. »Ich lasse mich nicht bevormunden, wie ich mich bei einer Scheidung zu verhalten habe, wer zahlt und bekommt, weil ich nämlich selbst denken kann.«

»Ja, du hast einen klugen Kopf.« Er zerzaust ihr das lila Haar, bis es aufgeladen vom Kopf absteht und sie wie ein Wesen von einem fremden Planeten aussehen lässt.

»Nicht!« Lachend entzieht sich Lena seinem Zugriff und schleckt ihm als Strafe über die Nase.

»Igitt!« Tarik wischt sich die Speichelspuren ab und

drückt ihr zur Versöhnung einen Kuss auf die Stirn. »Mir geht es bei der Heirat nicht um Rechte und Verpflichtungen.« Sein Gesicht nimmt abermals einen ernsthaften Ausdruck an. »Zumindest nicht um die gesetzlichen. Für mich bedeutet es, dass ich mich zu dir bekenne, vor Allah und den Menschen.«

»Aber ich stehe total hinter unserer Beziehung. Dafür muss ich nicht vors Standesamt treten.« Mit den Fingern kämmt sich Lena das verstrubbelte Haar glatt.

»Du verstehst mich nicht.« Resigniert hebt er die Arme und setzt sich schließlich auf den Hocker. »Wenn ich dich heirate, zeige ich dir damit, dass ich dich liebe.« Am Arm zieht er sie auf seinen Schoß herab. »Ich kann mir vorstellen, den Rest meines Lebens mit dir zu verbringen.«

Nachdenklich stützt Lena den Kopf auf den Handflächen ab. »Sind wir für diese Entscheidung nicht ein bisschen zu jung?«

»In meiner Welt sind wir alt genug.« Tarik drückt sie eng an die Brust. »Dieses Mal möchte ich es richtig machen.«

»Dir ist aber klar, dass du nicht der Einzige bist, mit dem ich geschlafen habe?« Verlegen lässt Lena die langen Strähnen wie einen Vorhang ins Gesicht fallen. Das erste Mal war schön mit ihm, wegen der Gefühle, die sie füreinander empfanden. Allerdings hatte sie in der getrennten Zeit nicht im Zölibat gelebt.

»Sebastian.« Der Name geht Tarik wie Säure über die Zunge.

Nicht nur Sebastian. Da war auch noch der gut aussehende Typ am Musikfestival, der sie ins Zelt einlud, als ihres vom Regen weggeschwemmt wurde. Doch davon braucht er wirklich nichts zu wissen. »Kommst du damit zurecht?«

»Mir war schon klar, dass du mit Sebastian nicht nur geküsst hast.« Rasende Eifersucht brennt in ihm lichterloh, als er sich die beiden zusammen vorstellt. »War er gut im Bett?«

War er besser als ich, liest Lena richtig aus der Frage heraus. Besänftigend nimmt sie seine zuckende Faust in beide Hände. »Darauf gebe ich keine Antwort.«

»Hast du mit ihm auch noch geschlafen, als ich in Rosenbach war?«

Lena spürt seine Anspannung in jeder Muskelfaser, die er nur mühsam unter Kontrolle halten kann. »Nein, wir sind nur mehr befreundet.«

Erleichtert atmet Tarik aus. »Gut, ich dachte schon ...« Mit aller Kraft wirft er die peinigenden Vorstellungen aus dem Kopf. »Ich freue mich nicht darüber, aber es ist okay, wenn er in der Vergangenheit bleibt.«

»Schön.« Lenas Lachen ist von Spott durchtränkt. »Soweit ich mich erinnern kann, hattest du nämlich mit mehreren Frauen Sex, bevor wir ein Paar wurden.« Theatralisch schlägt sie die Augen zur Decke. »Allerdings trage ich mich mit dem Gedanken, dich trotz deiner verlorenen Unschuld zu lieben.«

»Und mich zu heiraten?« Tariks Augen blitzen verschlagen auf.

Seufzend macht sich Lena von ihm los. »Ich brauche dringend eine Teepause. Willst du auch eine Tasse?«

Leise rieselt das Salz auf die Forellenfilets, bevor sie von Ebru in den Backofen geschoben werden. Sie wischt sich die öligen Finger an einem Geschirrtuch ab und stellt die Küchenuhr auf achtzehn Minuten ein. Auf dem Herd köchelt die Maronicremesuppe vor sich hin, die den Geruch von langen Winterspaziergängen verströmt. Gewissenhaft wäscht Ebru zwei Handvoll Spinat, den sie in die Pfanne legt. »Mona, wo ist denn die Knoblauchpresse?«, schreit sie quer durch die Wohnung.

Keine Antwort. Hastig durchwühlt Ebru die Schubladen nach dem notwendigen Küchenutensil, das unauffindbar bleibt. Das ist der Nachteil, wenn man in einer fremden

Küche zugange ist! Sie hinkt dem Zeitplan für die Zubereitung des Weihnachtsfestessens ohnehin schon hinterher. Wenigstens steht der Lebkuchenpudding bereits fertig zubereitet im Kühlschrank.

»Hast du etwas gesagt?« Mona erscheint mit nassen Haaren im Türrahmen, die sie an einem Handtuch abrubbelt.

»Schon gefunden.« Das blöde Ding hatte sich in der hintersten Ecke verkrochen.

Zwanglos taucht Mona den Finger in die Weißweinsauce und schleckt genüsslich darüber. »Mhhm, sehr lecker. Übrigens hat Lena eben angerufen. Sie werden sich um eine halbe Stunde verspäten.«

»*Allah'a şükür!*« Zischend brutzelt die Knoblauchpaste im heißen Öl.

»Kannst du kurz unterbrechen?« In Küchendunst gehüllt, öffnet Mona das Fenster, um dem Nordwind Einlass zu gewähren. »Ich möchte dir mein Weihnachtsgeschenk geben, bevor die beiden eintreffen.«

»In fünf Minuten.« Mit flinken Fingern blanchiert Ebru den Spinat und fügt noch etwas Salz hinzu. Nachdem sie den Fisch in Augenschein genommen hat, nimmt sie die Kochschürze ab und holt aus der Manteltasche ein Päckchen, das in Sternenpapier gewickelt ist. Ob das Parfüm die richtige Wahl gewesen ist? Im Schlafzimmer findet sie Mona vor dem Kleiderschrank, wie sie das Lieblingshemd zuknöpft und eine Krawatte locker um den Kragen bindet. Jeder Handgriff folgt einem automatischen Ablauf, der keinen Spiegel erfordert. Früher beobachtete Mona den Vater jeden Morgen bei diesem Ritual. Stets empfand sie großen Stolz, die Tochter dieses stattlichen Mannes zu sein. Damals war es ihr innigster Wunsch, so zu werden wie er. »Frohe Weihnachten.« Mona überreicht ihr ein großes Schokoladenherz und schenkt als Draufgabe einen langen Kuss, der weiche Knie macht.

»Danke.« In Krisenzeiten würde Ebru für ein Stück dieser

Schoko sogar töten. »Dir auch schöne …« Das ungewohnte Wort kommt ihr nur schwer über die Lippen. »… Weihnachten.« Unwiderstehlich angezogen, schlüpfen ihre Hände unter Monas Hemd, wo sie die seidige Glätte ihrer Haut auskostet.

»Es ist üblich, dass die Geschenke anschließend auch ausgepackt werden.«

»Danke für dein Herz«, haucht Ebru. Die Hände gleiten höher und streicheln ihre Brüste durch das feine Gewebe des BHs.

»Zuerst musst du dein Geschenk aufmachen.« Kompromisslos wedelt Mona mit einem Kuvert vor ihrer Nase herum, das zuvor von der Schokoladenpackung verdeckt wurde.

»Na schön.« Folgsam zieht Ebru die Hände aus der heißen Zone und öffnet den roten Briefumschlag, der bei näherem Hinsehen ihr Interesse entfacht. Was könnte wohl darin verborgen sein? Vielleicht Kinokarten? Oder ein Gutschein für ein gemeinsames Abendessen? Raschelnd zieht sie ein beschriebenes Blatt Papier heraus, das sie aufmerksam liest.

»Was ist mit dir los?« Mona beobachtet, wie das Lächeln auf ihrem Mund gefriert.

»Das kann ich nicht annehmen.« Mit ungläubigen Augen lässt Ebru den Brief auf das Bett sinken.

»Warum nicht?« Eine ähnliche Reaktion hatte Mona bereits befürchtet.

»Weil es viel zu viel ist.« Ein Parfüm ist ein angemessenes Geschenk zu Weihnachten, aber ein Schuldenerlass von 6.000,– Euro sprengt die Grenze wie ein Kilo Sprengstoff.

»Nicht für mich. Ich habe genug Geld geerbt.« Mona rauft sich das feuchte Haar. »Du hast selbst gesagt, die Schulden könnten unsere Beziehung belasten. Deshalb möchte ich deinen Anteil aus dem Weg räumen.«

Energisch schüttelt Ebru den Kopf. »Das geht nicht. Wenn ich es dir nicht zurückzahle, habe ich für immer das Gefühl, dir etwas zu schulden.«

»Tust du aber nicht. Überhaupt möchte ich dich in den nächsten Monaten manchmal zu Gesicht bekommen.« In den letzten Nächten war Ebru durchgehend unterwegs, um auf Festen zu servieren. Der Drang möglichst schnell Geld zu verdienen, lässt sie auf ihre schwindenden Kräfte keine Rücksicht nehmen. Die dunklen Ringe unter den Augen und die fahle Gesichtsfarbe zeugen von eklatantem Schlafmangel, der sie launisch macht. »Warum kannst du es uns nicht einfach machen?«

Keine Ahnung! Das Schrillen der Küchenuhr erlöst Ebru vor einer Antwort. »Der Fisch ist fertig!« Sie stürmt in die Küche, wo sie das Backrohr aufreißt, aus dem ihr Hitze entgegenwallt. Kopflos stochert sie im Fleisch, kostet davon, ohne etwas zu schmecken. Wie schön wäre es, bei Null anfangen zu können! Einen Moment lang gestattet sie sich das unbeschwerte Gefühl zu genießen, wie es ohne Schuldenlast sein könnte, würgt es jedoch kurz darauf wieder ab. Die Realität sieht nun einmal anders aus.

»Manchmal denke ich, dass du gar nicht mehr ohne Belastung sein kannst.« Mona dreht die Herdplatte ab, auf der die Suppe brodelt.

»Wie kommst du denn darauf?« Ebru schlägt das Backrohr zu und funkelt sie beleidigt an. »Meinst du, ich freue mich über den ganzen Mist, den ich durchmachen musste?« Am Ende unterstellt sie ihr vielleicht noch, sich in der Opferrolle wohl zu fühlen.

»Das wollte ich damit nicht sagen.« Bedächtig rührt Mona im Suppentopf, wo sich am Boden bereits eine eingedickte Schicht bildet. »Ich denke, dass du in den letzten Monaten viel Scheiß erlebt hast. Daran bist du nun gewöhnt, das kennst du nur allzu gut. Deswegen fällt es dir jetzt schwer, das Gute anzunehmen, weil es einfach anders ist.«

Ebru nimmt ihr den Kochlöffel ab und bläst auf die heiße Kostprobe. Die Suppe fließt sämig über die Zunge und entfaltet im Abgang eine köstlich nussige Note. Perfekt! Als Mona schon befürchtet, mit Stillschweigen bestraft zu werden, setzt sie doch zu einer Antwort an. »Ich habe verdammt viel Angst, etwas Schönes in mein Leben zu lassen«. Ebru hebt den Blick, der Verletzlichkeit offenbart. »Auch dich. Weil ich all das verlieren könnte. Und ich weiß nicht, ob ich damit zurechtkommen würde.« Am Abgrund zu stehen, erscheint ihr dagegen weitaus ungefährlicher.

»Mich wirst du noch lange nicht los.« Mona zieht sie in die Arme und streicht ihr zärtlich über das Haar. »Außerdem werden wir zusammen viel Schönes erleben, wenn du bereit bist, es zu riskieren.«

Zustimmend gibt Ebru ein Brummen von sich. Sie möchte unbedingt an ihre Worte glauben, die von einem Leben in Fülle erzählen.

»Weißt du, wovon ich schon lange träume?«

Ebru grinst sie verschmitzt an. »Als Bundeskanzlerin das Recht auf künstliche Befruchtung und Adoption für alle Menschen durchzusetzen?«

»Ja, auch.« Mona vergräbt das Gesicht in ihrer Halsbeuge. Manchmal gelingt es Ebru mühelos, ihre großspurigsten Gedanken zu erraten. »Aber ich habe gerade an einen Urlaub gedacht. Was hältst du von zwei Wochen Toskana ... im September?«

»Hört sich toll an!« Die Bildberichte über Florenz, Pisa und Siena werden im Gedächtnis wach gerufen. Wie gerne würde sie mit ihr gemeinsam durch eine Zypressenallee schlendern, die Zehen ins Meer tauchen, ein altes Weingut riechen. »Aber Italien ist sehr teuer, oder?« Betreten beißt sich Ebru auf die Lippen. Mit ihr ist es wirklich schwer, Spaß zu haben. »Vielleicht geht es sich übernächstes Jahr aus.«

»Ich habe eine bessere Idee.« Mona hält das strittige Kuvert hoch. »Wie wäre es, wenn du mein Weihnachtsgeschenk annimmst? Dafür könntest du mich in die Toskana einladen.«

Rasch überschlägt Ebru, wie viel sie in neun Monaten sparen könnte. Genug für eine gemeinsame Reise, ergibt die

Rechnung. Allerdings ist sie Mona dann noch immer etwas schuldig.

»Wenn wir uns ein Auto leihen und im Zelt schlafen, wird es bestimmt nicht teuer«, missversteht Mona ihr Schweigen.

»Dann gibst du aber mehr als ich«, wendet Ebru kleinlaut ein.

Seufzend drückt ihr Mona einen Kuss auf die Stirn. »Wir führen eine Beziehung, mein Herz. Da wird es immer Zeiten geben, wo eine mehr gibt als die andere, nicht nur in materieller Hinsicht, sondern auch in jeder anderen.«

Nachdenklich zieht Ebru Spiralen auf Monas Rücken. So gesehen, könnte sie ihr großzügiges Angebot durchaus annehmen. Immerhin würde sie umgekehrt dasselbe tun.

»Also, was hältst du nun von einer Reise in die Toskana?«

Gemeinsam durch einen Olivenhain spazieren, den Schiefen Turm bewundern, nebeneinander auf den Wellen treiben? »Ja«, vor Begeisterung macht Ebru einen Luftsprung, »das ist eine hervorragende Idee.«

»Finde ich auch!« Mona kostet ihre Lippen, die salzig schmecken, als wären sie bereits in Italien angekommen. Erst der bestialische Geruch von verbranntem Fisch lässt sie erschreckt auseinander fahren.

»Den können wir wegschmeißen.« Mit dem Kochmagazin fächelt Ebru die stechenden Schwaden beiseite, damit sie an die dunklen Klumpen im Ofen herankommt. »Heute gibt es ein vegetarisches Festessen.« Dieser Umstand kann dem Strahlen in ihrem Gesicht jedoch keinen Abbruch tun.

»Es schmeckt bestimmt trotzdem lecker.« Still vor sich hin lächelnd, deckt Mona den Tisch für vier Personen. Als die Türglocke Lena und Tarik ankündigt, ahnen sie noch nicht, dass die beiden ebenfalls mit einer Neuigkeit aufwarten können.

<papa1> aloha!
<fotox> wie geht es clemens und dir in den 2. flitterwochen?
<papa1> hawai ist ein traum!
<fotox> schön, dass ihr wieder zusammengekommen seid.
<papa1> ich hatte einfach angst, als er an felipe großes interesse zeigte. da habe ich den spieß einfach umgedreht. blöd, oder?
<fotox> darauf antworte ich besser nicht ;-)
<papa1> wie geht es dir, mein schatz?
<fotox> super! gestern habe ich mit anna auf einer charity-gala knackige models in unterwäsche fotografiert. *ggg*
<papa1> klingt nach schwerstarbeit ... :-)
<fotox> bei dem wechselnden lichtspiel war es gar nicht einfach, gute bilder von menschen zu bekommen, die ständig in bewegung sind. außerdem habe ich mich mit tarik verlobt.
<fotox> hallo?
<papa1> ich häng noch immer bei dem letzten satz fest. ist das ein schlechter scherz?
<fotox> nein! was ist daran so schwer zu verstehen?
<papa1> korrigiere mich, wenn ich falsch liege, aber vor kurzem warst du noch eine bekennende gegnerin dieses patriarchalen rituals.
<fotox> stimmt, ich habe mich vor allem verlobt, weil es für tarik viel bedeutet. mir liegt nach wie vor nicht besonders viel daran.
<papa1> willst du deinen armen vater in den herzinfarkt treiben? das kann doch nicht deine motivation sein, solch eine weitreichende verpflichtung einzugehen!
<fotox> wieso nicht? wenn es tarik glücklich macht, bin ich es auch.
<papa1> du bist noch ein kind, lena!
<fotox> nein, ich bin dein kind, und das werde ich auch immer bleiben. dennoch musst du meine entscheidungen akzeptieren, weil ich erwachsen bin.

<papa1> ich verstehe dich nicht! wie schafft es der kerl, deine meinung um 180 grad zu drehen?

<fotox> ist es so schwer, dass du dich mit mir freust?

<papa1> ja, verdammt! du siehst doch, wie schlecht clemens und mir die ehe getan hat. warum willst du das riskieren?

<fotox> weil das leben halt ein risiko ist. und bevor du die klassische frage stellen kannst, nein, ich bin nicht schwanger.

<papa1> gott sei dank! ich bin noch viel zu jung, um großvater zu werden.

<fotox> sehr witzig!

<papa1> du liebst ihn wirklich, oder?

<fotox> sieht ganz so aus.

<papa1> gibt es schon einen hochzeitstermin?

<fotox> nein, tarik möchte zuerst die schulden abzahlen und etwas für das fest sparen.

<papa1> schulden? tut mir leid, aber ich habe mir meinen schwiegersohn anders vorgestellt.

<fotox> dann kannst du dich an der schulter seines vaters ausheulen. der findet nämlich auch, dass ich keine adäquate wahl für seinen sohn darstelle.

<papa1> der homophobe idiot? der ist doch nicht zur hochzeit eingeladen, oder?

<fotox> nein, entspann dich, das fest geht vor 2 bis 3 jahren sicher nicht über die bühne. in der zwischenzeit wäre ich froh, wenn du dich mit tarik anfreunden würdest.

<papa1> ja, natürlich, ich möchte nur, dass du glücklich bist.

<fotox> das bin ich, sehr sogar.

<papa1> dann wünsche ich dir spät, aber doch alles gute zur verlobung. mist, ich beginne gleich zu heulen!

<fotox> das gehört sich auch so ;-)

<papa1> wenn wir zurück sind, werde ich eine verlobungsparty für euch schmeißen.

<fotox> danke, das ist lieb von dir!

<papa1> aber richte tarik aus, dass er dich in zukunft besser behandeln sollte.

<fotox> ach, das tut er doch, du siehst es nur nicht richtig. da musst du mir eben mehr vertrauen.

<papa1> du hast recht. entschuldige, ich werde ihn besser kennenlernen, bevor ich mir ein urteil über ihn erlaube.

<fotox> danke! :o))

<papa1> darf ich bei der verlobungsparty mein nagelneues hawaihemd tragen? :-)

<fotox> du meinst eines mit bunten vögeln und palmen drauf? aber ja, ich bin alt genug, um mich nicht mehr für meine eltern zu schämen *g*.

<papa1> gute tochter! ich schicke dir einen dicken kuss, bevor ich mir nun ein paar cocktails an der strandbar genehmige und auf dein wohl trinke.

<fotox> es sei dir nach dem schock vergönnt! aloha!

Epilog

Eineinhalb Jahre später …

»Ist sie nicht wunderschön?« Ebru kann den Blick nicht von Lena wenden, die in ein überirdisches Strahlen getaucht ist. Ihre Arme sind um Tariks Nacken geschlungen, der sie zu den Takten des Liebeslieds wiegt. »Noch nie habe ich meinen Bruder glücklicher gesehen.« In einer ergreifenden Zeremonie wurde die Verbindung der beiden sowohl von einem Hoca, als auch von einer Frau mit Engelszunge gesegnet. »Die Sonne scheint heute nur für die beiden.« Mit einem wohligen Seufzen zieht sie Monas Hand an die Brust. »Ist das nicht romantisch?«

»Ich komme nicht umhin zu bemerken, dass du auch geheiratet werden willst«, schmunzelt Mona.

»Das war schon als Kind mein Traum«, gesteht Ebru verschämt. Die Freudentage waren voller Süßigkeiten, Cousinen zum Spielen, nachsichtigen Erwachsenen und langen Nächten. Als Kind hätte sie dafür sogar einen Ehemann in Kauf genommen.

»Ich entdecke jeden Tag neue Seiten an dir.« Lächelnd steht Mona auf und zieht sie auf die Tanzfläche. »Ich bin noch immer beeindruckt, wie gut Tarik alles auf die Reihe gebracht hat.« Obwohl er neun Monate Zivildienst ableisten musste, gelang es ihm, mit Hilfe von Nebenjobs die gesamten Schulden zurückzuzahlen. Nun hat er geplant, die Matura nachzuholen, um im Herbst die Fachhochschule zu besuchen.

»Ich hätte mir früher auch nicht vorstellen können, dass

er Lena bedenkenlos ziehen lässt, wenn sie woanders Fotos macht.« Schwungvoll dreht sich Ebru im Kreis, bevor sie von Monas Armen wieder aufgefangen wird.

»Du wirst mir furchtbar fehlen, wenn du um die Welt fliegst.« Seit sie mit Ebru in eine gemeinsame Wohnung gezogen ist, fällt es Mona zunehmend schwerer, alleine im Bett aufzuwachen. »Ich werde mich eben daran gewöhnen müssen«, flüstert sie. Als Ebru letzte Woche die Aufnahmeprüfung zur Pilotin schaffte, war sie zwar unheimlich stolz, aber auch ein bisschen wehmütig.

»Hältst du mich noch immer für ein bisschen verrückt?«

Die Ernsthaftigkeit, mit der die Frage vorgetragen wurde, lässt Mona stutzen. „Du bist besonders, aber nicht verrückt.«

Ebru holt tief Luft. »Gut, dann wirst du mich nicht in die Klapse einliefern lassen, wenn ich dir erzähle, dass ich vielleicht gar nicht mehr Pilotin werden möchte?«

Die Nachricht bringt Mona völlig aus dem Gleichgewicht. Sie tapst auf Ebrus Zehen und rempelt Esther an, die bereits einen mächtig großen Bauch vor sich herschiebt. »Was? Das verstehe ich nicht.« Wochenlang war sie Zeugin von den emsigen Vorbereitungen für die Aufnahmeprüfung.

»Ich habe mich entschlossen, Landschaftsarchitektur an der Uni zu studieren. Du weißt, wie sehr ich die Natur liebe.« Abwartend kaut Ebru auf den kirschroten Lippen herum.

»Aber es war doch immer dein größter Wunsch, um die Welt zu jetten.« Ein Paar stößt Mona an, die auf der Tanzfläche zur Säule erstarrt ist.

Ebru nimmt sie an der Hand und geleitet sie zu den Tischen zurück. »Als ich nicht wusste, wo ich hingehöre, war Pilotin der beste Beruf für mich. Doch jetzt habe ich Wurzeln geschlagen und will nicht mehr weg.« Zärtlich nimmt sie Monas Gesicht zwischen die Hände und küsst es voller Hingabe. »Ich brauche ein Zuhause und das habe ich mit dir gefunden.«

Einige Tage später findet Tarik einen Brief im Postkasten. Auf der Rückseite gibt sich kein Absender zu erkennen, aber die Briefmarke verrät die türkische Herkunft.

Tarik,

ich habe lange Zeit gebraucht, um dich nicht mehr zu hassen. Mit deiner Zurückweisung hast du mir das Herz herausgeschnitten und es nicht einmal bemerkt. Auch meine Liebe für dich hast du nie wahrgenommen. Du warst im Kopf ständig bei dieser anderen Frau.

Bist du mit ihr glücklich geworden?

Lange habe ich mir überlegt, ob alles gut geworden wäre, wenn wir uns früher getroffen hätten, bevor du dein Herz einer anderen geschenkt hast. Die Bilder von unserem Zusammensein habe ich ständig in mir getragen, obwohl sie mich wie ein spitzer Stein im Schuh peinigten. Doch nun quälen mich diese Gedanken nicht mehr, denn jetzt bin ich auf der Suche nach meinem eigenen Glück.

Du solltest wissen, dass mich nach unserer Trennung nur Schimpf und Schande erwartet haben. Die Familie machte mir Vorhaltungen, dass ich dich nicht gut genug behandelt habe. Warum sonst hättest du die Verlobung auflösen sollen? Ab da war ich nicht mehr eines der begehrtesten Mädchen im Ort, sondern ein Schandfleck, den man möglichst schnell los sein wollte. Nicht einmal der alte Schuster hat mehr um meine Hand angehalten, weil ihm eine befleckte Frau für seine Kinder zu gering war. Sogar ich selbst habe mich nicht mehr als unberührt betrachtet, weil du mich doch berührt hast, wenn auch auf eine völlig andere Weise.

Schließlich wurde ich eilig mit einem jungen Bauern verheiratet. Er war arm, aber meinem Vater war ich keine hohe Mitgift wert. Er hat sich noch nie sonderlich für mich interessiert, so wie für meine Schwester Emse, die er auf Händen trägt. Seit dem Bruch unserer Verlobung bin ich für ihn endgültig unsichtbar geworden.

Kannst du dich an die Nacht erinnern, die wir zusammen verbracht haben? Ich habe so schrecklich weinen müssen, weil dein Vater mich wegen einer Kleinigkeit ausgeschimpft hatte. Doch du hast mich vor ihm verteidigt wie ein Löwe, hast ihm sogar befohlen, mich in Zukunft besser zu behandeln. Deinem eigenen Vater! Sag mir, wie hätte ich deine Fürsorglichkeit nicht als Liebe verstehen sollen? Um mich zu trösten, hast du mich in deinen Armen gehalten. Vor Müdigkeit sind dir bald die Augen zugefallen, und so durfte ich die ganze Nacht bei dir bleiben. Noch nie habe ich die ersten Morgenstrahlen so sehr gefürchtet wie in diesen dunklen Stunden, wo ich jedem deiner Atemzüge gelauscht habe. Ich werde nie wissen, wie es gewesen wäre, wenn du mich zu deiner Frau gemacht hättest, aber ich habe es mir immer so schön wie in dieser Nacht vorgestellt.

Die Hochzeitsnacht mit Nurettin verlief weniger angenehm. Ich will dich nicht mit Details aus meiner Ehe langweilen, nur so viel, ihr fehlte jede Wärme. Zum Glück ist sie Vergangenheit. Mein Mann wurde schon bald von einem Auto überfahren. Die stattliche Summe, die ich von der Familie des Fahrers als Entschädigung erhalten habe, wird mir für einige Zeit mein Auskommen sichern.

Allah hat mir ein zweites Leben geschenkt, verstehst du, Tarik? Ich bin jetzt frei und werde meine Zelte hier abbrechen. Nichts hält mich mehr. Der Wind treibt mich nach Westen, wo ich mein Glück finden werde. Meinen nächsten Ehemann suche ich mir nämlich selbst aus! Er wird mich respektvoll behandeln, so wie ich es bei dir gesehen habe. Und er wird mich lieben, mehr als sein Leben. Zu diesen

Gedanken hast du mich angeregt, Tarik, das hat mich mit dir versöhnt.

Von Herzen wünsche ich dir ein erfülltes, langes und kinderreiches Leben!

Möge Allah dich beschützen!

In Liebe, Aysegül

Ulrike Karner
Die Psychologin und Pädagogin lebt in Wien. Neben ihrer schriftstellerischen Betätigung arbeitet sie mit jungen Erwachsenen, die in Lebensumbrüchen stecken. Ihr erster Roman »Allah und der Regenbogen« (Helmer 2010) erzählt die Vorgeschichte von »Regenbogenlicht«.

Ulrike Karner

Allah und der Regenbogen

Paperback, 350 Seiten

ISBN 978-3-89741-296-5

Die junge Muslimin Ebru verliebt sich – in eine Frau! Soll sie es wagen, ihren Gefühlen und Überzeugungen zu folgen? Und was sagt Allah dazu, dem sie sich in ihrem Tagebuch anvertraut?

Ängstlich und voller Neugier erkundet Ebru ihre Liebe zu Mona. Auf keinen Fall dürfen die Eltern und Bruder Tarik davon erfahren ... Zum Glück hat Tarik momentan nur seine neue Flamme Lena im Kopf. Allerdings böte auch sie in den Augen der türkischen Familie Anlass genug für einen handfesten Skandal, denn Lena hat zwei Mütter – und die sind ein Liebespaar!

Mit der doppelten Liebesgeschichte muslimischer Geschwister macht die Wiener Autorin Ulrike Karner es leicht, über den Tellerrand zu schauen. In »Allah und der Regenbogen« erzählt sie die spannungsvolle Vorgeschichte ihres Romans »Regenbogenlicht«.

Carolin Schairer
Marie anderswie
Paperback, 300 Seiten
ISBN 978-3-89741-297-2

Mal ist sie scheu und zickig, dann wieder fällt sie mit der Tür ins Haus. Diese Marie ist seltsam und nicht die Frau, mit der eine wie Sarah Rosenberg freiwillig ganze Tage verbringt. Anfangs ist die Studentin Sarah nur ungern bereit, Marie Felder, die neue Mitarbeiterin ihres Vaters, durch Wien zu führen. Doch bald erfasst sie eine rätselhafte Zuneigung zu der verschlossenen Biologin. Sarah begegnet einer klugen jungen Frau, die mit ihrem Autismus leben und lieben muss …

Sensibel verknüpft die Autorin Carolin Schairer hier die Erkundung einer sozialen Behinderung mit dem erotischen Coming-out einer jungen Erwachsenen.

Carolin Schairer, Diplom-Journalistin, lebt und arbeitet in Wien. Bisher erschienen ihre Romane »Die Spitzenkandidatin«, »Ellen«, »Lass keine Fremden ins Haus« und »Aprikose im Kopf« (alle Helmer).